VERSO

un label dirigé par Glenn Tavennec

VENGEANCE EXPRESS

L'AUTEUR

Auteur best-seller du *New York Times*, Riley Sager a écrit huit romans publiés dans vingt pays. Né en Pennsylvanie, il vit désormais à Princeton, dans le New Jersey.

RILEY SAGER

VENGEANCE EXPRESS

roman

Traduit de l'anglais (États-Unis)
par Dominique Haas

VERSO

Un label des
ÉDITIONS DU SEUIL
57, rue Gaston-Tessier, Paris XIXe

Titre original : *With a Vengeance*
Publié pour la première fois en 2025 par Dutton, États-Unis.
Traduit de l'anglais (États-Unis) par Dominique Haas

ISBN 978-2-38643-333-7

Pour ma famille

DÉPART

LE TRAIN N'EST PAS VIDE. C'est pourtant l'impression qu'il donne. Des voitures entières sont désertes. Voitures de passagers, voiture-restaurant, voitures-lits. Vides et silencieuses, en dehors des bruits propres au train, comme celui du roulement sur les rails. Le train pourrait transporter des dizaines, des centaines de passagers, mais ils ne sont que huit à bord.

Dont sept vivants.

Et un mort.

Un mort qui ne l'était pas, il y a encore une minute. Tous les huit étaient vivants et bien vivants, mais il y a parfois des imprévus quand on voyage en train. En tout cas, cet événement inattendu a pris Anna Matheson au dépourvu. À en juger par sa réaction, il est clair que ce n'était vraiment pas prévu. Et devant ce cadavre étalé sur le dos, au beau milieu du salon des première classe, elle a l'air vraiment désemparée.

Réaction étrange. Car Anna a toutes les raisons de souhaiter la mort des autres participants au voyage.

Lesquels, à ce propos, sont les six personnes qui ont répondu à son invitation. Et qui s'en seraient bien gardées si elles avaient su qui les invitait.

Vous avez été personnellement choisi pour participer
à un voyage en train de Philadelphie à Chicago
dans la nuit du 14 décembre
à bord du *Philadelphia Phoenix*.
Départ de Philadelphie à 19 h (heure locale)
Arrivée à Chicago à 7h (heure locale)

Une invitation au voyage pas vraiment irrésistible. On est quand même en 1954. Qui aurait envie de passer treize heures en train quand United Air Lines peut vous emmener à Chicago en moins de trois heures ? Anna en avait bien conscience, et c'est pourquoi elle avait ajouté à la main, au dos de chacun des cartons d'invitation, un message personnel. Tous ces gens avaient commis le même méfait, mais chacun pour une raison secrète, particulière.

Le message individualisé a suffi à faire venir ces six personnes. Bien qu'elles ignorent qui le leur avait adressé, pour quel motif, et qu'il n'y ait pas moyen de répondre à l'expéditeur. Tout le monde s'était présenté à l'heure de départ prévue, son invitation à la main. Et maintenant ils étaient là – cinq invités, une hôtesse, son complice et un cadavre.

Le décès vient de se produire et le visage du mort n'a pas perdu ses couleurs. Ses yeux grands ouverts fixent le plafond et une écume tachée de particules écarlates mousse encore aux commissures de ses lèvres.

On ne peut pas dire qu'il soit mort de sa belle mort.

Ni sans douleur.

En tout cas, c'était rapide, moins d'une minute s'étant écoulée entre le premier signe qu'il se passait quelque chose d'anormal et le moment où la victime est tombée. Elle n'a même pas eu le temps de lâcher la nappe de lin blanc qui recouvrait une table de cocktail. Ses doigts inertes sont encore crispés sur un coin de la nappe qui est restée sur la table, trempée par le contenu d'un verre de martini renversé.

Dans une minute, quelqu'un aura l'idée de recouvrir le cadavre d'une nappe propre. En attendant, tout le monde le regarde en proie à un mélange de stupeur et d'incrédulité, à commencer par Anna, sur les traits de qui se bousculent un millier d'émotions parmi lesquelles domine la peur.

Parce que maintenant qu'un des passagers a été tué – par quelqu'un qui se trouve dans cette même voiture mais pas par elle –, elle redoute que ce ne soit qu'une question de temps avant que cela se reproduise.

19 H 00

À TREIZE HEURES DE CHICAGO

1

ANNA MATHESON se racle la gorge, se redresse, et s'efforce de retenir le tremblement de ses mains. Elle se forge mentalement une image de statue rigide et impénétrable. N'importe quoi pour donner à croire qu'elle n'a pas peur, alors qu'en vérité elle est terrifiée. Et depuis si longtemps que l'angoisse s'est insinuée jusqu'à la moelle de ses os.

Pourtant, c'est d'une voix ferme et claire qu'elle réussit à prendre la parole.

— Vous savez qui je suis. Et vous savez pourquoi je vous ai réunis ici. Si vous ne l'avez pas encore compris, vous n'allez pas tarder à le découvrir.

Fidèle au canevas qu'elle a répété, Anna s'interrompt, se ménageant une pause calculée au millième de seconde afin de permettre aux retardataires éventuels, peu probables, de les rejoindre.

— Vous vous êtes à présent reconnus les uns les autres. Vous avez peut-être même eu l'occasion de bavarder un peu. Assez longtemps, vraisemblablement, pour vous dire que vous avez été attirés ici sous un prétexte fallacieux. Ce soupçon est justifié. La raison de ce voyage est simple. Je suis ici pour…

À cet instant précis, une secousse du train déséquilibre Anna. Dans la minuscule salle de bains de sa cabine, elle regarde son reflet tanguer dans le miroir tout aussi minuscule. La première fois qu'elle a pris le *Philadelphia Phoenix*, tout lui paraissait monumental. Pas seulement la cabine, le train tout entier, qui lui semblait interminable. Comme si le fait de parcourir les voitures sur toute leur longueur constituait en soi un voyage de plusieurs kilomètres.

C'est qu'Anna avait onze ans, à l'époque, et les trains occupaient une place énorme dans sa vie. Surtout ceux de l'Union Atlantic. Contrairement à la plupart des lignes de chemin de fer de cette époque, l'Union Atlantic était une compagnie privée. Elle appartenait à son père, qui l'avait reçue en héritage. Autre particularité, les locomotives et les voitures de la compagnie n'étaient pas commandées à l'extérieur, à l'instar de ce qui se pratiquait à la Pullman. Les rames du réseau de l'Union Atlantic, notamment celles du *Phoenix*, étaient conçues et fabriquées dans ses propres usines de Philadelphie. Jusqu'aux aménagements intérieurs, qui étaient l'œuvre de la mère d'Anna. Elle les parait de ses tissus et couleurs préférés. Velours pour les tentures, chenille pour les sièges capitonnés, damas pour le revêtement mural. Le tout dans des tons bleu paon et vert émeraude éclairés d'ivoire. L'ensemble était serti dans un environnement en bois de noyer agrémenté d'ornements en bronze doré à la feuille d'or.

Après sa mère, son frère et Anna elle-même, le *Philadelphia Phoenix* avait été la fierté et la joie de son père. Lancé en 1937, ce n'était ni le premier streamliner, ni le plus rapide ou le plus fameux. Mais ces superlatifs n'avaient aucune importance. Le *Phoenix* était une merveille étincelante qui roulait à une vitesse faramineuse en offrant un luxe inégalé.

Son père adorait ce train. Raison principale pour laquelle Anna l'a choisi pour son voyage de cette nuit. Il rappellera aux autres tout ce dont ils l'ont privée.

Le train a une nouvelle secousse. Cette fois, il s'ébranle pour de bon. Et l'instant d'après, quelqu'un frappe quatre coups à la porte.

Seamus. Venu lui annoncer ce qu'elle sait déjà.

Le train est parti.

Revenir en arrière n'est plus possible.

Anna se précipite vers la porte. Sous ses pieds nus, le train prend de la vitesse. Sensation étrange qui, l'espace d'une seconde, la déséquilibre complètement, l'obligeant à tendre la main vers la paroi pour se stabiliser. Anna a beau avoir pris le train un nombre incalculable de fois, il lui faut toujours un moment pour gérer cet état paradoxal qui consiste à se tenir debout sur un élément à la fois stable et mouvant. Son père appelait ça avoir « le pied entraîné ».

Elle lâche le mur et se tient au milieu de la cabine, attendant que ses pieds apprennent à absorber le léger balancement du train. Lorsqu'ils y sont accoutumés, elle peut enfin atteindre la porte, tourner le verrou et ouvrir.

C'est bien Seamus qui est là, et il occupe toute la largeur de l'étroit couloir qui traverse la voiture sur toute sa longueur. Les vitres dans son dos ne montrent rien, que du noir. Ils sont maintenant dans le tunnel qui sort de la ville.

— Tout se passe comme prévu ? interroge Anna, indifférente au fait d'être debout devant lui, en combinaison.

Seamus l'a déjà vue en tenue bien plus succincte.

— Jusqu'ici, oui.

— Et le machiniste ? C'est bien Burt Chapman qui est aux commandes ?

Seamus répond d'un hochement de tête.

— Ouais. Je l'ai vu de mes propres yeux grimper dans la locomotive.

C'est un soulagement. Burt Chapman conduit le *Phoenix* depuis le tout début. Anna sait que c'est quelqu'un de bien. À la mort de son père, il lui a envoyé une carte de condoléances. La seule qu'elles aient reçue, sa mère et elle. Ce geste touchant lui a donné à penser qu'elle pouvait se fier à lui pour les transporter à Chicago sans encombre. La somme considérable qu'elle lui a versée n'est peut-être pas étrangère à son acceptation.

— Tu es sûre qu'il va pouvoir faire ça tout seul ? demande Seamus. Treize heures sans pause, c'est long.

— Burt s'en sortira très bien. Il a effectué le trajet si souvent qu'il pourrait le faire une main attachée dans le dos. Et le reste du personnel ?

— C'est réglé, répond Seamus. Tous les contrôleurs, cuisiniers, porteurs et serre-freins. Espérons seulement qu'ils retrouveront du boulot après ça.

Anna ne relève pas. Seamus lui a suffisamment exposé ses craintes que cette nuit ne mette un point final au contrat des cheminots innocents qui travaillent à bord du *Philadelphia Phoenix*. Anna y a réfléchi également. Parvenue à la conclusion qu'il n'y avait pas d'autre solution, elle les a tous gratifiés d'une importante compensation. Trois mois de salaire, en espèces, avec un petit extra pour les plus exposés aux mesures de rétorsion du patron.

Mais le sort des employés du train est le cadet des soucis d'Anna. Ce qui la préoccupe, c'est le destin des passagers.

— Et les autres ? Tout le monde est là ?

Seamus fronce les sourcils, ce qui inquiète Anna. Il sourit rarement, et ses froncements de sourcils sont tout aussi rares. S'il n'avait pas cette réaction, elle se dirait qu'a priori, tout va bien. Elle connaît ces gens. Elle sait de quoi ils sont capables, et ce à quoi ils ne peuvent pas résister. La mimique de Seamus laisse à penser qu'il y a déjà quelque chose qui cloche.

Or c'est un voyage au cours duquel rien ne peut aller de travers.

— Ouais. Il y a juste une tuile, nuance Seamus.

— Quel genre de tuile ?

C'est alors qu'une voix s'élève à l'autre bout de la voiture. Un homme visiblement impatient, et qui ne se prend pas pour n'importe qui. Jack Lapsford, devine Anna.

— Bon sang, il n'y a personne pour vous aider, ici ?

Anna recule dans sa cabine. Il ne faut pas qu'il la voie. Personne ne doit la voir. Pas encore. Seamus fronce encore les sourcils. D'un mouvement de la tête, elle lui rappelle qu'il doit continuer à prétendre être un employé de la compagnie ferroviaire. Pour l'instant.

— J'arrive, monsieur, dit-il en se fabriquant un sourire obséquieux.

Anna referme la porte. L'oreille collée au panneau, elle écoute décroître les pas de Seamus qui se dirige vers le bout de la voiture.

— Que puis-je faire pour vous ?

— Vous pourriez commencer par me dire où sont passés tous ces foutus porteurs !

La supposition d'Anna se voit confirmée par cette sortie du voyageur. Il s'agit bien de Lapsford, un crétin achevé.

Elle tourne le verrou de sa porte. Maintenant que tout le monde est à bord, elle doit redoubler de précautions. Elle revient au milieu de la cabine en chancelant à moitié. À cause de Jack Lapsford, cette fois. Entendre sa voix lui a rappelé l'énormité de ce qu'elle a prévu de faire. Ce qu'elle a *besoin* de faire. Et qu'après tout ce temps de préparation, maintenant c'est parti.

Anna prend le papier posé sur l'oreiller de son lit et relit les noms et numéros de suite des six passagers invités à bord.

Sal Lawrence, Voiture 12, Suite A
Lt-Col. Jack Lapsford, Voiture 12, Suite B
Kenneth Wentworth, Voiture 12, Suite C
Herb Pulaski, Voiture 13, Suite A
Edith Gerhardt, Voiture 13, Suite B
Judd Dodge, Voiture 13, Suite C

Chacun des noms éveille un sursaut de rage dans sa poitrine. Ces individus – ces six individus pourris, répugnants, maléfiques – sont en ce moment même à bord de ce train. Si elle le voulait, elle pourrait suivre le couloir, aller de porte en porte et les tuer un à un.

Et ce n'est pas l'envie de le faire qui lui manque.

C'est pourquoi ils occupent, Seamus et elle, les suites A et B de la voiture 11 du train. La troisième cabine, laissée libre, fait en quelque sorte office de tampon, protégeant tout un chacun de ses pires instincts.

Anna lâche la feuille de papier, tourne la tête vers la fenêtre et constate avec étonnement qu'ils sont sortis du tunnel et s'éloignent désormais de la ville à vive allure. Elle a cru pendant si longtemps que cette nuit ne viendrait jamais que maintenant qu'elle est là, les choses lui semblent aller plus vite qu'elle ne l'imaginait.

Les lumières de la cabine vacillent un instant et s'éteignent tout à fait. Ce n'est pas si rare à bord du *Phoenix*, car ce train requiert davantage de puissance électrique que la plupart des express à cause de ses prestations luxueuses. Cela dit, ce moment d'obscurité n'en est pas moins préoccupant, d'autant qu'il procure à Anna une vision plus claire du paysage de l'autre côté de la fenêtre. Le train avance maintenant sous un ciel noir moucheté de gros flocons de neige.

Pour avoir attentivement suivi la météo, Anna savait qu'ils risquaient d'avoir de la neige, mais aussi tôt… ce n'était pas prévu. Elle pensait qu'ils ne rencontreraient les premiers flocons qu'à mi-parcours de la Pennsylvanie. Du coup, elle s'inquiète de la violence de la tempête qui les attend plus avant vers l'ouest, et se prend à craindre que le *Phoenix* ne se retrouve bloqué.

Or il ne faut pas que le train s'arrête. En aucun cas. Le moindre retard pourrait complètement ruiner ses plans.

La lumière revient brusquement, obscurcissant le paysage de l'autre côté de la fenêtre. Anna se force à aller de l'avant. Elle revêt très vite la tenue qu'elle a soigneusement mise au point.

Une robe rouge. Sobre, mais qui moule ses formes. Calculée en vue de servir d'armure, et en même temps coupée dans un tissu assez souple pour qu'elle puisse courir librement au besoin. Qui sait ce qui peut arriver.

Des chaussures rouges, à talon. Un mal nécessaire. L'avantage des talons, c'est qu'ils la grandissent, la font paraître plus impressionnante. L'inconvénient, c'est qu'ils risquent de la gêner si jamais elle doit prendre le large en vitesse.

Du rouge à lèvres.

Absolument.

Ses cheveux blonds sont relevés en un chignon banane peu flatteur, mais choisi dans un but qui n'a rien à voir avec la mode : ne pas être gênée par ses cheveux mi-longs. Pareil pour les bijoux : ni collier, ni bracelet. Rien à quoi quelqu'un pourrait s'accrocher. À part des clous d'oreilles en diamant, elle ne porte qu'un insigne qui appartenait à son père.

Un petit train en argent épinglé sur sa poitrine, près de son cœur.

Et puis il y a son couteau – poignée plate et lame de dix centimètres. Caché sous sa robe, dans un fourreau fixé en haut de sa cuisse. Ça pourrait lui être utile s'il arrivait qu'elle ne puisse pas courir.

Tandis qu'elle étudie sa tenue dans le miroir du cabinet de toilette, la voix de tante Retta retentit dans ses pensées, claire, satisfaite.

Bravo, ma chérie, ça c'est une tenue de vengeance !

Exactement ce qu'Anna souhaitait, mais elle est tout de même surprise par l'image que lui renvoie la glace. Elle est magnifique. L'un des qualificatifs préférés de sa mère. Probablement parce qu'il la définissait mieux que tout autre. Margaret Matheson possédait une grâce et une élégance inaccessibles à la plupart des femmes, y compris Anna. Sa mère avait le don de métamorphoser le moindre bout de tissu – la plus précieuse des robes du soir comme un simple jean et chemise à carreaux en flanelle – de telle sorte qu'il semblait sorti d'un défilé de mode à Paris, ou avoir été spécialement créé pour elle.

Ses parents ne s'étaient pas fréquentés longtemps, mais avec une rare intensité. Deux semaines à peine s'étaient écoulées entre leur première rencontre et leur mariage célébré par un juge de paix. Une telle rapidité n'avait pas manqué de susciter des rumeurs de mariage forcé, que la naissance de Tommy, huit mois plus tard, n'avait pas apaisées. Pour autant, la chose n'avait pas suscité de scandale parmi la haute société, d'abord parce que la grande bourgeoisie de Philadelphie ne prêtait pas l'oreille aux ragots de ce genre, ensuite parce que les rares personnes qui les écoutaient ne pouvaient que constater combien Arthur Matheson était épris de sa nouvelle épouse.

Il fallait voir, en effet, comment son père regardait sa mère. Comme tout le monde, bien sûr, subjugué par son charme, et Anna ne l'était pas moins que les autres. Mais personne ne regardait tout à fait Margaret comme Arthur Matheson. Lorsqu'il portait son regard sur elle, son visage semblait d'abord perdre toute expression, avant de s'illuminer, transfiguré par la joie. Et la mère d'Anna s'illuminait en retour.

Quand elle était toute jeune, Anna était convaincue que sa mère était une vedette de cinéma, parce qu'il n'y avait que les actrices d'Hollywood qui rayonnaient comme elle. Ce n'était assurément pas le cas des mères de ses amies. La plupart avaient juste l'air mornes et tristes, alors que sa mère était positivement éblouissante. Voilà pourquoi, chaque fois qu'Anna allait au cinéma, elle s'attendait à voir le visage de sa mère étinceler sur l'écran d'argent.

Cette idée enfantine avait perduré plusieurs mois dans l'esprit d'Anna. Et même quand elle avait cessé d'y croire, elle avait continué à penser que sa mère aurait pu être une star de cinéma, si elle avait voulu. Pareil pour Tommy, qui avait hérité de la beauté de leur mère et de son sourire envoûtant. Il avait un maintien digne d'une idole de l'écran.

Anna, quant à elle, tenait de son père, un homme d'aspect banal, et elle ne l'avait jamais regretté. Devenue jolie avec les années, elle était restée banale. Elle n'avait pas l'éclat de sa mère et de son frère. Mais pour elle, ça n'avait pas d'importance. Elle savait que sa famille vivait un conte de fées.

Un petit moment, du moins.

Car cela n'avait pas tardé à disparaître. Tommy, d'abord. Son père, ensuite. Puis sa mère, dont l'éclat, à ce moment-là, s'était éteint depuis longtemps.

Anna s'oblige à ne pas y penser. Elle savait que le voyage réveillerait tous ces terribles souvenirs, mais elle n'imaginait pas que cela viendrait aussi vite. Elle se dit qu'elle aura tout le temps de repenser au passé plus tard. Pour l'instant, elle doit finir de se préparer en vue de sa grande entrée. Une entrée qu'elle attend avec impatience autant qu'elle la redoute. Dans la glace, elle regarde le reflet de sa chambre par l'entrebâillement de la porte de la salle de bains, derrière elle. Il y a, à côté de la fenêtre drapée de nuit, un fauteuil pivotant qui permet au passager assis là de regarder défiler le paysage. Mais pour le moment, le fauteuil est tourné vers le cabinet de toilette, et personne n'y est installé. Ne s'y trouve qu'une mallette en cuir noir.

Qui contient le passé d'Anna.

Et aussi son avenir – du moins l'espère-t-elle.

Anna reporte son regard sur le reflet de son visage dans la glace, applique rapidement une deuxième touche de rouge à lèvres et reprend le discours qu'avait interrompu le soudain départ du train.

— La raison de ce voyage est simple, dit-elle face au miroir, tout en se représentant les hommes et les femmes qu'elle a attirés à bord du train. Je suis ici pour me faire justice. Parce que je détiens la preuve irréfutable que vous êtes, tous les six, responsables de la destruction de ma famille.

2

LE PHILADELPHIA PHOENIX se compose de treize voitures, en plus de la locomotive. Judd Dodge les a comptées pendant qu'il faisait les cent pas sur le quai, en se demandant s'il devait monter à bord. C'est le nombre de voitures qu'avait le *Phoenix* au temps de sa splendeur, quand les gens se targuaient de prendre le train le plus luxueux de la fin du millénaire. Treize voitures d'un confort inouï, tirées par une motrice qui aurait pu en tracter deux fois plus.

Judd le sait, parce que c'est lui qui l'a conçu ainsi.

C'était son métier, jadis, de concevoir des machines pour l'Union Atlantic Railroad. Une compagnie ferroviaire qui ne pesait pas lourd, comparée à certaines autres du pays. Son rayon d'action se limitait à des villes proches de Philadelphie : une ligne vers New York, une autre vers Washington, D.C., une troisième qui faisait la navette vers Atlantic City. Le *Philadelphia Phoenix* avait été imaginé dans une perspective de développement. Une flèche d'argent étincelante qui irait sans s'arrêter jusqu'à Chicago.

Judd avait rayonné de fierté le jour où il avait vu le *Phoenix* s'élancer sur les rails pour la première fois. Un profil aérodynamique, propulsé à grande vitesse, impression encore renforcée par la bande orangée, couleur de flamme, qui courait des deux côtés, sur toute la longueur de la rame. Judd, qui n'avait pas d'enfants, s'imaginait ressentir ce qu'un père éprouve en voyant son petit faire ses premiers pas. Quelque chose d'immobile avait été mis en mouvement, et cela, grâce à lui.

Chacune des voitures du train était importante à sa façon et remplissait une fonction bien précise, mais aucune n'était aussi importante que la locomotive. Sans loco, les voitures seraient restées immobilisées sur le réseau de rails, inutiles, en route vers nulle part. Un train ne peut remplir son destin que s'il est pourvu d'une solide motrice à sa tête.

Judd avait toujours conçu des moteurs solides.

Jusqu'à ce jour où on lui avait demandé de faire le contraire.

Après cela, il n'avait plus eu le cœur à l'ouvrage. Il avait alors abandonné le métier et s'était tourné vers l'enseignement. Avec sa posture rigide, sa haute taille et ses lunettes à monture de métal, il avait le physique de l'emploi. Ses lunettes lui glissent à présent sur le nez alors qu'il quitte la cabine qui lui a été assignée.

En raison de la largeur des suites de première classe, le couloir de la voiture est particulièrement étroit. Debout dans ce boyau exigu, Judd se retrouve face à une applique lumineuse dont une des ampoules, mal vissée, bourdonne comme une mouche dans un bocal en projetant une lumière vacillante, bien énervante, dans ce bout de corridor.

L'étroitesse du couloir, la palpitation de l'ampoule et même la voiture n° 13 – un nombre qui porte malheur –, où se trouve la cabine qu'on lui a attribuée, amènent Judd à se demander s'il a bien fait de monter à bord. À cinquante-trois ans, il a toujours été considéré comme un homme intelligent. Un génie, disaient certains, surtout avec les machines. Et pourtant, il ne fallait pas être sorti de l'école de guerre pour se douter que ce voyage ne serait pas un moment d'agrément. La note griffonnée au dos du carton d'invitation le disait suffisamment.

Je sais ce que vous avez fait.

Si vous ne venez pas, les autres le sauront aussi.

Ce message, assez inquiétant pour le décider à venir à la gare, l'avait également retenu de monter tout de suite dans le *Phoenix*. Une note clairement menaçante, mais dont il n'était pas certain du sérieux. Ce n'était peut-être qu'un jeu cruel de la part de quelqu'un se prétendant détenteur de quelque secret. Ou bien l'injonction de rester bouche cousue, venant d'une personne au fait de la vérité. D'une façon ou d'une autre, Judd comprenait qu'il ne pouvait pas se contenter d'ignorer la menace. C'est pourquoi il avait fini par sauter dans le train à la dernière minute. Mieux valait affronter la menace dans l'agitation du *Phoenix*. Après tout, que pouvait-il lui arriver de grave au milieu de tous ces voyageurs ?

— Votre billet ? lui demanda un contrôleur à la chevelure grisonnante alors qu'il s'aventurait dans la première des deux voitures de passagers.

— Je... je n'en ai pas. J'ai juste ça, fit-il en présentant l'invitation au contrôleur, en prenant garde de ne lui montrer que le recto.

— C'est bon, acquiesça le contrôleur. Mais vous êtes à l'autre bout du train. En première classe.

Un porteur fut appelé. Porteur dont le sourire chancela quelque peu en prenant le bagage de Judd pour le conduire vers l'arrière du train. Judd, qui connaissait parfaitement le *Phoenix* – et l'avait bien examiné avant de monter à son bord –, savait exactement ce qu'il y avait devant et derrière lui. En premier lieu, bien sûr, la locomotive dont il était si heureux et si fier autrefois. En la revoyant après plus de dix ans, il avait eu l'impression de retrouver un amour perdu. Il ne pouvait s'empêcher d'admirer son œuvre. Ce train, qui avait parcouru tant de kilomètres pendant tant d'années, était encore une merveille.

Après la locomotive venait le fourgon à bagages, suivi de deux voitures de voyageurs. À l'époque, le *Phoenix* se targuait de posséder les meilleurs sièges de tout le pays. Larges, confortables, ils s'inclinaient davantage que la plupart des autres, permettant de dormir plus commodément pendant les voyages de nuit.

Moyennant quoi ces voitures étaient généralement les plus peuplées. Pourtant, ce soir-là, Judd avait remarqué qu'elles ne comptaient que quelques passagers. Lesquels lui avaient jeté un regard glacé à son passage, ou avaient carrément détourné les yeux.

La suivante était une voiture-lits, conçue pour les voyageurs qui ne se contentaient pas du minimum. Configurée en rangées de sièges pendant la journée, elle était convertie, la nuit venue, en rangées de cabines séparées par des rideaux. Il y avait encore moins de monde dans cette voiture. Ce qui procura à Judd une sensation désagréable au creux de l'estomac, lui qui comptait sur le nombre de passagers pour assurer sa sécurité.

Arrivé à la voiture-salon, son estomac fut pris d'un autre spasme lorsqu'il la découvrit totalement déserte. Cela n'avait pourtant rien d'extraordinaire, même si, en général, il se trouvait toujours dans les voitures de voyageurs et les voitures-lits quelques personnes qui se dégourdissaient les jambes, s'étiraient ou feuilletaient les journaux et les magazines disposés sur les tables des deux extrémités.

— Ne traînez pas, monsieur, s'il vous plaît, dit le porteur en voyant Judd s'arrêter et promener le regard sur le salon désert. Nous devons atteindre votre cabine avant le départ du train.

Judd pressa le pas. Suivit le porteur dans la voiture-bar, la première des quatre voitures du *Phoenix* consacrées à la restauration. Comme le salon, la voiture-bar était vide, en dehors d'un employé qui avait l'air de s'ennuyer ferme derrière son comptoir. Pourtant, les passagers de seconde classe auraient dû faire la queue pour acheter des sandwiches, des sodas et de la bière. N'ayant pas de client à servir, l'homme scruta Judd avec méfiance et demanda au porteur :

— Vous allez le faire passer par la cuisine ?

— Ça ira plus vite, acquiesça le porteur.

Il entra dans la voiture-cuisine. Toute la nourriture servie à bord du *Phoenix* était élaborée sur place. Mais aujourd'hui, au lieu de préparer les mets, le personnel planté devant les comptoirs vides et les fourneaux éteints semblait attendre l'ordre de se mettre au travail. Judd et son cicérone poursuivirent prudemment leur chemin sans que personne leur prête attention.

Judd savait que la cuisine était la ligne de démarcation entre les nantis et les autres. Après venait la voiture-restaurant, domaine réservé des première classe. Là, les passagers qui pouvaient s'offrir de tels festins se régalaient de filet de bœuf, de homard Thermidor, de bœuf Wellington et du fameux gâteau de velours rouge du *Philadelphia Phoenix*, célébré dans le monde entier. Quand Judd y pénétra accompagné du porteur, le personnel en livrée était en train de disposer la porcelaine de Meissen et les couverts en argent sur les tables recouvertes de nappes blanches.

L'extravagance se poursuivait dans le salon des première classe. Derrière le bar en chêne, les meilleurs alcools étaient servis dans des verres en cristal de Baccarat. Le barman en veste blanche gratifia le porteur d'un hochement de tête tandis qu'il slalomait avec Judd entre les fauteuils de velours et les tables à cocktail et l'entraînait rapidement vers l'arrière du train.

Après le salon venaient les trois voitures de première classe, composées chacune de trois vastes suites. *Un hôtel sur roues !* proclamait la publicité à l'époque où le *Phoenix* était entré en service. Une fanfaronnade, assurément, mais qui n'était pas dénuée de vérité ; les suites du *Phoenix* étaient parmi les plus vastes du transport sur rail. Celle de Judd s'enorgueillissait d'un grand lit et d'un fauteuil pivotant, en plus d'une causeuse, d'un placard et d'une salle de bains privée.

Le porteur lui indiqua le tout et s'éclipsa si rapidement que Judd n'eut même pas le temps de lui donner un pourboire. La pièce de cinquante cents resta dans sa main crispée alors qu'il observait la cabine. Qui avait pu le convoquer ici ? se demandait-il quand son regard tomba sur une carte en parchemin posée sur l'oreiller du lit, et il se prit à espérer qu'elle allait lui livrer au moins une partie de réponse. Las, ce n'était qu'une autre invitation :

Votre présence est souhaitée au cocktail organisé
dans le salon des première classe, à 20 h.
Veuillez être à l'heure.

Judd sortit de la poche de son gilet la montre de gousset qui ne le quittait pas. Il l'ouvrit avec un petit claquement. Sept heures. Le train s'ébranlait, pile à l'heure. Et c'est ainsi que commença le mystérieux voyage.

Trop nerveux pour attendre dans sa suite plus longtemps qu'un quart d'heure, Judd est sorti dans l'étroit couloir, et c'est là qu'il se trouve à présent. L'ampoule mal vissée continue de grésiller dans l'applique murale, et le ciel constellé de neige défile toujours derrière la vitre à côté. Judd pense à l'étrangeté de la traversée depuis la tête du train. Le parcours lui a laissé une impression bizarre de tension et de frénésie, comme si tous les gens qu'il avait croisés étaient pressés de s'en aller.

Dans les voitures de première classe, il n'a ni vu ni entendu personne depuis le départ précipité du porteur. Et sous l'effet de cette constatation son estomac déjà dyspeptique est saisi de nouvelles crampes. Bien que cette partie du train ne soit sûrement pas la plus fréquentée, Judd s'attendait quand même à y découvrir au moins quelqu'un, ne serait-ce qu'un contrôleur s'assurant qu'aucun passager de seconde classe ne se serait introduit dans la partie arrière de la rame, plus élégante.

Il se tourne sur sa gauche, vers l'entrée de la voiture d'observation, la dernière du train, un cylindre profilé de verre et d'acier, pourvu sur toute sa hauteur de baies vitrées offrant une vue panoramique du paysage. Le plafond est constitué d'une vitre permettant d'avoir une vision tout aussi grandiose du ciel. Lors du voyage inaugural du *Phoenix*, un journaliste avait décrit cette voiture d'observation comme « un vaisseau spatial fantastique, où l'extérieur donne l'impression d'être à l'intérieur, et où l'on n'est séparé de la terre et du ciel que par de minces parois vitrées ».

La voiture d'observation faisait les délices de ceux qui avaient les moyens d'y accéder et, au fil des ans, elle avait acquis un statut presque mythique. La rumeur courait que Clark Gable et Carole Lombard avaient pris le *Phoenix* en 1940, pour assister à la première d'un film à Chicago, et qu'ils étaient tombés tellement amoureux de cette voiture panoramique qu'ils avaient demandé à y passer la nuit.

Compte tenu de la popularité de cette voiture, Judd se dit que c'est sûrement là qu'il aura les meilleures chances de rencontrer des compagnons de voyage. Mais quand il y jette un coup d'œil, il ne peut que constater que l'endroit est tout aussi désert que les autres voitures.

Bizarre.

Pour ne pas dire déstabilisant, force lui est de se l'avouer.

Par les baies vitrées de la voiture panoramique, il voit les faubourgs de la ville. Des maisons de plain-pied, miteuses, des ateliers désaffectés aux vitres brisées, des palissades de guingois avec des trous entre les piquets. C'est dans un endroit de ce genre qu'il a grandi, entassé avec sa famille dans deux-trois pièces en enfilade situées si près de la voie ferrée qu'au passage des trains toute la maison tremblait. Quand il était petit, il regardait passer ces monstres d'acier en s'émerveillant qu'une chose aussi simple qu'un mélange de vapeur et d'ingéniosité humaine puisse aboutir à les propulser sur les rails. Il s'interrogeait sur les hommes capables de faire qu'une telle chose arrive, se demandait quelle impression pouvait bien leur procurer le fait de maîtriser une telle puissance.

Judd finit par l'apprendre à force de construire et de bricoler toutes sortes de choses, d'abord dans sa cour, puis dans un garage quand sa famille déménagea dans une maison un peu plus grande. Son éducation se poursuivit dans une série d'ateliers similaires à ces maisons décrépites qui défilent maintenant le long de la voie. Il n'a pas fait d'études, mais c'était un jeune homme intelligent, qui apprenait vite. Et pas seulement des choses sur les moteurs de locomotive. Il était doué en maths, en chimie, et même en magie, et les tours de passe-passe qu'il exécutait grâce à ses longs doigts déliés lui valaient l'admiration stupéfiée de ses collègues ouvriers. Il réussit à se faire embaucher par l'Union Atlantic Railroad, et s'en sortit assez bien pour attirer l'attention du patron, Arthur Matheson.

Les deux hommes s'entendirent aussitôt. Judd se plaisait à penser qu'ils étaient taillés dans le même bois : deux adultes restés des grands gamins qui aimaient faire joujou avec les derniers modèles de petits trains, avides de les faire plus grands, plus rapides, plus solides. Et mieux profilés, bien sûr.

— Je veux un train qui ressemblera à du mercure liquide, et qui coulera dans l'air, dit Art, un jour, au cours d'un déjeuner avec Judd. Vous croyez que vous pourriez me faire ça ?

— Ouais, répondit celui-ci. Je crois bien.

Et il le fit.

Et c'est là que ses ennuis avaient commencé, il le comprend maintenant. Des ennuis qui avaient fini par l'amener à réaliser l'impensable. Aujourd'hui encore, il n'arrive pas à croire qu'il ait pu jouer un rôle clé dans une aventure aussi horrible. Et il ne peut pas non plus chasser l'impression que ce voyage en train lui procure : l'impression qu'on lui fait payer le prix de ses péchés passés.

Et debout là, dans la voiture panoramique déserte à la conception de laquelle il a participé, Judd se prend à vouloir être n'importe où, sauf ici. Il voudrait être assis dans une voiture de passagers, dans la réconfortante compagnie d'inconnus qui n'auraient aucune idée de ce qu'il a fait – ou qu'il serait capable de faire.

Il quitte la voiture d'observation, en proie à un sentiment d'appréhension dont il ne parvient pas à se défaire. Reprenant l'étroit couloir des première classe, Judd remarque que l'intérieur du *Phoenix* a mal vieilli depuis la dernière fois qu'il l'a emprunté. En plus de l'applique bourdonnante, le velours des sièges est râpé et les pas de centaines de passagers ont élimé la moquette bleue.

Ça explique peut-être l'absence notable de passagers. La rumeur se sera répandue que le *Philadelphia Phoenix* tant vanté n'est plus que l'ombre de lui-même. Plus vraisemblablement, la fréquentation en baisse de ce train jadis si luxueux résulte des changements survenus en dehors du réseau ferroviaire. Les autoroutes inter-États se sont répandues dans tout le pays telles des coulées de boue, et les campagnes naguère préservées de la circulation connaissent à présent les embouteillages. Dans le même temps, le ciel s'est rempli d'avions. Si une grande ville ne possède pas encore un aéroport, elle en aura bientôt un. Avec tous ces moyens de déplacement à leur disposition, pas étonnant que les gens se bousculent moins dans les trains.

Quand même, en retournant vers l'avant du train, Judd ne croise personne. Dans toutes les voitures qu'il traverse, il règne une atmosphère fantomatique, glaçante, de lieu abandonné.

Dans le salon de première classe, le barman est introuvable.

Dans la voiture-restaurant, pas un serveur en vue. Pourtant, toutes les tables sont dressées à l'intention de passagers qui ne se sont pas encore matérialisés.

Dans la cuisine, des casseroles sont posées sur des fourneaux éteints, et les couteaux étincellent du haut de leurs supports muraux. Le bruit de ses pas éveille des échos sur le sol carrelé, rebondit avec une force impossible sur les appareils électroménagers. Quand Judd accroche par mégarde la poignée d'une poêle et la fait tomber, le fracas de la chute retentit avec la puissance d'un coup de feu.

L'inquiétant désert se poursuit à l'intérieur des voitures de passagers. Personne autour des tables de la voiture-bar, personne sur les banquettes. Personne derrière le samovar d'argent pour remplir les tasses à café impeccablement empilées sur le comptoir, à côté.

La situation est identique dans toutes les voitures qu'il traverse. Dans le salon, les journaux de la dernière édition du *Philadelphia Inquirer* sont restés soigneusement disposés en éventail sur les tables, à l'avant comme à l'arrière de la voiture. Dans la voiture-lits et les voitures de voyageurs, tous les sièges sont vides. Personne ne somnole assis à sa place. Personne ne scrute l'obscurité derrière les vitres. Personne ne se dirige vers les toilettes situées à l'arrière de chaque voiture.

Et alors que Judd va de l'une à l'autre, son inquiétude se cristallise en une véritable peur.

Tous ceux qu'il a vus avant – les contrôleurs, les porteurs et les passagers –, tout le monde a disparu, laissant le *Philadelphia Phoenix* rigoureusement désert.

3

POUR LE VOYAGE, Herb Pulaski a choisi un costume vert foncé griffé Brioni qui – comme Herb lui-même – a connu des jours meilleurs. L'homme et son costume sont râpés aux entournures, bien que pour des raisons différentes. Le costume, par la faute d'Herb qui le met à longueur de temps. Ayant porté toute son enfance les vêtements hérités de son grand frère et déjà achetés dans des décrochez-moi-ça, il apprécie aujourd'hui de se pavaner dans un complet de grande marque.

Quant à son usure personnelle, Herb la met sur le compte du manque de chance. Il y a des gens qui sont nés sous une bonne étoile, et il ne fait pas partie de ceux-là. Même quand le destin lui sourit, ce qui arrive de temps en temps, il y a toujours une embrouille quelque part.

Et ça ne dure jamais longtemps.

Voilà pourquoi Herb se présente dans le salon de première classe avec vingt minutes d'avance, les doigts crispés sur l'invitation qu'il a reçue par la poste et sur la carte découverte dans sa suite. De crainte d'être refoulé s'il n'a pas les deux. Avant, quand il n'avait pas d'argent – et d'ailleurs même après –, il avait l'habitude de se voir refuser l'accès à toutes sortes d'endroits. Maintenant qu'il est sur le point de connaître à nouveau des difficultés, Herb tient à arriver en premier sur les lieux afin que tous ceux qui arriveront après lui le voient et sachent que sa présence est légitime.

Si quelqu'un d'autre se présente.

Le salon est vide quand Herb y fait son entrée, et il se sent idiot d'avoir apporté l'invitation. Pas de raison de craindre qu'on lui interdise l'accès, il n'y a personne pour l'accueillir. Même pas un serveur derrière le bar en demi-cercle au bout de la voiture. Juste le comptoir en chêne ciré et, derrière, un miroir garni d'étagères sur lesquelles sont disposées des bouteilles de spiritueux. Herb envisage un instant de sauter derrière le bar pour se verser un verre, histoire de calmer ses nerfs à vif, mais l'idée que quelqu'un finisse par entrer et le prenne pour le barman le retient. Déterminé à éviter ce genre d'humiliation, il prend place dans l'un des fauteuils de velours disposés dans la voiture, allume une cigarette et promène les yeux autour de lui.

Herb trouve le salon à l'image de son costume : luxueux, mais fatigué. Les nappes blanches qui recouvrent les petites tables rondes, entre les fauteuils, sont élimées aux pliures. Les rideaux des fenêtres, en velours bleu, identiques à ceux de sa cabine, sont si longs qu'ils traînent par terre. À l'avant de la voiture, un quart-de-queue occupe le coin opposé au bar.

Herb continue d'attendre en toute solitude tandis que sa cigarette se change en mégot dans le cendrier, et un fin voile de sueur se forme sur son front. Les nerfs, bien sûr. Il tient tellement à faire bonne impression.

Il examine la première invitation, relit les quelques mots manuscrits au dos du carton.

Il est de votre intérêt financier de venir.

Herb n'en sait pas plus long, et il est avide de découvrir de quoi il retourne. Il s'agit probablement d'une opportunité d'investissement. Non qu'il ait les moyens d'investir. Plus maintenant. Mais il trouvera ce qu'il faut, si nécessaire. Il espère seulement que cette fois, ce sera du sérieux.

Son espoir se dissout lorsque la porte avant de la voiture s'ouvre, livrant enfin le passage à quelqu'un.

Un individu qui se trouve être un homme avec qui Herb a travaillé.

À nouveau, un film de sueur glacée se forme sur son front.

— C'est vous qui êtes derrière tout ça ? lâche Judd Dodge en le toisant de haut en bas.

— Que voulez-vous dire ? se rebiffe Herb en s'épongeant le front avec un mouchoir. Derrière quoi ?

— Il n'y a personne d'autre que vous dans le train. Il y avait bien des gens tout à l'heure, mais ils ont tous disparu. Pas un contrôleur, pas un porteur. Même ces satanés passagers se sont évanouis. Et vous êtes là, assis dans le salon où j'ai reçu pour instruction d'être à huit heures.

— Quoi, ce n'est pas vous qui m'avez invité ici ?

— Non, *ce n'est pas moi* ! rétorque Judd, en articulant exagérément pour faire sentir à son interlocuteur qu'il est décidément borné.

Attitude plutôt hostile, se dit Herb. Et snob, aussi. Car il sait que Judd et lui sont tous deux d'origine modeste. Raison probable pour laquelle ils ont l'un comme l'autre accepté d'accomplir quelque chose de terrible.

Ils étaient tous les deux employés à l'Union Atlantic Railroad, mais ils n'étaient pas proches. Judd dirigeait l'équipe de conception, située dans une section de la compagnie surnommée pour rire le Train des

Forts en Thème, alors qu'Herb, en tant que contremaître, parcourait les ateliers, supervisant la fabrication des moteurs conçus par Judd. Comme, d'ailleurs, celui du train à bord duquel ils se trouvent actuellement.

Leurs chemins s'étaient croisés un jour funeste, quand Herb avait reçu les plans de Judd pour une commande de l'armée des États-Unis. Un moteur à vapeur complètement démodé, le genre de vieille charrue qui devait être construit rapidement et pour pas cher. Herb avait tout de suite vu le défaut de conception. Rien n'allait. Une taille de moteur surdimensionné pour ce type de train et une puissance trop élevée pour le métal que Judd préconisait d'employer.

Herb lui avait rapporté les plans en déclarant :

— Ça ne colle pas. Le moteur ne tiendra même pas jusqu'au bout du premier voyage.

— Ce n'est pas moi qui en ai tracé les plans, avait rétorqué Judd. C'est le big boss. Et il a bien exigé qu'il soit fabriqué ainsi.

Judd mentait, Herb en était certain. Et pas seulement parce qu'il était impossible qu'Arthur Matheson ait conçu ce moteur lui-même puisque c'était justement le boulot de Judd que de dessiner les plans des moteurs. Ce n'était un secret pour personne. Non, ce qui avait mis la puce à l'oreille du contremaître, c'est que jamais, au grand jamais, que l'on soit en temps de guerre ou pas, le patron n'aurait rabioté de la sorte.

— Ça sent l'embrouille à plein nez, avait-il dit à Judd. Et je crois que vous le savez très bien. Par conséquent, je ne lancerai pas la fabrication du moteur tant que vous ne m'aurez pas dit de quoi il retourne, et ce que j'ai à gagner dans l'histoire.

Judd avait donc révélé à Herb le fin mot de l'affaire, l'entraînant dans une magouille qui l'aurait écœuré s'il n'avait eu désespérément besoin d'argent. Toute son enfance, il avait vécu dans la misère, une misère qui avait perduré à l'âge adulte, même pendant toutes ces années où il avait travaillé à l'Union Atlantic. Herb détestait son boulot. Pourtant, il aurait dû se réjouir de l'avoir. Sans cela, il aurait pu être envoyé au-delà des mers, expédié sur le front à essuyer les tirs. Il n'avait échappé à ce destin que grâce à son travail, considéré comme assez important pour qu'il ne soit pas appelé sous les drapeaux.

Le fait d'avoir évité la conscription ne lui avait pas rendu la tâche plus facile. Cela n'avait pas tempéré la chaleur infernale qui régnait à l'usine. Cela n'avait pas apaisé ses muscles douloureux ni empêché l'odeur de graisse de le suivre jusque dans sa chambre à coucher. Quand il dormait, le fracas des machines et l'acier chauffé à blanc emplissaient ses cauchemars.

Au diable l'éthique ! Herb avait accepté de marcher dans la combine. Pour la première fois de sa vie, il s'était senti dans la peau du gagnant. Il avait enfin tout l'argent dont il avait besoin. Plus qu'assez pour rembourser ses dettes, laisser tomber son boulot, quitter son appartement minable et acquérir une maison dans un domaine de la banlieue cossue. Il avait acheté une voiture neuve, des costumes neufs, quantité de choses neuves. Il s'était même trouvé une femme – ce qui n'était pas un mince exploit pour un homme comme lui, peu gâté par la nature. Avec sa silhouette courtaude, ses gros bras et ses jointures hérissées de vilains poils, il tenait du gorille. Sa femme s'en moquait tant qu'elle avait de l'argent à dépenser. Elle aimait les belles choses encore plus que lui.

Et même trop, apparemment.

Maintenant, de l'argent, il n'y en avait presque plus. Et seul un autre gros coup pourrait empêcher sa femme de le quitter, et lui-même de retourner à la chaleur, au vacarme et à la puanteur de l'usine.

— Attendez, dit-il. Vous avez reçu une invitation, vous aussi ?

— En effet, acquiesce Judd.

— Vous avez une idée de ce qui se prépare ?

— Aucune, répond Judd et il se met à arpenter anxieusement la voiture, ce qui a pour effet de plonger à son tour Herb dans l'angoisse. Je trouve qu'il y a quelque chose de bizarre là-dessous. Tous ces gens que j'ai vus au moment de monter à bord… où sont-ils passés ?

— Ils sont probablement descendus du train.

— Mais pourquoi ? Il a bien fallu que quelqu'un le leur ordonne. (Judd interrompt brusquement sa marche.) Et le seul, à mon sens, qui détienne un tel pouvoir est celui qui possède le train.

Mon Dieu, pourvu que non ! se dit Herb in petto. Il ne veut pas devoir repenser à ce qu'ils ont fait. À tous ces innocents qui ont trouvé la mort, notamment le fils Matheson. À leurs corps massacrés, qui ont remplacé le vacarme et l'acier dans ses cauchemars.

— Vous croyez qu'il a prévu autre chose ?

— Si c'est le cas, répond Judd, je ne veux pas en être !

— C'est peut-être quelque chose de réglo, réplique Herb sur un ton empli d'espoir. (Sauf que si ce n'est pas le cas, il ne se fera pas prier pour accepter quand même, c'est sûr et certain. Il n'a pas le choix. Que voulez-vous, les temps sont difficiles.) Mais peut-être que ce n'est pas lui qui nous a attirés ici, reprend-il tout haut.

Judd se remet à faire les cent pas, traverse la voiture dans les deux sens, un doigt sur le menton. À le voir déambuler de la sorte, Herb en vient à se demander si c'est ainsi que Judd a conçu le *Philadelphia Phoenix*. Ou, pire, le moteur de la locomotive qui leur a apporté la fortune en détruisant tant de vies.

— Bien sûr que c'est lui ! réplique Judd. Mais quand même, il y a quelque chose de bizarre. Vous avez l'invitation sur vous ?

Herb l'a sur lui, en effet. Il l'avait mise dans une poche de son veston quand Judd est entré dans le salon.

— Regardez-la, déclare Judd. Vous ne voyez rien d'étrange ?

Herb examine l'invitation, ne remarque rien d'extraordinaire. Il y a un point de départ, un point d'arrivée, et l'estimation du temps prévu pour aller de l'un à l'autre. Treize heures. Il pense d'abord que Judd est troublé par l'heure d'arrivée indiquée sur le carton – sept heures du matin –, parce qu'il oublie qu'il y a une heure de décalage entre les fuseaux horaires, quelque part en Indiana. Ce n'est qu'après avoir regardé la carte quelques secondes de plus qu'il comprend à quoi Judd fait allusion.

L'invitation n'évoque que le trajet aller. Il n'est pas question du retour.

4

POUR SA PART, Sally Lawrence avait bien remarqué qu'il n'était pas fait mention du retour à Philadelphie. Elle était venue quand même. Elle n'est pas aveugle, elle sait reconnaître une tentative de chantage quand elle en voit une. Et les quelques mots écrits au dos de l'invitation sont sans ambiguïté. Il faudrait qu'elle soit folle pour ignorer celle-ci.

Vous vous rappelez qui vous étiez jadis ? Moi, je m'en souviens.

Pour l'heure, Sally regarde le message. Elle ne s'interroge pas sur son auteur – elle sera fixée bien assez tôt –, elle pense à la question posée.

Oui, elle s'en souvient.

Ce n'est pas faute d'avoir tout fait pour oublier.

Le premier changement d'importance a été celui de son nom. Maintenant, elle se fait appeler Sally. Elle a abandonné le diminutif que tout le monde utilisait, de sa sœur à son patron, en passant par ses fréquentations.

Sal.

Comme dans « Te fais pas trop d'illusions, Sal. Comme ça tu seras pas déçue ». Ou « Apporte-moi encore un café, Sal, et referme la porte en sortant ». Ou encore : « T'es une fille super, Sal, mais je cherche autre chose ».

Eh bien, elle est devenue *autre chose*. À l'instant où elle a été officiellement riche, Sally est entrée dans l'institut de beauté le plus chic de la ville et a dit : « Faites de moi une Veronica Lake. » Les esthéticiennes n'ont pas ménagé leurs efforts. Après des heures de décoloration, d'épilation et de maquillage à la truelle, Sally s'est regardée dans la glace, et c'est tout juste si elle s'est reconnue.

Poursuivant sa transformation, elle a remodelé sa silhouette à grand renfort de régimes draconiens, de pilules et de gymnastique. Elle a acheté toute une garde-robe pour draper son nouveau corps. Adieu le tweed et les chandails informes qui lui donnaient deux fois son âge. Maintenant, Sally s'habille à la dernière mode, et chez les grands couturiers. Présentement, elle porte un tailleur en laine bouclée ivoire, avec des boutons en nacre et un sac à main assorti. La vendeuse qui lui a vendu l'ensemble lui a juré que cette tenue la rajeunissait. Sally n'est pas d'accord. Elle trouve qu'elle fait vieille fille riche, ce qui est plus près de la vérité qu'elle ne se plaît à l'admettre.

Maintenant, Sally s'examine dans la glace, en se demandant si elle ne devrait pas se changer. Ce ne sont pas les options qui manquent. En arrivant à Chicago, elle improvisera, et elle a fait ses bagages pour parer à toutes les occasions. Deux valises, une malle et un vanity-case.

Elle récupère, au fond d'une des valises, une flasque étincelante, en nickel poli. La débouche, renverse la tête en arrière et s'accorde une bonne gorgée. La brûlure suave du whisky irradie l'intérieur de sa poitrine. Elle pousse un soupir de soulagement.

Bon sang, elle en avait sacrément besoin !

Pas seulement pour supporter ce que le voyage est en passe de lui réserver, mais pour l'aider à supporter le fait de se trouver dans ce train. Elle a tellement de souvenirs du *Phoenix*, tous assombris par ce qui est arrivé. Avant de monter à bord, elle craignait qu'ils ne reviennent la hanter. Des souvenirs tournant autour d'elle par dizaines, comme des fantômes et rongeant sa conscience au point qu'elle n'ait plus la force de le supporter.

Quand elle a fini par monter dans le train – non sans s'être accordé un petit stimulant sous la forme d'un verre d'alcool bien raide au bar de la gare, évidemment –, Sally a ressenti… Quoi ? Rien du tout. Aucun souvenir, ni bon ni mauvais. Et en tout cas, pas la moindre culpabilité. Pourvu que ça dure, et que le voyage ne se transforme pas en quelque chose qu'elle regrettera par la suite…

Rétrospectivement, Sally voit sa vie comme une interminable succession de regrets, à commencer par le soir où elle est entrée dans ce bar, il y a douze ans. Elle était tellement jeune, à l'époque. Tellement bête. Juste une femme à la recherche de quelque chose de primitif. En quête de l'interdit. Elle n'avait pas raté son coup. Ce qui lui avait valu encore plus de regrets.

Elle se rappelle avoir regardé les photos de cette nuit-là, en proie à une envie de pleurer, de vomir et de tuer, purement et simplement, l'homme qui les lui montrait.

— Je peux les faire disparaître, avait-il dit sur un ton mielleux. En échange d'une petite faveur.

Sally avait répondu oui, tout ce qu'il voudrait, mais pitié, qu'il mette fin à cela !

Autre regret, parce qu'il l'avait effectivement tirée de là. Enfin, il avait tenu parole, et fait sa fortune.

Et celui-là, c'est le plus grand regret de Sally.

D'accord, elle est riche, mais à quel prix ? Aux dépens de tous ces jeunes gens. Morts, tous autant qu'ils étaient. Et d'une famille détruite. Une famille, quand elle ose y réfléchir, qui l'avait mieux traitée que la sienne.

Un souvenir s'impose à elle, un souvenir dont elle se passerait bien. Lors du voyage inaugural du *Phoenix*, elle était dans une suite exactement semblable à celle qu'elle occupe actuellement. Il se pourrait bien, d'ailleurs, que ce soit la même. Elles sont identiques. Lit. Fauteuil. Cabinet de toilette. Rideaux aux fenêtres – deux fenêtres, l'une près du fauteuil pivotant, l'autre près du lit. Dans ses souvenirs, celle près du fauteuil est ouverte et laisse entrer un air printanier qui lui apporte de la fraîcheur, ainsi qu'à sa compagne de voyage, debout à côté d'elle alors que le train remonte la foule massée sur le quai.

— *Fais au revoir aux gens, Annie.*

Sally chasse ces images à l'aide d'une nouvelle rasade de whisky. En rebouchant la flasque, elle remarque le cadran de sa montre. Bientôt huit heures.

Elle doit se rendre dans le salon de première classe. Sans doute y découvrira-t-elle à qui elle doit cette invitation.

Sally lâche la flasque dans son sac à main et quitte sa cabine. Dans le couloir, elle tangue d'une paroi à l'autre. Elle veut croire que c'est à cause du balancement du train, mais elle sait à quoi s'en tenir : les rasades de whisky et le verre – d'accord, *les verres* – ingurgités avant de monter en voiture n'y sont pas pour rien. Tanguant toujours, elle se jure de freiner sur l'alcool une fois qu'elle sera à Chicago. Mais considérant qu'elle n'y est pas encore, elle ne voit pas ce qu'il y aurait de mal à s'offrir une dernière gorgée.

Gorgée qui s'accompagne d'une autre pour faire la paire au moment où Sally franchit la passerelle en accordéon qui relie sa voiture à la suivante. Après avoir négocié un autre boyau – et une dernière goulée de whisky –, elle remet la flasque dans son sac, franchit encore un accordéon et fait son entrée dans le salon des première.

Deux hommes sont déjà là – deux hommes qu'elle connaît – et qu'elle n'avait vraiment pas envie de revoir.

— Et merde ! lâche-t-elle.

Judd Dodge lui adresse un hochement de tête sarcastique.

— Content aussi de te revoir, Sal.

Dans l'instant, Sally se rend compte que toutes ses tentatives de transformation auront été vaines. Elle a beau avoir perdu quinze kilos, rehaussé son style de plusieurs crans et fait passer ses cheveux couleur queue-de-vache au blond platine, il y a encore des gens qui la voient telle qu'elle est en réalité.

Pourrie jusqu'à la moelle.

5

DANS LA VOITURE 13, Edith Gerhardt quitte la Suite B et se fige dans l'étroit couloir, stoppée net par une vision. Là, juste en face de sa porte, il y a une large fenêtre assombrie par le paysage nocturne qui défile de l'autre côté. Et dans cette obscurité, une image reflétée dans la vitre. La sienne. Sinistre.

Une robe grise sous une veste grise. Un chapeau gris sur des cheveux gris. Même son teint évoque la cendre, la seule tache de couleur étant son rouge à lèvres rose.

On dirait un fantôme, pense Edith avec angoisse, se remémorant tout à coup les histoires que lui racontait sa grand-mère. Sa famille possédait un grand domaine qui avait disparu bien avant sa naissance, et qui était hanté par un spectre. Le Grauer Geist.

Le Fantôme Gris.

Selon la légende familiale, sa présence annonçait un malheur imminent. Du coup, Edith est encore plus perturbée par son apparence spectrale. Est-ce elle qui serait maudite, ou juste le messager ? Un peu des deux, quand elle pense à tous ceux qu'elle a aimés et qui sont morts à présent. Enfin, elle est toujours en vie, elle le concède avec un petit signe de tête à son reflet fantomatique, qui lui rend son salut à l'unisson.

Edith repart vers l'avant de la voiture en se sentant un peu bête d'avoir ainsi interagi avec son reflet. Presque aussi bête, d'ailleurs, que d'être montée à bord de ce train. Elle ne devrait pas être ici, se dit-elle. Il n'en sortira rien de bon.

L'invitation avait failli finir à la poubelle, Edith ne voyant vraiment pas qui avait pu la lui envoyer. Et elle n'avait pas du tout envie de faire un voyage, même d'un jour ou deux. Née à Bonn, elle a passé son enfance à Munich et s'est retrouvée veuve à Berlin, après quoi elle a émigré aux États-Unis en 1936. Les voyages, elle en a eu sa dose. Et puis elle avait vu le mot au dos de l'invitation. Elle avait compris alors que c'était un voyage qu'elle ne pouvait écarter.

Combien seriez-vous prête à payer pour garder votre secret ?

La réponse est : ce qu'il faudra, Edith l'a déjà décidé, bien qu'elle déteste desserrer les cordons de sa bourse. Elle a connu la pauvreté dans son enfance, dans sa jeunesse, puis durant tout le temps de son mariage et même après, raclant les fonds de tiroir jusqu'à son arrivée en Amérique. Maintenant, à soixante-neuf ans, et à la tête d'une fortune comme elle n'aurait jamais imaginé en posséder, même dans ses rêves les plus fous, Edith traite l'argent comme une chose fragile à laquelle il faut faire attention. Elle mène une vie frugale, dépense peu, donne encore moins. Sa plus grosse dépense est la dîme qu'elle accorde à son église. Dix pour cent, comme dans la Bible.

À ses yeux, jeter l'argent par les fenêtres est un travers américain. Et bien qu'elle vive aux États-Unis depuis près de vingt ans, elle est demeurée résolument allemande. Par exemple, sa tenue de voyage – une robe en laine grise, une veste et un chapeau camembert gris, des chaussures confortables – est celle qu'elle porte tous les dimanches pour aller à l'église. Si c'est assez bien pour le bon Dieu, cela doit suffire pour un voyage en train, non ?

Surtout un voyage dont elle craint qu'il ne finisse par lui coûter cher.

Parce que si Edith ne sait pas véritablement qui est derrière cette histoire – manifestement une tentative de chantage –, elle s'en doute. Quant au motif dudit chantage, eh bien il pourrait s'agir d'une chose – deux, à vrai dire, se rapportant à sa vie en Allemagne.

Edith a quitté son pays natal contre son gré. Contrairement à beaucoup d'émigrés allemands, elle n'a pas fui pour échapper à la montée du nazisme. Non, elle est partie à cause de la mort de son mari et de toute sa famille. Et tant qu'à refaire sa vie sans eux, Edith s'est dit qu'il valait mieux la refaire ailleurs. C'était son côté pragmatique. Elle voyait bien qu'Hitler en voulait trop, et trop vite. Une telle ambition aboutirait forcément à la ruine de l'Allemagne, sitôt que les États-Unis entreraient dans la danse. Et n'ayant aucun doute sur la victoire de l'Amérique, elle avait décidé de s'y installer.

Edith adorait l'Allemagne, d'accord, mais elle aimait encore plus sa propre survie.

Et pour survivre, elle a survécu ; elle s'en est même très bien sortie. Elle a trouvé rapidement une place de gouvernante dans une famille fortunée de Philadelphie. Ses patrons la traitaient bien, mais avec indifférence. Pour eux, elle n'était qu'une employée. Parmi bien d'autres. Mais leurs enfants, c'était autre chose. Ils l'adoraient, et elle leur rendait tout leur amour. À bien des égards, ils étaient les enfants qu'elle n'avait jamais eus, et elle les entourait d'affection.

Pourtant, Edith savait que ça ne durerait pas. Elle n'était pas femme à se laisser aveugler par ses émotions, surtout quand la quête d'Hitler pour la domination du monde avait commencé à tourner selon ses prévisions. Le moment viendrait où il lui faudrait choisir entre sa patrie et un nouveau pays.

Le moment du choix survint en 1942.

Edith opta pour l'Amérique, et maintenant, grâce à ce choix, elle est riche.

N'empêche qu'elle s'attend à voir apparaître le Grauer Geist à tout moment. Si la légende familiale dit vrai, sa venue est inévitable. C'est pourquoi Edith ne cesse de jeter des regards furtifs aux fenêtres tout en avançant dans le train. Rassurée – c'est bien son propre reflet fantomatique qui l'accompagne, et non pas quelque chose de différent d'elle, plus dangereux, comme un spectre –, elle entre dans le salon des première classe.

Il s'y trouve déjà trois personnes. Deux hommes – dont un boudiné dans un affreux costume vert coupé pour un personnage deux fois plus jeune et deux fois moins corpulent que lui, l'autre vêtu d'un costume noir plus adapté à la situation. La femme est habillée dans les tons ivoire. Malgré leurs styles discordants, Edith suppose qu'ils se connaissent. Ils sont debout à côté du piano, très proches les uns des autres, et ils discutent à voix basse, ignorant sa présence.

— Edith Gerhardt, annonce-t-elle avec un accent allemand que les longues années passées en Amérique n'ont pas réussi à gommer. Je suis attendue.

Les trois autres interrompent leur conciliabule et tournent leurs regards dans sa direction. À sa grande surprise, Edith les reconnaît.

Tout comme ils la reconnaissent. Et si Judd Dodge, Herb Pulaski et Sally Lawrence ne semblent pas ravis de la voir, Edith est encore plus contrariée qu'eux.

Parce que là, juste devant eux, se tient un fantôme.

Non, pas le Grauer Geist.

C'est son passé qui vient la hanter.

6

LE LIEUTENANT-COLONEL JACK LAPSFORD fait toujours ce qu'il faut faire. C'est sa spécialité.

Militaire jusqu'au bout des ongles, il a gravi les échelons jusqu'au rang qui est le sien actuellement en exigeant des réponses, en prenant des décisions pas faciles, et en obtenant des résultats. Maintenant, âgé de soixante-deux ans et à la retraite, il se dirige vers le salon des première classe déterminé à en finir avec *ça*, de quoi qu'il s'agisse.

En chemin, il réfléchit aux questions qu'il va poser à celui qui l'a convoqué ici, quel qu'il soit. La première ne concerne pas seulement ce train, mais tous les trains en général. Pourquoi font-ils des couloirs aussi étroits ? Lapsford n'est pas un petit gabarit, c'est le moins qu'on puisse dire. Mais ce n'est pas non plus un géant. Il était même plus baraqué, en d'autres temps, ce qui l'amène à se demander comment font les gens pour se déplacer dans les trains. Parce qu'il passe un très mauvais moment tandis qu'il avance lentement le long du corridor en raclant les parois de ses épaules. Si quelqu'un surgissait en face, ils n'auraient pas la place de se croiser.

Non que Lapsford ait vu un autre passager depuis qu'il est monté à bord. C'est d'ailleurs sa deuxième question : Où tous les gens sont-ils passés ? L'unique personne qu'il a vue était le contrôleur, ce qui met Lapsford mal à l'aise. Les trains normaux – qui circulent pour un voyage normal – grouillent de passagers, de porteurs, de serveurs. On dirait qu'il n'y en a aucun à bord de ce train.

Quelques minutes après le départ de Philadelphie, il s'est rendu à la voiture-restaurant dans l'espoir de s'offrir un dîner correct pendant le trajet. Pas de chance. Les neuf tables – une pour chaque suite de première classe – étaient dressées pour le dîner, mais personne n'y était assis. Et il n'y avait pas davantage de serveurs dans la voiture. En retournant vers sa cabine, il a vu que c'était la même chose dans le salon. Des sièges vides. Un bar désert. Une voiture totalement déserte.

Si Lapsford n'avait guère envie de se retrouver nez à nez avec quelqu'un dans ce couloir exigu, une autre présence l'aurait quelque peu rassuré. Pour l'heure, il a l'impression d'être le seul passager à bord. Idée absurde, et pourtant…

Juste après ces pensées, une troisième question prend forme dans son esprit : *Pourquoi suis-je ici ?*

Techniquement, Lapsford comprend la raison. Quelqu'un sait sur lui quelque chose qu'il ne devrait pas savoir. À lui maintenant de limiter les dégâts. Moyennant finances, au besoin. Du moins, telle est son interprétation du message griffonné au dos de son carton d'invitation.

Quel effet cela fait-il d'avoir du sang sur les mains ?

Ce qui ne laisse pas de le perturber, c'est la logistique mise en œuvre autour de la situation. Qui peut bien être au courant de cette information alors qu'il devrait l'ignorer ? Comment l'a-t-il apprise ? Qu'attend-on de lui, sinon de l'argent ?

La seule question qu'il ne se pose pas, c'est de quoi il retourne.

Il s'agit de ce qui s'est passé voilà douze ans. Aucun doute à ce sujet.

Lapsford était encore à Washington à l'époque, il faisait partie d'un groupe chargé de la logistique de temps de guerre. Chargé d'amener les troupes et le matériel là où il fallait, et quand il le fallait. Pour cela, les militaires avaient besoin de trains. De gros trains. Puissants. C'est ainsi que Lapsford s'était retrouvé à partager un steak et un scotch avec un homme relié à tout un réseau ferroviaire.

Sauf que l'homme en question ne faisait pas du lobbying en vue d'obtenir un gros contrat militaire. Il voulait que le gradé en face de lui accorde ce contrat à quelqu'un d'autre – pour une raison machiavélique.

— Ce que vous me suggérez, c'est un sabotage, avait réagi un Lapsford au visage écarlate, dans tous ses états. Qu'est-ce qui vous porte à croire que je pourrais tremper dans cette manigance ?

— Regardez, avait répondu l'homme. Vous voyez bien ce qui s'est passé après Pearl Harbor. L'Amérique s'est enfin réveillée. On peut dire que c'est cet événement qui a attiré l'attention de Roosevelt. L'effort de guerre s'en est trouvé démultiplié. Des milliers d'hommes ont été mobilisés. Mais c'était il y a six mois et, aujourd'hui, on est toujours à la traîne d'Hitler alors qu'on est au cœur du combat. Vous êtes bien placé pour le savoir. La seule façon d'accélérer les choses pour l'armée, c'est de donner au pays un nouveau motif de ralliement autour d'Oncle Sam.

Ce type avait raison, Lapsford le savait. Roosevelt traînait les pieds, ce qui leur avait déjà coûté cher. L'Amérique aurait dû se préparer à la guerre depuis des mois. Maintenant, il fallait toujours plus d'hommes, plus de moyens, plus de tout. Une version réduite de Pearl Harbor, c'était peut-être exactement le coup de pied aux fesses dont le pays avait besoin. Mais il fallait envisager les conséquences.

— Des hommes vont mourir, avait-il répliqué. Des innocents.

— Ils sont probablement condamnés de toute façon.

Réponse cruelle, mais l'homme ne mâchait pas ses mots, et Lapsford appréciait, parce que c'était bel et bien l'issue probable de la situation. Après tout, c'était la guerre. Des masses d'innocents envoyés à l'abattoir, de la chair à canon. La clé de la victoire était d'en perdre moins que l'ennemi.

— Mais ils auraient été utiles ailleurs.

— Si c'est ce qu'il faut pour que l'Amérique se prépare vraiment à la guerre, alors leur sacrifice n'aura pas été vain.

— Et en ce qui vous concerne, vous aurez réussi à détruire la concurrence, avait ajouté Lapsford. Un bonus pour vous.

Son vis-à-vis s'était calé contre son dossier, un verre de Macallan dans une main, un cigare Davidoff dans l'autre.

— Je ne fais pas ça pour ça. Mais puisque vous évoquez le sujet, si tout fonctionne conformément au plan, j'en retirerai un profit financier. Et vous aussi. Et d'après ce que j'ai entendu dire, Jack, ce ne serait pas la première fois.

Dès cet instant, Lapsford avait su que le choix qu'on lui offrait n'en était pas un. Et donc, il avait fait ce qu'il fallait, parce que faire le nécessaire, c'était justement sa spécialité. Et il ne le regrette pas. Les regrets, c'est pour les faibles. Les forts ne regardent jamais en arrière. Ils regardent devant, toujours.

Et c'est ce que fait maintenant Lapsford en entrant dans le salon. Les yeux rivés sur la porte, le torse bombé au point que ses boutons de chemise tirent sur le tissu, le cœur battant à se rompre d'anticipation. Mais à peine a-t-il fait un pas dans le salon et aperçu les quatre personnes présentes que sa poitrine se dégonfle et que son cœur loupe un battement.

Il connaît ces gens.

Et il n'est pas content de les voir.

— Bon sang, qu'est-ce que vous faites là ? lance-t-il à ces deux hommes et ces deux femmes.

Qui n'ont visiblement pas la réponse. La plus jeune des deux femmes rétorque :

— On pourrait vous retourner la question.

Lapsford a oublié son nom. Ils ne se sont croisés que brièvement, au moment de porter témoignage, lors du procès qui a détruit la réputation d'un homme déjà décédé.

— Ce n'est pas l'un de vous qui a organisé tout ça ?

— Non, répond le plus grand des deux hommes.

Cette fois, Lapsford peut mettre un nom sur son visage. Dodge. Judd Dodge.

— Alors, qu'est-ce qu'on fait là ? demande-t-il. Et d'exprimer tout haut la question cruciale qu'ils se posent tous : Qui est derrière tout ça ?

7

CONTRAIREMENT AUX PERSONNES réunies dans le salon, Dante Wentworth sait sans le moindre doute qui est derrière ce voyage. Un comble, quand on pense qu'il n'est même pas censé se trouver dans le train.

L'invitation était adressée à son père, Kenneth Wentworth, avec un message écrit au dos, message aussi vague que menaçant.

Nous avons un compte à régler tous les deux.

C'est ce message qui a piqué l'intérêt de Dante quand il l'a repéré sur le bureau de son père. Même douze ans après, il reconnaît encore l'écriture. Comment oublier ces courbes, ces déliés élégants ? Les revoir après tout ce temps, c'est ce qui a incité Dante à empocher l'invitation et à se présenter à la place de son père.

Ce n'est pas la première fois qu'il débarque quelque part sans avoir été invité. En vérité, c'est un peu une habitude chez lui. Mais il s'en sort toujours. Il est jeune, séduisant, charmant et riche – quatre particularités qui permettent à son détenteur de faire pratiquement tout ce qu'il veut.

Dans le cas présent, ça ne fait pas de mal non plus que son père soit le propriétaire du *Philadelphia Phoenix*. Pas depuis le début, d'accord. Il y a douze ans, le *Phoenix* et la compagnie qui l'a lancé appartenaient à Arthur Matheson. Mais à présent, c'est la propriété de son père, et Dante soupçonne qu'il pourrait conduire le train jusqu'à Chicago si l'envie l'en prenait. Son père le fait tout le temps. Il est incapable de résister à ses jouets. Quand il voyage à bord du *Phoenix*, il aime monter dans la locomotive, prendre les commandes et faire entrer le train en gare.

Ce n'est pas le genre de Dante. Contrairement à son père, les trains et les lignes de chemin de fer qui ont fait la fortune de sa famille ne l'intéressent pas. À trente ans, il est assez jeune pour voir l'avenir, et il est sacrément sûr qu'il n'y aura pas de trains dedans. Dante sait qu'ils connaîtront bientôt le même sort que les dinosaures, qu'ils seront remplacés par les voitures rapides, les avions à réaction et par toutes ces nouvelles technologies que le monde entier élabore, sauf son père.

Enfin, pour le moment, le *Phoenix* roule en grondant sur les rails, et lui-même fait partie de ses rares passagers. Si Dante a bien compté, il y a au moins cinq autres personnes à bord, en dehors du contrôleur à l'air louche qu'il a repéré un moment plus tôt en train de rôder dans les couloirs. Depuis une demi-heure, il entend des gens sortir des deux autres suites de sa voiture, et il a suivi le bruit des pas de trois autres personnes passant devant sa porte, en chemin vers le salon des première classe.

Avant de s'y diriger lui-même, Dante examine le carton d'invitation arrivé il y a exactement deux semaines. Bien qu'il ait été destiné à son père, le message inscrit au dos aurait pu le concerner. Son hôtesse et lui ont assurément un compte à régler. Pour sa part, Dante a vraiment hâte de voir comment les choses vont se passer.

Il enfile son veston, rajuste sa cravate et sa pochette devant le miroir de la salle de bains, et quitte sa suite. En longeant le couloir, il réfléchit à ce qu'il va dire à son hôtesse après une si longue absence.

Ravi de te voir, Anna.

Non, se dit-il. C'est trop faible.

Je suis bien content de te voir, Anna.

Dante secoue la tête. Trop formel.

Tu m'as manqué, Annie.

Voilà, ça pourrait marcher. Tout dépend de la façon dont il le dira. Trop d'emphase donnerait à penser qu'il est désespéré. Pas assez, ça pourrait suggérer qu'il ne pense pas vraiment ce qu'il dit, alors que c'est tout le contraire.

Peu importe ce qu'il dira, Dante a le sentiment que ce sera perdu dans le choc qui succédera à son apparition. Après tout, c'est son père qu'Anna attend. Dante espère qu'elle finira par lui pardonner son intrusion.

Quand il fait enfin irruption dans le salon des première classe, Dante s'attend à ce que tous les regards se tournent vers lui. C'est ce qui se passe habituellement quand il débarque quelque part. En partie à cause de sa réputation de célibataire le plus convoité de Philadelphie. Dante Wentworth, le flamboyant héritier d'une fortune ferroviaire. En partie aussi à cause de son physique formidablement attrayant, qui suscite généralement l'admiration des femmes et la jalousie des hommes.

Ça n'a pas toujours été le cas. Quand il était petit, Dante était un gamin rachitique et disgracieux, doté d'un menton trop pointu pour son visage de chérubin et d'yeux trop grands, trop écartés. La puberté ayant redressé tous ces travers, il a fini par acquérir les traits physiques qui sont les siens aujourd'hui. Le reste de son corps a rattrapé ses trop grandes jambes, et ses joues de bébé potelé se sont transformées en une mâchoire carrée juste comme il faut. Quant à ses yeux, ils sont devenus des lacs de saphir tellement séduisants que sa mère s'était écriée : « Tu vas briser les cœurs par centaines, Dante. Alors sois gentil. »

Elle avait raison. Depuis cette époque, Dante a brisé bien des cœurs. Et il a toujours été gentil, sauf une fois.

Quand il fait son entrée, personne ne s'interrompt. Les cinq personnes regroupées dans le salon sont bien trop plongées dans leurs messes basses pour remarquer sa présence. Dante met à profit ce rare moment d'anonymat pour les jauger. À sa grande surprise, il les reconnaît tous. Judd Dodge et Herb Pulaski. Sally Lawrence et la morne Edith Gerhardt. Et, bien sûr, l'estimé lieutenant-colonel Jack Lapsford, qui roule des mécaniques comme le grand-père de Dante. Les voir ainsi réunis procure à Dante un surcroît d'excitation. À l'évidence, Anna mijote quelque chose.

— Je vous le dis, ce n'est pas une coïncidence, dit Judd Dodge, et ces mots sortent de sa bouche dans un sifflement.

— Alors, ironise Lapsford, vous savez pourquoi nous sommes tous ici.

— Moi, je le sais, intervient Dante.

Il a enfin réussi à attirer leur attention. Tous les yeux se tournent vers lui, et il réagit avec un hochement de tête satisfait. Là, voilà ! C'est à cela qu'il est habitué.

Les autres le reconnaissent aussi, évidemment, et pour la plupart ils ont l'air surpris par sa présence. Apparemment, ils s'attendaient aussi à voir son père.

— Dante Wentworth, dit Sally Lawrence. C'est un coup de votre père ?

— Ça, j'en doute. (Il continue d'avancer et passe devant les autres en se dirigeant vers le piano. Il s'assied et se met à tapoter négligemment sur les touches.) Mais je sais qui est derrière tout ça.

Jack Lapsford s'avance vers lui impatiemment.

— Alors, de quoi s'agit-il ? Si vous savez qui nous a fait venir ici, dites-le !

— C'est l'œuvre de quelqu'un qu'aucun de nous – et moi moins que tout autre – ne s'attendait à revoir un jour, fait Dante en tirant du piano des accents tonitruants.

Ce qu'il ne dit pas, c'est qu'à part lui personne n'appréciera de revoir Anna Matheson. Il est certain d'une chose, ce ne seront pas d'heureuses retrouvailles.

20 H 00

À DOUZE HEURES DE CHICAGO

8

ANNA PATIENTE DANS SA CHAMBRE les yeux rivés sur la pendule, les muscles noués, en proie à un mélange d'impatience et d'angoisse. Pour la millième fois, elle se dit qu'elle fait ce qu'il faut, que rien ne va mal tourner, que dans douze heures tout cela aura valu la peine. Et puis, quelque part dans son cerveau, une petite voix obsédante lui dit – pour la millième fois aussi – que non, elle ne fait pas ce qu'il faut, que quelque chose va capoter, que rien ne garantit qu'au bout de la ligne la justice attende.

Et puis Seamus frappe à la porte. Les pensées d'Anna cessent leur tourbillon. L'instinct prend le dessus.

— C'est l'heure, annonce-t-il quand elle ouvre la porte.

— Tous les autres sont descendus du train ?

Sachant qu'aucun des invités ne serait monté de son plein gré dans un convoi vide, Anna a demandé aux membres de l'équipage du train – qu'elle a payés de sa poche – de faire comme s'ils vaquaient à leurs occupations jusqu'à la dernière minute avant le départ. Quant aux passagers, ce sont des amis et des membres de la famille du personnel, à qui Anna a pris bien soin d'octroyer aussi une petite gratification.

— Tout le monde, répond Seamus. J'ai parcouru le train d'un bout à l'autre. Nous ne sommes que tous les deux, et les six personnes qui sont dans le salon.

Anna lisse sa robe puis en fait autant avec ses cheveux. Elle prend la mallette dans le fauteuil près de la vitre et dit :

— Et la tuile ?

— Tu ne vas pas tarder à la découvrir.

L'éclairage vacille à nouveau dans le train alors qu'ils quittent la suite et passent dans un couloir qui oscille entre lumière et ténèbres. Anna consacre chaque milliseconde d'obscurité à observer la neige qui tombe dehors. Lente, régulière.

— Tout va bien se passer, dit Seamus. Quand la lumière reviendra à la normale. Tu vois ?

Le salon des première classe se trouve dans la voiture juste devant eux. Si près qu'Anna perçoit un murmure de voix et le son inattendu d'un piano. À l'idée qu'ils sont tous les six à quelques pas d'elle, elle se sent complètement tourneboulée. Quand le train tangue un peu, elle en accompagne le mouvement, au bord de l'évanouissement.

— Ça va ? demande Seamus en lui prenant la mallette des mains.

Anna secoue la tête.

— Pas du tout.

Il faut pourtant que ça aille. Elle ne peut pas se laisser submerger par ses émotions. Ce n'est pas le moment. Pas après avoir si bien planifié les choses et dépensé autant d'argent. Arrivée devant la porte du salon, Anna s'arrête et ferme les yeux, pas prête encore à voir les autres par le hublot pratiqué dans le panneau de bois.

Dans le noir, elle ne pense qu'à son père, sa mère et Tommy. Elle a même une pensée pour tante Retta, l'unique sœur de son père, qui l'aimait tant que sa mort l'avait rendue folle.

Ils ont tous disparu, à présent.

Tout cela à cause des six personnes regroupées derrière la porte.

Anna inspire un bon coup, vide ses poumons, rouvre les yeux. Par le hublot elle voit cinq des six personnes. Trois lui tournent le dos. Deux autres sont de profil. La sixième personne, dissimulée derrière eux, est assise au piano et joue un petit air guilleret complètement déplacé.

Elle s'est souvent demandé l'effet que cela lui ferait de les revoir. De longues nuits sans sommeil au cours desquelles tous les scénarios possibles, de souffrance, de rage et de haine, déchaînaient leur bourrasque dans sa tête. Mais rien de ce que son imagination lui avait proposé n'approchait, même de loin, cet instant bien réel où son regard se pose enfin sur ceux qui ont détruit sa vie.

Le vide qui palpite dans sa poitrine la surprend. Tout comme la chaleur qui rugit dans ses veines. Un brasier plus ardent que n'importe quelle fièvre. Mais le vrai choc, ce sont les souvenirs qui affluent tout à coup, pas tous désagréables. Elle connaît ces gens, certains mieux que d'autres. Quelques-uns sont pratiquement des étrangers, elle ne les a rencontrés qu'une ou deux fois. Les autres, elle les considérait comme des membres de la famille. Après des années de colère, Anna croyait à jamais disparue toute trace des sentiments qu'elle éprouvait jadis pour eux. Mais apparemment, il en reste quelque chose qui remonte maintenant à la surface en bouillonnant, au milieu de sa colère et de son chagrin.

Quand elle repère Edith Gerhardt, par exemple, la seule chose à laquelle Anna arrive à penser c'est que, quand elle était enfant, Edith l'appelait Schatzi.

Son petit trésor.

C'est ce qu'elle lui disait en la réveillant, le matin, et en l'embrassant sur le front le soir, avant de dormir. Edith, qui lui donnait à manger, qui la dorlotait, qui était gaga d'elle, qui collait des sparadraps sur ses égratignures aux genoux, et qui, un jour, avait même menacé Matty Bernard de lui casser le bras parce qu'il s'en était pris à elle à l'école. Signe, Anna le sait maintenant, que sous ses airs de mamie gâteau, une noirceur sommeillait en Edith.

Contrairement à Sally Lawrence, qui sera toujours Sal pour Anna. Elle n'avait pas ces ténèbres en elle. Même pas un soupçon. Aux yeux d'Anna, Sal était parfaite depuis la minute où elle était devenue la secrétaire de son père, à l'âge de dix-huit ans. Enfant, Anna adorait aller voir son père au bureau, pour le seul plaisir de passer un moment avec Sal. Et en grandissant, à l'âge où l'on franchit prudemment la corde raide qui sépare l'enfance de l'adolescence, Anna avait vu en Sal une grande sœur d'adoption, à qui elle confiait des secrets qu'elle n'aurait jamais confiés à sa mère. Les garçons, les règles, les soutiens-gorge.

Pour la petite Anna, Sal était tout ce que sa mère n'était pas. Indépendante, libre dans ses opinions, apparemment pas pressée de se caser ou de se contenter de peu. Anna adorait sa mère, mais Sal lui prouvait que la vie, ce n'était pas que les robes, les paillettes et être une parfaite maîtresse de maison. S'il y avait un côté sombre chez Sal, il avait complètement échappé à Anna.

D'où le fait, pensait-elle, que la trahison de Sal et d'Edith lui faisait plus mal que celle des autres. Elle avait chéri ces deux femmes, et cela donnait à sa haine encore plus de virulence.

Mais qu'on ne s'y trompe pas : Anna éprouve de la haine à l'endroit de toutes les personnes qui se trouvent dans ce salon, même de ceux qu'elle ne connaît pas bien, ou n'a fait que croiser. Ses expériences avec Judd Dodge et Herb Pulaski, par exemple, sont limitées aux fêtes de Noël que son père organisait tous les ans pour les employés. Seigneur, comme il aimait ces fêtes ! Et Anna aussi. Parce que ça faisait ressortir chez ses parents ce qu'il y avait de meilleur. Son père passait des semaines à les organiser, et il ne reculait devant rien pour que tout le monde soit dans l'esprit de la fête. Il préparait lui-même le saladier de punch, il accrochait le gui, et il faisait venir un grand orchestre pour jouer des chants de Noël en version jazz.

Pour cette occasion, la mère d'Anna s'achetait tous les ans une nouvelle robe. Quelque chose de soyeux et de luisant qui attrapait la lumière quand elle se mettait à danser, inévitablement. Anna, transfigurée, la regardait mettre son rouge à lèvres, du blush sur ses joues, déposer quelques gouttes de parfum au creux de son cou et sur ses poignets. En vaporiser un peu sur Anna avant de descendre avec ses deux enfants au rez-de-chaussée où se déroulaient les festivités. Au nombre des meilleurs souvenirs d'Anna figure le moment où Edith la bordait dans son lit alors que la fête battait encore son plein dans les pièces du bas. Blottie sous les couvertures, elle s'endormait, bercée par le swing et les tintements des verres de champagne, en respirant l'odeur de Chanel N° 5 attardée sur son poignet.

C'est lors d'une de ces fêtes qu'Anna a fait la connaissance de Judd Dodge. Il se prétendait un peu magicien amateur et avait fait apparaître un sucre d'orge en forme de canne dans sa main droite, vide jusque-là, et l'avait présentée à une Anna absolument fascinée.

De ce jour, Judd l'appelait sa Petite Canne en Sucre chaque fois qu'il la voyait, et Anna le suppliait de lui faire un autre tour de magie, alors qu'elle avait nettement dépassé l'âge de s'amuser devant ce genre de chose. Judd s'exécutait toujours. Son dernier tour, à la dernière fête de Noël, avait consisté à changer un rameau de houx en une rose parfaitement éclose, qu'il avait ensuite offerte à Anna avec une courbette chevaleresque.

Herb Pulaski est tout aussi présent dans ses souvenirs – mais pour toutes sortes de raisons déplaisantes. Anna frissonnait toujours d'appréhension quand il arrivait à la fête, à cause de sa façon de promener sur les lieux un regard empli d'une convoitise à ce point ostensible qu'elle frisait le dégoût.

Au cours de la dernière soirée – mais nul ne savait encore qu'il n'y en aurait plus d'autres –, Herb avait acculé Anna dans un coin et lui avait dit, son haleine chaude empestant le whisky :

— Vous n'avez pas idée de la chance que vous avez. Vraiment aucune idée. Une belle maison. De beaux atours. Mais sans la fortune de votre papa, vous n'avez rien. Tout comme moi.

Tommy avait fini par venir à sa rescousse, éloignant Herb avec tact et délicatesse.

Quant au lieutenant-colonel Jack Lapsford, c'est celui qu'Anna connaît le moins, ne l'ayant rencontré qu'une seule fois. Quand il était venu dîner pour parler avec son père de l'importance des chemins de fer dans l'effort de guerre, elle l'avait trouvé hautain, arrogant et mortellement ennuyeux. Curieusement, en y pensant aujourd'hui, ce dîner avait posé les bases de tout ce qui surviendrait par la suite.

Enfin, peut-être que non, encore une fois. Anna subodore que sa famille aurait été détruite de toute façon, quand bien même ce dîner n'aurait pas eu lieu.

Kenneth Wentworth y aurait veillé.

Après tout, c'était lui qui était derrière tout ça, le principal concurrent de son père. Lui qui avait concocté tous les plans et tiré toutes les ficelles. C'est pourquoi, de toutes les personnes en cause, c'est lui qu'Anna déteste le plus. Elle est donc soulagée que la seule personne qu'elle n'ait pas encore aperçue soit Kenneth Wentworth, toujours assis au piano et masqué par les autres. Elle a peur de sa propre réaction quand son regard tombera sur lui.

Le groupe des cinq personnes commence à se disperser. Sal se dirige vers un fauteuil de velours, à côté du bar. Elle diffère étonnamment du souvenir qu'Anna garde d'elle. Cette femme qu'elle admirait tant quand elle était petite était vraie, naturelle. Elle est maintenant d'une élégance froide – tailleur d'un grand couturier, cheveux blonds relevés. Et elle n'a pas l'air naturel. On dirait qu'elle se cache derrière un déguisement.

Alors qu'Edith n'a pas changé du tout. En la voyant dériver vers l'autre bout de la voiture, Anna est frappée par un souvenir d'enfance. Elles faisaient des courses chez Gimbels et, dans la foule des fêtes de fin d'année, elles se sont trouvées séparées. Anna a paniqué pendant plusieurs minutes et puis elle a entendu appeler son nom. Elle s'est retournée, et voyant Edith à l'autre bout de la galerie, elle a compris qu'elle n'était plus perdue et elle a eu un grand sourire.

Anna chasse ce souvenir, se concentre sur les trois hommes qui tournent le dos à la porte. Lapsford, Pulaski et Dodge. Ils s'écartent, révélant enfin l'homme assis au piano.

Anna se fige. Dans ce moment d'immobilité, elle étouffe un hoquet de surprise.

Ce n'est pas Kenneth Wentworth qui joue nonchalamment du piano, c'est son fils.

Dante.

Anna méprise les autres, mais au moins elle était prête à les affronter. Dante, c'est une autre histoire. Elle n'aurait jamais cru le revoir un jour, et d'ailleurs elle ne le souhaitait pas. Et pourtant il est là. Sa présence inattendue n'est pas la tuile qu'annonçait Seamus. C'est le ciel qui lui tombe sur la tête.

— Qu'est-ce qu'il fiche ici ? siffle Anna à l'intention de Seamus.

— J'allais justement te le demander, répond-il. Je me suis dit que c'était toi qui l'avais invité.

Anna perçoit une note de méfiance dans sa voix, comme s'il la soupçonnait de faire des entorses à leur plan. Mais son ton recèle d'autres sous-entendus, et notamment une pointe de colère à son endroit. Seamus est au courant de son aventure avec Dante Wentworth, et il juge le jeune homme comme il le mérite. Mais à côté de la colère, il y a autre chose. De la jalousie ? Elle ne saurait le jurer. De toute façon, c'est injustifié. Seamus n'a pas lieu d'être jaloux de Dante, pour une foule de raisons.

— C'est son père que j'ai invité. Où est-il ?

— Aucune idée. Tout ce que je sais, c'est qu'il n'est pas dans le train.

Anna étouffe un juron. L'affaire vire au désastre. Leur plan tout entier repose sur la présence de Kenneth Wentworth. Et pas de son fils, pour lequel Anna éprouve désormais un genre de mépris différent. Les crimes de Dante sont loin d'être aussi abjects que ceux de son père, ou des autres personnes réunies ici. En fait, il n'a commis aucun crime, à moins que l'on considère comme un crime le fait de briser le cœur d'une fille, ce qui est assurément le cas d'Anna.

Tout comme la vue des autres, celle de Dante éveille chez Anna un millier de souvenirs, qu'elle n'a pas envie de ressasser. Pour ne pas se laisser envahir par ces réminiscences, elle se force à agir. Elle ouvre la porte à la volée et entre dans le salon.

Dante est le premier à la voir, et il cesse de jouer en plaquant un accord discordant. Le silence s'établit dans la voiture alors que les autres se tournent vers elle, surpris ou troublés, voire les deux. Les paupières étrécies, Anna passe en revue la compagnie, rivant sur chacun un regard froid, calme et perçant. Mais intérieurement, c'est une tout autre affaire. Son cœur cogne contre ses côtes, son estomac se noue et son cerveau est le théâtre de pensées tumultueuses.

Seigneur, comme elle déteste ces gens !

Elle a pour eux une haine torride, plus brûlante que mille soleils.

Se retrouvant face à eux, elle est submergée par l'envie de les tuer tous autant qu'ils sont, de cent façons plus atroces les unes que les autres. Leur tirer une balle en pleine tête. Planter un poignard dans leur cœur glacé. Leur arracher les membres un à un. Des pensées à ce point terribles, féroces et violentes, qu'Anna doit se retenir pour ne pas fuir de la voiture, de crainte de se laisser aller à ses plus viles impulsions.

Ce qui serait la pire chose à faire.

Elle s'efforce donc de chasser ces pensées et se raidit. Blinde son cœur. Et ouvre la bouche pour parler, mais aucun son n'en sort. Ça, ce n'était pas prévu. Elle qui croyait avoir tout envisagé, voilà qu'elle est plantée là, atone, stupéfaite d'avoir pu un moment penser arriver à quelque chose.

Que pourrait-elle dire à ces gens qui lui ont tout enlevé ? Quelles paroles pourraient, même de loin, traduire l'intensité de son chagrin, la profondeur de sa douleur, sa rage primale ? Certainement pas le discours qu'elle a préparé et si souvent répété qu'elle pourrait le réciter en dormant. Ces mots qui lui semblaient si puissants lui paraissent faibles et dérisoires, maintenant qu'elle est face à ses ennemis.

Anna s'oblige quand même à les prononcer. Il faut bien qu'elle dise quelque chose.

— Vous savez qui je suis. Et vous savez pourquoi je vous ai réunis ici. Si vous ne l'avez pas encore compris, vous allez bientôt le découvrir.

Elle marque la pause qu'elle a répétée, en mesure mentalement la durée. C'est alors que quelque chose d'autre vient s'insinuer dans ses pensées. Quelque chose qu'elle n'a pas répété, pas prévu, et qui est malvenu.

Tante Retta, le soir où Anna est venue vivre chez elle, dans sa demeure au nord de New York. La jeune fille ne connaissait pas bien cette sœur aînée de son père, sa seule parente encore en vie. Quand Anna était petite, elle lui faisait l'impression d'être plus un mythe qu'une personne en chair et en os. Elle venait si rarement les voir. Tous les deux ou trois ans, peut-être, elle passait chez eux, tel un coup de vent glacé, ne restant qu'une heure ou deux avant de ressortir à la façon d'un ouragan.

Tout ce qu'Anna savait de sa tante Henrietta – abrégé en Retta –, c'est qu'elle avait épousé à dix-huit ans un magnat de l'acier beaucoup plus âgé qu'elle, qui l'avait laissée veuve à dix-neuf ans, puis héritière de ses millions à vingt ans. Elle n'avait jamais eu d'enfants et ne s'intéressait absolument pas à son neveu et sa nièce. Le peu d'amour que tante Retta avait dans le cœur, elle le réservait à son frère. Il n'y avait de place pour personne d'autre. Et à la mort de celui-ci, on aurait dit que du fil de fer barbelé était venu envelopper son cœur déjà hérissé de piquants.

Anna avait seize ans quand elle était allée vivre chez tante Retta, trop grande pour qu'on la console de son chagrin, et en même temps trop jeune pour le supporter avec le stoïcisme et la grâce que l'on pouvait attendre d'une adulte. Seule et bardée de douleur, elle s'était plantée devant cette tante aux cheveux gris, au visage pincé et aux yeux rougis qu'elle connaissait à peine, en espérant vainement qu'elle lui dise quelques mots, n'importe quoi, mais une parole d'apaisement.

À la place, tante Retta avait proféré :

— J'aurais préféré qu'il y ait quelqu'un d'autre pour s'occuper de toi.

Déclaration cruelle qui aurait pu briser le cœur d'Anna si elle n'avait éprouvé un sentiment identique.

Elle aussi aurait préféré être avec n'importe qui d'autre plutôt que sa tante, veuve éternelle. Mais son frère était mort. Tout comme son père. Et, la veille, sa mère.

— Enfin, les choses étant ce qu'elles sont, avait continué sa tante, tu es maintenant le fardeau que je dois porter.

— Vous m'en voyez désolée, avait répliqué Anna.

C'est alors que tante Retta l'avait giflée. Un revers de main cinglant, aussi brutal et soudain qu'une morsure de serpent.

Anna en était restée sidérée, le souffle coupé, pas seulement par la douleur de la gifle, mais parce que c'était irréel. *Est-ce vraiment arrivé ?* se demandait-elle. *N'est-ce pas plutôt un cauchemar ?*

L'espace d'une seconde, elle avait espéré que c'était bien ça, un cauchemar. Et qu'au réveil elle allait se retrouver dans son vieux lit, dans sa vieille chambre, dans sa vieille maison, avec son père et sa mère qui l'attendaient à la table du petit déjeuner, et Tommy aussi, qui allait la taquiner, la traiter de marmotte tout en dévorant son pain perdu. Mais en sentant sa joue palpiter et en voyant sa tante la regarder fixement après l'avoir bel et bien giflée, Anna s'était rendu compte que c'était effectivement un cauchemar, mais de ceux dont on ne se réveille pas. Éternel.

Ne sachant comment réagir, elle s'était mise à pleurer, sauf que ses pleurs ressemblaient plus à un gémissement qu'à autre chose. Un gémissement strident. Entrecoupé de larmes. À vous crever le tympan. Empli de rage, de désespoir et d'impuissance. Au lieu de la réconforter, tante Retta s'était contentée de la fixer jusqu'à ce que sa tempête émotionnelle se calme, redevienne un chagrin normal.

— Tu as fini ? avait-elle fini par demander.

Anna n'avait pas essuyé ses larmes, elle les avait laissées ruisseler sur son visage, salées, brûlantes.

— Pourquoi m'avez-vous frappée ?

— Pour voir à quel genre de fille j'avais affaire, avait répondu tante Retta. Apparemment, la réponse est : à une fille fragile.

Puis sa tante avait traversé le salon en direction d'une énorme bergère dans laquelle elle avait pris place, telle une reine sur son trône.

— Tu devrais savoir, maintenant, qu'on vit dans un monde brutal, cruel, peuplé de gens brutaux, cruels. Ceux qui réagissent comme tu viens de le faire – avec des pleurs et des gémissements – sont condamnés. La seule façon de survivre, c'est d'accepter les coups que la vie nous porte, sans jamais flancher. Si tu es capable de ça, le monde saura que tu es une femme avec qui il faut compter.

Les semaines suivantes, tante Retta avait mis plusieurs fois le courage d'Anna à rude épreuve, lui flanquant des taloches quand elle s'y attendait le moins. Au réveil. Juste après le dîner. Pendant qu'elles faisaient un tour dans la propriété, sans échanger un mot.

Anna avait vite appris à ne pas flancher.

Dès lors, les claques avaient cessé. Anna n'avait jamais demandé pourquoi, le sachant déjà au fond d'elle-même : elle avait gagné le respect de tante Retta, à défaut de son affection.

Anna avait fini aussi par comprendre que ces claques assénées par intermittence, et si durement qu'elles lui laissaient parfois des bleus pendant des jours entiers, ne l'étaient pas par cruauté. C'était la façon qu'avait tante Retta de lui apprendre une leçon précieuse.

Ravale ta douleur.

Contrôle ta haine.

Affûte ton calme jusqu'à ce qu'il devienne acéré comme une dague.

Les gens qui ragent et tempêtent arrivent rarement à quelque chose. Mais ceux qui contrôlent leurs émotions jusque dans les situations les plus graves ? Eux, ils arrivent à leurs fins.

Anna repousse ce souvenir et se focalise sur la tâche qui l'attend :

— Vous vous êtes à présent reconnus les uns les autres, reprend-elle. Vous avez peut-être même eu l'occasion de bavarder un peu. Assez longtemps, sans doute, pour vous dire que vous avez été attirés ici sous un prétexte fallacieux. Ce soupçon est justifié. La raison de ce voyage est simple. Je suis ici pour me faire justice. Parce que je détiens la preuve irréfutable que vous êtes, tous les six, responsables de la destruction de ma famille.

Des murmures indignés montent du groupe, assourdis par le *tacatac, tacatac* du train sur les rails, et la sirène lointaine de la locomotive à l'approche d'une route. Le passage à niveau est annoncé par un signal métallique qui jette des éclairs rouges et file le long des vitres du salon. Pour Anna, ces bruits, ces lumières sont comme une sirène d'alarme, l'avertissant qu'on ne peut pas prévoir comment les passagers présents dans la voiture réagiront à son annonce. Ils peuvent se mettre en colère. Essayer de se battre. Peut-être même tenter de la tuer. Dans une seconde ou deux, qui sait ? Elle laisse retomber ses mains sur ses côtés, prête à saisir le couteau sous sa robe.

Le passage à niveau franchi, Anna prend une profonde inspiration et poursuit :

— Le 17 juin 1942, un transport de troupes a quitté Philadelphie pour Fort Benning, en Géorgie. Le train, de la locomotive au fourgon de queue, était flambant neuf, construit par la compagnie de mon père spécifiquement pour le convoyage des hommes et du matériel. À bord, il y avait plus de deux cents soldats américains en partance pour la guerre, dont mon frère, Thomas Adam Matheson.

À l'énoncé de son nom dans son entier, Anna est frappée par un autre souvenir. Elle est avec ses parents sur le quai, tous sont cramponnés à Tommy et l'implorent en silence de rester, bien qu'ils sachent pertinemment qu'il s'en ira. Il s'est engagé le jour de ses dix-huit ans, avide d'avoir sa place du bon côté de l'histoire. Ils peuvent toujours pleurer et le supplier, rien ne pourrait l'empêcher de monter à bord de ce train.

— Sois gentille, Annie, murmure-t-il à l'oreille d'Anna après l'avoir embrassée sur la joue. Prends soin de Papa et de Maman pour moi.

Et puis il est parti, sautant dans le train alors qu'il s'ébranlait déjà dans un hoquet enfumé de vapeur. Avant de disparaître à l'intérieur, Tommy est resté un instant dans la porte pour leur faire au revoir. Les souvenirs d'Anna sont certainement teintés par ce qui s'est passé ensuite, mais le fait est qu'elle n'arrive pas à se rappeler un moment où son frère aurait été plus séduisant, plus fringant, plus *vivant.*

C'est la dernière vision qu'elle a de lui.

Anna avale la boule qu'elle a dans la gorge, s'arc-boute en prévision de ce qui va suivre, s'oblige à articuler les paroles qu'elle doit prononcer.

— Ce que personne à bord du train ne savait, c'est que le moteur de la locomotive avait été conçu pour tomber en panne. Sa fabrication avait été volontairement sabotée, les matériaux utilisés étaient de mauvaise qualité. L'acier ne pouvait résister à la puissance nécessaire pour tracter un train chargé à bloc sur des centaines de kilomètres. En deux mots, ce transport de troupes était une bombe sur roues. Et il a explosé juste après Raleigh, en Caroline du Nord.

Anna s'interrompt, submergée par des images du désastre. Le train après le déraillement, les voitures éventrées comme des boîtes de sardines, la terre calcinée. Un certain temps, on avait vu partout des photos de la tragédie, impossible d'y échapper. Rappel cruel, pour Anna, de ce qu'elle avait perdu.

— Trente-sept hommes ont été tués dans cette explosion, dit-elle. Dont mon frère. On n'a retrouvé de lui qu'un lambeau d'uniforme calciné. Les enquêteurs ont dit que le tissu avait été arraché à son corps sous l'impact de l'explosion.

Un sanglot se forme au creux de la poitrine d'Anna. C'est aujourd'hui encore sa réaction quand elle pense à Tommy. Encore et toujours, bordel. Il était tellement jeune, tellement gentil, tellement vibrant. Même quand ils étaient petits, à l'âge où la plupart des frères et des sœurs rivalisent entre eux pour attirer l'attention des parents, pas une seule fois il ne lui avait donné l'impression qu'elle était autre chose qu'extraordinaire.

Tous les ans, pour son anniversaire, Tommy lui confectionnait un bouquet de fleurs en papier toujours plus sophistiqué que celui de l'année d'avant. Quand, à l'âge de six ans, elle s'était cassé un bras en tombant d'un arbre, Tommy s'était fabriqué une attelle qu'il portait tout le temps pour qu'elle ne se sente pas mise à l'écart. Il l'emmenait au cinéma, lui avait appris à conduire, lui laissait toujours la plus grosse part du gâteau, prenant la plus petite pour lui.

En grandissant, Anna avait essayé de lui rendre la pareille en faisant assaut de gentillesse, mais elle avait bien du mal à l'égaler. Tommy n'avait jamais l'air de lui en vouloir de quoi que ce soit, et la dernière phrase qu'il lui avait dite n'en était que plus poignante.

Prends soin de Papa et de Maman pour moi.

Anna le lui avait promis, et avait échoué dans les grandes largeurs.

— J'adorais mon frère, dit-elle. Il me manque tous les jours. Il était gentil avec moi. Il a été gentil avec plusieurs d'entre vous.

Elle rive sur Sal et Edith un regard appuyé. En dehors d'Anna, ce sont les deux seules personnes présentes dans le salon à avoir bien connu Tommy, à l'avoir vu grandir et s'épanouir. Les seules qui ont réconforté Anna lors de ses funérailles, ses parents étant trop dévastés par le chagrin pour s'occuper de celle qui était maintenant leur seule enfant. Elle se rappelle s'être trouvée en larmes entre Sal et Edith, alors qu'on descendait le cercueil vide en terre. À présent, elle scrute ces deux femmes en se demandant si elles s'en souviennent aussi.

Si tel est le cas, elles ne le montrent pas. Edith fixe stoïquement un point sur la porte, dans le dos d'Anna, tandis que Sal regarde par terre.

— Immédiatement après la tragédie, la faute en a été rejetée sur mon père.

Anna effleure machinalement la locomotive d'argent épinglée sur sa robe. C'est l'une des rares choses qui lui restent de son père, et c'est pour elle un talisman. Elle n'y touche que rarement, seulement quand elle a besoin d'un surcroît de force.

— Après cela, vous savez tous ce qui s'est passé.

Elle ne l'évoque pas parce qu'elle ne veut pas y repenser elle-même. Comme si elle pouvait oublier les événements qui se sont déroulés deux semaines après la cérémonie funéraire en l'honneur de Tommy. Les autorités fédérales et militaires sont d'abord venues chez eux interroger son père. Le lendemain, ils ont recommencé chez tous ses employés. Le jour d'après, ils ont fouillé la maison à la recherche de preuves, et ils sont repartis lestés d'une brassée de documents incriminants, et son père menotté.

Anna n'oubliera jamais son allure débraillée. Ses cheveux en bataille, son menton gris de barbe, ses pieds nus glissés dans la première paire de chaussures qu'il avait pu trouver. Des pantoufles en vernis noir qui brillaient dans le soleil du matin alors qu'on l'emmenait. Et elle n'oublierait jamais non plus ses dernières paroles désespérées.

— Je ne suis pour rien dans tout cela, Annie. Je ne t'aurais jamais blessée de la sorte.

Les papiers saisis et les témoignages d'autres gens dressaient d'Arthur Matheson le portrait d'un sympathisant nazi qui avait tenté d'aider l'ennemi en sabotant l'effort de guerre américain. Finalement, le père d'Anna s'était vu accuser de plusieurs dizaines de crimes fédéraux allant du sabotage à la trahison, en passant par trente-sept accusations de meurtre, dont celui de son propre fils. La libération sous caution lui avait été refusée, et il devait attendre son procès en prison.

Procès qui n'avait jamais eu lieu.

Le deuxième jour de son incarcération, un détenu l'avait lardé de trente-sept coups de couteau.

Un pour chacune des personnes tuées dans l'explosion.

Edith et Sal ne s'étaient pas rendues à l'enterrement. Personne n'était venu. Juste Anna, sa mère, et tante Retta, debout devant un cercueil heureusement fermé, et un pasteur payé pour réciter la plus brève des prières. En cet instant, Anna s'était consolée en se disant que ce serait le pire moment de sa vie. Que les choses ne pourraient pas aller plus mal.

Sauf que.

L'absence de procès n'empêcha pas la réputation de son père d'être détruite à titre posthume. Une commission du Sénat y veilla. Au cours de l'audition, diffusée sur toutes les radios et reprise in extenso dans tous les journaux du pays, cinq témoins clés déclarèrent sous serment comment et pourquoi Arthur Matheson avait commis le sabotage.

Le lieutenant-colonel Jack Lapsford affirma que le père d'Anna l'avait approché concernant la fabrication de trains spécialement destinés au transport de troupes.

Judd Dodge fit état de plusieurs réunions au cours desquelles il avait tenté sans succès de convaincre Arthur que la conception de sa locomotive était vouée à l'échec.

Herb Pulaski jura qu'Arthur lui avait ordonné de rogner sur absolument tous les coûts pour la construction de la locomotive.

Sally Lawrence fournit des notes relatant le détail de ces conversations, et des dizaines de mémos signés de la main de son père appuyant ses dires.

Edith Gerhardt témoigna qu'Arthur paraissait très intéressé par le Troisième Reich, laissant même entendre qu'il ne l'avait embauchée que parce qu'elle était allemande.

Au bout du compte, il n'y avait plus une seule personne en Amérique, en dehors d'Anna, de sa mère et de sa tante, pour croire à l'innocence d'Arthur Matheson. La compagnie ferroviaire de son père fut vendue à son principal concurrent pour une fraction de sa valeur. Sa mère s'enferma dans sa chambre et noya son chagrin dans un régime sévère d'alcool et de pilules, laissant Anna rigoureusement, complètement seule.

La situation dura bien deux mois, jusqu'au jour où sa mère surgit de sa chambre pour lui proposer un pique-nique. Une fête soudaine, surprenante. Elles sortirent de la ville en voiture, en direction d'une colline dominant le fleuve Delaware. Là, très haut au-dessus de l'eau, Anna, retombée en enfance, fit des galipettes dans l'herbe, tressa des couronnes de pâquerettes à mettre dans leurs cheveux. Sa mère portait la sienne posée de travers sur sa tête, et grillait des Pall Mall à la chaîne, juchée sur le capot de la voiture.

— Ma petite fille, dit-elle. Ma belle petite fille. Un jour, tu me pardonneras.

Puis elle se mit au volant, démarra et plongea dans le fleuve avec sa voiture, du haut de la falaise.

Douze ans plus tard, dans un train qui appartenait autrefois à son père, Anna s'efforce de chasser ce souvenir. Elle pense que si elle ferme les yeux, l'image derrière ses paupières sera celle de sa mère calmement assise au volant de la voiture et s'envolant vers un sort certain. Sans le bruit sourd du train, elle pourrait entendre la voiture de sa mère se précipitant dans le fleuve, tout en bas. Et malgré le vacarme, elle en surprend un fantôme de bruit – comme l'écho d'un écho. Un choc horrible et un éclaboussement qu'elle entend parfois encore dans ses cauchemars.

Anna ne s'attendait pas à être aussi soulagée en entendant quelqu'un prendre enfin la parole dans le salon.

— Mais qu'est-ce qu'on a tous à voir avec ça ?

C'est Dante, la seule personne à bord du train assez ignorante pour poser une telle question. Et sur un ton suffisamment sincère et intrigué pour qu'Anna en vienne à se demander ce qu'il sait au juste de ces événements, et du rôle que son propre père y a joué. Elle en savait si peu elle-même.

À l'époque, elle ne s'était jamais vraiment demandé pourquoi Edith était partie si vite, pourquoi Sal avait disparu, pourquoi tous les employés de son père, naguère si dévoués, avaient pris leurs distances. Probablement était-ce parce qu'ils pensaient que son père avait du sang sur les mains. Les gens s'éloignent naturellement de ceux qui ont subi un drame majeur, de peur que la malchance ne soit contagieuse et ne vienne percuter leurs propres vies paisibles.

Peu importait à Anna que ces mêmes personnes aient témoigné

contre son père. Elle continuait à leur accorder le bénéfice du doute, considérant qu'ils étaient simplement dans l'erreur, qu'ils avaient été poussés à le faire, qu'ils n'avaient tout simplement pas eu une vision claire de la situation. Il ne lui était jamais venu à l'esprit qu'ils avaient tous participé à un effort concerté en vue d'anéantir son père, de détruire tout ce à quoi il avait œuvré, et tout ce qu'elle aimait.

Elle ne l'a appris que l'an passé, instruite par sa tante Retta sur son lit de mort. À cette époque, le corps de la vieille dame était dévoré par le cancer. Anna se tenait dûment à son chevet tout au long de la journée et jusque tard dans la nuit, alors que sa tante dormait la plupart du temps, grâce à la morphine.

Mais ce jour-là elle avait subitement repris vie, surprenant Anna qui dormait elle-même d'un sommeil agité dans le fauteuil à côté de son lit.

— Anna.

La voix de sa tante, réduite à un soupir, avait pris plus de force à chaque mot.

— Ton père n'avait rien fait.

Anna avait essayé de calmer tante Retta. Celle-ci avait dit à peu près la même chose un millier de fois au cours des onze années qu'elles avaient passées l'une près de l'autre : son père était innocent. Il n'aurait jamais pu faire toutes les choses horribles dont on l'avait accusé. On lui avait tendu un piège.

Anna la croyait, évidemment, tout comme elle avait cru son père quand la police l'avait emmené, menotté. Peu importait que le monde entier – la police, l'armée, le gouvernement des États-Unis, et même ses propres employés – le croie coupable. Anna savait au fond de son cœur que son père disait la vérité quand il lui avait juré qu'il était innocent.

Elle savait aussi qu'il était trop tard pour entreprendre quoi que ce soit. Elle ne voulait pas non plus que sa tante gaspille ses dernières forces en parlant d'un passé sur lequel on ne pouvait pas revenir. Mais tante Retta avait insisté. Elle avait même essayé de s'asseoir, grimaçant de douleur sous l'effort. Anna l'avait obligée à s'adosser à ses oreillers. Et sa tante lui avait dit en la fixant, des flammes dans les yeux :

— J'en ai la preuve.

9

AU SOUVENIR DE CE MOMENT, le cœur d'Anna loupe un battement, comme il l'avait fait ce jour-là. Elle avait regardé sa tante aux portes de la mort, s'était rapprochée et lui avait demandé :

— Quel genre de preuve ?

— Des documents. Des dizaines. Qui prouvent qu'il n'était pour rien dans tout ça.

Tante Retta commençait à partir, mais elle avait réussi à esquisser un sourire torve.

— Et qui montrent qui a tout manigancé.

— Où sont-ils ? avait demandé Anna.

La tête de tante Retta avait roulé sur l'oreiller.

— Pas ici. En lieu sûr.

— Comment puis-je les retrouver ?

— C'est eux qui te trouveront, avait répondu sa tante, la voix réduite à un murmure à l'approche de la mort. Quand ils te parviendront, fais payer les responsables. Fais-les tous payer.

Telles avaient été les dernières paroles que tante Retta avait prononcées de sa vie. Une heure plus tard, elle n'était plus.

La preuve n'avait pas tardé à trouver Anna, tout comme Seamus.

Et maintenant, ils sont tous les deux à bord de ce train, déterminés à exaucer le dernier vœu de tante Retta.

Elle va les faire payer, tous autant qu'ils sont.

— Contrairement à ce qu'a affirmé Jack Lapsford dans son témoignage, c'est lui qui a approché mon père pour lui proposer de fabriquer un train de transport de troupes, et pas l'inverse, déclare Anna en rivant son regard sur le militaire à la retraite.

Lequel se tient droit, l'air important, dans sa posture habituelle, familière à tous ceux qui ont assisté à ses auditions au Sénat. C'est son témoignage qui a quasiment enterré la réputation de son père. Anna remarque qu'il a pris du ventre, depuis. Ramolli par la fortune, et le manque choquant de remords quant au rôle qu'il a joué dans le déroulement des événements.

— Il a agi ainsi en sachant pertinemment que le moteur était conçu pour tomber en panne et provoquer de nombreuses pertes humaines.

— C'est ridicule ! se gausse Lapsford.

— Vraiment ? rétorque Anna en se tournant vers Judd Dodge.

Il est avachi dans l'un des fauteuils du salon, l'air abattu, sa longue carcasse repliée sur elle-même. Un homme qui n'a plus un seul tour dans sa manche.

— C'est Mr Dodge qui a conçu ce moteur, une véritable bombe à retardement. Mais c'est un ensemble de plans bien différents qu'il avait montré à mon père.

— C'est un mensonge, marmonne faiblement Judd, sur un ton tel qu'il ne semble pas y croire lui-même.

Anna regarde à présent Herb Pulaski. Assis à côté de Judd, il se tortille dans son fauteuil, le visage luisant de sueur et de culpabilité, le regard fuyant, évitant de croiser celui d'Anna.

— C'est Mr Pulaski qui a supervisé la fabrication de la locomotive défectueuse, poursuit Anna. En suivant les plans qui avaient été dissimulés à mon père, alors qu'en tant que responsable de la fabrication de toutes les locomotives de l'entreprise, y compris celle qui se trouve en tête de ce train, il savait qu'elle était condamnée à tomber en panne.

Herb ouvre la bouche, comme pour se défendre, puis il referme les mâchoires et regarde honteusement le sol.

Sal Lawrence est assise de l'autre côté de la voiture, et Anna est obligée de détourner le regard. Elle ne peut supporter de la regarder dans les yeux.

— Pendant que les faits se déroulaient, reprend-elle, les femmes jouaient leur rôle. Sally Lawrence, la dévouée secrétaire de mon père, passait son temps à rédiger de fausses correspondances, à créer des mémos fallacieux et à imiter sa signature, tout cela dans le but de l'incriminer.

Anna tourne alors son attention vers Edith, assise dans une posc parfaite, les mains sagement croisées sur ses cuisses.

— Certains de ces documents étaient conservés dans le bureau de mon père, mais d'autres avaient été introduits dans la maison par la gouvernante, Edith Gerhardt, lâche Anna. Quand elle a été interrogée par la suite, Edith a dit aux autorités qu'elle n'était pas surprise, car elle soupçonnait mon père d'être un sympathisant nazi.

Un ensemble vertigineux d'accusations, rendues encore plus graves, aux yeux d'Anna, par la façon dont elle les imagine en train de commettre leurs méfaits. Un montage de trahisons digne d'un film.

Jack Lapsford, fièrement sanglé dans son uniforme, expliquant au Congrès comment son père l'avait imploré de construire un train de transport de troupes. Affirmant, la lèvre frémissante, que jamais, au grand jamais, il n'aurait pensé que cela pût conduire à un sabotage.

Judd Dodge penché sur sa table à dessin, calculant avec précision le degré de faiblesse à ajouter au moteur pour qu'il donne l'impression de tourner parfaitement, tout en se débrouillant pour qu'il ne tienne pas le coup.

Herb Pulaski, dans l'usine, surveillant ses hommes avec leur tablier de cuir et leur casque de soudeur, en train de construire une locomotive selon les spécifications de Judd.

— Ne vous en faites pas, les gars, disait Herb au milieu des étincelles et des coups de marteau. On m'a assuré que ce moteur tiendrait le coup aussi bien que les autres.

Sal Lawrence, tapant à la machine au milieu de la nuit, une lampe de bureau éclairant ses doigts qui volent sur les touches. Un faux mémo apparaît sur la page, pourvu de fausses dates et de faux détails. L'ayant arraché à sa machine, Sal imite la signature d'Arthur Matheson.

Edith Gerhardt se faufilant dans l'escalier, profitant de ce qu'il n'y a personne à la maison, les pages plaquées contre sa poitrine. Dans le bureau du père d'Anna, elle les glisse dans les tiroirs, les dissimule derrière des registres et des fournitures. Des endroits où personne ne penserait à les chercher. Sauf la police.

— C'était une conspiration de six personnes, reprend Anna, balayant ces images de son esprit, de crainte de se laisser entraîner à commettre une chose qu'elle regretterait par la suite. Jack Lapsford, Sally Lawrence, Judd Dodge, Edith Gerhardt et Herb Pulaski ont tous conspiré en vue de piéger mon père. Ils ont menti aux autorités. Ils ont couvert leurs propres crimes. Et tout cela à l'instigation de son plus grand concurrent, Kenneth Wentworth.

Anna regarde Dante droit dans les yeux en prononçant ces paroles. Elle prend un grand plaisir à voir ses traits se figer d'ébahissement. Elle ne sait pas à quoi il s'attendait en venant ici, mais sûrement pas à cela. Tout comme elle-même ne s'y attendait pas non plus, quand elle a enfin examiné les preuves que sa tante avait réunies, qui désignaient toutes Kenneth Wentworth comme étant le cerveau de l'affaire. Mais lorsqu'elle y était enfin parvenue, tout avait trouvé son explication.

— Ton père était aussi mauvais que tous les autres, dit Anna à Dante. Non, je retire : il était pire. C'est pour ça que c'est lui qui devait être ici ce soir, à ta place.

Dante reste abasourdi pendant dix, vingt, trente secondes. Et quand les révélations d'Anna finissent par s'insinuer en lui, il fait une chose impensable.

Il sourit.

Un sourire large. Le sourire en coin, radieux, éblouissant, qui faisait jadis fondre Anna. Mais aujourd'hui, il ne fait que l'agacer davantage, parce que ça veut dire qu'il ne croit pas un mot de tout ce qu'elle a dit.

— Tu penses vraiment que c'est mon père qui était derrière tout ça ? répond-il. Et pourquoi aurait-il fait ça ? Il n'y a pas plus patriote que lui.

— Ce n'était pas une question de dévouement à l'Amérique. En réalité, ça n'a rien à voir avec la guerre. C'était l'appât du gain, purement et simplement. Ton père voulait agrandir son affaire et sa fortune sans trop investir pour cela. Le réseau ferroviaire de mon père était la cible idéale. Tu savais que ton père avait essayé d'acheter la compagnie du mien ? À deux reprises ?

— Je l'ignorais, répond Dante, mais son sourire ne s'efface pas.

— Les deux fois, mon père lui a répondu par un non ferme et définitif.

Le sourire de Dante chancelle.

— Pour mon père, non n'est pas une réponse.

— Exactement, fait Anna en hochant la tête. Mis en rage par le refus de mon père de lui vendre son entreprise, il a forgé de toutes pièces un sabotage, prétendument ourdi par mon père. Ce qui a fait chuter la valeur de son entreprise, et il l'a achetée pour une bouchée de pain. Héritant, en prime, du contrat militaire très lucratif conclu par mon père. Des millions de dollars se sont déversés directement dans les poches de ton père, qui a alors divisé le pactole en cinq et l'a réparti entre les cinq autres personnes présentes ici ce soir. Une récompense pour avoir fait ce qu'il leur avait demandé, à savoir trahir mon père et leur pays.

Le regard de Dante s'égare dans le salon, se pose brièvement sur chacune des personnes rassemblées là. Son expression trahit un mélange de trouble et d'amusement, comme s'il pensait encore que tout cela n'était qu'une farce.

— Mais pourquoi ? Pourquoi ces gens auraient-ils pris part à un stratagème de ce genre ?

Anna ne le sait pas. C'est l'une des raisons pour lesquelles elle les a réunis. Elle a besoin de savoir pourquoi chacun d'eux s'est ainsi compromis. Alors elle les regarde, le souffle coincé dans sa gorge, attendant de voir si l'un d'eux trouvera le courage de répondre.

Personne ne parle.

Des lâches, pense Anna en faisant signe à Seamus de lui apporter la mallette. Elle la soulève afin de permettre à tout le monde de bien la voir.

— Au cours de l'année passée, j'ai obtenu des dizaines de documents détaillant le complot fomenté contre mon père. Pas les faux que tu as créés, dit-elle à l'intention de Sal. Ni ceux que tu as dissimulés chez nous, ajoute-t-elle en foudroyant Edith du regard. Les vrais. Cet ensemble vous relie, ainsi que Kenneth Wentworth, à la mort de trente-sept personnes et à l'opération de dissimulation des preuves qui a suivi.

— Vous bluffez, lâche Lapsford.

— Je puis vous assurer que non, Mr Lapsford. Vous voulez voir cela par vous-même ? demande Anna en lui tendant la mallette.

— Moi, je veux le voir.

Sal s'avance vers Anna, saisit l'attaché-case, le pose sur une petite table à cocktail et l'ouvre.

Depuis le fond de la voiture, Anna et Seamus regardent les autres se rapprocher de Sal. Judd Dodge se tient derrière elle, rajustant ses lunettes. Herb Pulaski prend un mouchoir dans la poche de son gilet et essuie son front luisant de sueur tandis qu'Edith Gerhardt cligne des yeux comme si elle voyait un fantôme. Même Dante, hésitant encore entre la stupeur et l'incrédulité, tord le cou pour voir ce qui se passe depuis son tabouret de piano.

Sal soulève complètement le couvercle. Dans la mallette se trouve une grande feuille de papier pliée en quatre. Elle la déplie, révélant un plan.

— Qu'est-ce que c'est ? demande-t-elle sans s'adresser à personne en particulier.

Judd Dodge se penche par-dessus son épaule et lui arrache le plan des mains.

— C'est mon plan. Celui que j'avais dessiné pour la locomotive. Le vrai. Celui qui…

— Ne dites pas un mot de plus ! lance Lapsford sur un ton d'avertissement.

Judd l'ignore et tourne vers Anna un visage plus pâle que les lignes blanches qui s'incurvent sur le papier bleu qu'il tient devant lui.

— Comment avez-vous trouvé ça ?

Anna n'en sait rien, honnêtement. Le temps que les preuves parviennent jusqu'à elle, il était trop tard pour interroger tante Retta sur la façon dont elle les avait réunies.

— Qu'est-ce qu'il y a d'autre là-dedans ? demande Lapsford en plongeant vers la mallette.

— Rien du tout, répond Sally.

Et c'est la vérité. En dehors du plan que Dodge tient entre ses mains tremblantes, la mallette est vide.

— Je vous disais bien qu'elle bluffait ! s'exclame Lapsford. Elle n'a que de la merde contre Judd.

Celui-ci s'étrangle à moitié.

— Ça suffit pour me pendre.

Lapsford arrache le plan des mains de Judd, qui n'en conserve qu'un coin de papier bleu entre le pouce et l'index. Lapsford s'acharne sur le plan, le déchiquette et jette les morceaux par terre.

— Et maintenant elle n'a plus rien, dit-il.

— Oh que si. J'ai des preuves contre chacun de vous, réplique Anna. Ce plan n'était qu'un exemple de tout ce que j'ai en ma possession. Et j'ai fait des copies de tous les documents.

Lapsford, beaucoup moins sûr de lui qu'une seconde plus tôt, se jette sur elle.

— Où est le reste ? Vous l'avez ici, dans le train ?

— Je suis plus maligne que ça. J'espère que vous l'avez compris à présent.

— Alors, à quoi bon tout ce déballage ? demande Sal. Bon sang, qu'est-ce qu'on fait là ?

— Elle veut nous faire chanter, lance Edith sur un ton réprobateur, comme si elle n'était pas elle-même coupable de bien pire.

Herb s'éponge à nouveau le front.

— Si c'est de l'argent que vous voulez, je n'en ai plus.

— Quand bien même vous en auriez encore, je ne voudrais pas prendre un sou de cet argent du sang, répond Anna.

— Alors, qu'est-ce que vous voulez ? demande Lapsford.

— Elle veut nous tuer.

C'est Judd Dodge qui a parlé, et ses paroles jettent aussitôt un froid dans la voiture. Debout, son petit bout de plan toujours serré entre les doigts, il pivote lentement sur lui-même, se tourne vers les autres.

— Vous ne voyez pas ? Elle nous a fait venir ici pour nous tuer. Ce voyage – cette nuit –, c'est l'occasion de sa vengeance, une vengeance qu'elle couve depuis longtemps.

— Je n'ai pas envie de vous tuer, dit Anna, omettant de préciser qu'elle l'avait bien envisagé.

Quand elle se penchait sur les preuves réunies par sa tante, le cerveau bouillonnant de projets meurtriers. Comme de les étrangler à mains nues. Les maintenir sous l'eau jusqu'à ce que les yeux leur sortent de la tête et que leur visage devienne bleu. Ou les poignarder, leur tirer dessus, les piétiner et les réduire en purée.

En ce moment précis, elle parcourt le salon du regard en quête d'armes, cherchant des objets susceptibles de leur infliger le maximum de douleur. Un tire-bouchon, par exemple, pour arracher les yeux de Sal. Ou un goulot de bouteille brisée à enfoncer dans le cou charnu de Lapsford. Le couteau qu'elle a attaché à sa cuisse palpite, froid contre sa peau.

Mais les tuer ne suffirait pas. Anna l'a compris dès le début. La violence, si justifiée qu'elle soit, pourrait sembler glorieuse sur le coup, mais cela ne la satisferait pas. Car une telle violence ne durerait pas. Il lui faut quelque chose de plus pérenne. Qui s'étire au point de se muer en torture. Ce qu'Anna veut, c'est que chacune des personnes présentes dans cette voiture perde jusqu'à l'envie de vivre et soit en même temps condamnée à exister. Cela seulement pourra la satisfaire.

La revanche est fugace.

La vengeance dure une vie entière.

— La mort, dit-elle à Judd, serait une grâce pour vous tous. Et compte tenu de ce que vous avez fait à ma famille, je ne suis pas d'humeur à vous faire grâce.

Elle écarte les bras, indique les parois du salon, et les fenêtres derrière lesquelles on ne voit rien, que le ciel noir, un paysage plus noir encore et des flocons de neige tourbillonnants.

— Le train est censé arriver à Chicago demain, à sept heures du matin. Il y a environ deux heures, le chef du FBI de Chicago a reçu un paquet contenant toutes les preuves que je détiens contre vous. Accompagnées d'une lettre les prévenant de notre heure d'arrivée, et leur suggérant de nous attendre sur le quai, avec des mandats d'arrêt. Avec un peu de chance, J. Edgar Hoover sera là pour vous accueillir. Il aime bien se trouver sous le feu des projecteurs, et ça va projeter sur vos crimes une lumière éclatante, aveuglante.

Tandis qu'elle parle, Anna ressent une impression de feu au niveau du ventre, les flammes remontent à travers sa cage thoracique, embrasant son cœur. Une chaleur intense parcourt ses membres. Elle ne serait pas étonnée d'apprendre que ses yeux brillent d'une lueur orange, si puissante est sa rage.

— Vous serez tous arrêtés, jugés et, j'en suis sûre, condamnés par le système judiciaire et le tribunal de l'opinion publique. Vous deviendrez les gens les plus exécrés d'Amérique, tout comme mon père l'a été. Vous perdrez tout, comme j'ai tout perdu. Vous irez en prison – et vous y mourrez. Peut-être aussi vite et aussi violemment que mon père. À moins que vous ne finissiez comme les Rosenberg.

Anna s'interrompt, les laissant se représenter le sort d'Ethel et de Julius Rosenberg, morts sur la chaise électrique l'année précédente. Ils doivent imaginer leur propre corps secoué de spasmes sous l'effet du courant mortel. Ou, du moins, c'est ce qu'elle espère.

— C'est mon but personnel pour vous tous, que vous viviez longtemps et en bonne santé. Et quand vous mourrez enfin, dévastés, misérables, et tout seuls, personne – absolument personne – ne vous regrettera.

Anna a passé près d'une année à peaufiner ce discours, chacun des mots qui le composent, le répétant si souvent qu'il s'est incrusté jusque dans la moelle de ses os et fait maintenant partie d'elle. Pendant tout ce temps, elle s'est dit qu'elle se sentirait toute-puissante après l'avoir finalement prononcé à ceux qui lui ont fait tant de mal. Déesse de la vengeance maudissant ses ennemis.

Mais à présent que ses intentions ont été révélées, exprimées à haute voix, qu'elle ne peut plus les ravaler, elle n'éprouve ni euphorie ni soulagement, elle est juste vidée. Le feu qui l'animait est maintenant réduit à une faible étincelle, permettant à la tristesse de s'insinuer en elle. Sa famille lui manque. Son ancienne vie lui manque, sans parler de la personne qu'elle était jadis. Et elle est fatiguée. Tellement fatiguée. Il lui a fallu si longtemps pour en arriver là – et elle a encore tant de chemin à parcourir. Onze heures, pour être précis. Et il faut qu'elle soit bien réveillée en permanence.

— Bon, vous avez des questions ?

Lapsford se lance le premier.

— Vous pensez sérieusement que nous allons rester assis là en attendant de tomber dans les griffes du FBI ?

— Oui, répond Anna, bien qu'en vérité elle suppose que très peu d'entre eux se laisseront arrêter sans résister.

Raison de plus pour rester sur ses gardes jusqu'à la fin du voyage.

— Eh bien, vous vous trompez du tout au tout, reprend Lapsford. Parce que je vais descendre de ce train au premier arrêt.

Anna reste silencieuse, sachant une chose que Lapsford ignore. Au cours du dernier mois, elle a pris dix fois le *Phoenix* de Philadelphie à Chicago avec Seamus. Parfois dans des suites de première classe. D'autres fois, assis de longues journées dans une voiture de passagers.

Au cours de chaque voyage, ils ont collecté une profusion de notes sur le trajet. Anna sait maintenant à quel endroit précis le *Phoenix* va se trouver à chaque instant, quels trains il va croiser, à quelle heure, et quelles gares se trouvent sur le trajet.

Juste au moment prévu, un coup de sirène et un léger ralentissement du train annoncent qu'ils approchent de l'une de ces gares.

Harrisburg, Pennsylvanie.

Mais au lieu de s'arrêter, le *Phoenix* continue d'avancer. Longe un quai sur lequel attendent plusieurs voyageurs de nuit. Passe devant des porteurs blasés et le kiosque à journaux désert. Croise un autre train arrêté sur la voie opposée. Devant la fenêtre, Lapsford regarde tout cela défiler.

— Pourquoi ne s'arrête-t-on pas ? demande-t-il, pris de panique alors que le *Phoenix* quitte la gare et commence à accélérer.

— Parce que c'est un train express, répond Anna. Il n'y a pas d'arrêts. Trajet direct jusqu'à Union Station, à Chicago.

Lapsford reste devant la fenêtre, le regard rivé sur la gare qui s'éloigne, comme s'il tentait d'obliger le train à faire marche arrière.

— Mais il faut bien qu'il s'arrête à un moment ou à un autre ? Pour refaire le plein ?

— C'est une locomotive diesel-électrique, explique Judd, depuis l'autre côté de la voiture. Rapide. Efficace. Elle peut facilement atteindre Chicago sans refaire le plein. Avec un homme seulement dans la cabine, si nécessaire.

— Eh bien, je refuse de rester ici une seconde de plus, déclare Lapsford en bombant le torse. J'exige que vous fassiez arrêter le train et que vous nous laissiez descendre.

— Je crains que ce ne soit pas possible, rétorque Anna.

— Si vous ne le faites pas, c'est moi qui le ferai.

Lapsford regarde derrière elle, et Anna sait pertinemment ce qui a attiré son attention.

Le signal d'alarme.

Une tige de bronze aplatie, terminée par une poignée, et fixée discrètement dans le coin en face du piano. Les autres l'ont remarqué aussi, et Anna les regarde se tendre, s'apprêter à bondir.

Elle n'a pas le temps de les mettre en garde que trois des six personnes se précipitent sur le signal d'alarme. Lapsford, Herb Pulaski et Sal. Ils traversent le salon en jouant des coudes pour arriver au but en premier. Seamus n'a que le temps de tirer Anna sur le côté pour lui éviter d'être emportée dans la mêlée.

Lapsford a pris les autres de vitesse, avec une agilité surprenante pour un homme aussi ventripotent. Avec un sourire suffisant, il resserre les doigts autour de la poignée.

Et tire.

21 H 00

À ONZE HEURES DE CHICAGO

10

JACK LAPSFORD tire le signal d'alarme, mais il ne se passe rien. Rien non plus quand il tire dessus une deuxième fois, puis une troisième. Le train continue à foncer sur les rails, se rapprochant un peu plus de Chicago à chaque seconde.

Le fait ne surprend pas Judd Dodge, qui sait mieux que tout le monde comment fonctionne un frein de sécurité. Tandis que les autres se préparaient à subir un arrêt brusque dans un hurlement de freins, il est resté quant à lui planté au centre de la voiture, sachant que rien de tel ne se produirait.

— Bon sang, pourquoi ça ne répond pas ? s'énerve Lapsford tout en tirant frénétiquement sur la poignée.

Judd secoue la tête avec un soupir.

— Parce que le fait d'actionner le frein de sécurité n'arrête pas le train. Ça ne fait qu'alerter les contrôleurs qu'il se passe quelque chose d'anormal, et c'est eux qui déterminent s'il faut arrêter le train ou non. Si oui, ils préviennent les ingénieurs dans le poste de conduite, et c'est eux qui enclenchent le système de freinage.

Lapsford parcourt l'assistance du regard.

— Mais le seul contrôleur, c'est…

— Moi, déclare le grand gaillard qui est resté jusque-là derrière Anna Matheson, et qui s'avance à présent dans la voiture, attirant sur lui l'attention générale. Sauf que je ne suis pas vraiment un contrôleur.

— Permettez-moi de vous présenter Seamus Callahan, reprend Anna. C'est le frère cadet de Sean Callahan, dont le nom vous est certainement connu, puisque c'est l'un des trente-six hommes qui sont morts avec mon frère. La catastrophe que vous avez provoquée n'a pas atteint que ma famille. Elle en a frappé des dizaines d'autres.

Le nouveau venu promène sur le groupe un regard sombre qui s'attarde un instant sur Judd d'une façon qui le rend nerveux. L'homme est tout en muscles, et sous ses paupières lourdes, ses yeux sont très noirs. Si Anna a dit tout à l'heure qu'elle n'avait pas l'intention de les tuer, Seamus Callahan en revanche donne l'impression que ça ne le gênerait pas le moins du monde de les faire tous passer de vie à trépas, et c'est ce qu'il leur signifie :

— Je connais une dizaine d'hommes qui aimeraient bien être à ma place. Malheureusement pour vous, c'est moi qui suis ici, et je ne risque pas de dire aux machinistes de stopper ce train.

— Eh bien, je vais le leur dire moi-même ! déclare Lapsford.

L'imbécile. S'il croit encore qu'ils vont s'en tirer après ce qu'ils ont fait, il s'illusionne. Judd, lui, sait que c'est sans espoir. Quand bien même Lapsford réussirait à arrêter le train, ils n'auraient nulle part où s'enfuir. Dehors, il n'y a que des laiteries et des champs en jachère. Et maintenant que le FBI a la preuve de leurs crimes, ce n'est qu'une question de temps avant qu'ils ne soient interpellés.

— Mais je vous en prie ! ironise Anna, confirmant à Judd que toute tentative d'arrêter le train est vouée à l'échec.

Il l'a bien sous-estimée, la petite Matheson. À vrai dire, il n'a pas beaucoup pensé à la fille de son ancien patron, pendant toutes ces années. Quand il se sentait coupable, c'était généralement envers Tommy Matheson et les hommes morts avec lui. Parfois envers Art lui-même. Mais il pensait rarement à Anna. Grosse erreur, il le mesure maintenant. Parce que sa Petite Canne en Sucre, comme il l'appelait jadis, se révèle avoir plus d'un tour dans son sac.

— Eh bien, c'est ce que je vais faire ! lance Lapsford, qui ne s'est toujours pas rendu à l'évidence.

Il sort précipitamment du salon des première classe, Herb et Sally sur les talons. Même Edith Gerhardt, la plus calme et la plus silencieuse du groupe, leur emboîte le pas. Et de se ruer tous ensemble hors du salon, comme un troupeau d'animaux dont on viendrait d'ouvrir l'enclos.

Judd les suit également. Non parce qu'il s'imagine qu'ils pourraient réussir. Juste pour s'éloigner le plus possible d'Anna et de son homme de main. Ce qui n'arrivera pas, il le comprend bientôt, en les entendant dire :

— Seamus, tu sais quoi faire s'ils deviennent incontrôlables.

— Tu peux compter sur moi.

L'échange déclenche en Judd un sursaut de crainte. Il n'a aucune idée de ce que cet individu pourrait faire si l'un d'entre eux – Lapsford, probablement – se mettait à créer des problèmes. Il sait seulement qu'il n'a pas envie de le découvrir.

Judd n'est pas un petit gabarit, mais tandis qu'il s'élance à la suite des autres et les rejoint dans la voiture-restaurant, il lui semble que Seamus le domine de toute sa taille. Lapsford, qui mène la troupe, leur fait traverser la cuisine en file indienne, la voiture-bar, puis le salon des seconde classe. Leur avance se ralentit un peu chaque fois qu'ils passent dans une nouvelle voiture. Lorsqu'ils arrivent à la voiture-lits, Judd comprend que les autres découvrent seulement maintenant ce qu'il sait déjà : le train est vide. Ils en sont les seuls et uniques passagers.

— Où sont-ils tous passés ? s'exclame Sally.

— Ils sont partis, répond Seamus, qui est resté silencieux si longtemps qu'en l'entendant, Judd sursaute.

— Partis où ça ? demande Herb Pulaski, qui est juste devant lui.

— C'est important ? réplique Seamus.

Non, se dit Judd. Ça n'a aucune importance. Pour le moment, la seule chose qui compte, c'est qu'ils sont à bord d'un train qui va les jeter dans les griffes du FBI. Il regarde le petit coin du plan qu'il tient encore à la main. Il colle dans sa paume moite. Une marque irréfutable de sa culpabilité. Même si Anna bluffe et n'a pas un seul autre élément de preuve, il sait que ce petit bout de papier suffirait à l'envoyer en prison jusqu'à la fin de ses jours.

Comment Anna a-t-elle bien pu mettre la main dessus, Judd n'en a aucune idée. Kenneth Wentworth lui avait assuré qu'il avait été détruit avec tout ce qui les liait à l'explosion du train. Un mensonge, visiblement. Il faut croire qu'il avait gardé par-devers lui un double de toutes les pièces afin de les utiliser contre eux en cas de besoin. Judd aurait dû se douter qu'il ne fallait pas se fier à lui. Cela dit, il n'avait pas toute sa tête quand Wentworth l'avait approché à la fête de Noël chez les Matheson.

— En voilà un qui sait y faire, côté esbroufe, avait-il laissé tomber entre deux gorgées de scotch.

— Que voulez-vous dire ? avait demandé Judd.

— Cette soirée, tout cet étalage, avait répondu Wentworth. Ce cabotin d'Art veut que tout le monde admire sa belle maison, sa magnifique femme, ses enfants parfaits. Mais vous, Judd, vous devriez en avoir votre part, non ? Il paraît que c'est vous qui abattez tout le boulot.

Wentworth disait vrai, surtout concernant le *Philadelphia Phoenix*. Sur le papier, le train paraissait être un partenariat d'égal à égal. L'aboutissement naturel de la rencontre de deux esprits. Arthur Matheson l'avait imaginé et Judd l'avait réalisé. Sauf que c'était Judd qui avait presque tout fait, de la conception à la fabrication. Pourtant, lors du lancement très médiatisé du *Phoenix*, c'est Art seul qui avait tenu les conférences de presse. C'est lui qui avait été photographié dans la cabine de la locomotive, une casquette de mécanicien sur la tête, comme si c'était lui et lui seul qui avait créé ce satané train de A à Z et de ses propres mains.

Aujourd'hui, des années après le lancement du *Phoenix*, rien n'avait changé. Le seul nom associé au *Phoenix* était celui d'Arthur Matheson, un fils de bonne famille de Philadelphie qui avait hérité l'Union Atlantic Railroad de son père. Personne n'entendait jamais parler de Judd, le gamin miséreux qui avait réussi à devenir le génie capable de construire le plus grand train du pays.

Voilà pourquoi, en ce soir de fête, il avait prêté l'oreille aux propos de Kenneth Wentworth. Et accepté, aussi, le lundi suivant, de participer au stratagème maléfique monté par l'homme d'affaires. Sans réfléchir aux dommages collatéraux. À tous ceux qui y laisseraient la vie, aux familles dévastées. Il s'était concentré uniquement sur ce qu'il voulait.

Non, ce qu'il *méritait.*

Judd avait droit, lui aussi, à tout ce qu'Art Matheson possédait. La grande demeure, la femme magnifique, les gamins à qui tout réussissait, qui traverseraient la vie lancés sur les rails du succès, bien sûr. Et surtout, il méritait la réputation d'Art. C'était lui, le cerveau derrière sa réussite, et il méritait d'être reconnu au même titre que lui.

Eh bien, question notoriété, il allait être servi. Anna y avait veillé. Bientôt, le monde serait au courant de ses exactions.

Judd suit les autres dans le fourgon à bagages, où, comme son nom l'indique, les bagages des passagers sont généralement entreposés. L'espace qui devrait déborder de malles, de valises et de cartons entassés du sol au plafond est rigoureusement vide. La voiture n'est qu'une chambre d'écho en acier inoxydable qu'il faut traverser pour atteindre la locomotive.

Ils n'en sont séparés que par une porte d'acier blindé. Derrière, il y a le moteur, et encore devant, en tête de train, la cabine des machinistes. Techniquement, un seul homme pourrait conduire la rame entière, mais pour un voyage de cette durée, et de nuit qui plus est, normalement ils sont deux. Bien que romancée dans la littérature et au cinéma, la tâche de conduire un train est souvent fastidieuse. Dans la motrice, on n'a pour tout horizon que deux rails à perte de vue, et pour seule perspective des centaines de kilomètres à tirer. Il n'est pas rare que les hommes s'endorment aux commandes.

Sur la plupart des trains express, on ne peut pas accéder à la cabine depuis l'intérieur de la rame. Le moteur empêche le passage, et les machinistes grimpent directement dans la cabine à l'aide d'une échelle. Ce n'est pas le cas du *Phoenix*, qui est un express, prévu pour parcourir de longues distances sans s'arrêter. Judd y a aménagé une étroite galerie qui contourne la machine et permet aux conducteurs d'entrer et de sortir de la motrice quand elle est en marche, pour les changements d'équipe par exemple.

Et cette galerie part juste de l'autre côté de la porte qui donne accès à la locomotive.

Ils se massent tous les cinq près de la porte, et Jack Lapsford saisit la poignée. La porte ne bouge pas. Le fait qu'elle est toujours verrouillée, par sécurité, est encore une chose que Judd aurait pu leur signaler s'ils avaient bien voulu l'écouter.

Lapsford frappe à la porte. Si fort que le bruit qui retentit dans la voiture vide résonne jusque dans la poitrine de Judd. Tout à l'heure, dans la voiture-salon, il avait quasiment accepté sa défaite. Anna les avait bien piégés, et il s'était préparé à affronter les terribles conséquences de ses actes. Mais maintenant, à quelques centimètres du moteur, il se rend compte qu'il n'est pas encore prêt à tout perdre. Et il ne le sera jamais. Il ne veut pas qu'on l'arrête. Il ne veut pas aller en prison. Et encore moins y finir ses jours.

La panique de Judd monte encore d'un cran. Il écarte Lapsford et entreprend d'asséner de grands coups de poing sur la porte. Il a encore plus besoin que les autres d'arrêter le train, quand bien même, pour cela, lui faudrait-il faire irruption dans la locomotive et couper le moteur de ses propres mains. Parce qu'il sait le faire, lui. Le *Phoenix* est son bébé, il sait comment l'arrêter. Il pourrait même aller jusqu'à le détruire, au besoin.

Mais avant toute chose, il doit attirer l'attention des machinistes. La suite dépend d'eux. Bandant ses forces en prévision de la confrontation, Judd cogne et cogne de plus belle sur le panneau, attendant que les gars de l'autre côté, quels qu'ils soient, lui ouvrent et décident de son sort.

11

À HUIT VOITURES DE LÀ, Anna fait face au seul individu resté dans le salon des première, et elle donnerait n'importe quoi pour qu'il en sorte aussi. Ou mieux, elle voudrait que Dante Wentworth ne soit jamais monté dans ce train. C'est son père qui devrait être ici avec les autres, pris dans le piège qu'elle avait si méticuleusement tramé.

Le fait que Dante se soit pointé alors qu'il n'était pas invité ne devrait pas l'étonner. Après tout, c'est ainsi qu'ils se sont rencontrés.

— J'avoue que je suis impressionné, Annie, dit-il. C'est un sacré plan que tu as mijoté là.

Anna doit fournir un effort surhumain pour ne pas s'étrangler. Il y a des années que personne ne l'a appelée par son petit nom. Entendre ce diminutif après si longtemps lui donne l'impression que le temps s'est replié sur lui-même et la projette dans le passé.

— Un plan dont tu n'étais pas censé faire partie, répond-elle. Mais si tu penses que le fait d'avoir pris la place de ton père ce soir atténuera sa sanction, tu te trompes, je te le garantis. Tu ne fais que retarder l'inéluctable.

Dante se rassied au piano.

— Je ne suis pas ici pour atténuer la sanction de qui que ce soit, la sienne moins qu'aucune autre.

— Alors, qu'est-ce que tu fais là ?

— Je voulais te voir, répond Dante avec une sincérité désarmante, qui aurait fait se pâmer l'Anna de seize ans.

Il avait toujours su s'y prendre avec elle pour arriver à ses fins. Il n'a pas perdu la main. Mais Anna a appris deux ou trois choses au fil des années, et notamment comment résister au charme de Dante Wentworth.

— Qu'est-ce qui t'a fait croire que je serais là ?

— Le carton d'invitation. Je suis tombé dessus, sur le bureau de mon père, et quand j'ai lu le message au dos, j'ai tout de suite reconnu ton écriture. Tu aurais dû confier cette partie du plan à quelqu'un d'autre, tu sais.

Anna ferme brièvement les yeux. Elle en veut à Dante d'avoir compris, et elle s'en veut à elle-même parce qu'il a raison. Ils s'étaient tellement écrit, à l'époque. Des lettres remplies de déclarations d'amour. Qui la feront mourir de honte si elle y réfléchit trop.

Alors elle repousse au loin ces pensées. C'était il y a longtemps. Dans une autre vie. L'adolescente foudroyée par l'amour qui passait toutes ses soirées à lui écrire, à chercher le mot juste, l'expression susceptible de traduire au mieux ses sentiments, cette Anna-là est morte. Remplacée par une autre.

Alors que Dante, lui, semble ne pas avoir changé du tout. Il a quelques années de plus, bien sûr, mais la patine apportée par ses tribulations de jeunesse ne fait qu'ajouter à son charme. Surtout quand il se remet à jouer du piano, concentré, laissant ses doigts habiles voler sur les touches. Anna reconnaît la mélodie. « You Made Me Love You ».

Tu as tout fait pour que je t'aime.

C'était sa chanson préférée à l'époque où elle était amoureuse de lui. Une époque à laquelle ils étaient censés se détester.

Personne ne leur avait dit les choses aussi carrément, bien sûr. Ce n'était pas ainsi que l'on agissait, en ce temps-là, dans les hautes sphères de Philadelphie, chez les gens qui vivaient dans le même quartier qu'eux, les gens aussi fortunés qu'eux, qui n'avaient pas d'ennemis. En public, tout le monde échangeait des sourires et se claquait des baisers sur les joues, mais ce n'était que pour mieux se déchirer derrière les portes closes. Leurs pères étant concurrents en affaires, un décret tacite voulait qu'ils ne puissent se fréquenter.

Anna savait qui était Dante, bien sûr. Ils évoluaient dans des milieux assez proches pour qu'elle entende souvent parler de cette charmante canaille qui avait pour père Kenneth Wentworth. Ce nom seul suffisait à lui indiquer qu'elle devait détester Dante. À seize ans, elle était une incorrigible romantique, bercée aux sonnets d'amour de Shakespeare. Les rejetons des capitaines d'industrie du coin, ce n'était pas son genre, alors qu'elle était une enfant gâtée issue du même moule qu'eux. Anna n'en avait que pour Laurence Olivier et caressait le rêve de devenir actrice. D'ailleurs, elle avait tenu le rôle de Juliette dans la pièce qu'ils avaient montée au lycée.

Et voilà qu'à la fête de Noël de ses parents, des inconnus en tenue de soirée avaient envahi la demeure, parmi eux un jeune homme en costume marin et cravate rouge tout ce qu'il y avait de plus chic. Alors que la soirée battait son plein, le jeune homme s'était avancé vers Anna et présenté sous le seul nom de Dante. Soit qu'il ne veuille pas indiquer son patronyme, soit parce que c'était inutile. À Philadelphie, il n'y avait qu'un Dante qui méritât d'être connu.

— Je suis…, avait commencé Anna, mais le jeune homme l'avait interrompue.

— Oh, je sais tout sur vous, Anna Matheson.

Anna avait rougi sans trop savoir pourquoi. Peut-être à cause de l'air entendu qu'il avait pris pour dire cela. Comme s'il avait lu dans ses pensées et découvert les secrets enfouis au plus profond de son cœur, ses plus noirs desseins, ses aspirations intimes. Ou, plus vraisemblablement, parce que Dante était d'une incroyable séduction. Certes, la rumeur qu'il était beau garçon était parvenue jusqu'à elle, mais Anna n'était pas préparée à la vision du jeune homme planté devant elle. Des yeux d'azur. Des cheveux fous, couleur de jais. Un sourire en coin un peu emprunté et en même temps malicieux. Un sourire de séducteur. Son Lawrence Olivier adoré n'arrivait pas à la cheville de Dante Wentworth.

Par bonheur, Anna avait réussi à garder suffisamment ses esprits pour lui répondre du tac au tac :

— Oh, sûrement pas tout, Mr Wentworth !

— Nous ne sommes pas censés nous fréquenter, je sais.

— Il est certain que nos pères n'apprécieraient pas.

— Ce qui rend cette idée délicieusement séduisante.

Et Dante avait fait un pas vers elle, et pour Anna le monde s'était réduit à une bulle dans laquelle ils n'étaient plus que tous les deux. Dans cette maison remplie de gens qui faisaient la fête, elle ne voyait que le merveilleux jeune homme devant elle.

Elle était fascinée, totalement sous le charme de Dante, quand, à l'autre bout de la pièce, un cri avait retenti, rompant l'enchantement.

Sa mère.

— Ne vous approchez pas de lui !

Le silence s'était établi. Fendant la foule, la mère d'Anna avait foncé sur son frère Tommy en grande conversation avec un homme qu'elle n'avait jamais vu.

— Je vous ai dit de ne pas vous approcher de mon fils ! hurlait Margaret. Je vous interdis de lui parler !

Tommy était maintenant au centre de l'attention. Le doigt passé dans le col de sa chemise, les joues écarlates, il avait répondu :

— On ne faisait que bavarder, maman.

— Je ne veux pas le savoir ! Monte dans ta chambre !

L'objet de la fureur maternelle avait levé les mains, image même de l'innocence.

— Je voulais juste être gentil, Maggie.

— Pour vous, c'est Mrs Matheson. Et il n'y a rien de gentil en vous, Mr Wentworth.

Tournant alors la tête vers Dante, Anna n'avait pu que constater sa ressemblance avec l'homme qui déchaînait l'ire de sa mère. Ils étaient tous les deux d'une beauté rebelle. Avaient le même sourire en coin. Ce sourire que Dante lui décochait en ce moment. Anna avait alors compris ce qu'elle aurait dû deviner depuis le début : cet homme était le père de Dante – et ils n'avaient pas été invités à la fête, ni l'un ni l'autre.

Dante avait eu un haussement d'épaules désinvolte.

— Je suppose que j'aurais dû me présenter plus tôt.

Anna n'avait pas répondu. Trop gênée par la réaction de sa mère vis-à-vis de Kenneth Wentworth. Margaret Matheson ne se fâchait jamais. Absolument jamais. Et voilà que le père de Dante la mettait en rage. Anna avait cherché son père du regard dans la foule, et elle l'avait repéré debout dans l'ombre de l'escalier, en train d'observer la dispute par-dessus les glaçons de son verre à whisky.

Anna avait dit à Dante :

— Il faut que vous partiez. Tout de suite. Tous les deux.

Dante s'était incliné.

— C'était un plaisir, Miss Matheson. Puissent nos chemins se recroiser bientôt.

Les semaines suivantes, Anna avait tenté de toutes ses forces de ne pas penser à lui. Mais à la fin du mois de janvier, lors de sa dernière interprétation de Juliette au spectacle du lycée, Anna l'avait repéré au premier rang. Sa présence l'avait tellement perturbée qu'elle avait oublié un instant sa réplique d'entrée, dans la première scène. La camarade qui jouait la nourrice avait dû la lui souffler. Lors de ces premiers moments cruciaux, Dante avait été pour Anna une distraction malvenue. Pas seulement parce qu'elle se sentait observée, mais parce qu'il la regardait d'une façon particulière. Déstabilisante. Statufié dans une immobilité absolue, visiblement extasié. Et pourtant avec ce petit sourire en coin. Comme s'il s'imaginait qu'Anna déclamait ses tirades à son intention. Et quand elle s'était inclinée pour le dernier rappel, personne dans le public n'avait applaudi plus fort que lui.

Après le spectacle, il avait débarqué dans les coulisses avec un bouquet de roses et le lui avait offert en disant :

— Ce que nous appelons une rose, sous tout autre nom sentirait aussi bon.

Et en dépit de ses réserves Anna avait été subjuguée.

Maintenant, c'est tout le contraire devant ce Dante qui continue à jouer du piano.

— Tu vas pianoter comme ça jusqu'à Chicago ?

— Qu'est-ce que tu veux que je fasse, Annie ?

Ce diminutif, encore. Son cœur vibre comme une corde de violon chaque fois qu'il le prononce.

— Pour toi, ce sera Miss Matheson.

— Je me rappelle le temps où tu m'appelais Danny.

— De l'eau a coulé sous les ponts, réplique Anna, et elle ménage une courte pause avant d'ajouter, sur un ton acerbe : Mr Wentworth.

Dante se fend d'un large sourire, ravi de voir avec quelle aisance ils ont recouvré le rythme de leurs échanges d'antan. Anna ne semble pas surprise non plus, par-delà son air assurément mécontent. Dante a toujours su provoquer son esprit acéré, et la faire rire même quand elle s'efforçait de prendre l'air sérieux.

— Tu n'as pas répondu à ma question, reprend-il. Je suppose que Jack Lapsford peut toujours plastronner, ce train ne s'arrêtera pas avant Chicago.

Anna porte le regard sur la fenêtre. La voie longe une rivière qui décrit une courbe. Il y a des maisons sur l'autre rive, et leurs lumières se reflètent à la surface de l'eau en une myriade de miroitements dorés. Anna sait qu'ils sont au beau milieu de la Pennsylvanie, à présent, et qu'ils progressent à vive allure en direction du nord-ouest et de la frontière avec l'Ohio. De là, le train filera tout droit vers l'ouest. Ils traverseront l'Ohio, l'Indiana, l'Illinois et arriveront enfin à Chicago.

— Non, lâche-t-elle. Il ne s'arrêtera pas.

Ce n'était pas la chose à dire, parce que sa réponse permet à Dante de continuer à jouer. Et il entame un nouvel air. « Someone to Watch over Me ».

Quelqu'un pour veiller sur moi…

Anna s'assied, résignée.

— Au début, reprend Dante, je me suis demandé pourquoi tu faisais ça. Ça paraissait tellement compliqué. Le train. Le voyage de nuit. Tout ce…

Il s'interrompt, cherchant le mot juste.

— Mélodrame ? suggère Anna.

— Exactement. Tout ce mélodrame. Il aurait été tellement plus facile de laisser le FBI faire le boulot, rechercher les criminels, les interpeller et les traduire en justice.

— Comme ce qui va bientôt arriver à ton père, si ce n'est pas déjà fait.

Dante ignore l'intervention.

— Mais tu as choisi de faire ça. Ne te méprends pas, je salue la démarche. Particulièrement réussi, le détail du faux contrôleur. Comment s'appelle-t-il, déjà ?

— Seamus.

— Seamus, c'est ça. (Le jeu de Dante s'adoucit et les notes plus légères qui s'élèvent du piano créent une espèce d'intimité entre eux. Comme un murmure.) Vous êtes amants, tous les deux ? demande-t-il sans cesser de jouer.

— Ça ne te regarde pas.

Il hausse les épaules, et Anna interprète son mouvement comme signifiant qu'il a pris sa réponse pour un « oui ».

— Les employés du train, tu les as payés pour disparaître, je suppose ?

— En effet, répond Anna.

— Papa sera fâché.

— Il aura bientôt des soucis autrement plus graves à régler.

La musique s'arrête. Le coude appuyé contre le rebord du piano, Dante pose son menton sur son poing fermé.

— Tu penses vraiment que mon père a manigancé tout ça ?

— Je le sais. Et franchement, tu devrais le savoir aussi. Il paraît que tu travailles pour lui, maintenant.

— C'est ce qui figure sur ma carte de visite. Mais on aurait du mal à définir en quoi consiste ma collaboration. C'est tout juste si mon père m'adresse la parole, et quand il le fait c'est pour démolir ce que je propose. À vrai dire, je passe le plus clair de mon temps derrière mon bureau à passer les piles de papiers d'un côté à l'autre.

— Allez, je suis sûre que tu trouves le temps de conter fleurette aux secrétaires.

— Uniquement celles qui me font penser à toi, rétorque Dante, et il accompagne sa remarque d'un regard empli d'un tel regret qu'elle en a la gorge nouée.

— Quoi que tu fasses ou ne fasses pas pour ton père, réussit-elle à dire, il est évident qu'il ne mijotait rien de bon à l'époque. Comment crois-tu qu'il ait réussi à mettre la main sur la compagnie de mon père ? Et sur ce train, en particulier ?

— Ce n'était pas une faveur faite à ta famille ? Ah bon ! Je croyais.

Anna ne sait pas si elle doit rire ou se sentir outragée.

— Une faveur ? Ma famille a tout perdu dans cette histoire. Je ne sais pas si tu te rappelles, mais nos pères se détestaient.

— En effet. Mais j'ai toujours pensé que leur rivalité comportait une dose de respect mutuel.

Ce commentaire fait pencher la balance en faveur de l'outrage. Anna est folle de rage.

— Si ton père avait eu une once de respect pour le mien, il n'aurait pas organisé toute une conspiration pour l'anéantir. Sal, Lapsford et les autres se sont contentés de faire le sale boulot, c'est ton père qui tirait les ficelles. Tu oublies que j'en ai les preuves.

— Justement, ces preuves, en quoi consistent-elles ?

— Des mémos, de la correspondance, d'autres plans. Il y a même des photos.

Dante se penche en avant. D'amusée, son expression se fait songeuse.

— Et tu penses que ça suffira à prouver que mon père est à l'origine du complot ?

— Sans doute aucun. Les documents les plus accablants sont les livres de comptes. En 1942, ton père a transféré des sommes considérables à cinq comptes en Suisse. Tu devines à qui ces comptes appartenaient ?

— J'imagine, oui.

— Ce sont des preuves irréfutables. Je ne me serais pas donné tout ce mal si elles ne l'étaient pas. Ton père va payer son forfait. Ils vont tous payer. Leurs vies seront irrévocablement achevées à la minute où nous arriverons à Chicago.

— Encore une chose qui m'intriguait. Pourquoi Chicago ? Je veux dire, je comprends le symbole derrière le fait d'utiliser le *Phoenix*. C'est incontournable. Mais un train pour Washington ou New York aurait été plus rapide – et ç'aurait été beaucoup plus facile. Il y avait forcément une autre raison. Et j'ai fini par comprendre. Tu veux que je te le dise ?

Anna se lève et s'étire.

— Mais je t'en prie. Explique-moi donc mes motivations.

— Tu veux nous regarder nous tortiller.

— Et ça marche ?

— Tu trouves que je me tortille ?

— Non, répond Anna en se dirigeant vers la porte qui donne sur la voiture-restaurant. Par bonheur, la nuit ne fait que commencer. Maintenant, si tu veux bien m'excuser, je vais voir comment les autres se tortillent.

— À ce stade, ils essaient probablement d'enfoncer la porte vers la motrice, réplique Dante en se levant pour la suivre.

— Ils peuvent toujours s'acharner.

Anna traverse rapidement la voiture-restaurant et la cuisine. Dante doit presser le pas pour ne pas se laisser distancer. Arrivé dans la voiture-lits, il lance :

— Je voulais te demander aussi... Comment t'es-tu débrouillée pour qu'il n'y ait pas d'autres passagers ?

— J'ai des ressources. Le train devait absolument être vide. Je ne voulais pas laisser à qui que ce soit la possibilité de s'échapper, explique Anna en indiquant les portes aux deux extrémités de la voiture. Dans un train bondé, où les gens vont et viennent, montent et descendent, n'importe qui aurait pu facilement se glisser dans la foule.

— Et ça évitera d'avoir des passagers innocents à bord quand les choses se corseront. Car maintenant qu'ils se savent piégés, les comparses ne vont pas tarder à se tourner les uns contre les autres. Ce n'est qu'une question de temps.

Anna n'y croit pas. Elle a bien sûr imaginé que les choses pourraient se mettre à chauffer quand le désespoir commencera à s'insinuer en eux. Elle envisage des accusations mutuelles, des aveux, des rejets de la faute sur autrui, mais elle ne pense pas qu'ils iront jusqu'à s'en prendre les uns aux autres. En fait, il y a bien plus de chances pour qu'ils s'en prennent à Seamus et à elle – d'où le couteau et son moyen de défense à lui.

Pourtant, quand elle arrive au fourgon à bagages, Dante sur les talons, Anna remarque aussitôt le comportement irrationnel du groupe. Judd Dodge, planté devant la porte de la motrice, tambourine sur le panneau d'acier, en vain. Ça n'empêche pas Jack Lapsford de joindre ses forces aux siennes, avant de l'écarter pour tirer à son tour sur la poignée, puis pousser dessus, et recommencer à tirer. Le tout sans résultat aucun. Sans cesser de cogner sur la porte de toutes ses forces, il se résout donc à hurler :

— Hé vous, là-dedans ! Ouvrez tout de suite !

Sal se joint à eux, ponctuant ses injonctions de petits coups secs.

— Vite ! C'est urgent !

Anna se représente Burt Chapman, à l'avant de la locomotive, indifférent au tumulte. Même s'il entend les coups et les appels, elle sait qu'il les ignorera.

— J'ai prévenu le machiniste que l'un de vous crierait probablement au danger, lance Anna, annonçant par cette phrase sa présence dans le fourgon.

Judd lui lance un regard désespéré.

— Alors pourquoi est-ce qu'il ne répond pas ?

— Parce que je savais que ça se passerait comme ça, répond Anna. Je lui ai dit de n'ouvrir la porte à aucun prix. Non sans l'avoir grassement rémunéré, bien sûr.

— On vous donne le double ! s'écrie Sal, ponctuant son hurlement d'un autre coup sur la porte. Quelle que soit la somme qu'elle vous a versée !

— Je l'avais prévenu que vous diriez ça aussi, riposte Anna d'une voix impatiente, une main sur la hanche.

— Un million de dollars ! hurle Lapsford.

Herb Pulaski étouffe une expression de surprise à l'énoncé du montant. Les autres lui jettent des coups d'œil stupéfaits. La seule à ne pas être étonnée est Anna.

— Ça aussi, je lui ai dit qu'il y aurait droit. Rien de tout ce que vous pourriez dire ou faire ne lui fera arrêter ce train.

— Mais vous, vous pouvez l'arrêter, non ? demande Judd.

— Absolument pas. Même moi, je n'ai pas ce pouvoir. Je me doutais que l'un de vous chercherait à m'intimider – ou, Dieu nous en préserve, à m'y forcer par la violence. J'ai donc donné l'ordre au machiniste de n'obéir à aucune des injonctions qui pourraient lui être adressées. Même venant de moi.

— Vous êtes dingue, fait Sal. Complètement cinglée.

Lapsford confirme d'un hochement de tête.

— Et pourquoi aurait-il accepté ça ?

— Parce que tous ceux qui travaillent d'habitude à bord de ce train, du plongeur au chef machiniste, connaissent le but de ce voyage, répond Anna. Et ils n'ont été que trop heureux de se mettre en congé aujourd'hui, ou de m'apporter leur concours, comme le machiniste. Votre complot a aussi semé la mort parmi les employés. Les machinistes. Un contrôleur. Deux porteurs. Or chez les cheminots, le dévouement n'est pas un vain mot. Ils veulent que justice soit faite tout autant que Seamus et moi.

Lapsford n'y comprend rien, ou s'en fiche. Il continue de tambouriner sur la porte en criant :

— Je suis un officier supérieur de l'armée des États-Unis, et je vous ordonne d'arrêter ce train !

— Officier supérieur *à la retraite*, rectifie Dante, prenant le parti d'Anna. Ce qui ne vous confère aucune autorité. À vrai dire, comme ce train appartient à mon père – et de ce fait m'appartiendra un jour –, il me semble que si quelqu'un a son mot à dire sur sa destination ou ses arrêts en gare, c'est plutôt moi, non ?

— Eh bien, arrêtez-le ! Et laissez-nous tous descendre ! exige Lapsford.

Anna se fige tandis que Dante s'approche de la porte. Avant de monter dans le train, quand elle s'attendait encore à voir Kenneth Wentworth, elle a prévenu Burt Chapman que son patron serait à bord et ferait vraisemblablement tout pour stopper le train. Burt lui a certifié qu'elle n'avait pas de souci à se faire. Surtout lorsqu'elle lui a raconté ce que Wentworth avait fait. Et ça n'a pas fait de mal qu'elle lui donne deux fois plus qu'aux autres membres du personnel de bord.

Mais Dante n'est pas Kenneth. Le charme et la persuasion sont sa spécialité. Si quelqu'un est doué pour le baratin et capable d'arriver à ses fins, c'est bien lui.

Il frappe sur la porte et s'éclaircit la gorge.

— Je m'appelle Dante Wentworth. Cette ligne de chemin de fer appartient à mon père, et le train que vous conduisez aussi. Comme vous l'avez entendu, il y a des gens ici qui voudraient désespérément descendre. Compte tenu des circonstances, je pense qu'il vaudrait mieux que…

Dante se tourne vers Anna et lui lance un regard indéchiffrable. L'espace d'une seconde, elle n'arrive plus à respirer, sûre qu'il va, d'un mot, faire capoter son plan. Tout ce boulot pour rien. Tous ces préparatifs en pure perte. Toutes ces dépenses gaspillées.

Mais le petit sourire en coin réapparaît sur le visage de Dante, et Anna relâche l'air de ses poumons.

— Je pense qu'il vaut mieux que vous continuiez à faire avancer ce train, reprend Dante. Ignorez tout ce qu'on peut vous dire depuis ce côté de la porte, n'écoutez que les instructions de Miss Matheson. Ne vous arrêtez sous aucun prétexte avant Chicago.

Il frappe deux fois sur le panneau et attend. L'instant d'après, deux coups se font entendre de l'autre côté. Message reçu.

Burt n'arrêtera pas le train.

12

DANTE SE RETOURNE vers les autres et claque dans ses mains.

— Bon. Et maintenant, si on buvait quelque chose ?

Il n'a pas fait deux pas que les autres l'entourent, pris de furie.

— Vous êtes tombé sur la tête ? hurle Judd.

— Pourquoi avez-vous fait ça ? braille Sal en même temps.

— Vous venez de tous nous condamner ! glapit Lapsford, le visage écarlate. À commencer par votre père !

— Peut-être qu'il le mérite, rétorque Dante. En fait, j'en viens à me dire que vous le méritez tous.

Lapsford le foudroie du regard.

— On n'en a pas fini avec vous. On a encore tout le temps entre ici et Chicago.

— Plus de dix heures, précise Judd en tirant de son gilet une montre de gousset qu'il remet dans sa poche sans avoir regardé l'heure, déconcerté qu'il est par la situation.

— Eh bien, moi, je trouverai le moyen de descendre de ce train, même si pour ça je dois vous tuer tous. Et la tuer elle aussi, précise Lapsford avec un geste du pouce en direction d'Anna. En réalité, rien ne pourra nous empêcher de descendre, et de mettre ainsi fin à toute cette comédie.

Sur un signe d'Anna, Seamus fait un pas en avant et sort un pistolet. Quelqu'un laisse échapper un cri – Sal ou Edith, Anna ne saurait le dire. Plusieurs des hommes éructent des jurons étouffés. Jusqu'à Dante qui dévisage Anna en ouvrant de grands yeux, comme s'il pensait tout à coup qu'elle est folle.

Mais là, il se trompe. Anna n'a jamais été aussi saine d'esprit. Absolument et complètement.

Seamus braque le revolver d'abord sur Lapsford puis balaye toute l'assistance, avec la claire intention de tirer sur n'importe lequel d'entre eux si nécessaire. Prenant conscience du danger, Lapsford recule, les mains levées.

Seamus parcourt le groupe d'un œil noir et, l'espace d'une seconde, Anna en vient à craindre elle aussi qu'il renonce à leur plan et les abatte tous. Il y a assez de balles dans son six-coups. Une par personne.

— Je vous avais bien dit qu'elle veut nous tuer ! s'écrie Judd.

Anna s'avance devant Seamus, dissimulant le revolver à la vue générale. Elle n'était pas chaude pour le lui laisser prendre, trouvant la situation déjà assez tendue sans ajouter une arme à feu à l'affaire. Mais elle a fini par admettre que c'était une précaution nécessaire, au même titre que le couteau attaché à sa cuisse.

— Personne ne va tuer personne ! Quand je vous ai dit que je vous voulais tous vivants, je le pensais. Si Seamus est armé, ce n'est que pour veiller à ce que vous gardiez votre calme.

— Sinon quoi ? lance Lapsford.

— Je vous colle une balle, annonce Seamus. Ça vous calmera. Vous voulez attendre un peu, lieutenant-colonel ? Ou est-ce qu'il vaut mieux que je règle ça tout de suite ?

Herb Pulaski s'écarte du groupe et se dirige vers les doubles portes coulissantes situées au milieu de la voiture et donnant sur l'extérieur.

— Vous autres, vous pouvez rester ici, mais moi je ne vais pas attendre tranquillement qu'on m'arrête ou qu'on me tire comme un lapin.

Il débloque les portes et les écarte. L'ouverture, assez large pour permettre le passage des malles et des grosses valises, laisse s'engouffrer un souffle d'air glacé chargé de gros flocons de neige qui tourbillonnent à l'intérieur de la voiture. Le bruit de la bourrasque s'accompagne du vacarme du roulement de la rame. Le claquement violent des roues d'acier sur les rails d'acier se réverbère sur les parois nues de la voiture. Positionné face à l'ouverture, Herb vacille sous la puissance du vent et du bruit.

— Qu'est-ce que vous faites ? hurle Judd pour se faire entendre dans le vacarme.

— Qu'est-ce que vous croyez ? Je vais sauter de cette saloperie de train. Et je vous suggère à tous d'en faire autant.

Debout dans l'ouverture, il se cramponne aux deux montants de la porte, prêt à sauter. Anna se glisse près de lui, paniquée. Le train longe toujours la rivière mais il n'y a plus de maisons éclairées sur la rive opposée. Ce qu'elle voit par-dessus l'épaule de Judd se résume à une étendue d'eaux noires, tumultueuses, et des bois sur lesquels la neige commence à s'accumuler.

— Le train roule à plus de cent kilomètres-heure. Si vous sautez, vous avez une chance sur deux de vous tuer sur le coup. Surtout si vous êtes repoussé sous les roues, qui vous trancheront plus vite qu'un couteau rentrant dans du beurre.

Herb se penche vers l'espace vide de l'autre côté de la porte.

— Je prends le risque.

— Comme vous voudrez, dit Anna, changeant de tactique. Si par chance vous survivez à ce saut dans le vide, vous n'en sortirez pas indemne. Vous serez blessé, vous aurez des fractures, des plaies et des bosses. Il est certain que vous ne pourrez pas courir. Probablement même pas marcher. Et si, par miracle, vous y arrivez, où irez-vous ? Il n'y a rien, ici. Nulle part où aller. Dans le genre plan d'évasion, on fait mieux.

Herb se retourne, dos à l'ouverture, et la regarde. Anna scrute son visage, ravie d'y lire de l'hésitation.

— Alors, Mr Pulaski. J'attends. Vous sautez ou non ?

Herb regarde à nouveau au-dehors, évaluant mentalement la situation, et se demandant si, finalement, ça vaut le coup.

— Vous voulez que je vous pousse ? insiste Anna.

— Non !

Herb s'écarte vivement de l'ouverture et vient s'adosser à la paroi opposée. Anna prend sa place devant les portes et les referme avec un claquement. Le vent cesse aussitôt, et le bruit du train revient à son *claqueti-clac* familier.

— Maintenant que vous avez recouvré la raison et compris que vous ne quitterez pas ce train avant Chicago, je vous recommande à tous de regagner la voiture-salon des première classe.

Et personne ne la contredit. Même pas le combatif Jack Lapsford. Ils ressortent tous les cinq du fourgon à bagages, sous la surveillance de Seamus, suivis par Anna et Dante à quelques pas de distance.

— Pourquoi n'as-tu pas essayé d'arrêter le train ? souffle Anna à son compagnon, une fois qu'ils sont arrivés dans la voiture de seconde classe et se joignent à la file indienne qui progresse dans le couloir.

— J'ai mes raisons, répond Dante. Des raisons qui n'ont rien à voir avec toi.

Il ne développe pas. Après quoi, le silence s'établit. Le groupe passe devant les rangées de fauteuils en un sinistre défilé, réduit au mutisme par l'absence de passagers. Et c'est ainsi qu'ils regagnent le salon des première classe.

— Je crois que je prendrais bien un verre, maintenant, dit Judd Dodge.

Dante passe derrière le bar.

— Choisissez votre poison.

— Gin, répond Judd.

— Pareil pour moi, annonce Sal en laissant son sac tomber sur le bar pour y piocher un tube de rouge à lèvres.

— Pour moi aussi, lance Herb. C'est peut-être ma dernière chance de boire un bon coup, alors…

— Pour moi, ce sera double ration, renchérit Lapsford.

Dante s'exécute avec la même dextérité que pour jouer du piano. En quelques secondes, des verres à martini, un shaker à cocktails et une bouteille de Tanqueray s'alignent sur le dessus du bar.

— Et pour vous, Edith ?

Celle-ci, assise à l'écart, raide comme un piquet, secoue la tête.

— L'alcool embrume les sens.

— Ben ouais, c'est l'idée, commente Sal.

Sur ce, elle applique un rouge écarlate sur ses lèvres.

Dante remplit le shaker. Glaçons, gin et vermouth, de deux adroits coups de poignet. Après l'avoir bien secoué, il aligne quatre verres côte à côte et effectue des allers-retours au-dessus de la rangée jusqu'à ce qu'ils contiennent tous une dose identique. Puis, les bras largement écartés au-dessus des cocktails, il invite :

— Venez vous servir.

Sal, déjà accoudée au bar, laisse planer sa main sur les verres et choisit celui tout au bout de la rangée. Herb, en deuxième position, s'empare du verre du milieu sans réfléchir. Après lui vient Lapsford, qui tend la main vers l'un des deux verres restants, change d'avis et prend l'autre. Au moment de s'éloigner du bar, il heurte Judd qui prend le dernier verre et repart vers le centre de la voiture où il demeure debout tout seul.

Pendant un petit moment, tout le monde boit en silence, laissant la situation s'installer dans sa gravité. Herb s'octroie une infime gorgée et fait la grimace devant la force de l'alcool. De l'autre côté, Sal vide son verre cul sec, son rouge à lèvres laissant une tache écarlate sur le bord. Lapsford porte son verre à ses lèvres tout en regardant fixement Anna par-dessus le bord, tandis que Judd consulte sa montre de gousset en étouffant un bâillement, peu pressé de tremper les lèvres dans son breuvage.

Un coup de sirène se fait entendre à nouveau depuis l'avant du train, long et languide dans la nuit noire. Lui répond un second coup, venant de plus loin. Un autre train vient à leur rencontre sur la voie parallèle.

Quelques secondes plus tard, un bolide passe à côté d'eux dans un souffle qui ébranle leur voiture. Dans ce soudain tonnerre, à la lumière stroboscopique des fenêtres qui défilent, aussi aveuglantes que des flashes de photographe, les passagers piégés dans le *Phoenix* ont à peine le temps d'entrevoir ceux de l'autre train, assis à leur place, debout par petits groupes dans la voiture-bar, ou attablés à la voiture-restaurant.

Ceux du *Philadelphia Phoenix* se tendent vers eux avec un sentiment d'envie palpable.

Et puis l'autre rapide disparaît, les laissant dans le noir sans autre spectacle qu'un paysage criblé de neige. Anna espère qu'ils pensent tous que ce sont leurs derniers moments de confort avant de s'en voir privés à tout jamais. Et que cette certitude rend le moment présent encore plus pénible.

Elle jette un coup d'œil à Seamus qui a remarqué la même chose et lui lance un demi-sourire. Un signe, rare chez lui, qu'en dehors de quelques hic et de la présence de Dante leur plan fonctionne.

Et voilà que s'élève une toux suivie d'un gémissement. Puis une combinaison écœurante des deux.

Tous les yeux se tournent vers l'auteur des bruits, le lieutenant-colonel Jack Lapsford qui, à cet instant, s'effondre dans le fauteuil le plus proche, l'éclaboussant entièrement de martini. Il lâche son verre. Sa main se crispe à hauteur de sa poitrine. Il hoquette.

— Aidez-moi. Je crois que je fais une crise cardiaque.

Ceux qui se trouvent au plus près de lui – Sal et Herb – s'approchent aussitôt, ne sachant que faire. Anna, jouant des coudes, se glisse entre eux. Lorsqu'elle parvient jusqu'à Lapsford, son visage a viré au rouge brique.

— Vous arrivez à respirer ? demande-t-elle en s'agenouillant devant lui.

Lapsford renverse sa tête en arrière, sans répondre ni oui ni non. Anna saisit sa main, pose deux doigts sur son poignet afin de prendre son pouls. Lequel, bien qu'elle ne soit pas médecin, lui paraît normal. Elle soupçonne son propre cœur de battre deux fois plus vite.

— Je ne pense pas que ce soit le cœur, dit-elle. Une attaque cérébrale, peut-être ?

Elle se relève et prend la tête de Lapsford entre ses mains. Il a les yeux ouverts. Elle scrute son regard, à la recherche de signes indiquant une attaque cérébrale, voire une hémorragie. Non qu'elle s'y connaisse en signes révélateurs, mais elle se dit qu'un indice va bien finir par se manifester. Las, elle a beau scruter son regard, elle n'y voit rien de particulier.

— Il faut un médecin ! crie quelqu'un.

— Ce qu'il faut, c'est arrêter ce putain de train ! hurle un autre, encore plus fort.

— Non ! fait Anna en se retournant d'un bloc, et le ton de sa voix, la férocité de ses paroles suffisent à intimer le silence. Ce train ne s'arrêtera pour personne.

— Mais c'est une urgence ! objecte Herb.

Anna n'en est plus si sûre. Rien n'indique que Lapsford n'aille pas bien, mis à part le spectacle dramatique qu'il donne de lui-même. Et qui, à bien y réfléchir, paraît bien trop théâtral à Anna. D'autant que le pouls du lieutenant-colonel est tout à fait normal et qu'il ne présente aucun symptôme visible.

Elle reporte les yeux sur Lapsford. Sa respiration s'apaise instantanément. Son expression change aussi, passant de la panique au défi, le tout assaisonné d'un certain amusement pour faire bon poids. Anna comprend qu'elle a vu juste.

Jack Lapsford n'a rien. Tout simplement, il a feint une attaque pour qu'elle arrête le train.

— Il fallait bien tenter le coup, dit-il quand il apparaît qu'il s'est fait pincer à essayer une fois de plus de faire arrêter le train.

Anna ne peut que secouer la tête avec dégoût. Quel être faible et lâche !

— Vous êtes probablement le plus pourri de tous les gens qui se trouvent à bord de ce train, lui dit-elle. À côté de vos compagnons de voyage, vous…

Un bruit de verre heurtant une table l'interrompt. Se retournant, elle aperçoit Judd Dodge, qui ne tient plus son verre, le regard perdu dans le vide, la bouche ouverte, les yeux écarquillés. On dirait qu'il fixe une abomination au centre de la voiture.

Mais il n'y a rien à cet endroit. Juste le bar et Dante toujours au comptoir. Et derrière lui, les étagères sur fond de miroir où se reflète la scène.

Anna, qui vient de se faire avoir par Lapsford, ne tente pas de venir en aide à Judd. Les autres non plus.

Judd bascule vers la droite, attrape la nappe qui recouvre la table à cocktail comme pour s'y retenir. Mais le tissu glisse sur le bois, renversant le verre posé dessus. Judd perd complètement l'équilibre et s'écroule au sol avec un choc sourd, écœurant, masquant le bref gémissement d'agonie qui s'échappe de ses lèvres.

Anna se précipite, s'agenouille auprès de lui, essaie de le stabiliser comme elle l'a fait avec Lapsford il y a un instant. Étendu sur le dos, Judd est pris de convulsions. Une sorte d'écume mousse au coin de sa bouche. Il est visiblement mal en point. On dirait qu'il est atteint de la rage. Une écume bulleuse, maculée de rouge, sanglante et visqueuse, s'échappe de ses lèvres et suinte le long de son menton.

Anna le regarde, impuissante, horrifiée.

— Judd, vous pouvez parler ? Dites-moi ce qui ne va pas.

Mais Judd ne répond pas, il se contente de trembler.

Et puis il se fige sur un dernier râle, accompagné d'un grognement.

Anna lui donne des claques, légèrement au début, puis de plus en plus fort. Elle le gifle et le gifle, avec une panique de plus en plus évidente à chaque coup. Seamus finit par l'écarter gentiment.

— Non, gémit Anna. Ce n'est pas possible.

D'une main tremblante, Seamus pose deux doigts sur le cou de Judd. Secoue la tête en regardant Anna. Après un rapide signe de croix, en guise de prière silencieuse, Seamus retire ses lunettes à Judd, applique sur ses paupières les deux doigts qu'il a utilisés pour prendre son pouls, et lui ferme délicatement les yeux.

Pour toute la compagnie réunie dans le salon en cet instant, la situation devient réelle. Chacun comprend qu'il ne s'agit pas là d'une tentative éhontée visant à arrêter le train, ou à faire échouer le plan d'Anna.

Judd Dodge est bel et bien mort.

22 H 00

À DIX HEURES DE CHICAGO

13

APRÈS QUE JUDD DODGE a été déclaré mort, personne ne parle pendant une minute entière. Ou du moins pas assez fort pour être entendu. Edith Gerhardt, qui s'est laissée tomber dans un fauteuil, murmure une prière silencieuse. À côté, Herb Pulaski remue les lèvres, mais aucun son n'en sort.

Quant à Anna, elle n'arrive même plus à respirer. Ou si elle y parvient encore, elle n'en a pas conscience. Elle a la sensation d'être morte elle-même. Compte tenu de l'endroit où elle se trouve, et en quelle compagnie, il n'y aurait rien d'étonnant à cela.

Toujours agenouillée par terre, elle fixe Dante, debout derrière le bar. Ils échangent un regard inquiet. Il avait vu juste : les passagers ont bel et bien commencé à se retourner les uns contre les autres. Et d'une façon à laquelle Anna ne s'attendait vraiment pas.

Elle reporte les yeux sur Judd. Elle est frappée par son manque de dignité dans la mort. Il a les yeux clos, mais c'est bien le seul détail qui évoque un repos paisible. Tout le reste, l'écume sanglante autour de sa bouche, ses doigts crispés sur la nappe, l'angle bizarre que fait sa jambe gauche, parle d'un homme qui souffre encore. Anna ne peut réprimer un frisson. Elle voulait le voir souffrir, certes, mais pas comme ça.

C'est avec soulagement qu'elle voit Seamus allonger doucement les jambes du mort et lui retirer la nappe de la main. Et elle est encore plus soulagée quand il étend sur le corps une nappe prise à une table voisine, le dissimulant à la vue.

— Il est vraiment mort ? s'enquiert Herb.

— Oui, confirme Seamus avec un hochement de tête.

— Il faut prévenir la police, lance Edith.

— Ce qu'il faut faire, intervient Lapsford, c'est arrêter ce foutu train !

— Non ! déclare Anna, toujours accroupie par terre. Le train ne s'arrêtera pas.

Sal la regarde en ouvrant des yeux ronds.

— Même pas pour *ça* ? Tu es folle.

Les autres hochent la tête en marmonnant leur acquiescement. Même Seamus, debout à côté du corps de Judd, paraît hésiter.

— Qu'est-ce qu'on fait, Anna ? Ce n'était pas prévu.

— Je ne sais pas, répond-elle. J'ai besoin de… de…

Réfléchir.

C'est ce qu'elle doit faire, alors qu'elle n'a qu'une envie : pleurer. Pas sur le sort de Judd Dodge, il ne mérite pas ses larmes. Ce qu'il aurait mérité, c'était de payer pour ses péchés. Et bien que ce soit peut-être en train d'arriver s'il y a un paradis, un enfer, et un jugement dans l'autre monde, Anna ne peut pas y assister.

Or c'est ce qu'*elle*, elle mérite. Toute sa famille y aurait droit. C'est ce qu'elle-même doit à sa famille en tant que seule survivante.

Fais-les tous payer, lui avait dit tante Retta, et Anna avait juré de le faire. Mais maintenant, ça n'arrivera pas, ce n'est plus possible. D'où les larmes brûlantes qu'Anna sent monter à ses yeux. La mort de Judd la prive de la possibilité de les voir tous répondre de leurs crimes devant la justice.

Son plan lui donne maintenant l'impression d'être comme de l'eau qu'elle aurait recueillie dans ses mains et qui coulerait entre ses doigts. Tant d'efforts pour rien. Tant d'argent gaspillé. Sans parler de l'occasion perdue. Alors qu'elle aurait pu gérer les choses plus facilement, comme Dante le lui a fait remarquer. Alerter le FBI, lui remettre les preuves, assister aux arrestations. Mais cela ne lui suffisait pas. Compte tenu de ce que ces gens avaient fait à sa famille. Telle une reine des abeilles pourchassant l'ennemi qui détruit son essaim, elle voulait faire sentir à tous la douleur de sa piqûre.

Mais quelqu'un d'autre a piqué en premier, et la douleur lui fait monter les larmes aux yeux. Elle pense à ce que tante Retta lui dirait en ce moment. Ne pleure pas. Ne montre pas tes émotions. Et pour l'amour du ciel, ne flanche pas !

Anna fait un effort de volonté pour retenir ses larmes et se relève. Il faut qu'elle se concentre, qu'elle reprenne son empire sur elle-même pour réfléchir à ce qu'elle doit faire maintenant.

Les autres ont raison. La meilleure chose à faire serait d'avertir les autorités. Mais pour cela, il faudrait arrêter le train, or elle n'avait jamais imaginé qu'elle pourrait y être obligée, et elle a pris toutes les dispositions pour que cela ne puisse pas se produire. Elle ne voit qu'une seule solution : identifier elle-même le tueur.

Elle pivote lentement sur elle-même et demande à la cantonade :

— Qui a fait ça ? De toute façon, vous allez tous finir en prison, alors autant avouer tout de suite et faire gagner à la police beaucoup de temps et d'efforts.

— Qu'est-ce qui vous fait penser que c'est l'un de nous ? rétorque Lapsford.

— Eh bien, c'est forcément quelqu'un qui se trouve à bord de ce train. Et comme nous sommes tous réunis ici, c'est forcément l'un de vous.

— Ou l'un de vous deux, rétorque Lapsford en indiquant Anna et Seamus. Je pense que Judd disait vrai. Vous voulez nous tuer.

Anna n'est pas étonnée de se voir accusée du meurtre. À vrai dire, elle s'y attendait. Et bien qu'elle sache qu'aucun d'eux ne la croira, elle répond :

— Je vous ai exposé mon plan. Si j'avais l'intention de vous tuer, tous autant que vous êtes, vous seriez déjà morts.

Cette déclaration, aussi carrée que déroutante, impose le silence dans la voiture. Un silence de plusieurs secondes, rompu par Herb, qui indique Seamus :

— Et lui ?

— Et vous, plutôt ! renvoie aussitôt Seamus. Nous ne sommes pas les seuls à être capables de tuer, Anna et moi. Compte tenu de vos actes passés, vous êtes bien plus suspects que nous deux. Si Mr Dodge a été assassiné…

— *Si ?* relève Sal en levant les yeux au ciel. Et pourquoi serait-il mort, sinon ?

Anna passe devant le corps de Judd avec précaution et s'arrête à la table de cocktail à côté de laquelle il se tenait avant de s'écrouler. Un bout de la nappe a glissé sur le sol, à côté de lui, mais une partie, trempée de martini, est restée collée au bois de la table, et le verre de Judd se trouve dessus, renversé. Anna passe le bout du doigt à l'intérieur et sent un résidu granuleux.

Elle porte le verre à son nez et détecte une odeur chimique âcre, désagréable.

— Il a été empoisonné, annonce-t-elle.

— Tu en es sûre ? demande Seamus.

— Pas à cent pour cent, mais j'ai bu assez de martinis dans ma vie pour savoir qu'ils n'ont pas cette odeur-là. Quelqu'un a mis un produit toxique dans le verre de Judd.

— Je vous avais bien dit que c'était un meurtre, laisse tomber Lapsford avec suffisance, visiblement satisfait.

Bien que ce soit maintenant évident, Anna ne comprend pas encore le mobile de l'assassinat. Pourquoi quelqu'un aurait-il voulu tuer Judd Dodge ? Si quelqu'un, dans ce train, avait dû être la cible d'un meurtre, c'était elle, suivie de près par Seamus. Et pourtant, ce n'est pas elle qui a été tuée, mais Judd.

— Quelqu'un avait-il une raison d'en vouloir à Judd ? lance-t-elle, ne s'attendant pas à une réponse honnête.

Edith secoue la tête, et Lapsford répond :

— C'est à peine si je le connaissais.

— Moi non plus, déclare Herb. Mais je l'ai trouvé un peu à cran quand il est arrivé ici.

— Comment ça, à cran ? relève Anna.

Herb, visiblement tendu lui-même, s'essuie le front avec un mouchoir et se met à le tortiller entre ses mains.

— Nerveux. Comme s'il avait un mauvais pressentiment à propos de cette nuit.

— À juste raison, commente Sal. Quand on voit comment l'un de vous l'a éliminé !

— Vous-même mise à part, je suppose ! réplique Jack Lapsford en la toisant de haut en bas depuis l'autre côté de la voiture. Votre réaction, à mon sens, fait de vous la première suspecte.

— J'en ai autant à votre service !

— Je n'avais pas de raison de le tuer. Alors que lui, il a quasiment avoué sa trahison et le sabotage en voyant le plan qu'il avait dessiné.

Que ce soit voulu ou non, par sa réponse, Lapsford vient d'attribuer à Anna le meilleur motif d'assassiner Judd. Celui-ci a effectivement confirmé être l'auteur du plan qui se trouvait dans la mallette. Il a même révélé que c'était celui de la locomotive destinée à exploser. On ne pouvait espérer meilleur aveu de culpabilité.

Peut-être l'un des autres, n'appréciant pas qu'il ait avoué spontanément ce à quoi ils avaient tous participé, avait-il eu recours au meurtre pour le faire taire. Mais qui ? Et quand ?

Anna essaie de se rappeler avec précision les minutes qui ont précédé la mort de Judd. Celui qui a fait le coup a dû mettre le poison dans le verre de Judd sans que personne ne le remarque. Mais il s'est passé très peu de temps entre le moment où Dante a préparé les verres et le soudain malaise de Judd. Personnellement, Anna n'a pas remarqué grand-chose, elle était trop distraite par le passage du train – sans parler du fait qu'elle s'occupait de Lapsford pendant sa fausse crise cardiaque.

— Qui était à côté de Judd quand il est mort ? demande-t-elle.

— Personne, répond Seamus. Il était tout seul.

— Et personne ne s'est approché de lui après qu'il a pris son verre sur le comptoir ?

— Non.

Seamus se tourne vers le bar proprement dit. Dante se trouve encore derrière. Il n'a pas bougé depuis qu'il a préparé les boissons. Conscient que tout le monde le regarde d'un air soupçonneux, il demande :

— Vous ne pensez pas sérieusement que j'aie pu faire ça, quand même ?

— Un homme vient de mourir en buvant un cocktail que vous avez préparé, répond Seamus.

— Mais pourquoi l'aurais-je tué ? Et quand aurais-je pu le tuer ? J'ai préparé les martinis sous vos yeux, vous m'avez tous vu faire. J'ai rempli les verres de tout le monde en même temps, à partir du même shaker. Si j'avais empoisonné Judd, alors Sal, Herb et le lieutenant-colonel seraient morts aussi.

Sal regarde le verre vide qu'elle tient encore à la main, et le lâche en étouffant un petit cri.

Le verre tombe par terre, et le pied se brise devant ses chaussures. Herb et Lapsford, qui avaient déjà posé leurs verres à moitié bus, échangent des regards choqués.

— Mais vous n'êtes pas morts, poursuit Dante. Et donc, ce n'est pas moi qui ai empoisonné le verre de Judd. Comment aurais-je pu faire ? Je ne savais pas qui allait prendre quel verre. Je vous ai laissés vous servir.

— C'est vrai, dit Anna en se rappelant comment Dante leur avait présenté les verres : avec un geste qui lui ressemblait bien, élégant, charmant. Il a disposé les verres, versé le cocktail dedans, et il a laissé le reste au hasard.

— Et Judd a pris le verre restant, ajoute Dante.

— Qui avait pris le premier ?

— Sally, répond Edith, depuis son fauteuil près de la fenêtre. C'est elle qui s'est servie en premier.

Sal se tourne vers elle.

— Vous insinuez que c'est moi qui l'ai fait ?

— Tout ce que je dis, c'est que vous en avez eu l'occasion, répond Edith.

— Tout comme Herb. (Sal prend son sac à main sur le bar et le pointe vers Lapsford, qui se trouve à côté d'Edith.) Et lui. Et tous les autres à bord de cette voiture. Y compris vous, Edith. D'ailleurs, je vous trouve bien silencieuse, depuis tout à l'heure. C'est louche.

Edith pousse un soupir.

— Vous n'avez pas besoin que je m'en mêle. Vous en faites assez comme ça sans moi.

— À moins que vous ayez tramé quelque chose pendant tout ce temps en espérant que personne ne s'en apercevrait.

Maintenant que Sal le fait remarquer, Anna réalise qu'Edith est restée en retrait pendant presque toute la soirée. Suivant le mouvement, ne prenant jamais l'initiative, ne parlant que lorsqu'on s'adressait à elle. Très loin de la femme aimable qui régalait jadis Anna de contes et légendes allemands.

— Je n'ai rien fait de mal, répond Edith. C'est à peine si j'ai bougé depuis que nous sommes revenus dans cette voiture.

— Qui a pris le deuxième verre ? demande Anna.

Herb lève la main.

— C'est moi.

— Et moi, j'ai pris le troisième, annonce Lapsford. Tous ceux qui m'ont regardé ont pu voir que je n'ai pas touché au verre restant.

— Mais vous avez changé d'avis, intervient Dante en plaçant ses mains à l'endroit où se trouvaient les deux derniers verres. Je vous ai vu tendre la main vers un verre, vous raviser, et prendre l'autre. Pourquoi vous êtes-vous ravisé ? Et ne me répondez pas que c'est parce qu'il y en avait plus dans celui-là que dans l'autre. J'ai versé exactement la même quantité dans chaque verre.

Sa curiosité piquée, Anna se rapproche de Lapsford.

— Il y avait quelque chose qui n'allait pas dans l'autre verre ? Est-ce pour cela que vous l'avez laissé pour Judd ?

— Ce n'était pas le contenu proprement dit. Ils étaient exactement pareils. C'est le verre qui m'a incité à choisir l'autre.

— Le verre ? Pourquoi ? Qu'est-ce qui n'allait pas ?

— Il y avait une trace à l'intérieur, près du bord. Comme une empreinte digitale, fait Lapsford en levant l'index. Alors j'ai pris le verre qui m'a paru le plus propre.

Anna s'empresse de retourner près de la table sur laquelle elle a reposé le verre de Judd après l'avoir examiné. Elle le tourne et le retourne dans ses mains, y remarque plusieurs empreintes, et notamment une trace allongée laissée par son propre index quand elle a constaté la présence d'un résidu à l'intérieur. Si Lapsford avait repéré une marque de doigt à l'intérieur du verre, elle est maintenant impossible à distinguer des autres.

— Dante, fait-elle en revenant vers le bar. Comment les verres à martini étaient-ils placés quand tu les as pris ? Tournés vers le haut ou retournés ?

— Tournés vers le haut, répond Dante avant de plonger derrière le bar pour vérifier. Comme tous les autres.

— Tu les as examinés avant de les mettre sur le bar ?

— Je les ai à peine regardés. Attends, fait Dante, frappé. Je sais à quoi tu penses.

Il y a dans son regard une lueur qui rappelle des souvenirs à Anna. Elle brillait chaque fois que Dante était excité par quelque chose, quand elle avait accepté de sortir avec lui pour la première fois, par exemple, ou le soir où il avait suggéré qu'ils piquent une tête dans la piscine, derrière chez lui. Tout nus. Anna se laissait toujours embarquer. Notamment, à sa grande honte et à son grand regret rétrospectif, concernant la baignade en tenue d'Ève.

Et maintenant, des années plus tard et dans des circonstances tellement différentes, elle se rend compte à quel point il serait facile de se laisser entraîner par lui dans ce rythme ancien, familier. Elle détourne les yeux de son regard pétillant et se remémore qui il est en vérité, ce qu'il lui a fait, et ce que son père a fait à sa famille.

— Et à quoi est-ce que je pense, Mr Wentworth ?

Si Dante remarque son changement de ton, il ne le montre pas dans sa réponse.

— Ce n'était pas la boisson mais le verre qui était empoisonné.

— Possible, admet Anna, tempérant son enthousiasme avec un froncement de sourcils.

Il n'y a pas de quoi s'exciter. Un homme est mort, son plan part à vau-l'eau, et ils sont encore à des kilomètres de Chicago. Et puis, si c'est effectivement le verre qui a été empoisonné, cela veut dire que Judd n'était peut-être pas la victime désignée. Le poison aurait pu être déposé par le tueur avant qu'ils ne reviennent tous dans le salon.

— Dans ce cas, ce n'est pas forcément l'un de nous, fait Sal, qui est arrivée à la même conclusion.

— Je n'ai pas dit ça, rétorque Anna.

Pourtant, elle y songe vraiment. Si sa théorie est correcte, le tueur n'est peut-être même pas parmi eux. Certes, ils sont actuellement seuls à bord du *Phoenix*, mais ce n'était pas le cas juste au début de la soirée. Des dizaines d'employés et de prétendus passagers s'y trouvaient encore quelques minutes avant le départ. N'importe qui aurait pu se glisser derrière le bar du salon de première classe et mettre du poison dans un verre.

Mais qui aurait pu vouloir faire une chose pareille ? Ça n'a pas de sens. Il est plus probable que ce soit l'œuvre de quelqu'un qui se trouve en ce moment même dans cette voiture. Il est de fait qu'elle est restée déserte pendant quelque temps juste après le départ du *Phoenix*.

— Mr Pulaski, dit Anna.

À l'appel de son nom, Herb, qui est toujours férocement cramponné à son mouchoir au point d'en avoir les jointures toutes blanches, lève les yeux, surpris.

— Oui ?

— Vous avez dit que vous étiez seuls, Mr Dodge et vous, dans ce salon avant l'arrivée des autres. C'est vrai ?

— Ouais.

— Je peux le confirmer, intervient Sal. Il n'y avait qu'eux ici quand je suis arrivée.

— Et lequel de vous deux est arrivé le premier ?

— Moi, répond Herb après avoir dégluti nerveusement, en se tamponnant le front. Mais je n'ai pas touché aux verres. Je le jure. Vous pouvez me fouiller !

Ce qui ne serait pas une mauvaise idée, se dit Anna. Si la personne qui a empoisonné le verre de Judd est actuellement à bord du train, alors elle a encore sur elle le récipient qui a contenu le poison. Un flacon, une boîte de pilules ou n'importe quoi.

— Je vous prends au mot, Mr Pulaski, lance Anna. En réalité, tout le monde devrait vider ses poches et son sac. Commençons donc par vous.

Herb s'exécute. Il vide lentement ses poches et les retourne, révélant les deux invitations – une pour le voyage en train, l'autre pour le cocktail –, un mince portefeuille, un paquet de Lucky Strike et un briquet en argent. Anna examine les trois. Le portefeuille est plat. Il ne contient qu'un billet de cinq dollars. Il reste huit cigarettes dans le paquet, et le briquet s'allume au premier déclic.

Avant de rendre le tout à Herb, elle fait signe à Seamus.

— Vérifie s'il n'a rien sur lui.

— Attendez un peu ! s'exclame Lapsford tandis que Seamus, à cinq pas de lui, est déjà en train de palper Herb des épaules jusqu'aux pieds. C'est un pays libre. Vous n'avez pas le droit de me fouiller, ni moi ni personne d'autre, sans avoir une bonne raison pour cela.

Anna désigne le cadavre recouvert d'une nappe à l'autre bout de la voiture.

— Je pense que c'est une raison suffisante, non ? Si vous êtes innocent, vous n'avez rien à craindre. Mais si vous refusez qu'on vous fouille, nous supposerons tous que vous êtes le tueur. À vous de choisir.

Lapsford réfléchit avant de vider ses poches. Elles ne contiennent qu'une barre chocolatée Baby Ruth à moitié fondue par sa chaleur corporelle. Quand Seamus s'approche pour le palper, Lapsford exprime sa réprobation par plusieurs soupirs appuyés.

— À moi, maintenant, fait Dante en sortant de derrière le bar.

Il retire son veston et le passe à Anna qui explore les poches. N'y trouve qu'une pastille de menthe dans un emballage en cellophane. Alors que Seamus s'approche pour le fouiller, Dante sourit et dit :

— Tu es sûre que tu ne veux pas en profiter, Annie ?

Anna se crispe en l'entendant à nouveau utiliser son diminutif. Ce ne sont pas les dangers qui manquent à bord de ce train, mais l'un des plus redoutables est certainement sa difficulté personnelle à résister au charme de Dante.

— Sûre et certaine, répond-elle avant de faire signe à Seamus de s'en occuper.

La fouille qui s'ensuit est plus brutale que les précédentes. Seamus retourne Dante et le plaque contre le bar. La palpation est encore plus musclée, et laisse un Dante quelque peu chiffonné une fois la vérification achevée.

Anna lui restitue son veston et se tourne vers Sal, imitée par Seamus.

— Je suppose que c'est toi qui devrais fouiller les femmes, dit-il.

Anna réalise, lorsqu'elle se retrouve devant Sal, que cette tâche est au-dessus de ses forces. Elle parvient à supporter sa présence lorsqu'elle est dans le groupe, parmi les autres. Mais elle ne peut supporter la perspective de ce mano a mano avec elle. Elle est trop en colère. La trahison de Sal lui est trop pénible. Elle en a encore les nerfs à vif.

Elle se rappelle l'année où Sal a été invitée dans sa famille pour Thanksgiving, et où elles ont passé la fin de la soirée à se peinturlurer mutuellement les ongles, en gloussant si fort qu'elles ont réveillé Tommy dans la chambre voisine. Et le voyage inaugural du *Phoenix*, quand Sal a ouvert la fenêtre et lui a dit de faire au revoir à la foule massée sur le quai pour regarder le train partir. Ou quand, à seize ans, elle lui avait confié son plus grand secret – qu'elle était amoureuse de Dante Wentworth.

— Prends garde, lui avait dit Sal. Les garçons te briseront le cœur sans le moindre remords.

Et Dante lui avait bel et bien brisé le cœur, mais pas autant que Sal elle-même. Anna préférerait palper le corps de Judd Dodge en train de se refroidir plutôt que de poser ses mains sur Sally Lawrence.

— Occupe-t'en, répond-elle à Seamus. Je vérifie son sac.

— Ne vous faites pas d'idées, l'avertit Seamus en s'approchant de Sal. Vous n'êtes pas mon genre.

Il entreprend de tapoter sa robe.

— Ouf, réplique-t-elle, parce que sinon, je serais tentée de me jeter par la fenêtre.

Anna saisit le sac à main de Sal posé sur le bar. En extirpe un poudrier, un bâton de rouge à lèvres, un petit flacon de vernis à ongles et une flasque en argent dans laquelle clapote encore un peu de liquide. Elle la débouche et flaire le contenu. Du whisky, pas du poison.

— Rien à signaler, conclut Seamus.

Anna remet la flasque dans le sac à main avant de le rendre à Sal.

— Rien non plus dans le sac.

Ne reste plus qu'Edith, qui est incrustée dans son fauteuil, les bras obstinément croisés sur la poitrine. Et qui déclare :

— Je refuse de participer à cette mascarade indigne. Vous devriez avoir honte de traiter des femmes de cette manière.

— Je m'en contrefous, réplique Seamus. Maintenant levez-vous que je puisse vous fouiller.

— Mon sac est dans ma cabine et je n'ai pas de poches. Il n'y a rien sur moi où je puisse cacher quelque chose.

Une note de désespoir s'est insinuée dans la voix d'Edith. Ainsi qu'une pointe de peur qu'Anna voudrait pouvoir savourer, mais son esprit est trop encombré par le souvenir des innombrables nuits où Edith l'a calmée quand elle avait fait un cauchemar, en l'embrassant sur le front et en lui murmurant : « Ce n'est qu'un mauvais rêve, Schatzi. Il ne t'arrivera jamais rien de mal tant que je serai là. »

— Je vais le faire, dit Anna, surprenant tout le monde, à commencer par elle-même.

Tout comme avec Sal, elle n'a vraiment pas envie d'interagir avec Edith, mais il est clair que celle-ci ne laissera jamais Seamus poser les mains sur elle. Anna s'oblige à mettre son déplaisir de côté et à palper Edith elle-même si c'est ce qu'il faut pour faire avancer les choses.

— Allez. Finissons-en, dit-elle en se plantant devant Edith.

Edith se lève lentement.

— Schatzi, murmure-t-elle, non sans chaleur.

Ce mot libère quelque chose en Anna. Pas seulement de la colère, elle en déborde déjà. Autre chose, de plus complexe. Anna *hait* cette femme. Elle l'exècre, et elle exècre ce qu'elle a fait. Et en même temps, elle l'aime encore. Ou du moins, elle chérit le souvenir de l'amour qu'elle avait pour elle, et c'est d'autant plus compliqué qu'elle croyait jadis qu'Edith lui rendait son amour.

— Ne m'appelez pas comme ça, rétorque Anna sur un ton d'avertissement.

Elle commence par les pieds d'Edith. Elle porte des chaussures confortables, et Anna n'est pas étonnée. Elle a toujours privilégié le confort plutôt que le style, et ces chaussures noires, plates, cirées comme des miroirs, lui ressemblent bien. Anna remonte rapidement les mains le long des jambes épaisses d'Edith, effleurant à peine le collant qu'elle porte comme une seconde peau.

— Tu as l'air en forme, dit Edith alors qu'Anna lui palpe les cuisses, les hanches, la taille. Tu es tellement grande, maintenant.

Anna refuse de la regarder. Elle concentre toute son attention sur sa robe. Cette teinte grise, morne. Cette laine rêche sous ses paumes. Paumes qui devront, dans quelques secondes, s'aventurer dans des régions plus intimes.

— Ton père et ta mère seraient fiers de voir comme tu es devenue belle, poursuit Edith, peut-être pour rendre moins gênant ce qui va arriver ensuite.

Mais Anna ne le pense pas. Il y a dans sa voix quelque chose d'un peu tranchant qui tient peut-être de la provocation.

— Je vous interdis de parler de mes parents, lâche Anna.

Elle arrive à la poitrine d'Edith, à présent, la tapote rapidement et passe au haut des bras et aux épaules.

Edith secoue la tête.

— Ils seraient fiers, mais ils pleureraient aussi en voyant la personne que tu es devenue.

Entendre cela déclenche chez Anna une colère si féroce qu'elle l'aveugle littéralement. Des étoiles envahissent sa vision, brouillent le visage d'Edith. La rage la dévore entièrement, emplit ses oreilles du martèlement de son cœur et engourdit ses mains. L'espace d'un moment, elle ne voit plus rien, n'entend plus rien, ne ressent plus rien.

L'ouïe est le premier sens qui lui revient, sous forme de coassements rauques, douloureux, qu'elle ne parvient pas tout à fait à identifier. La vue lui revient ensuite, les étoiles s'estompent juste assez pour qu'elle découvre ses mains nouées autour de la gorge d'Edith. Une seconde plus tard, c'est le contact de sa peau sous ses doigts qu'elle ressent tandis qu'elle serre le cou de la femme.

Anna laisse retomber ses mains, abasourdie. Seamus est auprès d'elle et l'entraîne loin d'Edith.

— Putain, reprends-toi ! lui souffle-t-il à l'oreille tout en la guidant vers le plus proche fauteuil.

Anna s'y laisse tomber. À l'autre bout du salon, Edith regagne aussi son siège, haletante, aspirant l'air à grandes goulées qui soulèvent sa poitrine. D'une main tremblante, elle se masse le cou à l'endroit où se trouvaient les mains d'Anna. En voyant les deux marques rouges jumelles qu'elle y a laissées, Anna est furieuse contre Edith de l'avoir provoquée, mais elle s'en veut encore plus de s'être laissé manipuler et d'avoir complètement perdu le contrôle.

— Ressaisis-toi, lui dit Seamus. Elle ne vaut pas la peine que tu te retrouves en prison. Aucun d'eux n'en vaut la peine.

— Je suis d…

Anna s'arrête avant de prononcer le mot.

Désolée.

Parce qu'elle ne l'est pas. De toutes les émotions qui se bousculent en elle, le regret est rigoureusement absent.

— Ça n'arrivera plus, dit-elle à Seamus.

Il opine du chef.

— Bien. Je suppose que tu n'as rien trouvé.

— Rien du tout. Comme pour les autres.

— Évidemment. Ce n'est pas l'un de nous qui a fait ça, lance Sal depuis l'autre côté de la voiture.

Et Anna se rend compte qu'ils n'ont rien manqué de l'incident. Elle se relève et lisse sa robe en essayant de donner d'elle-même une impression de force et de sang-froid. Mais c'est trop tard. Ils ont tous vu avec quelle facilité elle pouvait craquer. Ce ne sont pas ses parents qui seraient déçus, c'est tante Retta. Ce qu'elle vient de faire était un dérapage dans les grandes largeurs.

— Judd Dodge a été tué par l'un d'entre vous. Personne d'autre n'aurait pu le faire, et aucun de nous ne quittera cette voiture tant que le tueur n'aura pas avoué.

Personne ne réagit, ce qui n'étonne pas Anna. Elle ne s'attendait pas à ce que l'un d'eux batte sa coulpe – pas encore. Se cramponnant à l'espoir que quelqu'un finira par craquer, elle décide de les laisser mariner.

Cinq minutes passent.

Puis dix.

Puis un quart d'heure.

Une vingtaine de minutes s'écoulent ainsi, dans un silence insupportable, quand Anna entend finalement quelque chose. Un bruit qui ne vient pas de l'intérieur du salon mais de dehors. De derrière la porte avant de la voiture.

Des pas, puis un « Il y a quelqu'un ? » désespéré.

Anna tourne son regard vers la porte et la voit avec stupéfaction s'ouvrir.

Un homme se tient dans l'embrasure et scrute l'intérieur de la voiture. Son costume de flanelle grise, sa chemise bleu ciel indiquent clairement qu'il ne s'agit pas d'un machiniste, et son expression sidérée révèle qu'il ne s'attendait pas à découvrir quelqu'un dans le salon. Et ceux qui s'y trouvent lui rendent son regard, tout aussi médusés.

Ainsi donc, ils ne sont pas huit à bord du *Philadelphia Phoenix*.

Ils sont neuf.

23 H 00

À NEUF HEURES DE CHICAGO

14

— DIEU MERCI ! s'exclame le neuvième passager en parcourant l'assemblée du regard. Je commençais à craindre d'être tout seul à bord de ce train.

Il esquisse un demi-sourire prudent qui s'efface lorsqu'il remarque le cadavre recouvert d'une nappe.

— Je...

Il n'en dit pas davantage, mais son langage corporel parle pour lui. Il commence à reculer dans la porte.

Anna, jusque-là paralysée par la surprise, bondit soudain de son fauteuil sans lui laisser le temps de fuir.

— Attendez !

Bloquant du coude la porte en train de se refermer, elle agrippe l'homme par la manche et le cornaque vers le plus proche fauteuil. L'étranger s'y laisse volontiers tomber, ce qui permet à Anna de l'inspecter. Elle lui donne une bonne vingtaine d'années, et c'est un homme parfaitement banal à tout point de vue. Des cheveux blonds, des yeux bruns, un visage qui passerait sans doute pour séduisant sous un autre éclairage et dans des circonstances moins tendues. Tout en lui, de son costume à ses souliers à lacets, semble conspirer pour donner de celui qui les porte l'idée d'un homme on ne peut plus conventionnel, pour ne pas dire invisible.

— Que faites-vous dans ce train ? s'enquiert Anna.

L'étranger jette encore un rapide regard vers le cadavre étendu par terre.

— Cet homme. Il est…

— Mort ? fait Anna. Oui.

L'homme bascule en avant, et l'espace d'un instant elle se dit qu'il va vomir. S'évanouir. Ou les deux. Anna, qui se sent elle-même à peu près dans le même état, le redresse et reprend :

— Vous travailliez avec lui ?

L'homme fronce les sourcils, traduisant sa perplexité.

— Quoi ? Non, je…

— Alors, avec qui êtes-vous ?

— Mais… personne.

Anna indique les autres passagers de la voiture.

— Ce n'est pas l'un de ces gens qui vous a amené ?

— Non ! répond l'homme, à présent sur la défensive. Je suis tout seul.

— Ce n'est pas possible, réplique Anna. Il n'y avait pas de place dans ce train.

L'étranger parcourt du regard les occupants du salon, pensant sans doute au reste du train et essayant d'y comprendre quelque chose.

— Mais il est vide.

— Peu importe. Alors, je vous repose la question et cette fois, vous allez me répondre. Qu'est-ce que vous faites dans ce train ?

— Je me suis trompé, soupire l'homme en fixant un point par terre, entre ses chaussures bien cirées. Je me suis trompé de quai et je suis monté dans le mauvais train.

Anna étrécit les paupières, agacée. Il ne manquait plus que ça, un innocent touriste égaré à bord.

— Le mauvais train ?

— En ce moment, je devrais être dans le train pour Baltimore, répond l'homme. Quand j'ai compris que je m'étais trompé, il était trop tard, le train était parti. Au fait, où va-t-il ?

— Chicago.

L'homme écarquille les yeux et fait la grimace.

— Ouah… Je me suis vraiment planté, là. Je crois que je vais descendre au prochain arrêt et, euh, essayer de retourner là où je voulais aller.

— Il n'y aura pas de prochain arrêt.

— Qu'est-ce que vous racontez ?

— Ce train est un express. Direct jusqu'à Chicago.

— Mon patron va me tuer.

Puis, réalisant l'incongruité de ses paroles, l'étranger affiche un air catastrophé, jette un rapide coup d'œil au corps de Judd, et ajoute :

— Désolé. Je suis juste, euh, nerveux.

Anna s'assied sur l'accoudoir du fauteuil en face de celui de l'homme et s'adosse à la paroi de la voiture.

— Nerveux, ou effrayé ?

— Les deux, admet-il. Enfin, peut-être un peu plus effrayé ?

Anna se sent elle-même plus qu'un peu terrifiée. Ce n'est pas bon. Ça va même très mal. C'est pratiquement catastrophique. Encore une chose qui risque de faire capoter son plan. Tout ça parce qu'un crétin a pris le mauvais train.

S'il dit la vérité, bien sûr. Parce qu'il y a de bonnes chances pour que cet homme raconte des histoires.

— Comment vous appelez-vous ? demande-t-elle.

— Reginald. Reginald Davis. Mes amis m'appellent Reggie.

Anna pèse sa réponse. Se demande si c'est un faux nom. Se répète mentalement la façon dont il l'a prononcé, recherchant des signes d'hésitation, comme s'il jouait un rôle, ou comme s'il mentait. Mais non, rien de particulier, ce qui la rend doublement méfiante.

Seamus doit éprouver la même chose, parce qu'il fait un pas vers eux et demande :

— Vous pouvez le prouver, Reggie ?

— Votre permis de conduire ? suggère Anna. Ou un passeport ? Quelque chose qui confirme que vous êtes bien celui que vous dites.

— Je peux vous donner ma parole ?

Anna a un petit rire sec.

— Ça ne veut rien dire, par ici.

— Mon portefeuille est dans mon sac de voyage. Qui est resté dans la voiture. Mais j'ai mon billet, vous voyez ? fait-il en plongeant la main dans la poche de son veston.

Il présente un billet. Anna y jette un regard soupçonneux. Gare de départ – Philadelphie –, et destination prévue, Baltimore. Mais le fait qu'il ait pris un billet ne veut pas dire qu'il projetait de l'utiliser.

— Comment se fait-il que nous ne vous ayons pas vu plus tôt ? s'étonne Seamus. Il y a plus d'une heure, nous nous sommes rendus tous ensemble à l'avant du train, nous en sommes revenus, et on ne vous a pas vu.

Reggie s'empourpre quelque peu, visiblement gêné.

— J'étais aux toilettes.

— Tout ce temps ? s'étonne Anna.

— J'étais malade. Les nerfs, vous comprenez. Quand je me suis rendu compte que je m'étais trompé de train, ça m'a retourné l'estomac. J'étais enfermé aux toilettes, mais moi, je vous ai entendus aller et venir. Je me suis senti soulagé. C'est pour ça que je suis venu ici, dans la première classe. Pour vous retrouver.

— Décision que vous commencez probablement à regretter, intervient Seamus, indiquant par là qu'il semble croire à son histoire.

Anna est plus ou moins du même avis. Avec son regard ahuri et son attitude timide, il n'est pas difficile d'imaginer que Reggie Davis a l'estomac fragile.

— Vous regrettez d'être venu ici ? demande Anna.

— Oui, répond Reggie. Un peu. Je veux dire, j'avais besoin de savoir ce qui se passait. Pourquoi il n'y a personne d'autre dans ce train ?

— Parce que j'ai acheté tous les billets.

Reggie la regarde comme si ses yeux allaient lui sortir de la tête.

— *Tous* les billets ? demande-t-il, éberlué.

Anna acquiesce d'un hochement de tête.

— Mais combien ça vous a coûté ?

— Tout ce que j'avais. C'est un voyage privé. Organisé par moi, pour mes invités très spéciaux.

— Alors c'est une fête ?

— Pas du tout.

Reggie, qui a l'air plus désorienté que jamais, tiraille sur le col de sa chemise et lance un dernier coup d'œil au cadavre, par terre.

— Eh bien, je suis désolé d'avoir fait irruption parmi vous de cette manière. Si ça ne vous ennuie pas, je vais retourner dans la voiture de seconde classe et je vais y rester jusqu'à Chicago.

Il se lève et se tourne vers la porte, mais Anna, qui s'y attendait, lui barre le chemin. À présent, Reggie fait partie de l'histoire, que ça lui plaise ou non. Elle ne peut pas le laisser se balader tout seul dans le train.

— Je crains que ce ne soit plus possible, Reggie.

— Écoutez, dit-il, quoi qu'il se passe ici, je ne veux pas en être. Je ne suis qu'un employé de compagnie d'assurances de Lansdale. Contrairement à vous, je ne vais pas rester les bras croisés pendant qu'il y a un cadavre dans cette voiture. Maintenant, à vous de répondre à quelques questions, à commencer par *qui* vous êtes, et ce qui se passe ici.

Anna comprend qu'elle n'a pas le choix, elle lui doit la vérité. Témoin innocent ou non, ce Reggie mérite d'en savoir autant que toutes les autres personnes présentes à bord.

— Je m'appelle Anna Matheson.

— Matheson ?

Anna n'est pas surprise que son nom lui dise quelque chose. Même au bout de douze ans, son père reste tristement célèbre dans toute l'Amérique.

— La fille d'Arthur Matheson, confirme-t-elle avant de lui livrer une version résumée de la situation : qui elle est, qui sont les autres, pourquoi ils sont dans un train vide qui fonce vers Chicago, et pourquoi il y a peu de chances que le train s'arrête avant d'arriver à destination.

Reggie l'écoute avec intensité, répétant de temps en temps un mot clé, comme s'il essayait d'en souligner l'importance pour lui-même.

« Piégé. » « Conspiration. » « Justice. » Quand Anna a fini, il indique Seamus et demande :

— Et lui, il est avec vous ?

— Oui.

— Et les autres sont… ?

— Les coupables, répond Anna.

— Pas moi, déclare Dante, toujours derrière le bar. Je tiens à ce que ce soit bien clair.

— Moi non plus, ajoute Lapsford.

Mensonge que Reggie n'enregistre pas, trop occupé qu'il est à jeter des coups d'œil en douce au cadavre de Judd Dodge.

— Et lui, comment est-il mort ? demande-t-il.

— Il a été assassiné, répond Anna, ne voyant pas de raison de dissimuler à l'inconnu une chose qu'il a déjà envisagée.

Reggie digère l'information pendant un instant avant de poser la question suivante, inévitable :

— C'est vous qui l'avez tué ?

— Si je vous dis que non, vous me croirez ?

— Pas sûr.

Anna ne peut pas s'empêcher de sourire. L'homme ment peut-être sur tous les autres points, mais sur celui-ci au moins, il sait être honnête.

— Eh bien, croyez-moi, s'il vous plaît, quand je vous dis que ce n'est pas moi qui l'ai tué. Mais que c'est quelqu'un qui se trouve dans cette voiture.

Reggie parcourt le salon du regard, effaré.

— Et pourquoi ?

— C'est ce que j'essaie encore de découvrir.

— C'était…, commence Reggie, pour s'interrompre aussitôt, la gorge nouée. C'était l'une des personnes qui…

— Oui, coupe Anna, moins pour lui éviter de prononcer la fin de sa phrase – évidente – que pour s'éviter à elle-même de l'entendre. Mais je ne voulais pas qu'il meure. Il faut que vous me croyiez sur ce point aussi, parce que beaucoup de ceux qui sont là ne le croient pas.

Reggie s'efforce un instant d'assimiler tout cela, les yeux fixés non sur Anna, mais sur le bar dans le coin de la voiture.

— Est-ce que…, commence-t-il d'une voix réduite à un raclement rauque. (Il avale la boule qu'il a dans la gorge, passe le bout de sa langue sur ses lèvres, essaie à nouveau :) Je pourrais avoir quelque chose à boire ?

Sal laisse échapper un rire déplacé.

— Vaut mieux pas, mon gars. Faites-moi confiance.

— Pourquoi ?

— Parce que c'est d'avoir bu un cocktail empoisonné qu'il est mort, lâche Anna. Ça au moins, on en est sûrs.

— Mais je n'y suis pour rien, reprend Sal.

— Moi non plus, s'empresse d'ajouter Lapsford.

Reggie porte à nouveau son regard sur le bar, auquel Dante est toujours accoudé comme s'il en était le barman.

— Et lui ?

— Je ne suis qu'un témoin innocent, comme vous, répond Dante.

— Un témoin ? Oui…, fait Anna. Mais innocent ? Absolument pas, poursuit-elle en étrécissant les paupières.

— En tout cas, il a été tué par quelqu'un qui est ici ?

— C'est ça. Et maintenant que vous connaissez la situation, vous comprenez pourquoi nous ne pouvons pas vous laisser retourner dans votre voiture de seconde classe. Puisque vous savez qu'il y a un tueur à bord du train, il est vital que vous restiez avec nous. Pour votre propre sécurité.

Anna est épuisée, attaquée de toutes parts. Elle est maintenant responsable de garder cet étranger en vie jusqu'à la fin du voyage. De les garder tous en vie. Une responsabilité qu'elle n'avait jamais envisagée auparavant. Cette notion la fatigue à tel point qu'elle en vient à lâcher la porte et à se laisser choir dans le fauteuil le plus proche, en espérant que Reggie n'essaiera plus de s'enfuir. Le cas échéant, elle n'aurait pas l'énergie de lui courir après.

Elle constate avec soulagement qu'au lieu d'essayer de fuir, il pénètre plus avant dans la voiture-salon. Il regarde à nouveau le cadavre. Cette fois, il ne se contente pas d'un simple coup d'œil, mais s'attarde.

— Il n'aurait pas pu se faire ça lui-même ?

— Impossible, intervient Herb Pulaski, prenant la parole pour la première fois depuis la fouille. Judd ne se serait jamais donné la mort.

— Jamais ? fait Reggie en interrogeant Anna du regard. Ces gens qui ont piégé votre père. Vous avez bien dit que ce train allait les livrer dans les mains du FBI, n'est-ce pas ?

— C'est exact, répond Anna, se demandant où il veut en venir.

D'une manière ou d'une autre, elle a retrouvé son énergie. Son épuisement passager a laissé place à une curiosité vibrante.

— Alors il savait que quand ce train arriverait à Chicago, il se retrouverait vraisemblablement en prison.

— C'est le sort qui les attend tous, fait Anna en repensant aux quatre conspirateurs qui se trouvent parmi eux.

— Et si, face à la perspective de passer le restant de ses jours derrière les barreaux, il avait préféré en finir tout de suite ?

Anna le dévisage en se demandant s'il est vraiment celui qu'il prétend être. Il lui paraît bien perspicace pour un individu assez stupide pour se tromper de train. Enfin, peut-être qu'il a tout simplement lu des tas de romans policiers et regardé trop de films du même genre. Comme elle-même, d'ailleurs. Et c'est l'une des raisons pour lesquelles ils sont à bord de ce train. L'inspiration lui en est venue de tous les films qu'elle a vus qui se passaient dans des trains. *L'Inconnu du Nord-Express. L'Énigme du Chicago Express. Une femme disparaît…*

Et maintenant qu'elle se retrouve elle-même, dans la vraie vie, embringuée dans une histoire de meurtre mystérieux, elle comprend qu'elle doit penser et agir comme les personnages de ces films. Donc, se méfier a priori d'un individu tombé du ciel, qui prétend s'être trouvé par hasard au mauvais endroit, au mauvais moment.

En attendant, sa suggestion présente une logique imparable. Anna réfléchit à l'endroit où se trouvait Judd au moment de sa mort. Il était debout tout seul dans son coin. À une certaine distance des autres. Cet isolement relatif est la raison principale pour laquelle elle a eu du mal à identifier la personne qui avait pu l'empoisonner. Il n'y avait personne auprès de lui quand il a pris son verre sur le bar. Tout bien considéré, il devient de plus en plus vraisemblable que Judd Dodge se soit empoisonné lui-même.

Et Anna ne voit qu'un moyen de s'en assurer.

— On devrait le fouiller, lui aussi, dit-elle. Si Mr Davis a vu juste et si Judd s'est empoisonné, on devrait en trouver la preuve dans ses poches.

Elle retourne près du corps, Seamus sur ses talons. Les autres forment un cercle autour du cadavre. Seul Reggie garde ses distances, comme s'il regrettait à présent d'avoir évoqué la possibilité qu'il ne s'agisse pas d'un meurtre mais d'un suicide. Cela dit, il ne fait pas mine de regagner sa voiture de voyageurs en courant. Signe, pour Anna, qu'il se sent aussi investi dans cette histoire que tous les autres.

Anna marque une hésitation avant de relever la nappe, intimidée à la perspective de ce qu'elle a à faire. Elle s'apprête à fouiller un cadavre, et rien ne lui fera trouver la tâche moins pénible qu'elle ne l'est.

— Je vais le faire, propose Seamus en s'agenouillant de l'autre côté du cadavre. Après tout, j'ai bien fouillé les autres.

Pas tous, pense Anna, honteuse au souvenir de ses mains autour du cou d'Edith, de la façon dont elle lui a serré la gorge, dans une rage aveugle. Elle comprend tout à coup que Seamus pense vraisemblablement à la même chose, et que sa proposition est moins due à son hésitation qu'à son précédent accès de violence.

— Volontiers, répond Anna.

Seamus relève la nappe jusqu'aux épaules de Judd, veillant miséricordieusement à ne pas dévoiler son visage. Puis il glisse rapidement les mains dans toutes ses poches, ne retrouvant qu'une seule chose – une montre de gousset.

— C'est tout ce qu'il y a, annonce Seamus en la présentant à la ronde.

Tout le monde l'ayant bien vue, il la remet dans la poche d'où il l'a sortie et rabaisse la nappe sur le cadavre.

Anna se relève, aussi frustrée que déçue. Savoir que Judd avait provoqué sa propre mort lui aurait facilité les choses, pense-t-elle sombrement. Maintenant, elle est bien obligée d'admettre que l'un des passagers du train est un meurtrier.

Et qu'il pourrait frapper à nouveau si l'occasion lui en est donnée.

Elle n'en a évidemment pas la preuve. Juste un intuition visqueuse, désagréable, fondée surtout sur la conversation qu'elle a eue un peu plus tôt avec Dante. *Ils ne vont pas tarder à se tourner les uns contre les autres. Ce n'est qu'une question de temps.* Si quelqu'un s'en est pris à Judd, rien ne l'empêchera de s'en prendre aux autres.

Ainsi qu'à Seamus et à elle.

— Il est tard, annonce-t-elle. À la lumière de ce qui est arrivé à Mr Dodge, je pense qu'il serait sage que nous nous retirions chacun dans notre cabine et que nous y restions jusqu'à l'arrivée du train à Chicago.

— Et moi ? demande Reggie, visiblement inquiet à la perspective de dormir dans la voiture-salon en compagnie d'un cadavre.

— Il y a une suite vide dans la voiture suivante, répond Anna. Vous n'avez qu'à la prendre.

— Je peux aller chercher mon sac dans l'autre voiture ?

— Bien sûr. Et Seamus vous conduira à votre cabine.

Reggie sort précipitamment du salon, prévoyant peut-être de ne pas y remettre les pieds. Ce qui serait plus prudent, se dit Anna. Il ferait mieux, en effet, de passer le reste du trajet enfermé dans les toilettes de seconde classe plutôt que de partager le sort de ses pareils.

— Puisque vous êtes tellement convaincue que c'est notre dernière nuit de liberté, intervient Sal, peut-être que nous préférerions la passer autrement qu'enfermés dans notre chambre.

— Je me fiche complètement de ce que vous voulez, rétorque Anna.

Mais à votre place, je savourerais l'espace et le calme de ma suite tant que j'en ai encore le loisir. Il paraît que les cellules de prison sont parfois affreusement exiguës et surpeuplées.

— Eh bien, en ce qui me concerne, je n'irai nulle part pour l'instant, décrète Lapsford, en bombant le torse. Pas avant que vous ayez été fouillés, tous les deux.

— Ouais, renchérit Herb. Vous nous avez fouillés, on devrait pouvoir en faire autant avec vous.

— Ce ne serait que justice, fait Edith, assise à côté de lui, en portant vaguement la main à son cou.

— Comme vous pouvez voir, je n'ai aucune poche où cacher quoi que ce soit, répond Anna.

— Comment pouvons-nous être sûrs que vous ne cachez rien sous votre robe ? demande Lapsford.

Anna lui jette un regard glacé.

— Je ne vais pas me déshabiller devant vous, si c'est ce que vous suggérez.

— Non, mais quelqu'un pourrait au moins procéder à la palpation.

Bon, réfléchit Anna, tant qu'on ne m'oblige pas à ôter ma robe… Elle fait signe à Seamus de le faire. Des deux personnes présentes dans la voiture qui ont déjà, dans le passé, exploré de leurs mains les parties les plus intimes de son corps, il est le seul à qui elle puisse se fier.

— Pas lui, proteste Lapsford. Il faut que ce soit l'un de nous.

Il fait un pas vers Anna qui l'arrête d'une main tendue.

— Si vous posez ne serait-ce qu'un doigt sur moi, fait-elle sur un ton d'avertissement, je vous garantis que vous vous en sortirez avec une main cassée.

— Et moi je vous casserai l'autre, intervient Seamus en reprenant sa place à côté d'Anna.

Elle ne peut supporter la pensée qu'un seul de ces passagers la touche. Surtout pas Edith, qui pourrait être tentée de lui rendre la monnaie de sa pièce. Et encore bien moins Lapsford ou Herb – la seule perspective de se laisser palper par eux lui donne la nausée. Reste Dante, l'autre homme de la voiture à avoir posé les mains sur sa personne. Et qui, à en juger par le sourire satisfait inscrit sur son visage, s'en souvient aussi bien qu'elle.

— Si ça te va, je suis d'accord, dit-il comme s'il lisait dans ses pensées. Ça nous rappellera le bon vieux temps.

Anna déteste cette idée, mais elle n'a guère le choix. Elle est sur le point d'accepter quand une autre option se présente à elle sous la forme de Reggie Davis qui revient lesté d'une petite valise.

— C'est Mr Davis qui devrait me fouiller, dit-elle.

De confusion, Reggie en laisse tomber sa valise.

— Moi ? Vous fouiller ?

— Je dois me laisser palper pour prouver que je ne suis pas la coupable, explique Anna. Et j'ai plus confiance en vous qu'en aucun de ces gens.

— Mais on ne se connaît pas.

— C'est justement pour ça que j'ai davantage confiance en vous. Eux, je sais de quoi ils sont capables. Vous, vous êtes un parfait inconnu.

— Mais…

— Il n'y a pas de mais, répond Anna en écartant les bras. Finissons-en, s'il vous plaît.

Reggie s'approche. Anna serre les dents à l'idée d'être tripotée par un inconnu. Se sachant observée par le groupe tout entier, y compris par Dante, elle ne regarde que Reggie. Une autre raison pour laquelle elle a exigé que ce soit lui qui procède à la fouille, c'est pour qu'il se rapproche d'elle afin de lui permettre d'étudier ses traits, à la recherche de signes de duplicité. Mais tandis qu'il promène ses mains sur son corps, en partant des épaules, elle ne déchiffre sur son visage qu'un regard d'excuse. Quand il en arrive à ses seins, il rosit visiblement et murmure :

— Je suis désolé.

Anna lui indique de continuer. Ce qu'il fait, lui tapotant rapidement le ventre et les hanches. Lorsqu'il arrive en haut de sa jambe, Anna se rend compte que la pudeur n'est pas son seul problème. Dans la confusion et les soupçons entourant la mort de Judd, puis l'arrivée de Reggie, elle a complètement oublié le poignard attaché à sa cuisse. Personne n'est au courant ; même pas Seamus. Anna avait l'intention de lui en parler, il y a quelques jours, quand elle s'est dit que s'armer pourrait être une bonne idée, et puis dans tous les préparatifs de dernière minute, ça lui a échappé.

Et maintenant, la main de Reggie est à un millimètre du couteau.

Anna se raidit, attendant qu'il le découvre. Il ne peut pas faire autrement. Le couteau est assez plat pour passer inaperçu si l'on se contentait de regarder sa robe, mais il ne peut échapper à quelqu'un justement chargé de repérer sa présence éventuelle.

Comme de juste, la main de Reggie se positionne pile à l'endroit où le couteau se trouve dans son fourreau. Anna inspire profondément, sachant qu'il peut le sentir sous le tissu et redoutant l'instant où il va annoncer à la cantonade qu'elle porte une arme sur elle.

Elle attend.

Figée.

Terrifiée.

L'instant tant redouté n'arrive pas. Il se prolonge de deux, trois, quatre secondes. Puis la main de Reggie poursuit la palpation au-delà du couteau, rejoint son autre main dans une rapide caresse de ses genoux et ses chevilles. Anna le fixe, le cœur battant d'angoisse.

Mais Reggie se redresse et annonce :

— Elle ne cache rien.

La terreur d'Anna se mue en confusion, qui s'atténue en soulagement. Elle pousse un gros soupir, rassurée. Reggie ne parlera pas aux autres du couteau. Elle ne sait pas pourquoi, ni combien de temps cela durera. Tout ce qu'elle sait, c'est que, pour le moment, son secret est en sécurité.

— Merci, Mr Davis, dit-elle, affichant une attitude qui ne révèle rien de son tumulte intérieur. (Et d'ajouter en désignant Seamus d'un hochement de tête :) À son tour, maintenant, si ça ne vous ennuie pas.

— Moi, ça m'ennuie, dit Seamus.

Mais connaissant l'alternative, il enlève sa veste de contrôleur et en retourne les poches, montrant à tous qu'elles sont vides, à part une montre en or attachée à une chaîne et, bien sûr, son pistolet.

— Je vais le tenir pour toi, propose Anna.

Reggie regarde l'arme en ouvrant de grands yeux horrifiés.

— Pourquoi a-t-il ça ?

— Pour me protéger, dit Seamus en remettant sa veste et en rangeant son pistolet dans une poche intérieure.

— Compte tenu du but de ce voyage, j'ai pensé que c'était nécessaire, précise Anna.

— Toutefois, intervient Reggie en désignant du menton le cadavre de Judd Dodge, compte tenu de ce qui est arrivé à ce monsieur, peut-être que le fait d'avoir un pistolet ici est une très mauvaise idée.

— Parfaitement d'accord, susurre Jack Lapsford, depuis l'autre côté du salon.

Anna le foudroie du regard.

— Ce n'est pas à vous d'en décider.

— Et moi ? fait Reggie. Je ne suis pas l'un d'eux. Je n'ai rien fait de mal. Je n'ai pas mon mot à dire dans l'affaire ?

— Je crains que non. Mais, continue Anna, un ton plus bas, comprenant que l'objection au fait que Seamus porte une arme pourrait s'appliquer à elle aussi, et à son poignard, le plan et ses règles ont été fixés bien avant que nous sachions que vous étiez à bord de ce train. Maintenant que vous êtes là, elles s'appliquent à vous comme à tout le monde.

Reggie lève les mains, comme si c'était à son tour d'être fouillé.

— Dans ce cas, je ne veux pas faire partie de cette histoire. Je vais retourner m'asseoir dans la voiture de seconde classe et y rester jusqu'à ce que nous arrivions à Chicago. Entre-temps, vous pouvez vous entre-tuer si ça vous chante, pour ce que j'en ai à fiche. Mais de grâce, laissez-moi en dehors de tout ça.

— Je vous ai déjà dit pourquoi ce n'était pas une option. Vous faites partie de l'histoire, que ça vous plaise ou non.

— Vous pouvez garantir ma sécurité ?

Anna en est incapable, et n'essaie même pas de l'en convaincre.

— Tout ce que je peux vous promettre, c'est que nous ferons, Seamus et moi, en sorte qu'il ne vous arrive rien. Seamus va vous accompagner dans votre cabine. Verrouillez la porte et restez à l'intérieur jusqu'à ce que nous arrivions à Chicago. Nous vous contacterons le plus souvent possible, pour nous assurer que tout va bien pour vous.

À voir l'hésitation de Reggie, il est clair qu'il n'apprécie pas cette solution. Et Anna non plus. Elle préférerait et de loin qu'il ne soit jamais monté dans ce train. Mais comme elle ne peut pas l'arrêter pour le faire descendre, la meilleure solution est encore de le mettre dans une cabine de première classe inoccupée, en espérant qu'il y restera.

— Allez, lui dit gentiment Anna.

Alors qu'elle préférerait lui dire autre chose. Du genre : *Pourquoi n'avez-vous rien dit aux autres à propos du couteau ? Êtes-vous vraiment celui que vous prétendez être ?* Et, question plus pressante que les autres : *Dissimulez-vous aussi quelque chose ?*

15

QUAND IL A PASSÉ LA MAIN sur la cuisse d'Anna, Reggie a tout de suite senti le couteau qu'elle dissimulait. Mais comprenant pourquoi, il n'a rien dit. À la place de cette femme, dans cet environnement, lui aussi il aurait voulu être armé.

Mais un couteau, voire un poignard, ça n'a rien à voir avec un pistolet. Certes, on peut tuer quelqu'un avec une arme blanche, mais c'est moins facile. Il faut être tout près de sa proie. Assez près pour savoir à qui on a affaire. Alors qu'avec une arme à feu, on peut atteindre n'importe qui à distance, frapper quiconque a la malchance de se trouver à portée de la balle.

Tout en suivant Seamus dans le couloir de la voiture suivante, Reggie se demande si le gaillard a une bonne expérience des armes à feu. Probablement, à en juger par son attitude. Reggie lui donne trente-cinq ans, à quelques années près. Il a probablement combattu pendant la guerre. Il affiche la lassitude bourrue des vétérans qu'il a lui-même eu l'occasion de côtoyer. Des hommes qui avaient vu trop d'horreurs pour les oublier.

Seamus s'arrête devant la dernière porte de la voiture et l'ouvre.

— C'est ici.

Reggie scrute l'intérieur de la cabine, tel un animal découvrant sa cage.

— Vous pensez que je serai en sécurité là-dedans ?

— Si vous faites ce qu'Anna vous a dit, vous ne devriez pas avoir de problème.

— Et elle, elle est en sécurité ?

— Ouais, acquiesce Seamus. Tant que je serai dans les parages.

— Et si ce n'était plus le cas, vous y avez réfléchi ?

Il ne veut pas se montrer agressif, et l'autre n'a pas l'air de se formaliser de sa question. Ils savent tous les deux que celui qui a tué Judd Dodge pourrait vouloir réitérer. Et à cause de son pistolet, Seamus serait le premier visé.

— Je m'en sortirai, affirme-t-il.

Et de s'en retourner là d'où ils sont venus.

Resté seul, Reggie promène un long regard sur la suite. Elle est plus grande qu'il ne s'y attendait. Plus luxueuse, aussi. Beaucoup plus belle que tout ce à quoi il est accoutumé. Ça alors, il y a même un vrai lit ! Il n'a jamais voyagé en train dans une cabine où le lit ne se refermait pas sur le mur.

Il s'assied au bord du matelas, en teste la fermeté. Aussi doux qu'une plume. Quel dommage qu'il ne puisse pas en profiter pour fermer un peu les yeux. Il doit rester éveillé et vigilant pendant toute la durée du trajet.

Ordre du patron.

Reggie se relève et examine l'autre élément de confort auquel il ne s'attendait pas : la salle de bains. Plus petite qu'un placard à balais, mais tellement mieux que les toilettes communes, puantes, des voitures de voyageurs. Il fronce le nez au souvenir de celles de la deuxième voiture dans lesquelles il s'est caché quand il a entendu des gens arriver de la voiture-lits. C'était moins une. Il n'a eu que le temps de refermer la porte avant qu'ils n'entrent dans la voiture. L'oreille collée au panneau, il a suivi le bruit des pas du groupe vers l'avant du train, en se demandant lesquels d'entre eux figuraient sur la liste qu'on lui avait remise. Tous, probablement.

Il était resté enfermé dans les toilettes pendant ce qui lui avait paru une heure avant que le groupe revienne. Par sécurité, il avait attendu encore une heure avant de se décider à les rejoindre, dans l'autre moitié du train.

Et maintenant, il est là, à un endroit où il n'aurait jamais, *jamais* imaginé se trouver un jour.

Reggie prend sa petite valise. Il n'a pas emporté grand-chose. Il a tout juste eu le temps d'y fourrer une trousse de toilette, une chemise de rechange et un sandwich au jambon enveloppé dans un papier sulfurisé pour le cas où il aurait faim. À la vue du sandwich, son estomac se met à gronder, mais il devra attendre un peu avant de le manger. Il a autre chose à faire avant.

Dans une poche intérieure de son veston, Reggie prend le portefeuille dont il a raconté à Anna qu'il était dans sa valise, et le billet qu'il a acheté en vitesse pour étayer l'histoire selon laquelle il se serait trompé de train. Philadelphie-Baltimore. Le moins cher possible. Il laisse tomber le portefeuille et le billet dans sa petite valise et fouille sous la chemise et le sandwich à la recherche d'autre chose.

Une liste de six noms, par ordre alphabétique. Il la parcourt, en rapprochant les noms des passagers présents dans le train. Ils sont tous là, et dûment identifiés, sauf un – Wentworth, Kenneth. Peut-être une erreur de transcription, puisque le fils Wentworth est là.

Reggie perçoit des bruits de pas dans le couloir. Les autres se dirigent vers leurs suites respectives. Il attend qu'ils passent mais continue à tendre l'oreille pour le cas où il y aurait un retardataire. Ou, pire, un passager clandestin soucieux de ne pas se faire remarquer. Et comme de bien entendu, cinq minutes plus tard, tous les sens en éveil, Reggie entend des pas.

Sauf que ces pas-là ne vont pas plus loin, ils s'arrêtent devant la porte de sa cabine. Bientôt, on frappe tout doucement sur le panneau, et la voix d'Anna Matheson se fait entendre.

— Mr Davis ? Je pourrais vous parler ?

Reggie entrouvre la porte.

— Je peux faire quelque chose pour vous ?

— Je voulais juste vous remercier. (Anna s'interrompt et regarde d'un côté et de l'autre du couloir. Rassurée – personne à portée de voix –, elle ajoute :) Merci ne pas avoir dit que…

— Oui, l'interrompt Reggie. Bien sûr.

Anna se mord la lèvre, laissant planer entre eux la question qui s'impose : *pourquoi* n'a-t-il pas révélé qu'elle cachait un couteau ? Encore une fois, il la dispense d'en dire davantage.

— J'ai pensé qu'il valait mieux garder le secret. Compte tenu des circonstances, vous avez toutes les raisons de vous protéger.

Anna pousse un soupir, soulagée.

— Oui, c'est exactement ça. J'apprécie votre discrétion.

— Votre secret est bien gardé avec moi. Il y a autre chose dont vous vouliez me parler ?

— Juste vous assurer que, malgré la situation plutôt tendue dans laquelle vous vous retrouvez, nous veillerons, Seamus et moi, à ce qu'il ne vous arrive rien. Fermez bien votre porte, restez dans votre suite, et vous n'aurez rien à craindre.

Reggie accueille le conseil d'un hochement de tête.

— Merci. C'est exactement ce que je vais faire. Avec un peu de chance, vous ne me verrez plus et vous n'entendrez plus parler de moi avant notre arrivée à Chicago.

Après le départ d'Anna, il suit ses instructions et verrouille sa porte. En revanche, son autre conseil – rester sagement enfermé –, il ne le suivra pas. Parce qu'il devra quitter sa cabine d'ici très peu de temps.

Il prend un stylo rouge dans sa mallette et appuie la pointe sur le premier nom de la liste.

Dodge, Judd.

D'un trait, il raye le nom.

Cela fait, il reprend sa valise et passe la main sous sa chemise de rechange. Ses doigts effleurent de l'acier froid.

Il est là.

Le principal outil de son métier.

Il ne sait pas trop s'il doit l'emporter quand il quittera sa chambre. D'un côté, on n'est jamais trop prudent, de l'autre, c'est plus excitant de ne rien avoir sur soi. Il décide qu'il verra bien, en fonction des événements. Et selon son humeur. Pour le moment, il se contente de savoir qu'il est là, pour le cas où il en aurait besoin.

D'autant qu'il y a déjà un pistolet à bord du train.

16

DEVANT LA SUITE C, dans la treizième voiture du train, l'ampoule mal vissée continue à clignoter et à bourdonner à l'intérieur de l'applique, jetant une lumière intermittente sur le corps de Judd Dodge. Le corps est toujours recouvert par la nappe, mais se déplace, transporté par Seamus et Dante. Activité qui ne les réjouit pas particulièrement, ni l'un ni l'autre, mais ils n'ont guère le choix. On ne peut quand même pas le laisser par terre, dans la voiture-salon.

Anna, qui les suit, les regarde depuis la porte déposer le corps sur le matelas et border la nappe en guise de drap. Ça paraît plus respectueux de cette façon.

— Quelqu'un veut dire quelque chose ? demande Dante.

— Moi, répond Anna. Je regrette qu'il n'ait pas plus souffert.

Elle tourne les talons et regagne sa propre cabine, sans verrouiller la porte, sachant que Seamus la rejoindra bientôt. En l'attendant, elle s'étend sur le lit. Dieu, qu'elle est épuisée, et il n'est même pas minuit. Le temps d'arriver à Chicago, elle sera à ramasser à la petite cuillère.

Elle n'arrive pas à garder les yeux ouverts. Alors elle renonce à lutter et se contente de rester allongée, les yeux fermés, même quand Seamus entre dans la suite. Elle est tellement habituée à sa présence.

— C'est raté, dit-elle.

— Je sais.

Seamus s'allonge à côté d'elle, leurs corps à quelques centimètres l'un de l'autre, dans une proximité confortable. Il y a entre eux un lien spécial, forgé dans un chagrin incommensurable et les circonstances les plus étranges. Couchée à côté de Seamus, Anna repense à leur première rencontre. Au cimetière, par une journée grise et froide, après l'enterrement de tante Retta. Peu de gens étaient venus lui dire un dernier adieu, et avec son physique de baroudeur, Seamus avait été d'autant plus facile à remarquer dans la foule clairsemée. Grand, bien bâti, il avait quelque chose de félin. Il bougeait bien pour quelqu'un de sa taille, avec une sorte d'aisance. Il s'était approché d'elle à la fin de la cérémonie, quand tout le monde s'était dispersé.

— C'est votre tante qui m'envoie.

C'est tout ce qu'il avait dit.

— Comment l'avez-vous connue ?

Seamus avait regardé la tombe ouverte dans laquelle on venait de descendre le cercueil.

— Je ne la connaissais pas. Nous ne nous sommes jamais rencontrés en personne. Mais elle m'avait écrit plusieurs fois.

Il n'avait pas expliqué la nature de leur échange. C'était inutile. Anna savait que dans sa quête en vue de blanchir le nom de son père, tante Retta écrivait à toutes les familles des victimes dans l'espoir de les convaincre qu'Arthur Matheson n'était pas responsable de la catastrophe. Anna avait toujours supposé que personne n'avait répondu à ses lettres. À l'évidence, elle se trompait. Une personne au moins y avait donné suite.

— Qui avez-vous perdu ?

— Mon frère. Sean Callahan.

Anna connaissait ce nom. Elle avait mis un point d'honneur à mémoriser l'identité de toutes les victimes. Après tout, c'étaient les gens qui étaient morts aux côtés de son frère.

— Je suis désolée pour vous, avait-elle dit. En tout cas, c'est gentil d'être venu lui rendre un dernier hommage.

— Ce n'est pas pour ça que je suis là. J'ai quelque chose à vous montrer.

Il l'avait conduite vers une Buick noire, garée le long du mur du cimetière.

— Un cadeau de votre défunte tante, lui avait dit Seamus en ouvrant la malle arrière.

En voyant les six cartons rangés dans le coffre, Anna avait tout de suite compris ce qu'ils contenaient. Tante Retta avait dit vrai. La preuve l'avait bel et bien trouvée.

Seamus avait suivi Anna dans la demeure qui avait jadis été celle de sa tante et qui désormais lui appartenait. Ils avaient passé les vingt-quatre heures suivantes ensemble, à faire le tri dans toutes les informations rassemblées dans ces cartons – tâche pénible, fastidieuse.

Et qui avait laissé Anna sidérée. Par l'ampleur de la conspiration, mais aussi par l'identité des gens impliqués. Des gens qu'elle connaissait. En qui son père avait toute confiance. Des gens qu'ils avaient tous les deux aimés : Sal et Edith, Herb Pulaski et Judd Dodge. En découvrant leurs noms, ce qu'ils avaient fait et leur perfidie, Anna s'était sentie trahie. Écorchée vive, furieuse. La question ne se posait pas, elle avait une vengeance à assouvir.

— Vous pensez qu'on devrait les tuer ? avait-elle demandé.

— Oui, avait répondu Seamus. Ils méritent tous la mort. Et je veux m'en charger personnellement.

Mais Anna avait décidé que la mort n'aurait pas été un châtiment suffisant. Trop facile, trop rapide. À moins peut-être de kidnapper toutes les personnes en cause et de les torturer longuement – une idée dont elle avait amplement discuté avec Seamus –, la seule façon de leur garantir le degré de souffrance voulu était de les livrer à la justice. Ce qui était désormais impossible.

— À ton avis, lequel de ces salauds a fait le coup ? demande Anna.

À côté d'elle, Seamus hausse les épaules.

— Franchement ? N'importe qui. Ça pourrait même être Reggie Davis. Tu penses qu'il ment ?

— Si c'est le cas, c'est un menteur chevronné.

Anna parle en connaissance de cause. Quand il a déclaré qu'elle n'était pas armée, il a été tellement convaincant qu'elle a failli le croire. Mais tout en lui étant reconnaissante de ce mensonge particulier, elle se demande maintenant si c'était le seul qu'il leur a raconté. Il est possible qu'il se soit trompé de train, bien sûr, mais ce n'est pas très plausible. Et Anna ne peut se départir du sentiment qu'il était là pour une raison précise.

— Soit il est vraiment agent d'assurances et il est monté dans le mauvais train, soit c'est une taupe envoyée par Kenneth Wentworth.

— Je parie pour l'agent d'assurances, répond Seamus. La taupe envoyée par Wentworth, c'est son fils, c'est clair.

Anna se redresse, surprise.

— Dante ? Il est là pour une tout autre raison. Du moins, c'est ce qu'il m'a dit.

— Et pour quelle raison ?

— Me voir.

— Et tu le crois ?

— Peut-être. J'ai l'impression qu'il essaie de nous aider.

Il y a quelques heures à peine, Anna pensait ne jamais revoir Dante Wentworth de sa vie, et elle pensait encore moins pouvoir lui faire confiance. Mais le fait qu'il n'ait pas tenté d'arrêter le train quand il en avait l'occasion la prédispose à imaginer que sa présence a une raison cachée. Et qu'il ne leur révèle pas.

— Ou alors, il ment comme un arracheur de dents, reprend Seamus.

Ça y est. Encore un éclair de jalousie.

Ce qui s'était passé entre eux n'était arrivé qu'une fois, par surprise. Ils s'étaient retrouvés dans un lit quand le fardeau qu'ils portaient tous les deux était devenu trop lourd. Sous l'effet du vin et du chagrin, ils avaient envoyé promener tout à la fois ce fardeau, leurs vêtements et leurs inhibitions. Anna avait été surprise par l'intensité de la relation. Par le désir avide qui était le leur d'échapper à la souffrance, ne serait-ce que pour une nuit.

Il n'y en avait pas eu d'autres. Quand ils s'étaient réveillés, le lendemain matin, encore dans les bras l'un de l'autre, ce n'est pas de la gêne qu'Anna avait ressentie, mais quelque chose de pire : de la résignation.

— On ne peut pas recommencer, avait-elle déclaré.

— C'est trop triste, avait acquiescé Seamus.

Pour Anna, cela avait scellé la fin de l'histoire, mais ce n'était peut-être pas le cas pour Seamus, plus sensible que son physique imposant ne le laissait penser. La possibilité qu'il ait peut-être encore des sentiments pour elle ennuie Anna. La soirée a déjà été assez déstabilisante. Elle ne peut pas se laisser perturber davantage par des émotions – celles de Seamus ou de n'importe qui d'autre.

— Pour moi, le principal suspect, c'est Jack Lapsford, décrète-t-elle, alors qu'elle n'a rien pour étayer sa supposition.

Rien en dehors de la sensation viscérale qu'il mijote quelque chose. C'est assurément celui qui la ramène le plus dans le groupe. Et le plus désespéré, aussi.

Certes, il n'était pas assez près de Judd pour mettre du poison dans son verre à l'insu des autres, mais ça ne veut pas dire qu'il n'a pas pu s'y prendre autrement. En empoisonnant un verre à martini aussitôt après le départ du train, par exemple, quand personne n'était encore entré dans la voiture-salon. Il avait eu toute une heure pour cela. Ou bien quand il est venu prendre son verre sur le comptoir, il aurait pu en profiter pour empoisonner discrètement le cocktail de Judd.

— Mais pour quelle raison aurait-il tué Judd ? demande Seamus. Ou n'importe lequel des autres ?

Anna comprend où il veut en venir. Si quelqu'un, à bord du *Phoenix*, a une bonne raison de commettre un meurtre, c'est Seamus et elle. Autrement dit, ce sont eux les cibles désignées. Contrairement à Dante, elle ne voit pas pourquoi l'un des membres du groupe voudrait éliminer l'un de ses complices dans la conspiration.

Et pourtant, c'est bien ce qui s'est passé. Anna ne peut se départir du sentiment que l'un d'eux, dans une tentative désespérée pour échapper à la justice, a décidé de supprimer ceux qui en savent le plus sur leur culpabilité à tous – leurs complices dans la conspiration. C'est pourquoi elle répond :

— Parce que les morts ne parlent pas.

— Tu crois que le meurtrier de Judd a l'intention de réitérer ?

— C'est possible. Pour éviter ça, il va falloir qu'on surveille tous les autres jusqu'à Chicago. Ce qui veut dire, passer les voir toutes les heures, voire davantage.

Seamus hoche la tête.

— Pour vérifier qu'aucun d'eux ne mijote un coup fourré.

— Et nous assurer que les autres sont toujours en vie.

L'ironie de la situation n'échappe pas à Anna. Pour détruire leurs ennemis, ils vont d'abord être obligés de les protéger.

Mais elle sait aussi que surveiller tous leurs faits et gestes ne suffira pas. Ils ne peuvent se contenter d'espérer que l'assassin de Judd ne frappera plus. Il faut qu'ils arrêtent celui qui a fait le coup avant qu'il ne recommence.

— Je ne comprends toujours pas l'histoire du poison. Pourquoi le tueur en avait-il sur lui ? Je veux dire, qui emporte du poison dans un train ?

— Quelqu'un qui a l'intention de l'utiliser, répond Seamus.

— C'est ça qui est bizarre. Parce que personne ne pouvait savoir qui d'autre allait se trouver à bord du *Phoenix*. Et donc, il est hautement improbable que ce meurtre ait été prémédité. Je pense que celui qui a tué l'a fait après avoir réalisé en quoi consistait ce voyage. Par conséquent, soit quelqu'un se promène toujours avec du poison sur lui, soit…

Seamus se rassied.

— Il l'a trouvé à bord du train.

— Exactement. Et si on arrivait à localiser le poison, ça pourrait nous donner une idée de celui qui s'en est servi. Bref, trouvons le poison, et on trouvera le tueur, s'exclame Anna en sautant à bas du lit, les yeux brillants.

17

ANNA DEMANDE À SEAMUS si elle peut prendre le premier tour de garde, et il accepte. Il a appris que quand elle lui demande quelque chose, en réalité, c'est un ordre. Et il obtempère à chaque fois.

Ou presque.

Non que Seamus n'ait pas un avis personnel sur ce qu'il faut faire. Il en a sûrement un. Mais même quand il n'est pas d'accord avec Anna, il s'en remet à elle, parce que s'il est vrai qu'il a perdu un frère, Anna a perdu toute sa famille. Si on pouvait peser leur chagrin à tous les deux, la balance pencherait de son côté à elle.

Lui, au moins, il a pu enterrer son frère comme il convenait. Il repose à côté de leurs parents, dans la petite concession familiale. Alors que, d'après Anna, à côté des tombes d'Arthur et de Margaret Matheson, il n'y a qu'un cercueil vide. Leurs frères ne sont pas morts de la même façon – le sien de blessures internes, celui d'Anna complètement pulvérisé. À l'évidence, ils ne se trouvaient pas dans la même partie du train quand il a explosé. Il est donc probable qu'ils ne se sont jamais rencontrés.

Mais Seamus sait aussi que ça n'a pas d'importance. Ils ont tous les deux disparu, et ils ne reviendront jamais.

Seul dans sa cabine, il ouvre sa valise. Il n'y a pas touché depuis qu'il est monté dans le *Phoenix*. Il n'y a pas grand-chose dedans. Juste un nécessaire de rasage, des vêtements de rechange pour le moment où il pourra enfin ôter son uniforme de contrôleur, et son portefeuille.

Seamus le prend d'une main tremblante. Maudit tremblement ! Il a empiré, ces dernières heures. Ça va si mal que c'est à peine s'il a réussi, tout à l'heure, à palper le cou de Judd à la recherche de son pouls qu'il savait être introuvable. Il était certain que tout le monde l'avait remarqué. Surtout Anna, à qui rien n'échappe.

Maintenant ses mains vibrent carrément alors qu'il sort de son portefeuille une photo aux bords effrangés à force de la regarder comme cela, depuis ces dix dernières années. Il contemple le jeune homme en uniforme de la photo, et son cœur se serre.

Sean.

Son grand frère.

Les Callahan n'étaient pas une famille heureuse. Son père buvait trop. Sa mère ne parlait pas assez. Ils en venaient vite aux poings. Seamus et son frère ont grandi dans un silence tendu jusqu'à la mort de leurs parents, à un an d'écart. Après cela, Sean est devenu l'étoile Polaire de Seamus, il l'a guidé dans l'âge adulte par la force de l'exemple. Quoi que Sean fasse, Seamus suivait le mouvement, en entrant dans l'équipe de football de la fac ou en s'enrôlant dans l'armée.

Et puis Sean avait été tué, et Seamus, n'ayant plus personne à suivre, s'était égaré.

Jusqu'à sa rencontre avec Anna.

Il ne savait pas à quoi s'attendre quand il l'avait abordée au cimetière, voilà un peu plus d'un an. Sa tante lui avait donné le nom d'Anna, mais pas montré de photo, et ne la lui avait pas décrite.

— Vous saurez que c'est elle quand vous la verrez.

C'est tout ce qu'elle lui avait dit.

Et il avait su.

Seule personne restée auprès de la tombe, Anna avait été facile à identifier. Mais il l'aurait reconnue même au milieu d'une foule de dizaines de gens. Le deuil reconnaît le deuil. Il s'était approché et avait dit : « C'est votre tante qui m'envoie. »

Anna s'était tournée vers lui et lui avait jeté un regard comme Seamus n'en avait jamais vu. Brillant non de chagrin, mais de détermination, comme si elle avait su exactement qui il était, et pourquoi il était là. Et il ne l'avait plus quittée. Mais serait-ce encore le cas quand ils arriveraient à Chicago ? Il ne le sait pas. Ils n'ont pas parlé de ce qui se passera après.

S'il y a un après.

Il range la photo de son frère dans son portefeuille, et le remet dans la valise. Puis il s'étire, essaie de se détendre. La nuit sera longue, et ils n'en sont même pas encore à la moitié. Dans le mouvement, un objet qui se trouve dans la poche de sa veste d'uniforme heurte sa cage thoracique.

Seamus prend dans sa poche une petite boîte à pilules que Reggie Davis n'a pas trouvée après s'être arrêté sur son pistolet. Ce dont Seamus lui est reconnaissant. Ça lui a épargné tout un tas d'explications.

Les mains encore tremblantes, il ouvre la boîte et regarde dedans.

Elle contient des pilules d'un blanc crayeux.

Seamus les compte. Pour le moment, il y en a cinq. Satisfait, il referme la boîte et la remet dans sa poche.

Un peu plus tôt dans la soirée, les pilules étaient au nombre de six.

MINUIT

À HUIT HEURES DE CHICAGO

18

UN TRAIN VIDE est un train silencieux.

C'est très déconcertant.

Dans un train complet, il y a toujours du bruit, même au cœur de la nuit. Des gens murmurent dans le noir, des ronflements montent des couchettes, dans la voiture-lits, et dans la voiture-bar des gens jouent aux cartes jusqu'à l'apparition du soleil, sur l'horizon, à l'est. Et par-dessus tout ça, il y a le bruit du train qui avance inexorablement – le *tacatac, tacatac* constant des roues d'acier sur les rails de fer, qui berce certaines personnes et en agace d'autres. Or à présent, c'est tout ce qu'on entend, le bruit apaisant, affolant, incessant du train.

C'est particulièrement vrai dans le salon des première classe, où un homme est mort récemment, et où, en cet instant, Anna enjambe précautionneusement l'endroit où il est tombé. Elle a vérifié dans les autres voitures de première classe que tout le monde était bien dans sa suite. C'était le cas. Les portes étaient fermées et, avec un peu de chance, verrouillées.

Anna sait qu'elle devrait faire comme les autres passagers, mais la tentation est trop forte de chercher le poison qui a tué Judd Dodge. Elle ne peut pas y résister. À en juger par l'odeur, elle soupçonne un produit de nettoyage. Et à bord du *Phoenix*, on peut en trouver dans deux endroits – la cuisine, et le placard à balais, dans le coin de la voiture-bar.

Pendant la première heure après le départ du train, il n'y avait personne dans le salon, et n'importe qui aurait pu se faufiler dans ces deux endroits. Mais Anna suppose que ce n'est pas à ce moment-là que le tueur s'est procuré le poison. Cela aurait impliqué de la préméditation, or elle pense qu'aucun des passagers ne savait à quoi s'attendre avant de mettre les pieds au salon. Non, à son avis, celui qui a tué Judd s'est emparé du poison quand le groupe a parcouru toute la longueur du train dans la vaine tentative de l'arrêter. À ce moment-là, Judd avait quasiment avoué son rôle dans le complot, ce qui a pu donner à l'un de ses comparses l'idée de l'éliminer avant qu'il ne compromette les autres.

Tout en s'avançant dans le salon, elle regarde par la fenêtre. Il neige de plus en plus fort, les flocons filent, de la taille d'une pièce de monnaie. Mais ce n'est que le front est de la tempête, et Anna sait que cela va empirer au fur et à mesure qu'ils se déplaceront vers l'ouest. Le train a maintenant quitté la Pennsylvanie. Il entame la longue traversée de l'Ohio. Elle pousse un soupir. Près de six heures qu'ils sont partis, et ils ont encore bien du chemin à parcourir.

Elle passe dans la voiture-restaurant, qui semble hantée par le vide. Le fait de se déplacer seule dans ces voitures la met mal à l'aise. Elle impute cela à la taille des voitures, leur opulence. Ce sont des espaces conçus pour environner de luxe des dizaines de passagers. Et leur absence donne à Anna l'impression d'être une intruse.

Et elle n'est pas la seule.

Quand elle entre dans la voiture-restaurant, Anna repère derrière la porte située à l'autre bout de la voiture une silhouette qui se déplace en direction de la cuisine.

Elle se précipite, déterminée à l'attraper avant qu'il y parvienne. Mais quand elle franchit l'accordéon entre les voitures, elle se rend compte que l'individu avait un autre objectif. Il s'est arrêté devant la glacière, au milieu de la cuisine et il est maintenant en partie dissimulé derrière la porte ouverte. Un homme, réalise Anna en apercevant un pantalon sous le bas de la porte.

— Qui êtes-vous ? demande Anna. Qu'est-ce que vous faites ici ?

— Je m'appelle la faim et j'ai désespérément besoin d'être apaisée.

Anna gémit. Dante. Évidemment. Qui jette maintenant un coup d'œil de derrière la porte de la glacière et lui lance ce sourire trop familier.

— Vous auriez au moins pu commander à manger pour nous avant de virer le personnel du train.

— Je les ai *payés*. Ce n'est pas tout à fait la même chose. Et la nourriture était le cadet de mes soucis quand j'ai planifié ce voyage.

— À l'évidence. Il n'y a que de la viande froide, là-dedans.

Il prend un rôti de bœuf emballé dans du papier de boucherie et le dépose sur le comptoir.

— Il y a du pain ?

Anna se dirige vers l'autre bout de la cuisine, où une panière trône à côté d'un grille-pain prévu pour huit tranches. Il fut un temps où elle connaissait le moindre recoin de cette voiture. Ils y étaient tout le temps fourrés, Tommy et elle, à faire du charme aux cuisiniers pour qu'ils leur donnent des friandises. Stella, leur préférée, faisait un succulent poulet frit et les meilleures brioches du monde. Anna n'en faisait qu'une bouchée.

C'est à Stella qu'elle pense en ouvrant la panière et en sortant un pain pour Dante. Il bat des mains, ravi, et prend un couteau.

— Tu veux un sandwich ?

— Pas question que je mange une chose préparée par toi, rétorque Anna. Tu as oublié ce qui s'est passé tout à l'heure ?

Dante joue du couteau à pain et découpe deux épaisses tranches.

— Allons, Annie, tu sais bien que je n'y suis pour rien. En tout cas, ton vœu est exaucé. Tout le monde se tortille, maintenant.

— Si tu crois que je me réjouis de la mort de Judd Dodge, tu te trompes. Ce n'est pas du tout ce que je voulais.

— Peut-être pas consciemment. Mais quelque part, tout au fond de toi, dans un coin sombre auquel tu n'aimes pas penser, tu souhaitais que ça se produise. Et ce même coin sombre de ton être voudrait que ça leur arrive à tous. Je crois que c'est pour ça que tu as planifié ce voyage. Dans l'espoir secret que ça finirait de cette façon.

— Je t'ai dit pourquoi je l'ai planifié.

— Et je ne crois pas un mot de ton explication. Si tu voulais regarder mon père et les autres se tortiller, tu aurais pu les voir au tribunal.

Anna sait qu'il aurait été plus facile – et assurément beaucoup moins coûteux – de remettre les preuves au FBI et de les laisser arrêter tout le monde. Mais cela aurait été infiniment moins satisfaisant.

— En effet, mais les voir au tribunal ne me suffisait pas. Je voulais voir leur tête quand ils comprendraient qu'ils étaient coincés dans ce train. Je voulais qu'ils sachent qu'ils avaient été piégés, et par moi.

— Et qu'est-ce que tu croyais qu'il allait se passer ? Tu pensais qu'ils allaient tout avouer, et te dire pourquoi ils avaient agi de la sorte ?

Oui, c'est ce qu'elle espérait, en effet, et elle caresse toujours l'idée de faire au moins avouer à certains le crime qu'ils ont commis – et pourquoi. Sal. Edith. Et même Herb Pulaski. Bien que ce ne soit pas d'apprendre les raisons de leur trahison qui ramènera sa famille, Anna se dit que cela pourrait l'aider à tourner la page.

Mais ce n'est pas la raison principale pour laquelle elle a organisé les choses de cette façon. Ce qui compte pour elle, ce n'est pas le voyage en soi, c'est la destination.

— J'ai assisté à l'arrestation de mon père. Ils l'ont entraîné hors de chez nous, menotté. Et j'ai besoin de les voir subir le même sort. J'ai besoin d'être là quand on les mettra en garde à vue. Je veux assister à leur disgrâce publique et voir de mes propres yeux le moment où leur vie et leur réputation seront ruinées. Et puis ils auront droit à un procès, ce qui a été refusé à mon père, et ils pourriront en prison jusqu'à la fin de leurs jours.

— Y compris mon père, dit Dante.

— Surtout lui. C'est pourquoi je t'en veux encore à mort d'avoir pris sa place.

— Je me rappelle une époque où tu étais contente de me voir.

— C'était il y a longtemps, répond Anna.

Mais pas assez longtemps pour qu'elle ait oublié les moments passés avec Dante. Elle se souvient de tout, et en particulier du jour où il est arrivé avec un bouquet de roses lors de la dernière représentation de la pièce dans laquelle elle tenait le rôle de Juliette. À l'époque, déjà, elle avait résisté, vraisemblablement pour la même raison qu'il la poursuivait, lui, de ses assiduités : parce que c'était interdit. Dante n'avait pas ménagé ses efforts, faisant en sorte d'apparaître à tous les événements où il savait retrouver Anna. Les fêtes, les pique-niques, les bals de fin d'année scolaire. Même quand il n'était pas invité, il trouvait le moyen de forcer l'entrée. Dans la bonne société de Philadelphie, le nom de Wentworth ouvrait bien des portes.

Chaque rencontre était une chorégraphie dont les pas impliquaient du flirt, des taquineries, des joutes verbales pétillantes. Peu à peu, Anna avait baissé sa garde tandis qu'il se montrait de plus en plus entreprenant. Un bref contact de leurs mains. Un baiser sur la joue, léger comme une plume. Jusqu'à ce qu'un soir, après l'une de ces rencontres, il lui propose de la ramener chez elle. Anna n'avait pas dit « oui », mais juste : « Nos parents ne doivent jamais le savoir. »

Ils se promenaient en silence, à pas lents, d'une démarche languide. À un moment, la main de Dante avait effleuré celle d'Anna et, à sa grande surprise, elle l'avait serrée. Quand ils étaient arrivés près de chez elle, la poignée de main était devenue un chaste baiser qui s'était changé en étreinte. Collé contre Anna, Dante s'était penché pour l'embrasser.

— Nous ne devrions pas, avait chuchoté Anna comme ses lèvres se levaient à la rencontre des siennes. Ça finira par des cœurs brisés.

Dante avait juré que non.

Mais elle avait vu juste.

— Pourquoi m'as-tu draguée ? demande-t-elle aujourd'hui. À l'époque, je veux dire ? Tu pouvais avoir toutes les filles que tu voulais, et c'est moi que tu as choisie.

Dante ouvre le placard le plus proche, révélant des piles de bols et d'assiettes. Puis il tire le tiroir en dessous, rempli de rouleaux de papier aluminium et de film alimentaire.

— Parce que tu étais la plus spéciale des filles.

— Je te le demande sérieusement.

— Et je te réponds sérieusement. J'ai très vite compris à quel point tu étais formidable. C'est pour ça que je t'ai fait la cour. Alors que je savais que mon père serait furieux s'il l'apprenait.

— Ton père est un homme effroyable.

— D'accord. Et qu'est-ce que ça fait de moi ?

— Une canaille sans-cœur, articule Anna, avec un mordant particulier.

Parce qu'il fallait être une canaille sans-cœur pour faire ce que Dante lui a fait. Flirter, lui courir après, la séduire. Lorsqu'ils ont échangé leur premier baiser, elle était déjà folle de lui, même si elle prenait bien garde de ne pas le lui montrer.

Après ce baiser – un sublime, vertigineux baiser, qui l'avait ébranlée jusqu'au tréfonds de son être –, il lui avait été impossible de cacher plus longtemps ses sentiments. Elle avait seize ans, elle était raide dingue de lui, et elle pensait, à tort, que Dante lui rendait son amour. Elle s'était comportée stupidement pendant des mois. Se glissant hors de chez elle au beau milieu de la nuit. Rencontrant Dante en secret. L'embrassant avec tant de passion qu'elle en avait les lèvres à vif et que son corps se languissait douloureusement du sien.

Rétrospectivement, Anna mesure que c'était entièrement de sa faute si elle était tombée si follement amoureuse de lui. La Juliette qu'elle avait interprétée voulait vivre sa propre romance interdite. Romance qui aurait dû prendre fin quand Dante, alors âgé de dix-huit ans, s'était engagé dans l'armée. Et s'était retrouvé à Princeton à cause d'un souffle au cœur qui était passé inaperçu jusque-là. Au lieu de rompre, Anna avait prolongé leur idylle en lui écrivant presque tous les jours. Des lettres enflammées dans lesquelles elle mettait son âme à nu, et ses désirs aussi.

Elle avait fini par succomber à sa passion au retour de Dante pour les vacances d'automne. Elle n'avait rien oublié de cette nuit, de tous ses détails frémissants. Tous les deux seuls devant la maison de Dante, par un mois d'octobre particulièrement chaud. Son idée malicieuse de piquer une tête tout nus dans la piscine. Son expression carrément lubrique quand elle avait accepté. Et tout ce qui était arrivé ensuite.

Le plaisir.

La culpabilité.

Le cœur en miettes quand elle n'avait plus eu de nouvelles de lui après, même pendant les semaines qui avaient suivi la succession de tragédies qui avaient frappé sa famille. Le garçon qu'elle aimait l'avait abandonnée au moment où elle avait le plus besoin de lui, emportant son innocence avec lui. Le temps de voir mourir sa mère et de l'enterrer, Anna s'était dit qu'elle ne reverrait jamais Dante. D'ailleurs, elle n'en avait pas envie. Elle était mieux sans lui. Et maintenant il était de retour, et flirtaillait avec elle comme s'il ne s'était jamais rien passé.

— Je ne t'ai jamais pardonné, tu sais, dit-elle.

— J'ai remarqué.

— Tu as disparu du jour au lendemain. Si j'étais tellement spéciale, pourquoi t'es-tu volatilisé de cette façon ?

Dante se penche sur le comptoir et la regarde comme il ne l'a jamais fait au temps de leur folle jeunesse. À l'époque, son regard recelait toujours une certaine malice, du désir, ou une combinaison des deux. Alors que maintenant, il la regarde avec une compréhension limpide, et du regret – du moins c'est ce qu'elle espère.

— Je t'ai traitée d'une façon vraiment horrible, et je suis désolé, dit-il.

Anna réprime sa surprise. Elle ne s'attendait pas à des excuses. Pas de la part de Dante Wentworth.

— Je ne sais pas quoi dire.

— Tu n'as pas besoin de dire quoi que ce soit. C'est à moi de t'expliquer ma conduite impardonnable. Quand ton frère a été tué, j'ai voulu me rendre à l'enterrement, mais mon père ne m'a pas laissé faire. Je lui ai dit qu'on se voyait en secret, toi et moi. Que j'étais tombé amoureux de toi. Il s'en fichait. Il m'a interdit de te revoir. Il m'a dit que je ne pouvais pas avoir de relations avec toi ou avec ta famille. Après, quand ton père a été arrêté, j'ai commencé à me dire qu'il avait peut-être raison, tout en souhaitant de tout mon cœur qu'il se trompe. Il n'y a que très peu de temps que je connais la vraie raison pour laquelle il voulait que je t'évite.

— Parce que c'était ton père qui était coupable.

— Apparemment. Je sais que tu ne pourras jamais lui pardonner, et tu as de bonnes raisons pour cela. Mais j'espère que tu arriveras à me pardonner à moi.

Anna pensait qu'elle détesterait Dante pendant très longtemps. Probablement pour l'éternité. Mais maintenant qu'il est là, devant elle, à la regarder et à agir comme il le faisait il y a tant d'années, c'est à peine si elle se souvient de la haine qu'elle avait pour lui. Elle ne se rappelle que les moments où elle croyait l'aimer. Était-ce vraiment de l'amour, ou simplement une amourette d'adolescente qui aurait fini par passer, Anna n'a jamais eu l'occasion de le découvrir. Et maintenant, les « et si » font la sarabande dans sa tête. Et si Dante lui avait dit tout cela il y a douze ans ? Est-ce que ça aurait changé quelque chose, est-ce que ça aurait rendu sa vie plus supportable ? Elle ne le saura jamais, et c'est pourquoi elle parvient seulement à dire « Peut-être. Un jour ».

Cette vague promesse semble suffire à Dante, qui hoche la tête.

— D'accord. Très bien. En attendant, aide-moi à trouver de la moutarde. Aucun homme, aussi affamé soit-il, ne devrait être obligé d'avaler un sandwich sans moutarde.

— Cherche-la tout seul, réplique Anna. Je suis venue chercher autre chose.

Ils échangent leurs places. Dante ouvre la porte du placard et parcourt les étagères du regard. Celle du haut regorge de provisions : farine, sucre, levure, et même le colorant alimentaire utilisé dans le fameux gâteau de velours rouge du *Phoenix* – célèbre, à juste raison. Le dessert préféré du père d'Anna est encore servi dans la voiture-bar et la voiture-restaurant. L'étagère du dessous contient d'autres ingrédients nécessaires dans une cuisine. Du sel et des épices, du vinaigre, de l'huile de colza. Et, oui, un pot de moutarde.

— Doux nectar des dieux ! s'exclame Dante, qui s'empresse d'en badigeonner son pain.

Il y dépose rapidement quelques tranches de rosbif, mord férocement dans le sandwich et demande, la bouche pleine :

— Qu'est-ce que tu cherches ?

Anna est maintenant à genoux devant le placard sous l'évier.

— Du poison.

Dante manque s'étrangler.

— Ce n'est pas drôle.

— Tant mieux, parce que je ne dis pas ça pour rire.

Anna regarde dans les profondeurs sombres du placard. Ça sent le renfermé. Au fond, derrière un seau et à côté d'une bouteille de débouche-évier, il y a une boîte de mort-aux-rats. Sa présence n'a rien d'étonnant. Il y en a probablement dans tous les trains pourvus d'une voiture-restaurant.

Elle regarde dans la boîte. Le poison est une poudre blanche dont la granulométrie et la consistance rappellent le sel de table. Elle porte la boîte à son nez et reconnaît l'odeur chimique qu'elle a sentie dans le verre à cocktail de Judd Dodge.

Dante, son sandwich oublié, est debout derrière elle.

— C'est…

— Oui, fait Anna, sans lui laisser le temps d'achever sa question. C'est ce qui a tué Judd.

19

ANNA EST PLANTÉE au milieu de la voiture d'observation, la boîte de mort-aux-rats à ses pieds. Elle se dandine nerveusement d'un pied sur l'autre pendant que Seamus fait le tour des suites et rameute tout le monde. Non que leurs occupants aient besoin d'être réveillés. Lorsqu'ils arrivent l'un après l'autre dans la voiture, Anna constate qu'ils ne se sont pas changés. Il faut croire que personne n'a voulu prendre le risque de s'endormir.

— Pourquoi sommes-nous là ? grommelle Lapsford.

Anna a choisi la voiture panoramique au lieu du salon parce qu'elle trouvait de mauvais goût d'amener le poison dans la voiture où quelqu'un est mort en l'ingérant. Et cet endroit, avec ses sièges qui font le tour de la voiture, est le meilleur lieu de rassemblement après le salon.

Mais ce n'est pas ce que veut savoir Lapsford, Anna le sait bien. Elle attend que tout le monde soit arrivé avant de répondre à sa question.

— J'ai trouvé ça dans la cuisine, dit-elle.

— *Nous* l'avons trouvé, rectifie Dante.

Anna aurait préféré qu'il s'abstienne, parce que son intervention amène Seamus à demander :

— Tu étais dans la cuisine avec lui ?

— On n'y était pas *ensemble*, objecte Anna.

— Je me préparais un sandwich, acquiesce Dante.

— Et moi, je cherchais ça, fait Anna en poussant la boîte de mort-aux-rats avec son pied. L'arme du crime. Maintenant, qui est allé dans la cuisine ce soir ?

— On y est tous passés, répond Sal. On l'a tous traversée en allant à la locomotive et en revenant.

— Est-ce que quelqu'un s'y est attardé ?

— Personne à l'aller, répond Seamus. Je fermais la marche, et si quelqu'un s'était arrêté, je l'aurais vu.

— Au retour, c'est nous qui étions les derniers, précise Dante.

Ils ont raison, à la grande déception d'Anna. Ça la ramène à tous ceux qui étaient réunis dans le salon.

— Est-ce que quelqu'un est allé dans la cuisine entre sept heures et huit heures ? demande-t-elle.

— Pas moi, répond Edith.

Herb lui fait écho d'un « moi non plus ».

— Ni moi, ajoute Sal.

— Si j'y étais allé, je me garderais bien de le dire, lance Lapsford.

Anna croise les bras.

— Est-ce un « oui » ?

— C'est définitivement non, assène Lapsford. Pour moi et pour tous les autres. Les seules personnes qui étaient dans ce train avant nous, c'était vous-même et votre homme de main.

Seamus lui balance un regard noir depuis l'autre bout de la voiture.

— Attention à la façon dont vous parlez de nous. Moi aussi je pourrais vous gratifier de quelques épithètes.

— Et lui ? fait Sal en indiquant Reggie Davis. Il aurait pu passer des heures ici sans qu'on le sache.

— Moi ? fait Reggie en promenant autour de lui des yeux ronds d'animal pris dans les phares. J'ai passé le plus clair de mon temps aux toilettes.

— Mr Davis n'a rien à voir là-dedans, tranche Anna, bien qu'elle n'en soit pas complètement sûre.

Elle ne pense pas qu'il ait empoisonné Judd, mais sa présence à bord du train demeure quelque peu suspecte. Depuis qu'il a fait irruption dans le salon, elle le sent plus intéressé par le déroulement des événements qu'il ne veut bien le dire.

Lapsford fait demi-tour en direction de la porte.

— J'en ai marre de tout ça. Vous nous avez fouillés, et aucun de nous n'avait de poison. Je retourne dans ma chambre.

— Moi aussi, déclare Sal en lui emboîtant le pas.

Les autres font de même, laissant Seamus et Anna seuls. Il pousse un soupir et, sans lui laisser le temps de le lui demander, il annonce :

— Je vais les suivre, histoire de m'assurer que tout le monde est bien là où il est censé être.

Anna reste dans la voiture panoramique, se sentant complètement idiote d'avoir pensé que cela pourrait mener quelque part. Qu'espérait-elle ? Des aveux ? Comme Judd l'a démontré à ses dépens, ceux qui avouent se font tuer.

Maintenant seule dans la voiture panoramique, elle regarde par la vitre arrondie la longueur de voie déjà parcourue, débarrassée de la neige par le passage du train. Les rails parallèles se rapprochent avant de disparaître derrière l'horizon obscur. Tous ces kilomètres.

Tous ces événements qui l'ont amenée dans cette voiture ce soir, cette nuit entre toutes, à ce moment précis. Rétrospectivement, Anna a l'impression que c'est sa vie entière qu'elle voit s'étirer derrière le train. Elle s'imagine qu'elle pourrait en descendre, reprendre le long voyage dans son passé, en remontant le temps. Et que si elle marchait assez longtemps, assez loin, elle finirait par arriver à l'endroit où sa famille était encore en vie, où elle était encore heureuse, où rien de sa vie actuelle n'existait encore.

C'est une belle idée. Mais complètement stupide. Elle sait bien que la vie, tout comme le train à bord duquel elle se trouve, ne peut qu'aller vers l'avant.

Ce qu'Edith lui a dit un peu plus tôt à propos de ses parents colle à sa mémoire comme un mauvais souvenir. S'ils pouvaient la voir, en cette minute, que penseraient-ils ? Anna espère qu'ils comprendraient que c'est pour eux qu'elle fait tout cela, pour eux, pour Tommy, et pour tous ceux qui sont morts en ce terrible jour. Elle espère qu'ils approuveraient sa détermination implacable.

En même temps, tout au fond d'elle-même, elle se dit qu'Edith a raison. Que ses parents et Tommy pleureraient en voyant celle qu'elle est devenue. Qu'ils auraient voulu qu'elle rencontre quelqu'un, qu'elle tombe amoureuse et se marie au lieu de rester enfermée avec tante Retta. Par-dessus tout, elle pense qu'ils voudraient tous les trois qu'elle soit heureuse. Ce qu'elle n'est plus depuis très longtemps.

Elle se laisse choir dans l'un des fauteuils de la voiture panoramique. Comme ceux des suites de première classe, ils sont pivotants et peuvent faire face aux fenêtres. Une innovation de son père. Il en était si fier qu'il avait passé presque tout le voyage inaugural du *Phoenix* dans le fauteuil où elle est maintenant assise.

Anna se rappelle l'avoir découvert là, aux petites heures du matin. Elle avait onze ans, à l'époque, elle était trop excitée par les festivités pour dormir, et elle avait quitté sa cabine encore revêtue de son pyjama. Après avoir traversé les voitures de la première classe, elle avait rejoint son père dans la voiture panoramique. Comme Anna, il était trop exalté par les activités de la soirée pour dormir. Mais il n'était pas non plus complètement réveillé. Anna avait eu l'impression qu'il rêvait les yeux ouverts, avec un grand sourire.

— Hé, Annie, avait-il dit. Viens t'asseoir un peu avec moi.

Ils étaient restés sans parler pendant un long moment, et puis il lui avait demandé :

— Tu sais où on est, Annie ?

Anna avait levé les yeux au ciel. Bien sûr qu'elle le savait.

— Dans un train.

— Oui, mais c'est plus que ça. (Son père avait marqué une pause et paru regarder très loin.) Tu sais, comme parfois quand on voyage dans ses rêves ? On s'endort et on se retrouve dans un endroit très très loin ? Ce train, c'est ça. Un rêve sur roues. Mais dans ce rêve-là, les gens voyagent pour de vrai. Ils montent dans le *Phoenix*, passent un moment agréable à discuter, prennent peut-être un verre à la voiture-bar, et puis, après avoir regardé pendant un certain temps défiler les kilomètres, ils s'endorment. Et le lendemain matin, ils sont ailleurs. Dans un endroit excitant.

Il lui avait tendu la main et demandé :

— Tu veux rêver avec moi, Annie ?

La sirène du train retentit dans la nuit, arrachant Anna à sa rêverie. Elle se secoue et regarde autour d'elle, s'attendant presque à voir son père à côté d'elle, profondément endormi.

Mais à sa place, c'est Tommy qu'elle voit.

Là, dans le fauteuil à côté d'elle. Sauf que ce n'est pas un être de chair et d'os, c'est un squelette, et la peau pend sur ses os comme des lambeaux de papier mouillé. Il a un énorme trou noir au milieu de la poitrine, et Anna voit son cœur battre entre les arceaux de ses côtes. Elle détourne les yeux, regarde son visage. Il a fondu, réduit à un magma sanglant. Il ouvre ce qui était sa bouche et il en émane un gargouillis visqueux :

— Prends soin de Papa et de Maman pour moi.

Anna sort de son cauchemar, réveillée, pour de bon cette fois, par une authentique secousse. Elle jette un coup d'œil fébrile au siège voisin du sien. Non qu'elle pense que Tommy puisse y être assis. Il ne ressemblerait pas à ça. Il n'en est pas resté autant de lui après sa mort qu'elle n'en voit dans ses cauchemars.

Elle est tout de même soulagée que le siège soit vide. Elle est donc bien réveillée. Combien de temps a-t-elle dormi ? Elle n'en a aucune idée. Cinq minutes ? Dix ? Assez longtemps, en tout cas, parce que la neige tombe plus fort. Les flocons sont plus gros et plus rapides.

Dans ce brouillard de neige, elle remarque autre chose. Une silhouette réfléchie dans la vitre incurvée et qui entre dans le salon panoramique. Surprise, Anna fait pivoter son fauteuil pour voir de qui il s'agit.

Edith Gerhardt.

Anna se raidit aussitôt, mais ne dit rien. Que pourrait-elle bien raconter à la femme qui était censée prendre soin d'elle ? Qui l'a si souvent réconfortée, et qui lui a fait tant de peine ?

— Je suis contente que tu sois encore là, commence Edith.

Elle porte machinalement la main à son cou. Rappel silencieux du traitement qu'Anna lui a fait subir il y a à peine plus d'une heure. Si Edith esquisse ce geste dans l'intention de la mettre mal à l'aise, c'est réussi. Non parce qu'elle regrette de lui avoir fait du mal, mais parce qu'elle s'en veut de s'être laissé emporter, aussi brièvement que ce soit. Elle se jure qu'on ne l'y reprendra pas, bien que son sang recommence à bouillir dans ses veines à la vision inattendue d'Edith.

— Pas moi, répond-elle.

Edith ignore la pique.

— J'ai vu quelqu'un sortir de la cuisine. Je ne voulais pas en parler devant les autres. Je ne voulais pas qu'on pense que je portais des accusations. Mais peu après le départ du train, je suis allée dans la voiture-restaurant dans l'intention de demander une tasse de thé. Comme il n'y avait personne, je suis repartie, mais alors que je retournais dans ma cabine, j'ai vu quelqu'un sortir de la voiture-restaurant. Il n'était pas là quand j'y avais jeté un coup d'œil, alors je suppose qu'il venait de la cuisine.

— Et qui était-ce ?

— Le lieutenant-colonel.

Lapsford. Il a donc menti quand il a dit qu'il n'avait pas mis les pieds au salon avant que tout le monde s'y retrouve. Anna se lève, impatiente de lui mettre le nez dans son mensonge. Quitter la voiture l'oblige à passer tout près d'Edith, qui tend la main vers elle en murmurant un « Schatzi » implorant, mais elle esquive le contact.

Arrivée à la porte, et bien qu'elle sache qu'elle ferait mieux de fuir au plus vite, elle ne peut retenir une question :

— C'était pour de vrai, toute cette gentillesse ? lance-t-elle d'une voix frémissante, au bord des larmes. Les câlins, les consolations, l'amour, les soins, le dévouement envers Tommy et moi ? Vous étiez sincère, ou n'était-ce qu'un numéro ?

Edith s'avance vers elle.

— Non, Schatzi, je…

— Arrêtez de m'appeler comme ça ! Ne m'appelez plus jamais comme ça.

— Tu as amplement le droit d'être en colère. Tu as terriblement souffert, fait Edith en secouant la tête, comme si elle ne faisait pas partie de ceux qui sont à l'origine de sa souffrance. Mais ce qui est arrivé, ce n'était pas personnel. Il faut que tu le comprennes.

Anna a un mouvement de recul, abasourdie qu'Edith puisse proférer une chose pareille. Son frère n'a pas été simplement tué, il a été pulvérisé, réduit à néant, comme s'il n'avait jamais existé. Son père a été assassiné, avec une violence telle qu'Anna n'arrive pas à la concevoir. Sa mère a choisi de les rejoindre dans la mort plutôt que de rester en vie auprès d'Anna. Et tout ça à cause d'agissements auxquels Edith a contribué. Ce qui les rend très personnels en vérité.

— Toute ma famille a disparu, dit-elle.

Edith a un petit mouvement de tête.

— La mienne aussi.

— Mais je n'y suis pour rien, moi ! Aucun membre de ma famille n'y est pour quoi que ce soit. Alors que les miens sont morts à cause de vous !

Anna doit se retenir de toutes ses forces pour ne pas nouer ses mains autour du cou d'Edith. Elle serre les poings sur ses côtés, en proie à une envie démesurée de connaître cette sensation pour la seconde fois. Et cela la démange d'autant plus quand elle repère un petit soubresaut au niveau de la gorge d'Edith, au moment où cette dernière dit :

— Je n'ai jamais voulu te faire de mal, et à ta famille non plus.

— Vous l'avez fait quand même.

— C'était la guerre, poursuit Edith, comme si cela excusait tout. C'est la cruauté de la guerre. Elle amène des gens très bien à faire des choses terribles pour défendre leur pays.

— Mais vous n'étiez pas en Allemagne. Vous étiez ici. En Amérique. Chez nous.

— Ce n'est pas parce qu'on quitte son pays natal qu'on cesse de l'aimer. Ça ne veut pas dire non plus qu'on ne fera rien pour l'aider.

— Aider votre pays !? C'est ça que vous pensiez faire ? demande Anna en effleurant d'un geste machinal la petite locomotive d'argent épinglée sur sa poitrine, et qui lui rappelle tout ce qu'elle a perdu.

— Bien sûr que c'était ce que je faisais.

Anna se redresse de toute sa taille quand elle réalise ce qui vient d'arriver.

Edith a avoué.

Non qu'Anna ait jamais eu le moindre doute quant à sa culpabilité. Les cartons de documents réunis par tante Retta lui en avaient apporté suffisamment de preuves. Mais l'aveu d'Edith rend la chose plus choquante encore. Plus dure à supporter, aussi. Surtout l'argument censé justifier sa trahison.

— Vous avez témoigné sous serment que vous pensiez que mon

père était un sympathisant allemand, fait Anna en serrant toujours les poings pour ne pas sauter au cou d'Edith et l'étrangler. Mais c'est de vous-même que vous parliez.

— Je refuse de m'excuser pour mes convictions.

— Vous allez quand même payer pour elles. Et vous devriez avoir peur de ce qui vous attend.

— Peut-être, soupire Edith, résignée. Mais quand tu auras mon âge, tu verras que les choses que tu craignais jadis ne te font plus peur.

— Même pas la mort ?

Edith fixe Anna avec un sourire énigmatique.

— À quoi bon craindre l'inévitable ?

Pour Anna, ce sourire cryptique ressemble à une invitation. Comme si Edith, sachant ce qui l'attend, souhaitait qu'on abrège ses souffrances, à l'instar de Judd Dodge. Anna est tentée de lui rendre ce service. Elle en a les doigts qui frémissent d'impatience, et doit croiser ses mains dans son dos.

Il ne faut pas qu'elle reste là.

Il faut qu'elle s'en aille tout de suite, avant de perdre à nouveau le contrôle.

— Ça ne vous aura servi à rien de tuer mon frère et de piéger mon père. J'espère que vous l'avez enfin compris. J'espère qu'aux derniers instants de votre vie, vous réaliserez que ça n'a pas servi votre cause. Que tout ce que vous avez fait n'était qu'un vaste gâchis. Et quand vous rendrez votre dernier soupir, j'espère que vous n'éprouverez que de la douleur, de la peur et du regret. Parce que c'est tout ce que vous méritez.

Anna se retourne et sort précipitamment de la voiture panoramique sans laisser le temps à Edith de répondre. Elle refuse de lui laisser le dernier mot.

Dans la voiture 13, l'applique qui clignotait en face de la suite C s'est définitivement éteinte, plongeant le bout du couloir dans une obscurité épaisse. Debout dans le noir, Anna voit quelqu'un sortir de la voiture à l'avant.

Un homme. Elle ne voit que l'arrière de sa tête et sa carrure. Mais cela lui suffit pour conclure que cette silhouette n'appartient à aucun des passagers du train. Seamus, Lapsford et Herb Pulaski sont plus baraqués, Dante et Reggie plus minces.

Mais il est trop tard pour en voir davantage. Quel que soit cet homme, il a disparu.

Ennuyée à l'idée que quelqu'un d'autre rôde dans le train, Anna enfile rapidement le couloir silencieux. La porte de la suite A s'entrouvre sur son passage, et Anna aperçoit Herb Pulaski qui jette un coup d'œil inquiet à droite et à gauche.

— Restez dans votre chambre, lui dit-elle. Et verrouillez votre porte.

Elle continue d'avancer, contente de voir qu'aucune autre porte ne s'ouvre dans la voiture 12. Avec un peu de chance, tout le monde est là où il devrait être.

Enfermé dans sa cabine. Seul. En sécurité.

Quand Anna passe dans la voiture 11, elle remarque à nouveau que la porte à l'autre bout de la voiture est en train de se refermer. Cette fois, elle parcourt la voiture en courant dans l'espoir de rattraper l'homme, maintenant arrivé dans le salon.

Mais il est complètement vide. Pourtant, la voiture donne l'impression d'avoir été récemment traversée. Comme si quelqu'un s'y trouvait encore quelques secondes plus tôt. Anna continue donc en direction de la voiture-restaurant. Laquelle est complètement éclairée, et lui procure le même frisson dû à la présence récente d'une autre personne.

Et ainsi de suite, au fur et à mesure qu'Anna progresse de voiture en voiture vers l'avant du train. La cuisine. La voiture-bar. Le salon des secondes. Vides. Le temps d'arriver dans les voitures de passagers, elle a perdu tout espoir de rattraper qui que ce soit. Il n'y a personne, Anna s'en rend compte quand elle parvient au fourgon à bagages, désert. Elle essaie même d'ouvrir la porte donnant accès à la locomotive, pensant que la personne qu'elle a vue pourrait être Burt Chapman, le conducteur du train.

Ce n'était pas lui. La porte est toujours verrouillée. Et l'homme qu'elle poursuivait, qui que ce soit, s'est volatilisé.

Anna rebrousse chemin, retournant vers la deuxième moitié du train. Arrivée à la voiture-restaurant, elle s'arrête devant la porte. La voiture, qui était allumée quand elle l'a traversée il y a quelques minutes, est maintenant plongée dans le noir. Elle envisage la possibilité d'un problème électrique, mais elle sait de façon viscérale que quelqu'un a éteint la lumière dans un but précis.

Quelqu'un vient de franchir la porte au bout de la voiture. Dans l'espace qui se referme très vite, Anna repère la personne qu'elle a vue quitter la voiture 13. Elle n'en a qu'un rapide aperçu. Une fraction de seconde au cours de laquelle l'homme a tourné la tête, révélant son profil avant de disparaître.

Anna s'arrête net, submergée par un froid soudain, pétrifiant.

Elle reconnaît l'homme alors même que sa présence est impossible.

Il est mort depuis une douzaine d'années.

Elle a beau savoir qu'il pourrait s'agir d'un jeu de lumière, de l'épuisement qui brouille sa vision, voire d'un lambeau de son cauchemar qui persiste, Anna ne peut chasser l'impression – en dépit de toute logique, de toute raison, et de toutes les lois de la nature – que c'est son frère qu'elle vient de voir.

20

EDITH GERHARDT, qui est restée dans la voiture panoramique, contemple par la vitre du plafond les blanches ténèbres de la nuit de neige en pensant au passé. Regarder tomber la neige lui a toujours fait cet effet. Déjà, quand elle était petite fille, sur le toit de l'immeuble délabré dans lequel elle vivait avec sa famille, et quand elle levait les yeux vers le ciel.

Regarder la neige tomber lui rappelle son enfance, ses parents, son mari, et cent autres choses. Des amis et des animaux familiers oubliés depuis longtemps lui reviennent à l'esprit, aussi vivants que si elle venait de les quitter.

Et puis elle pense à Anna et Tommy, le fils et la fille qu'elle n'avait jamais eus. C'étaient de gentils enfants. Bien élevés. Qui s'aimaient tellement qu'ils ne voyaient pas à quel point ils étaient différents. Anna tenait de son père. Intelligente, futée, parfois un peu renfermée, mais toujours avec un regard rêveur dans les yeux. Quant à Tommy, il était clair que c'était le fils de sa mère. Doté d'un charme naturel. Et qu'il était joli garçon !

Pendant six ans, elle s'était occupée d'eux, alors même qu'elle avait été embauchée comme gouvernante et non comme bonne d'enfants.

Elle ne pouvait pas s'en empêcher. Elle avait toujours voulu être mère, mais ça n'avait jamais marché du vivant de son mari. Et donc Edith avait transféré son désir de maternité sur les enfants Matheson. Préparé le petit déjeuner d'Anna, filé en douce du chocolat à Tommy, pris soin de leurs genoux écorchés, de leurs joues rouges de froid, de leur front brûlant de fièvre.

C'était pour de vrai.

Elle était sincère. Et pourtant, ça ne l'a pas empêchée de choisir l'Allemagne plutôt qu'eux quand le moment est venu de choisir son camp.

Kenneth Wentworth n'était pas pour rien dans cette histoire. Pour Edith, il avait toujours été Der Spinne. L'araignée. Celui qui se faufile dans les endroits où il n'aurait pas dû être, et souvent au pire moment. Et le jour où il s'était présenté chez les Matheson alors qu'elle était seule à la maison, elle s'était laissé prendre dans sa toile comme une mouche.

— Mr et Mrs Matheson ne sont pas là, avait-elle dit, ce qui n'avait pas paru l'étonner.

— C'est vous que je suis venu voir, avait-il répondu. Vous ne vous souvenez peut-être pas de moi. Nous ne nous sommes rencontrés qu'une ou deux fois. Kenneth Wentworth.

Bien sûr qu'Edith se souvenait de lui. Mr Wentworth n'était pas de ces gens qu'on oublie facilement, et cela, pour des tas de raisons. D'abord, il était séduisant. Ils étaient venus, son fils et lui, à la fête de Noël des Matheson sans y avoir été invités, et l'incident avait beaucoup mécontenté Mrs Matheson. Elle avait fait une sacrée scène ! Ce qui avait donné à Edith l'impression que Kenneth Wentworth était quelqu'un dont il fallait se méfier.

Ce sentiment s'était renforcé cet après-midi-là quand il lui avait dit :

— Je voudrais vous parler de la guerre.

La question avait mis Edith mal à l'aise. Elle parlait avec un accent qui laissait clairement entendre d'où elle venait. Et à mesure qu'Hitler étendait son emprise sur l'Europe, elle avait noté que le comportement des gens envers elle avait changé. Des commerçants naguère aimables ne faisaient plus la conversation. Les femmes de ménage des maisons voisines cessaient de lui dire bonjour quand elle passait. Elle avait remarqué qu'on se méfiait des Allemands.

— Et alors ? avait-elle demandé.

— Vous avez sûrement un avis.

Edith en avait un, assurément, mais ce n'était pas les affaires de ce monsieur. Elle s'apprêtait à refermer la porte sur un « Excusez-moi, j'ai du travail », mais pas assez vite pour l'empêcher d'entendre la question qui allait changer sa vie – et détruire celle de ses patrons :

— De quel côté va votre loyauté, Miss Gerhardt ?

— Mrs Gerhardt, avait-elle rectifié. Et elle va du côté de mon pays d'adoption, bien sûr.

— Alors vous pourrez m'expliquer ça ?

Kenneth Wentworth avait sorti une photo de la poche de son veston et l'avait montrée à Edith. À sa vue, elle s'était figée. Elle la représentait plus jeune, souriant à l'objectif, toute fière de son uniforme marron bien repassé, avec son brassard orné d'un swastika. Son mari, debout à côté d'elle, portait la même tenue et saluait, le bras tendu.

Edith se rappelait ce moment. C'était en 1934. Son mari venait d'être bombardé responsable du Kreisleitung, une organisation de district du parti nazi. Comme elle était fière, alors ! Après des années de déclin, Hitler et le Troisième Reich allaient changer l'Allemagne pour le meilleur. Et son mari et elle joueraient leur rôle dans l'Histoire.

Des années plus tard, en regardant cette photo, sa fierté d'alors avait disparu. À l'époque, elle était convaincue, et elle l'était encore, qu'Hitler avait raison d'affirmer que la race allemande était supérieure à toutes les autres. Il suffisait de regarder sa réussite au fil des siècles, dans le domaine artistique, en musique, et tous ces progrès technologiques… Mais Edith savait aussi ce qui risquait de lui arriver aujourd'hui, si son passé était révélé alors que la guerre faisait rage.

— Où avez-vous trouvé ça ?

Kenneth Wentworth lui avait dédié un sourire rassurant.

— Ne vous en faites pas, Mrs Gerhardt. Je n'ai pas l'intention de vous attirer des ennuis.

— Alors pourquoi êtes-vous venu me montrer ça ?

— Parce que j'ai une proposition à vous faire.

Edith avait tout de suite compris qu'il s'agissait moins d'une proposition que d'un ordre. Il allait lui donner la photo – plus une somme renversante – juste pour qu'elle cache des dossiers un peu partout dans le bureau de Mr Matheson.

— Et si je refuse ? avait-elle demandé.

— Alors les choses pourraient vite devenir très désagréables pour vous.

— Ces dossiers, de quoi s'agit-il ? Est-ce que ça a quelque chose à voir avec la guerre ?

— Oui, avait répondu Kenneth Wentworth. Mais c'est plus personnel que politique.

Edith avait senti ses genoux se liquéfier, devinant que cela concernait d'une façon ou d'une autre Mr et Mrs Matheson.

— Et quel côté en bénéficiera ?

— Le vôtre, bien sûr, avait répondu Mr Wentworth avec un clin d'œil appuyé. Le bon côté.

— Ça ne risque pas de nuire à votre pays ?

Kenneth Wentworth avait eu un nouveau sourire, plus sinistre que rassurant, cette fois.

— La seule allégeance que j'aie, c'est envers moi-même. Alors que vous, vous me donnez l'impression d'être dévouée à votre pays natal. Sachez donc que cela pourrait l'aider.

— Alors je le ferai, avait répondu Edith. Pour l'Allemagne.

Elle ne savait pas, à ce moment-là, ce que cela lui coûterait sur le plan personnel. Elle ne savait pas que le projet impliquerait un train, que Tommy Matheson serait massacré dans l'explosion et qu'Arthur Matheson serait arrêté, cloué au pilori, puis assassiné. Mais elle ne pouvait pas faire marche arrière. Edith, qui était désormais plus riche qu'elle n'aurait jamais rêvé de l'être, n'avait pas eu le choix, elle avait dû jouer le jeu.

Et maintenant, elle regarde la neige tomber, en proie à un léger vertige. Anna a dit vrai. Rien de ce qu'elle a fait n'a aidé personne en dehors d'elle-même et de ses complices dans la conspiration. Des soldats sont morts, des vies ont été détruites, tout ça pour rien. L'Allemagne a perdu la guerre malgré tout, réduite à une coquille vide de ce qu'elle était jadis. Et Edith n'y est jamais retournée, ce qui est plus révélateur qu'elle ne se plaît à le reconnaître. Si elle aimait tant son pays natal, n'est-ce pas là-bas qu'elle devrait être en ce moment, au lieu d'être dans ce train qui l'entraîne inexorablement vers sa ruine ?

Oui, se dit-elle. Absolument. Et pourtant, elle ne l'a jamais envisagé. Et maintenant elle comprend que c'est parce qu'elle sait, tout au fond d'elle-même, que retourner en Allemagne et voir à quel point elle a changé lui révélerait en toute clarté la futilité de ses actes.

Cette prise de conscience la frappe comme la foudre. Une pensée crépitante qui explose dans son cerveau et dans tout le reste de sa personne.

C'était une erreur. Tout cela n'était qu'une immense erreur.

La trahison de son employeur, la destruction de sa famille, et son faux témoignage. C'était un gâchis complet.

Et maintenant elle regrette tout en bloc.

Edith détache son regard du plafond de la voiture panoramique. Et alors qu'elle regarde le paysage couvert de neige au-dehors, elle réalise que quelqu'un s'approche d'elle par-derrière.

À petits pas. Sans bruit.

Edith le repère dans les vitres de la voiture panoramique, qui déforme le reflet du nouveau venu comme dans des miroirs de fête foraine. Elle met un moment à reconnaître la silhouette dans la vitre. Et quand elle la reconnaît, elle se retourne d'un bloc en étouffant un cri de surprise.

— Le Grauer Geist !

21

ANNA NE SUIT PAS immédiatement Tommy.

Parce que ce n'est pas lui. C'est impossible. Il est mort, et les fantômes, ça n'existe pas. Après réflexion, elle commence à douter d'avoir vu quelqu'un, finalement. Il est tard, elle est épuisée, et elle n'a rien avalé depuis des heures. Elle vit d'adrénaline et de colère. Il n'y aurait rien d'étonnant à ce qu'elle commence à voir des choses et à percevoir la présence de gens qui ne sont pas là.

À moins que ce ne soit des souvenirs qui se présentent à son esprit et tourbillonnent comme la neige au-dehors. Elle a passé tellement de temps à bord du *Phoenix* avec sa famille que toutes les voitures du train en recèlent. Ses fous rires avec Tommy, tous deux perchés sur la couchette du haut dans la voiture-lits. Leurs parties de poker avec des haricots contre les voyageurs de commerce de la voiture-bar. En traversant la voiture-restaurant pour retourner vers l'arrière du train, elle se rend compte qu'il est particulièrement plein de souvenirs. Elle s'est assise à chacune des tables et a vraisemblablement mangé dans toutes les assiettes. Un certain endroit de la voiture fait ressurgir le souvenir du dîner avec ses parents et Tommy, lors du voyage inaugural du *Phoenix*. Son père, au comble de la joie, l'avait autorisée à boire une gorgée de champagne. Les bulles lui avaient chatouillé le nez.

À la table voisine, c'est le souvenir d'une partie de mistigri avec Tommy et sa mère. Et dans l'alcôve, plus loin, c'est là qu'ils ont dîné en famille lors de ce qui devait être leur dernier voyage à bord du *Phoenix*. Anna avait essayé pendant tout le repas de leur parler de Dante. De leur dire qu'ils se voyaient en secret. Qu'elle l'aimait ; que rien de ce qu'ils pourraient lui dire ne la ferait changer d'avis.

Elle n'en avait jamais trouvé le courage. Et quelques semaines plus tard, c'était sans objet.

Anna secoue la tête, s'efforce de chasser ces souvenirs. Ce n'est pas ça qui lui donne des hallucinations. Ce n'est pas non plus son imagination, un jeu de lumière ou rien de ce à quoi on attribue généralement ce genre de chose.

Il y a quelqu'un qui rôde dans ce train.

Et elle va trouver qui c'est.

C'est dans ce nouvel objectif qu'elle traverse le salon et passe dans la voiture 11. Devant la suite B, elle frappe à la porte. Seamus lui jette un coup d'œil, troublé.

— Il y a quelque chose qui cloche ?

Tout, pense Anna.

— Rien, répond-elle. Je faisais juste la ronde horaire.

— Je peux prendre le relais, si tu veux.

— Non. Ça va.

Anna continue son chemin et frappe longuement à la porte de Reggie.

— Je voulais juste m'assurer que tout va bien, dit-elle lorsqu'il ouvre sa porte.

Dans la voiture 12, elle ne fournit pas d'explications. Elle se contente de frapper aux portes des trois suites. Sal, Lapsford, puis Dante, et poursuit son chemin, ayant constaté que chacun se trouvait bien dans sa cabine.

Idem dans la voiture 13. Dans la suite A, Herb lui jette un coup d'œil inquiet par l'entrebâillement de la porte. Anna se plante devant la suite B. Celle d'Edith.

Elle frappe.

Pas de réponse.

Elle frappe à nouveau.

Toujours rien.

Anna tourne la poignée. La porte s'ouvre avec un déclic. Pensant qu'Edith s'est peut-être endormie, elle entre dans la cabine.

Personne.

Revenue dans le couloir, Anna retourne à l'endroit où elle a vu Edith pour la dernière fois. La voiture panoramique. Au centre de la porte est ménagé un hublot rond qui rappelle ceux des sous-marins. Adéquation parfaite avec ce qu'Anna ressent à mesure qu'elle s'en rapproche : l'impression d'avoir été projetée dans des abysses océaniques.

Hors d'haleine. Paniquée. Emportée par un courant dangereux qui l'entraîne malgré elle. Incapable de s'arrêter alors qu'elle sait ce qui l'attend de l'autre côté de la porte.

Edith.

Anna la découvre allongée sur le dos, inerte, au milieu de la voiture, les bras écartés sur les côtés et les jambes légèrement fléchies. Elle a encore les yeux ouverts, comme si elle observait le ciel nocturne au-dessus d'elle, mais il n'y a plus de vie derrière ses prunelles.

Enroulé autour du cou, un cordon. Une embrasse de rideau que quelqu'un a utilisée pour l'étrangler.

La scène est à ce point insoutenable qu'Anna détourne les yeux. Une défaillance que même tante Retta aurait comprise. Elle rive son regard sur la fenêtre, où il n'y a rien à voir, qu'un rideau de neige, poussé par le vent qui souffle sur les parois de la voiture.

Le train vient de pénétrer au cœur de la tempête.

01 H 00

À SEPT HEURES DE CHICAGO

22

UNE MINUTE PASSE avant qu'Anna ne trouve la force de reporter les yeux sur le cadavre d'Edith Gerhardt. Aucun cri de rage ne s'échappe de sa gorge, comme après la mort de Judd. Elle ne peut que contempler le corps d'Edith en essayant de retrouver un peu de la haine qu'elle éprouvait pour elle. Ça devrait être facile. Elle l'exécrait depuis tellement longtemps que c'était devenu une seconde nature chez elle. Ça s'était incrusté en elle. Mais à sa grande surprise, Anna n'arrive à penser qu'à sa chaleur quand elle venait la réveiller, le matin. Au bruit de ses pas dans le couloir devant sa chambre, des pas bien légers pour une femme aussi solidement bâtie. Et à l'odeur qui embaumait toute la maison quand Edith faisait son strudel aux pommes. Un régal rare, réservé à leurs anniversaires, à Tommy et elle.

La colère qui envahit Anna est maintenant tout entière concentrée sur la personne qui a ôté la vie à Edith.

Et sur elle-même.

Certes, ce n'est pas elle qui l'a tuée, mais elle est responsable de sa mort. Et de celle de Judd, aussi. Ils seraient encore en vie si elle ne les avait pas attirés dans ce train. D'accord, ils y sont tous les deux montés de leur plein gré. Et ce voyage n'aurait pas été nécessaire s'ils n'avaient pas trahi son père, douze ans plus tôt. Mais tout ça, c'est quand même de sa faute, et maintenant une deuxième personne échappera à la justice devant laquelle elle tenait si fortement à les traîner.

Anna perçoit des mouvements dans la voiture de devant, puis des voix étouffées. Elle a dû pousser un cri, sans s'en rendre compte. D'après les bruits qui se font entendre dans son dos, elle a dû faire quelque chose pour attirer l'attention.

De fait, quand elle se retourne, elle voit les sept passagers restants du *Phoenix* massés dans le couloir. Tous semblent frappés, mais à des degrés différents. Le plus choqué semble être ce malheureux Reggie Davis. Anna est sûre qu'il ne s'attendait pas à être témoin d'un meurtre quand il s'est trompé de train. Et maintenant, ils en sont à deux. Et le coupable se trouve devant elle.

— Lequel d'entre vous a fait ça ? lance-t-elle, ne pouvant se retenir de poser la question, mais n'espérant pas de réponse.

— Si je devais avancer une hypothèse, répond Lapsford, je dirais que c'est vous.

L'accusation ne surprend pas Anna. Lapsford l'a vue serrer le cou d'Edith entre ses mains. Ils l'ont tous vue. Ils ont vu ses jointures blanchir alors qu'elle l'étranglait.

— Ce n'est pas moi, réplique-t-elle. Je viens de la trouver comme ça. Je le jure.

Seamus passe devant Lapsford.

— Tu es restée dans cette voiture après nous ?

— En effet, répond Herb. Je l'ai vue passer.

Anna avait presque oublié qu'Herb avait entrouvert la porte de sa chambre et l'avait regardée passer. Elle regrette de ne pas s'en être souvenue, parce que maintenant, ça la fait paraître plus suspecte qu'elle ne l'est déjà.

— Oui, j'étais restée ici. Je n'ai aucune raison de mentir, d'abord, parce que Mr Pulaski m'a vue, et ensuite, parce que je n'ai rien à cacher.

— Edith était avec toi ? demande Sal.

Une fois de plus, Herb endosse le rôle du mouchard :

— Oui. Je les ai entendues se disputer.

— Nous ne nous disputions pas, objecte Anna, tout en sachant que ce n'est qu'une question de sémantique.

Pour elle, leur échange était une confrontation, ce qui est différent d'une dispute. En même temps, pas tellement.

— Pour moi, ça ressemblait à une dispute, insiste Herb. Elle a dit : « Vous devriez avoir peur de ce qui vous attend. » Je l'ai entendu de mes propres oreilles.

— Ça ne veut pas dire que je l'ai tuée.

— Qu'est-ce que ça voulait dire ? demande Sal.

— Qu'elle aurait dû avoir peur de ce qui allait advenir d'elle une fois à Chicago. Comme de vous tous, d'ailleurs.

Sal pousse un reniflement de dérision.

— Comme si vous aviez l'intention de nous laisser y arriver.

— C'est ma seule intention, rétorque Anna. Vous faire arriver là-bas.

Comment son plan a-t-il pu dériver à ce point ? se demande-t-elle en sentant l'épuisement la gagner. Qu'il puisse y avoir des anicroches, elle l'avait prévu, mais rien à quoi ils n'auraient pas été préparés, Seamus et elle. Anna n'avait pas prévu qu'elle serait obligée de plaider son innocence devant des gens comme Sally Lawrence, Jack Lapsford et Herb Pulaski. Ce sont eux les coupables. Pas elle.

— Vous n'avez vu passer personne ? demande-t-elle à Herb.

— Personne, à part vous.

Anna sent le cœur lui manquer. Elle espérait qu'Herb aurait vu l'homme qu'elle a aperçu dans le train, idéalement alors qu'il revenait en douce dans la voiture panoramique après son passage à elle.

— Et toi, tu as vu quelqu'un ? s'enquiert Seamus.

Oui, pense Anna. Mon frère.

— Non, répond-elle parce que c'est plus sûr. (Et plus logique, surtout. Tommy est mort. Il ne reste rien de lui.) Mais Edith était encore en vie quand je suis repartie. Ce n'est pas moi qui l'ai étranglée.

— Elle n'a pas été étranglée.

Cette déclaration vient de Reggie Davis, qui s'est introduit dans la voiture d'observation sans se faire remarquer, pendant que les autres lançaient leurs accusations. Par la porte ouverte entre les voitures, Anna le voit s'agenouiller à côté du corps d'Edith, et la regarder sans la toucher.

— Comment le savez-vous ?

Anna se rapproche, fascinée, regarde Reggie indiquer le cou d'Edith. Sous l'embrasse de rideau, la peau est intacte.

— Il n'y a pas de marques de strangulation. Si elle avait été étranglée avec ce cordon, on remarquerait des abrasions sur sa peau.

À ce moment-là, Seamus les a rejoints. Planté de l'autre côté du corps d'Edith, il demande :

— Alors, comment est-elle morte ?

— Étouffée, je dirais. Vous voyez comme son rouge à lèvres a bavé ?

Reggie se coule à côté d'Anna et indique, sur le côté de la bouche d'Edith, une traînée rose pâle. Anna connaît bien cette couleur. C'était le ton préféré d'Edith.

— Elle avait cette bavure, tout à l'heure, quand vous étiez ici ensemble ? demande Reggie.

— Non, répond Anna.

— À mon avis, on l'a étouffée. À l'aide de quelque chose de facile à atteindre, et qu'on ne remarque pas.

Anna promène les yeux autour d'elle et son regard tombe sur l'un des fauteuils pivotants tournés vers la vitre.

— Un coussin, par exemple ?

— Exactement, répond Reggie. (Il passe d'un fauteuil à l'autre, en soulevant les coussins et en les retournant. Il a presque fait le tour complet de la voiture quand il s'arrête et s'exclame :) Tenez !

Il montre à Anna et Seamus le dessous du coussin. Là, au milieu du tissu gris, une tache rose pâle.

— Le tueur s'est vraisemblablement glissé derrière Mrs Gerhardt, l'a obligée à se coucher par terre, a pris ce coussin et le lui a maintenu sur le nez et la bouche.

— Alors, à quoi bon le cordon ? demande Seamus. Pourquoi donner l'impression qu'elle a été étranglée ?

Anna connaît la réponse.

— Pour faire croire que c'est moi la coupable.

— Exactement, commente Reggie.

Elle le regarde. Il est là, l'arme du crime dans les mains, planté devant la fenêtre où la neige tombe à gros flocons.

— Vous n'êtes pas vraiment agent d'assurances, hein ?

— Non, en effet, répond-il en baissant les yeux.

— Et vous ne vous êtes pas trompé de train.

— Non.

— Alors, qui êtes-vous ?

Reggie remet le coussin dans le fauteuil et sort de la poche intérieure de son veston un insigne couleur de laiton.

— Agent spécial Reginald Davis. Federal Bureau of Investigation.

23

REGGIE EST DANS LE TRAIN parce qu'il était resté au bureau après tout le monde. Et s'il traînait là, c'est parce qu'il avait rendez-vous avec Katie, une fille avec qui il avait commencé à sortir. Ils avaient pris des places pour aller voir *South Pacific* au Forrest Theatre. C'est lui qui avait eu cette idée. Katie, pour autant qu'il le sache, n'avait aucun avis sur Rodgers et Hammerstein, alors que Reggie les adore.

Mais il avait dû tirer un trait sur le programme *drinks* et spectacle. En tout cas pour ce soir. Pile au moment où il franchissait la porte, Reggie avait entendu appeler son nom. C'était son boss, Ed Vesper, le seul à se trouver encore dans ces bureaux déserts, plongés dans la pénombre.

— Oui, chef ? avait fait Reggie.

— C'est ton jour de malchance. File tout de suite à la gare de la 3e Rue, avait aboyé Vesper.

— Qu'est-ce qui se passe ?

Réponse : Vesper venait de raccrocher avec le chef du Bureau de Chicago. Ils avaient reçu un paquet intéressant de la fille d'Arthur Matheson. Inutile d'expliquer à Reggie qui était Matheson. Il savait tout ce qu'il y avait à savoir sur l'homme qui était devenu la honte de Philadelphie.

— Qu'est-ce qu'elle leur a envoyé ?

— Six cartons de prétendues preuves selon lesquelles Matheson serait innocent.

Le cœur de Reggie avait commencé à faire des bonds dans sa poitrine.

— Art Matheson, innocent ?

— D'après sa fille, oui. Elle prétend qu'il est tombé dans un traquenard. Et comme si ce n'était pas déjà assez dingue, elle a inclus une note disant qu'elle allait amener à Chicago, à bord du *Philadelphia Phoenix*, les six personnes qui ont vraiment réduit ce train en miettes.

— Et ce serait qui ?

— Les personnes mêmes qui ont témoigné contre son père.

Stupéfait, Reggie avait pris un stylo et écrit leurs noms. Étant originaire de Philadelphie, il les connaissait tous. Kenneth Wentworth était encore un magnat des chemins de fer dans la ville. Les autres, il se souvenait de leur témoignage. La secrétaire de Matheson, la gouvernante, deux employés de l'usine et un militaire. Reggie était à l'université, à l'époque. Il faisait l'école buissonnière pour suivre les audiences du procès à la radio. Il ne l'oubliera jamais.

— Vous pensez qu'elle dit la vérité ?

— D'après les quelques documents que les gars du Bureau de Chicago ont déjà regardés, ça se pourrait bien.

Reggie avait senti un chatouillis d'anticipation le parcourir tout entier, des épaules au coccyx. Bientôt suivi d'un sentiment très différent : de la peur.

— Quand ça se saura, la moitié de l'Amérique va vouloir tuer ces types.

— Je sais, avait répondu Vesper. C'est pour ça qu'il faut que tu prennes ce train.

— Quand est-ce qu'il part ?

— À sept heures.

Reggie avait regardé sa montre. Dans dix minutes.

— Pourquoi est-ce qu'on ne les arrête pas tout simplement ?

— Parce que l'antenne de Chicago ne saura pas avec certitude qui a fait quoi avant d'avoir fait le tour des documents. Et ça peut leur prendre toute la nuit. Alors tu sautes dans ce train et tu te débrouilles pour qu'aucun de ces six individus n'en descende avant Chicago.

— C'est tout ?

— C'est tout. Pas d'interférence, pas d'implication personnelle. Tu restes à l'écart et tu observes.

Reggie avait foncé vers la porte et s'était immobilisé sur le seuil, quelque peu dubitatif. Ce n'était pas à lui de faire ça. Ils feraient mieux d'y envoyer un autre agent, plus expérimenté.

— Chef, vous êtes sûr que je suis taillé pour cette mission ?

Vesper avait parcouru du regard les bureaux vides, les lumières éteintes et les persiennes tirées.

— Tu vois quelqu'un d'autre, ici ?

— Mais…

— Va prendre ce putain de train ! avait lancé Vesper.

Et son patron de lui hurler un dernier ordre, au moment où Reggie empoignait ses affaires et se précipitait vers la sortie :

— Oh, et que personne ne sache qui tu es en réalité. S'ils apprennent qu'il y a un fédé à bord, ça risque de mal tourner.

Ça a déjà commencé à mal tourner, se dit à présent Reggie. Et pourtant, il a suivi les ordres. Mais il n'a plus le choix, il doit dire la vérité, surtout à la femme qui est à l'origine de tout ce chaos. Qui a découvert le pot aux roses. Et qui n'a pas l'air très contente.

— Alors, vous êtes du FBI ? demande-t-elle après avoir fermé les portes entre les voitures, de sorte qu'ils sont seuls avec Seamus et le cadavre d'Edith Gerhardt.

— En effet.

— Et vous n'avez rien dit. Rien fait. Même quand quelqu'un a été tué.

Reggie éprouve un picotement d'irritation dans la nuque.

— D'abord, je ne savais pas dans quoi je mettais les pieds. Tout ce que je savais, c'est qu'il y avait un cadavre par terre, et une poignée de gens qui auraient pu vouloir me faire la peau en apprenant que j'étais du FBI. Ensuite, mes ordres étaient de veiller à ce que tout le monde arrive en entier à Chicago. J'avais pour instruction de ne me mêler de rien et de ne pas interférer.

— Eh bien, admirez le résultat, ironise Anna. Une morte, en plus du premier mort.

— N'essayez pas de me coller ça sur le dos, ma petite dame, fait Reggie, de plus en plus ennuyé, conscient qu'il rougit d'énervement – ses joues le brûlent. Rien de tout ça n'est de ma faute. Ce n'est pas moi qui ai eu la brillante idée d'inviter une bande de tueurs à une balade en train de treize heures. Votre plan est en train de foirer dans les grandes largeurs. Si ces gens sont aussi maléfiques que vous le prétendez…

— Ils le sont, l'interrompt Anna.

— Eh bien, vous auriez été mieux inspirée de vous adresser directement au FBI. On se serait occupés de tout à votre place.

Anna Matheson croise les bras, indignée.

— La dernière fois que les autorités se sont occupées de quelque chose concernant ma famille, mon père a été injustement arrêté et assassiné en prison.

— J'entends bien. Mais ça ne vous autorisait pas à prendre les choses en main. Je veux dire, et si l'un d'eux avait réussi à descendre du train d'une façon ou d'une autre, et à s'enfuir ?

— J'ai fait en sorte que ça n'arrive pas.

— En effet. Et au lieu de fuir, ils s'entre-tuent. Ce qui ne poserait pas de problèmes à la plupart des gens, pour qui les laisser se zigouiller serait une parfaite forme de justice.

— Pas moi, répond Anna.

— Pourquoi avez-vous décidé ça ? Et les familles des soldats tués avec votre frère ? Vous pensez qu'elles n'auraient pas leur mot à dire dans cette histoire ? Je suis sûr que certains d'entre eux se feraient une joie de tuer de leurs propres mains les pareils de Sally Lawrence ou Jack Lapsford.

— Moi la première, lâche Anna, sur un ton tranchant qui fait frémir Reggie. Mais je ne l'ai pas fait. Et je ne le ferai pas. Ce que je veux, c'est qu'ils restent en vie. J'ai besoin de…

— De les traîner devant la justice. Je sais. Mais il y a des tas de gens qui contesteraient votre définition de la justice.

— À commencer par vous ?

— Oui. Vous n'êtes pas la seule à avoir perdu quelqu'un pendant la guerre, vous savez.

— Vous aussi ? intervient Seamus.

— Mon père.

Reggie détourne le regard. Il s'en veut d'avoir révélé ne serait-ce que ce détail de son passé. Il déteste en parler, et ne le fait jamais. Les gens adorent les bonnes histoires larmoyantes, et la sienne est particulièrement gratinée. Heureusement pour lui, Anna Matheson et Seamus Callahan savent ce que c'est.

— Je suis désolé pour vous, répond sobrement Seamus.

Et Anna d'ajouter un « Pareillement ».

Reggie se laisse tomber dans le fauteuil le plus proche, soudain épuisé.

— Je comprends vos raisons, mais ce que vous faites ici est dangereux. Pour ne pas dire à la limite de l'absurde.

— Il n'y a rien à la limite de quoi que ce soit là-dedans, réplique Anna. C'est dingue que j'aie cru pouvoir le faire. Je craignais que l'un d'eux, peut-être tous les six, me menace. D'où le couteau.

— Et son pistolet, fait Reggie en indiquant Seamus du pouce.

— Oui, le pistolet, aussi.

— Vous êtes armé ? demande Seamus.

Reggie tapote la poche de son veston, dans laquelle il a finalement glissé son arme avant de quitter sa cabine.

— Mieux vaut être prudent. Espérons que nous n'aurons pas besoin de nous en servir.

Anna se met à faire les cent pas dans le salon panoramique, passant et repassant devant les larges fenêtres en jetant à l'occasion un coup d'œil au-dehors. Il n'y a rien à voir. Juste des traînées blanches alors que le train se rue à travers le blizzard.

— Qu'est-ce qu'on fait maintenant ? demande-t-elle. On ne peut pas rester les bras croisés en attendant que celui qui a fait ça recommence.

— À votre avis, qui est le tueur ?

— Lapsford, répond Anna.

— Dante Wentworth, répond Seamus en même temps.

Le regard méfiant qui passe entre eux n'échappe pas à Reggie. C'est la première faille qu'il remarque dans le front parfaitement uni qu'ils offraient jusqu'ici.

— Une divergence d'opinions, à ce que je vois. Je suppose que la seule façon d'en avoir le cœur net, c'est d'interroger tous les passagers du train pour voir où ils étaient quand Edith Gerhardt a été tuée, et si l'un d'eux avait une raison de vouloir sa mort.

Il se lève, quitte la voiture et se retrouve face aux autres, toujours massés dans le couloir de la voiture 13. Dire qu'ils ont l'air troublés serait un euphémisme. Ils donnent l'impression d'être complètement perdus.

— Je suis l'agent spécial Reginald Davis, annonce-t-il. À partir de maintenant, c'est moi qui suis chargé de vous escorter jusqu'à Chicago.

Leur réaction est aussi prévisible que le lever du soleil. Sally Lawrence étouffe un hoquet de surprise. Le lieutenant-colonel Jack Lapsford ricane. Et Herb Pulaski demande :

— Vous nous arrêtez ?

— Non, répond Reggie. Pas encore, en tout cas.

Il regrette ces paroles à l'instant où il les a prononcées, comprenant qu'il vient de s'accrocher une cible dans le dos. N'importe lequel d'entre eux peut désormais essayer de l'éliminer. Il a intérêt à se méfier d'eux.

Rester à l'écart n'est plus une option.

24

HERB PULASKI cale nerveusement une cigarette entre ses lèvres.

— Ça vous ennuie si je fume ?

Il ne devrait même pas poser la question. Il est dans sa suite, après tout. Mais avec Anna Matheson et ce gars du FBI qui ne lui ont pas laissé le choix. Ils doivent parler à tous ceux qui sont à bord du *Philadelphia Phoenix*, et il est le premier sur la liste. Maintenant, ils sont juchés côte à côte sur la banquette tandis qu'Herb bougeotte dans le fauteuil devant la fenêtre.

— Pas du tout, répond l'agent Davis.

Herb allume sa cigarette et baisse la fenêtre d'un pouce, livrant passage à une gifle d'air glacé, sifflant, accompagnée de quelques flocons qui tournoient dans la pièce, mais il s'en fiche. Il transpire comme un cochon depuis le début de la soirée. Comme n'importe qui, d'ailleurs, en se découvrant pris dans une nasse. Il aurait dû se douter, à la seconde où il a ouvert cette satanée invitation, que ce n'était pas une proposition du genre *Faites fortune en un jour*. Mais il était désespéré, et cela entraîne toujours des décisions malheureuses. Il le sait d'expérience.

Sa seule consolation, c'est que tout le monde s'est laissé attirer à bord de ce foutu train. Sauf Kenneth Wentworth. Forcément. Le plus riche de la bande avait été assez futé pour ne pas se laisser piéger. Herb parierait qu'en ce moment précis, Ken Wentworth est en train de se carapater loin de ce pays. Au Mexique, peut-être. Là-bas, il se prélassera sur une jolie plage d'Acapulco, sous la double protection d'une fausse identité et d'un portefeuille bourré de pesos. Herb voudrait bien avoir cette chance.

Enfin, il a tout de même eu plus de chance que Judd Dodge et Edith Gerhardt. Les pauvres diables. Il y a cinq minutes, il a vu Seamus Callahan et l'agent Davis transporter le cadavre d'Edith dans la cabine voisine. En pensant aux macchabées qui reposent maintenant à quelques mètres de lui, il tire une très longue bouffée de sa Lucky Strike.

— Où étiez-vous pendant l'heure écoulée ? demande l'agent Davis.

Herb souffle un panache de fumée.

— Ici même.

— Tout le temps ?

— Oui, monsieur. Après ce qui est arrivé à Judd, je me suis dit qu'il valait mieux rester là.

L'agent du FBI hausse un sourcil.

— Parce que vous supposiez qu'il y aurait un autre meurtre ?

— Non, je… (Herb n'achève pas sa pensée. Il ne sait pas ce qu'il supposait. Il était trop déboussolé à l'idée de se retrouver derrière les barreaux pour penser à autre chose.) J'avais un mauvais pressentiment, c'est tout.

— Alors comme ça, vous avez peur, fait Anna.

— Bien sûr que j'ai peur.

La réponse d'Herb semble lui plaire. Les coins de sa bouche remontent, esquissant un demi-sourire. Il comprend brusquement que le souhait d'Anna est en train de se réaliser : faire monter la pression et les voir transpirer à grosses gouttes. Eh bien, elle a réussi. Maintenant, il sue à grande eau.

— Vous éprouviez de l'animosité envers Judd Dodge ou Edith Gerhardt ? demande l'agent Davis.

— Pas vraiment, répond Herb. Judd se comportait toujours comme s'il était plus malin que tout le monde, mais ça m'était plutôt égal. Il y a des gens comme ça. Et dans son cas, il avait probablement raison.

— Et Edith ? demande Anna.

— C'est à peine si je la connaissais.

— Alors vous ne vouliez pas leur mort ? reprend l'agent Davis.

Herb tire sur sa cigarette, secoue la tête, exhale un nuage de fumée.

— Et mon père ? demande Anna en se penchant en avant. Vous vouliez qu'il meure ? Et mon frère ? Et ma mère ?

— Non plus.

Anna rive sur lui un regard tellement perçant qu'Herb se tortille sur son siège.

— Alors pourquoi avez-vous fait ça ?

Pourquoi, en effet ? s'interroge Herb. S'il l'a fait, c'est parce qu'il n'est pas aussi malin que Judd Dodge. Que *l'était* Judd Dodge, rectifie-t-il mentalement. Judd est mort, comme Edith. Ce n'est plus qu'un cadavre gisant dans une cabine de ce couloir.

— J'étais dans le pétrin, répond-il alors qu'en vérité il était empêtré dans un problème beaucoup plus sérieux.

Dans un véritable bourbier financier.

Comme bien des gens, Herb avait besoin de décompresser en fin de journée. Et plutôt que l'alcool, qu'il n'appréciait pas vraiment, ou les femmes, qui ne l'appréciaient guère, Herb aimait le jeu. Il avait joué de petites sommes, au début. Deux ou trois virées à Saratoga. Des parties de cartes dans des arrière-salles enfumées. Il ne cherchait pas à faire fortune, pas vraiment. Ce n'était qu'un loisir comme un autre. Une façon pour un type solitaire comme lui de tuer le temps. Mais tous les matins, quand il retrouvait la chaleur et le vacarme de l'usine, il ne pouvait s'empêcher de rêver de changer son destin.

Se disant qu'il n'avait qu'à faire un gros coup, Herb avait commencé à augmenter ses mises, gagnant un peu et perdant un peu jusqu'à ce que, bientôt, il ne fasse plus que perdre. Mais il pensait que la chance ne demandait qu'à tourner, et il avait continué, attendant toujours le gros coup qui changerait sa vie. Après avoir cramé ses maigres économies, il s'était mis à emprunter. Auprès de ses parents d'abord, puis de ses amis. Enfin, auprès de ces gars qui exigent d'être remboursés rapidement, et qui prennent des mesures radicales si vous n'y arrivez pas.

Comme de vous ôter la vie.

C'est à ces types, et à les rembourser, qu'il pensait quand Judd lui avait révélé les dessous de l'affaire du moteur fatidique. Et voilà pourquoi il avait marché dans la combine.

Et maintenant il est là, dans un train qui va le jeter droit dans les bras des fédéraux, dans une voiture qu'il partage avec deux cadavres. Herb les imagine, raides morts, les yeux grands ouverts. Une image horrible. Tellement perturbante qu'il a loupé ce que l'agent Davis vient de lui demander.

— Mr Pulaski ? Vous avez entendu ?

— Oui, répond Herb. Je veux dire, non. J'étais…

Ailleurs. Il pensait à Judd et Edith. Il se demandait ce qu'ils avaient ressenti au moment de mourir.

— Je vous demandais si vous aviez entendu quelqu'un d'autre dans la voiture après avoir vu Miss Matheson.

— Non. Juste elle.

— Alors il n'y avait personne dans la voiture en dehors de vous ?

— Non, fait Herb, décidément ailleurs.

Il n'arrête pas de penser à la voiture 13 qui a tout d'un cercueil. Même forme oblongue. Et maintenant ils remplissent le même office. De longues boîtes étroites dans lesquelles reposent des cadavres. Un cercueil sur roues, dans lequel Herb a l'impression d'être emprisonné, à deux doigts d'être enterré vif.

Ou mort, après tout.

Parce qu'Herb commence à entrevoir un schéma : Judd, le premier de la liste, suivi d'Edith. Ils occupaient respectivement la dernière et l'avant-dernière suite de cette voiture. Si le tueur continue à remonter le train, une cabine après l'autre, il est le prochain.

À cette idée, il est étreint par une telle angoisse qu'il arrive à peine à respirer. Il écrase sa cigarette, pris de l'envie subite de n'avoir que de l'air frais dans les poumons.

— Je vais mourir cette nuit ?

— Pas si je peux empêcher ça, répond Anna.

Il éprouve une pression de plus en plus forte dans la poitrine. Cette dernière cigarette était une mauvaise idée. Aussi mauvaise que celle de prendre ce train. Maintenant, il est horrifié à l'idée de payer le prix ultime. Un gémissement s'échappe de ses lèvres.

— Je ne veux plus être ici.

— Vous auriez dû y penser avant de bousiller des dizaines de vies, fait Anna.

— Et si je me fais tuer ?

Herb prend seulement maintenant conscience de la façon dont l'agent Davis et Anna Matheson le regardent. Pas avec mépris, pas avec pitié. Avec quelque chose entre les deux. Un puissant dégoût.

— Je vous ai dit très clairement que je voulais vous voir arriver à Chicago vivant.

— Dans combien de temps ?

— Un peu moins de sept heures.

Ça fait long quand on est enfermé dans une cabine avec deux morts juste à côté dans la même voiture, et un tueur en liberté. Herb n'arrive même plus à avaler la boule qu'il a dans la gorge. Anna le remarque et s'adoucit un tout petit peu. Une gentillesse qu'il ne mérite pas, il le sait.

— Fermez votre porte à clé et n'ouvrez à personne. Nous passerons toutes les heures voir comment vous allez, Seamus, l'agent Davis ou moi.

Ça fait plaisir à entendre, mais ça n'empêche pas la panique de tourbillonner dans sa tête, ni sa poitrine de se contracter de plus en plus douloureusement. Herb ne peut plus respirer, et cette douleur risque de durer jusqu'à la fin du voyage.

Quand Anna et l'agent Davis sont partis, il ouvre complètement la fenêtre jusqu'en bas. En butte au vent hurlant qui charrie de la neige, il passe la tête au-dehors et prend plusieurs profondes inspirations. Et tandis qu'il inspire et expire l'air glacé qui lui pique le visage, il ne pense qu'à une chose.

Il aurait dû sauter du train quand il en avait l'occasion.

25

S'IL EST UNE LEÇON que le lieutenant-colonel Jack Lapsford a tirée du temps où il était dans l'armée, c'est qu'il faut toujours avoir un plan de bataille. Car il ne faut pas s'y tromper, il s'agit bien d'une bataille. La guerre a éclaté à bord de ce train. C'est Anna contre lui. Les autres passagers, Lapsford n'en a que faire. Ils ne sont rien que de la chair à canon. Vraisemblablement déjà condamnés, comme Judd Dodge et Edith Gerhardt.

Et donc Lapsford ne dit rien.

Le silence est la meilleure défense. Autre leçon qu'il a retenue de son passage dans l'armée. Quand on est dans une mauvaise passe, la boucler. Ne pas dire un mot. Ne pas s'impliquer, contrairement à Judd. Cet imbécile s'est fait tuer à la seconde où il a admis que le plan était son œuvre. Il a servi sa confession à Anna sur un plateau d'argent, et il n'a eu que ce qu'il méritait.

Lapsford ne sait pas comment ce salaud de Kenneth Wentworth a embringué Judd et les autres dans son projet machiavélique. Probablement de la même façon qu'il l'y a obligé, lui – grâce à un bon vieux chantage à l'ancienne. Parfois, la nuit, quand il n'arrive pas à dormir, il se repasse mentalement ce dîner. Comment Ken Wentworth l'a regardé par-dessus son scotch à cinquante dollars avant de laisser tomber :

— Je me suis laissé dire, Jack, que ce n'était pas la première fois.

— Je ne vois pas ce que vous voulez dire, avait répondu Lapsford, alors qu'il savait pertinemment à quoi Wentworth faisait allusion.

— Ne faites pas l'idiot, Jack. Vous n'êtes pas bon à ce jeu-là. Je suis au courant du marché que vous avez passé avec Barnett Aeronautical.

Lapsford avait senti une sueur glacée lui dévaler le dos. Il pensait que personne n'était au courant de son arrangement avec Barnett. Pour obtenir un énorme contrat avec le gouvernement, ils étaient convenus de prendre des chemins de traverse : de fournir à l'armée des moteurs d'avion à bas coût, facturés au prix des modèles haut de gamme, et de verser une partie de la marge à Lapsford.

— Ça n'a rien à voir, dit-il, alors qu'il aurait mieux fait de se taire. C'était une bonne affaire et voilà tout.

— Qui fait de vous un profiteur de guerre. Vous avez de la chance, je n'ai rien contre ce genre de chose. (Wentworth avait tiré sur son cigare et recraché la fumée avant d'ajouter :) Mais imaginez un instant que j'en aie quelque chose à faire. Mon devoir de patriote américain serait de prévenir votre hiérarchie de ce petit marché juteux passé avec Barnett. Réfléchissez aux conséquences, Jack. Un procès en cour martiale. La destitution ignominieuse. Et un séjour derrière les barreaux, immanquablement. Vous pouvez connaître tout ça, ou vous pouvez m'aider et gagner dix fois la somme que vous a rapportée votre accord avec Barnett.

Ébranlé par cette perspective, Lapsford s'était rendu compte que le seul moyen de se tirer de ce guêpier était de suivre le stratagème proposé par Wentworth, aussi méprisable que ce soit. C'était ça ou l'anéantissement de toute sa carrière, de sa réputation, de toute sa putain de vie.

— Vous êtes un salaud implacable, avait-il dit.

Wentworth avait incliné la tête comme si on venait de lui rendre le plus beau des hommages.

— Merci.

— Pourquoi êtes-vous tellement déterminé à faire cela ? lui avait demandé Lapsford. Et ne me racontez pas que c'est pour inciter le pays à augmenter l'effort de guerre. C'est une connerie, on le sait tous les deux. Alors, quelle est votre vraie motivation ?

— Je veux détruire Arthur Matheson, avait répondu Wentworth. Je le hais.

— Il y aurait d'autres moyens.

— Celui-ci est infaillible.

— Qu'est-ce qu'il vous a donc fait pour que vous le haïssiez à ce point-là ?

Kenneth Wentworth avait fait tourner le scotch dans son verre, les yeux fixés sur le liquide ambré.

— Il m'a pris quelque chose. Maintenant, il va me le payer. Avec votre aide, bien sûr. Et vous serez récompensé par une fortune telle que vous ne saurez pas quoi en faire.

Sur ce point, Kenneth Wentworth avait eu raison. Lapsford avait fait fortune, en effet. Mais tout ce dont Wentworth l'a menacé ce soir-là lui revient maintenant en pleine face. Lapsford rend son regard à l'agent Reginald Davis, prenant la mesure du personnage, et se rend compte qu'il ne fait pas le poids. En tant que militaire, il n'a pas beaucoup de respect pour le FBI. Ils sont tous les deux du même côté, mais Lapsford trouve que ce sont des rouleurs de mécaniques imbus d'eux-mêmes. Surtout ce J. Edgar Hoover. L'agent Davis n'échappe pas à la règle, et c'est d'un petit ton supérieur qu'il demande :

— C'est vous qui avez tué Judd Dodge et Edith Gerhardt ?

Lapsford ne répond pas.

— Si c'est vous, vous feriez aussi bien de l'admettre, intervient Anna Matheson. Vous allez finir en prison, de toute façon.

Lapsford la détaille en se demandant si elle sait ce que son père a pris à Kenneth Wentworth. Probablement que non. Elle n'en sait probablement pas plus que lui. Wentworth ne lui en a jamais dit davantage, même des années après la mort d'Art Matheson.

— Mon avocat ne partagerait pas votre point de vue.

— Mais comme il n'est pas là, réplique l'agent Davis, je vais vous poser quelques questions auxquelles je sais que vous pouvez répondre. Vous connaissiez bien les défunts ?

— Absolument pas. C'est à peine si je les avais rencontrés.

— Que pensiez-vous d'eux ?

— Vous pensez que j'avais un avis sur eux ? rétorque Lapsford.

— Vous n'en aviez donc pas ? demande l'agent Davis. Et comment ça ?

Lapsford bâille, feignant de s'ennuyer.

— Ils ne valaient pas la peine que je perde mon temps avec eux.

— À propos de temps, justement, rebondit l'agent, recourant à un enchaînement tellement maladroit que Lapsford en laisse échapper un gémissement audible. Où étiez-vous entre le moment où nous nous sommes tous retrouvés dans la voiture panoramique et le moment où Edith y a été découverte morte ?

— J'étais ici, répond Lapsford.

— Tout le temps ?

— Évidemment.

— Comment pouvons-nous savoir si vous dites la vérité ? intervient Anna en se penchant en avant avec une lueur dans le regard qui ne plaît pas du tout à Lapsford. Après tout, vous avez déjà menti en affirmant ne pas avoir été dans la cuisine peu après le départ du train.

— Qui vous a raconté ça ? lance Lapsford, et il le regrette instantanément.

Ça ressemble presque à une confirmation. Mais ce ne sera pas le cas. Il s'est effectivement rendu à la cuisine peu après sept heures, mais ils peuvent toujours courir pour qu'il l'admette.

— Edith, répond Anna, et d'enchaîner : C'est pour ça que vous l'avez tuée ?

— Je ne dirai pas un mot de plus en dehors de la présence de mon avocat.

Il sait que cette formule aussi donne l'impression qu'il est coupable. Un simple non aurait suffi. Mais, craignant d'en avoir déjà trop dit, il n'ouvre plus la bouche. L'agent Davis et Anna Matheson ont beau le bombarder de questions, il ne répond à aucune. On ne tirera pas un mot de lui, comme il aurait dû faire depuis le début.

Cinq minutes plus tard, et quelques dernières tentatives désespérées pour lui arracher des réponses, l'agent Davis et Anna quittent sa chambre.

Ce n'est qu'une victoire temporaire, Lapsford le sait.

La bataille est loin d'être terminée.

26

— ON N'EN A PAS TIRÉ GRAND-CHOSE, commente Reggie, dans le couloir devant la cabine de Lapsford.

— Vous devriez y retourner et l'arrêter, fait Anna en indiquant la porte de sa suite.

Lapsford n'a pratiquement rien dit. Rien à voir avec la logorrhée verbale d'Herb Pulaski, mais Anna demeure persuadée que c'est lui le tueur. Il était dans la cuisine peu après le départ du train ; il aurait pu trouver la mort-aux-rats, en prendre assez pour tuer Judd Dodge, et, voyant qu'Edith l'avait repéré, décider de l'éliminer elle aussi.

Ce qu'ils ne savent pas encore, c'est comment Lapsford aurait pu savoir que Judd reconnaîtrait sa participation au complot en voyant le plan du moteur dans la voiture-salon. Comment il a fait pour empoisonner le verre de Judd. Et comment il a appris qu'Edith avait dit à Anna qu'elle l'avait surpris dans la cuisine.

— Quelles sont les charges qui pèsent contre lui ? demande Reggie.

— Meurtre, conspiration, sabotage et trahison. Il est coupable de tout ça.

Reggie secoue la tête, réduisant à néant les espoirs d'Anna.

— Pour l'arrêter, il faudrait que j'aie des preuves pour étayer chacune de ces accusations. Mais grâce à vous, elles sont à Chicago. Jusqu'au moment où ce train s'arrêtera à Union Station, Jack Lapsford demeurera un homme libre.

— Même s'il tue à nouveau ?

— En l'absence de preuve, l'une des seules façons d'arrêter quelqu'un pour meurtre est de le prendre en flagrant délit.

— Il n'y a pas d'autre moyen ?

— Obtenir des aveux.

S'attendant à une nouvelle salve de questions, Reggie remonte le couloir et s'arrête devant la suite A. Avant de frapper à la porte, il se tourne vers Anna et demande :

— Vous venez ?

Anna ne bouge pas. Elle sait qui occupe cette suite, et tout comme avec Edith, un moment plus tôt, elle ne sait pas quoi dire à Sal Lawrence.

— Non, répond-elle. Interrogez-la sans moi.

Laissant Reggie frapper à la porte de Sal, Anna s'en retourne vers la voiture 11. En chemin, elle s'arrête devant la fenêtre. La vue au-dehors n'a pas changé. On distingue à peine le ciel nocturne dans ce tourbillon de blancheur.

Elle repart vers le milieu de la voiture et frappe un coup à la porte de la chambre de Seamus. Marque une pause, frappe encore trois coups, le troisième avec plus de force. Un code secret entre eux, pour qu'il sache que c'est bien elle. Trente secondes s'écoulent entre le dernier coup et l'ouverture de la porte. Délai qu'Anna aurait trouvé inquiétant sans la traînée de mousse à raser sur les joues de Seamus et le rasoir qu'il tient à la main.

— Tu te rases ? fait-elle en entrant dans la chambre et en refermant la porte derrière elle.

— Faut bien s'occuper, non ? réplique Seamus en retournant dans la salle de bains. Quelqu'un a avoué ?

— On n'a pas eu cette chance.

Anna, debout devant la porte de la salle de bains, regarde Seamus passer lentement le rasoir sur sa joue. Un acte étrangement intime entre un homme et une femme qui ne sont pas mariés, ne sont pas amants, n'ont aucun lien de famille. Et sont pourtant liés d'une façon que peu de gens connaîtront ou comprendront.

C'est pour cela que Seamus, croisant son regard dans la glace, lui demande :

— Ça va ?

— Bien sûr. Pourquoi ça n'irait pas ?

Seamus secoue un peu la mousse de son rasoir et passe à l'autre joue.

— Parce qu'Edith est morte. Et que tu la connaissais bien, contrairement à Judd Dodge.

Anna croyait la connaître. Dans le temps. Au bout du compte, elle aimait Edith et elle la détestait tout à la fois, les émotions se nourrissant mutuellement jusqu'à devenir impossibles à distinguer. Ce qui a rendu la nuit beaucoup plus compliquée pour Anna qu'elle ne l'aurait cru. Sa haine pour Edith, elle était prête à l'assumer. Ce qui l'a surprise, ce sont les reliquats d'amour qu'elle éprouvait encore pour elle. Maintenant qu'elle est morte, Anna n'arrive pas à faire le tri entre l'amour et la haine. Et elle doute d'y arriver un jour.

— Je regrette qu'elle soit morte, dit-elle, passant le reste sous silence.

Seamus a fini de se raser, il rince son coupe-chou et le referme avec un claquement sec.

— Presque deux heures. Tu veux que je prenne le prochain tour de garde ?

Ce serait plus raisonnable, en effet. Laisser Seamus s'assurer de ce que font les autres et s'accorder à elle-même un bref moment de détente. Mais elle ne tient pas en place. Il faut qu'elle bouge.

— Non, je m'en charge. Tu prendras le tour suivant.

Elle sort dans le couloir, ferme la porte de la cabine derrière elle et se retourne. Du coin de l'œil, elle a surpris un mouvement.

Quelqu'un quitte la voiture.

La porte de la voiture-salon se referme. De la personne qui l'a franchie, elle ne voit qu'une ombre vague qui glisse sur le sol.

— Tommy ?

Elle s'élance à la suite de l'ombre, sachant que ce n'est pas son frère, espérant que ce soit lui tout en se sentant idiote de caresser cette idée. Le salon est plongé dans le noir, ce qui ne fait qu'ajouter à son impression qu'elle perd complètement les pédales.

Elle ne devrait pas être là.

Pas toute seule.

Pas alors qu'il y a un tueur dans le train.

Mais le salon est désert, pour autant qu'Anna puisse en juger. Elle le traverse, ne ressentant aucune autre présence que la sienne dans l'obscurité. Le manque de lumière affûte son acuité auditive, semble amplifier le bruit du train. Quand elle passe devant le piano, une touche s'enfonce sous l'effet du balancement du train et suffit à faire tinter une unique note dans cette voiture immergée dans le silence.

En s'approchant du bar, Anna perçoit une résonance frémissante : les bouteilles qui s'entrechoquent sur les étagères en verre.

Anna y jette un coup d'œil, se demande si les bouteilles ont toujours produit ce bruit – qu'elle n'avait jamais remarqué avant ce soir – ou si le train avance plus vite que d'habitude. Elle s'apprête à faire demi-tour pour regarder par la fenêtre et se faire une idée de la vitesse du train, quand elle repère quelque chose dans l'obscurité derrière le bar.

Une ombre.

Lentement, elle recule dans l'obscurité impénétrable.

Non, pas une ombre.

Quelqu'un.

Anna tente de s'élancer et fuir, mais un homme la retient par l'épaule et, d'une traction brutale, l'attire contre lui. Elle veut crier. Il plaque une main sur sa bouche, étouffant son cri. Elle essaie à nouveau, ses lèvres bougent à peine contre la paume charnue de son agresseur.

Alors elle commence à se débattre de toutes ses forces. Agite les bras, les jambes. Donne des coups de pied. L'homme passe un bras autour d'elle, immobilisant ceux d'Anna. Elle tente une dernière ruade, mais elle rate son coup et l'homme l'entraîne vers la voiture-restaurant.

Contrairement au salon, il est encore brillamment éclairé, les nappes sont d'une blancheur éclatante, l'argenterie étincelle. Anna se tord le cou dans l'espoir de voir l'homme qui l'entraîne plus loin dans la voiture. Elle ne réussit qu'à apercevoir ses phalanges poilues alors qu'il arrache quelque chose sur l'une des tables.

Un couteau à steak, qu'il pointe aussitôt sur son cou.

Anna avale sa salive, terrifiée, et sent le froid de l'acier lui râper la gorge. C'est une sensation horrible. Qui la ferait crier, si elle pouvait.

Mais la main reste sur sa bouche, pendant que la lame du couteau s'enfonce plus profondément dans sa peau. Et puis un souffle sur son oreille, chaud, fétide, et des mots planent dans l'air, murmure désespéré.

— Je ne veux pas vous faire mal, mais je n'hésiterai pas si j'y suis obligé.

Anna reconnaît la voix.

Herb Pulaski.

Elle essaie d'appeler à l'aide, en vain. Sous sa paume collée à ses lèvres, c'est impossible. Elle est muselée. Et la lame dentelée du couteau plaquée sur son cou lui donne l'impression que des épines lui piquent la gorge et s'enfoncent si fort qu'elle pense qu'il a entaillé ses chairs.

Cette idée déclenche en elle une nouvelle salve de terreur. Paralysée par la peur, elle guette la sensation révélatrice du sang qui coule. Mais elle ne ressent que la sueur qui perle sur sa clavicule tandis qu'Herb lui dit :

— Il faut que je sorte de là. Je ne peux pas rester dans ce train. Vous devez trouver un moyen de l'arrêter et de me laisser descendre, ou je vous tranche la gorge.

02 H 00

À SIX HEURES DE CHICAGO

27

– SI ON DOIT SE LANCER LÀ-DEDANS, il faut que tu apprennes à te battre comme un homme.

C'est ce que Seamus avait dit à Anna quand ils avaient échafaudé le plan d'amener devant la justice ceux qui avaient tué leurs frères. Il pensait que si la situation leur échappait, Anna ne saurait pas se défendre.

Elle ne l'avait pas détrompé.

Leur première leçon d'autodéfense avait eu lieu dans la cour, par un matin de juin ensoleillé. En deux minutes, Anna avait plaqué Seamus trois fois à terre.

— Tu devrais peut-être apprendre à te battre comme une femme, lui avait-elle dit alors qu'il se tordait de douleur dans l'herbe.

Elle lui avait révélé par la suite que tante Retta tenait à ce qu'elle s'endurcisse et lui avait fait apprendre à se défendre. Pendant des années, Anna avait eu un coach, un ancien boxeur, et sur des tapis de lutte étalés sur le parquet du salon de réception, dans la demeure de tante Retta, il lui avait appris à porter des coups de poing et de pied, à arracher un pistolet des mains d'un adversaire pour se l'approprier, et – le jour où elle lui avait flanqué, accidentellement, un bon coup de pied entre les jambes – la leçon numéro un de l'autodéfense : en désespoir de cause, viser le bas-ventre.

C'est donc ce qu'elle fait en ce moment dans la voiture-restaurant luxueuse du *Philadelphia Phoenix*. Elle lève la jambe gauche et balance une ruade en arrière. Et lorsque son pied frappe l'entrejambe d'Herb Pulaski, elle s'autorise une pointe de satisfaction. Ces talons hauts n'étaient pas inutiles, tout compte fait.

Dans son dos, Herb pousse un cri de douleur et relâche son étreinte. Soudain libérée, Anna bondit en avant et se retourne face à lui. Elle pense l'espace d'une fraction de seconde à saisir le couteau qu'elle porte attaché à la cuisse et se rend compte aussitôt qu'elle n'en aura pas le temps. Herb se jette déjà sur elle, fou de douleur et de rage.

Frénétiquement, elle saisit le premier objet à portée de sa main – une assiette –, et s'en sert comme d'un bouclier improvisé juste au moment où Herb tente de lui porter un coup de couteau. La lame heurte la porcelaine. Il charge à nouveau.

En le voyant approcher, tel un grand singe, elle réfléchit très vite. Elle ne peut pas le tuer, même pas pour se défendre. Elle ne peut que tenter de le désarmer, et lui lance l'assiette à la tête. Elle rate son tir, mais l'assiette s'écrase sur la paroi de la voiture où elle explose en mille morceaux. Cela oblige tout de même Herb à esquiver, laissant à Anna juste le temps de passer la main sous sa robe, de saisir la poignée de son couteau et de le tirer de son fourreau.

— Je ne veux pas qu'on se batte, dit-elle en brandissant son arme au niveau de sa taille. Je veux qu'on parle.

— Il n'y a rien à dire. Il faut que je descende de ce train.

Il y a quelque chose de désespéré dans la voix d'Herb. Il a peur, comprend Anna. Et à juste raison.

— Vous savez que ce n'est pas possible, répond-elle.

Herb tente à nouveau de se jeter sur elle, et Anna esquive d'un pas en arrière tout en tranchant l'air avec sa lame.

— Je vous en supplie, dit-il. Je ne veux pas être le prochain. Vous voyez bien que c'est le plan.

Anna recule encore d'un pas, prise au dépourvu.

— Le plan ?

Herb s'élance encore une fois sur elle, mais il titube, à présent, et le couteau tremble dans sa main. Un épais film de sueur brille sur son front. Il l'essuie de sa main libre, d'un geste imprécis.

— Vous ne voyez pas ce qui se passe ? Le tueur avance dans le train en nous éliminant, une chambre après l'autre. D'abord Judd, et puis Edith. Je suis le prochain sur la liste ! s'écrie Herb, pris de terreur, l'air frappé de démence. Je ne me laisserai pas faire.

— Et moi je n'arrêterai pas le train, réplique Anna en reculant alors qu'il fonce sur elle, maladroitement, mais en force.

Il la rattrape au milieu de la voiture et darde son arme sur elle en une succession de détentes rapides.

— Je vous en prie, dit-il d'une voix geignarde qui tranche sur sa posture combative. Si vous avez peur que je m'enfuie, je ne le ferai pas, je vous le jure. Arrêtez le train, faites venir la police et qu'on m'emmène en prison. Mais ne me laissez pas mourir dans ce train.

À cet instant, une sensation étrange s'empare d'Anna. La pulsion de faire du mal. Les yeux rivés sur la gorge d'Herb, elle s'interroge sur la force qu'elle devrait déployer pour lui enfoncer sa lame dans le gosier.

— Comme vous, vous avez laissé mon frère mourir dans un train ? lance-t-elle. Et comme vous avez laissé des dizaines d'autres jeunes connaître le même sort ?

Herb déglutit, l'air coupable.

— Vous auriez pu empêcher ça d'arriver ! lance Anna alors qu'ils entament une ronde au milieu de la voiture-restaurant. Vous auriez pu lui sauver la vie. Leur sauver la vie à tous. Mais vous n'avez rien fait !

— Je regrette, fait Herb d'une voix faible, presque désincarnée, comme s'il savait que le temps des excuses est passé.

— Alors vous admettez que vous auriez pu empêcher ça ?

— Oui. Et c'est ce que je dirai aux flics. Mais aidez-moi à descendre du train.

Anna se rapproche de lui, moins effrayée tout à coup, bien que la menace ne soit pas dissipée. À présent ce n'est plus d'Herb qu'elle a peur, c'est d'elle-même, et de ce qu'elle pourrait lui faire. La pulsion de violence demeure, l'envahit tout entière. Sa poigne se resserre sur son couteau et elle s'imagine en train de le lui planter dans le ventre.

— Pourquoi avez-vous permis à ça d'arriver ? Vous saviez qu'il y aurait des morts.

— Je n'en étais pas sûr. Et je ne savais pas qui, répond Herb, le souffle haché, tremblant comme une feuille.

Il tente encore une fois de plonger sur elle. Anna attrape une autre assiette sur la table la plus proche et l'expédie.

Non vers la tête d'Herb, mais sur la main qui tient le couteau.

L'assiette rencontre ses jointures avec un bruit affreux. Herb laisse échapper un cri et lâche son arme, qui tombe par terre. Il essaie de la récupérer, maladroitement. Anna est déjà sur lui.

Elle saute sur son dos.

Le colle à terre.

S'ensuit une mêlée sauvage.

La colère a pris possession d'Anna, une colère nourrie par l'épuisement. Elle est maintenant à califourchon sur Herb, qui tente de se relever, mais elle le plaque au sol.

— Dites-moi pourquoi vous avez fait ça ! lui hurle-t-elle dans l'oreille. C'était pour l'argent ?

— Oui.

Le mot est à moitié chuchoté, à moitié coassé, étouffé par le fait que son visage est maintenant écrasé sur la moquette élimée de la voiture-restaurant. Mais ça ne l'empêche pas d'en dire davantage. Et ses paroles s'écoulent sur un rythme heurté, paniqué.

— Je n'étais pas riche comme vous. Je ne pouvais pas payer pour me sortir de mes problèmes. Et je savais qu'ils disparaîtraient si je laissais construire ce moteur. Alors c'est ce que j'ai fait. Si c'est ma confession que vous vouliez, vous l'avez. Et je dirai la même chose à la police, au juge, et à tous les gens que vous voudrez.

— Et les autres ? C'est aussi pour l'argent qu'ils ont fait ça ?

— Pas tous. Pour Judd, c'était une revanche. Ça le rendait fou que votre père ne reconnaisse pas son mérite. Pour moi, c'était l'argent. Et pareil pour Sal, enfin je crois.

Anna supposait depuis longtemps l'appât du gain d'être à la base de tout le complot, mais en avoir la confirmation redouble sa fureur. Elle attrape la cravate d'Herb, la fait passer derrière sa tête et tire dessus, exposant sa gorge. De sa main droite, elle enfonce dans son cou la pointe de son couteau.

Elle le tient fermement.

Et ça lui fait du bien.

Comme une extension d'elle-même.

Anna sait qu'elle est au bord du précipice. À un point de non-retour. Elle peut reculer, ou elle peut sauter dans l'abîme. Avec Edith, elle a réussi à s'écarter du bord, surtout grâce à leur histoire commune. Mais avec Herb, elle n'a pas un lien semblable. C'est un homme qu'elle connaissait à peine et qui a décidé, il y a douze ans, que son frère et trente-six autres hommes allaient mourir parce qu'il avait besoin d'argent. Lui trancher la gorge – comme il menaçait d'ailleurs de le lui faire à elle – serait complètement justifié.

— Je vous en prie, marmonne Herb, en dessous d'elle. Je vous en supplie, ne me tuez pas.

C'est alors que la voix de Seamus retentit depuis le seuil de la porte.

— Anna, arrête !

Anna relève la tête et le voit planté au bout de la voiture-restaurant. Il a sans doute été attiré par le raffut. Et tous les autres sont derrière lui. Dante et Reggie, Sal et Lapsford. Tous arborent la même expression choquée. Tous, sauf Seamus. Il avait probablement anticipé la situation – raison pour laquelle il s'était proposé de l'entraîner.

La main d'Anna qui tient le couteau perd de sa fermeté, et la violence qui la parcourait tout entière il y a un instant l'abandonne soudain. Elle la laisse vidée, comme creuse, et en proie à un vague vertige. Était-ce vraiment elle qui appuyait un couteau sur la gorge d'un homme ? Serait-elle allée au bout de son geste si Seamus ne l'avait pas arrêtée ? Cette pensée l'ébranle profondément.

— C'est lui qui m'a attaquée en premier, dit-elle. Il a menacé de me trancher la gorge.

— C'est pour ça que tu as du sang sur le cou ?

Anna se palpe la gorge. C'est mouillé, un peu collant. Elle est prise d'un frisson en réalisant à quel point Herb était près de mettre sa menace à exécution. Et qu'elle a bien failli faire la même chose.

— Ouais, fait Anna en glissant à bas du dos d'Herb.

— Tu avais ça avec toi depuis le début ? fait Seamus en regardant le couteau qu'elle tient à la main.

Et qu'elle remet dans son fourreau.

— Ouais aussi.

— Mais l'agent Davis vous avait palpée, intervient Sal avec un regard en direction de Reggie.

— Il faut croire que ça m'a échappé, répond celui-ci.

Anna attrape Herb par le bras.

— Allez, debout !

Herb reste plaqué à terre, ne sachant que faire.

— Pour aller où ?

— Dans votre cabine. Où vous allez rester jusqu'au bout du voyage.

— Pas question que je retourne là-bas, réplique Herb en se mettant à genoux. Je vous ai dit que ce n'était pas sûr.

— Je vous protégerai, lui assure Anna. Je n'ai pas du tout l'intention de vous laisser mourir.

Elle attend qu'Herb, aussi épuisé qu'elle par la bagarre, se relève péniblement. Seamus le prend par le bras et l'éloigne.

— Je vais monter la garde devant sa porte, annonce-t-il. Je veillerai à ce que ça ne se reproduise pas.

Reggie, Sal et Lapsford leur emboîtent le pas et tout le monde repart vers la voiture-salon, mais Anna entend encore leurs voix.

— Vous avez peur qu'il lui fasse du mal, ou qu'elle lui en fasse ? demande Sal.

Question parfaitement fondée, Anna en convient in petto. Surtout que, maintenant, tout le monde à bord du *Philadelphia Phoenix* sait qu'elle est armée d'un couteau.

— Les deux, entend-elle Seamus répondre.

28

DANTE RESTE SEUL dans la voiture-restaurant avec Anna, qu'il regarde avec un mélange de méfiance et de crainte comme s'il s'en faisait sincèrement pour elle.

— Ça va ? demande-t-il.

Anna se sent toute raide. Elle s'étire, tourne la tête, faisant craquer son cou.

— Je sais me défendre.

— Ce n'est pas ma question.

— Ça va, répond Anna. Vraiment.

— Tu es sûre ? insiste Dante en fixant son cou. Parce que tu saignes encore.

— Je saigne ? fait Anna en se palpant la gorge.

Ses doigts reviennent tachés de sang.

— Allez, viens avec moi.

Dante prend Anna par la main et l'entraîne derrière le bar sans écouter ses protestations. Il attrape une serviette, la trempe dans un seau à glace au fond duquel reste un peu d'eau et tamponne son cou.

Elle lui arrache la serviette des mains.

— Je peux le faire toute seule.

— Mais bien sûr.

Anna s'applique la serviette sur la gorge et savoure sa fraîcheur merveilleuse sur sa peau. Elle n'avait pas mesuré combien elle était embrasée de rage et d'épuisement. Le sang bouillonne encore dans ses veines. Elle sent son pouls battre sur le côté de son cou.

— Tu crois qu'Herb Pulaski voulait vraiment te tuer ? demande Dante.

— Je ne sais pas. Il voulait désespérément descendre de ce train, ça, c'est sûr. Il est convaincu que le tueur passe de suite en suite et qu'il est le prochain sur la liste.

— C'était peut-être une ruse. Peut-être que c'est lui, le tueur.

— J'en doute.

— Les hommes innocents ne menacent pas les femmes avec un couteau.

— Aucun de ces gens n'est innocent, rétorque Anna en abaissant la serviette. Et il avait l'air vraiment terrifié.

— Et toi, Annie, tu n'es pas terrifiée ? Parce que je commence à me dire que tu devrais avoir peur. Attends, tu en as laissé un peu.

Dante reprend la serviette et incline doucement la tête d'Anna vers l'arrière. Elle se laisse faire de mauvaise grâce.

— J'ai peur depuis que le train a quitté Philadelphie.

Dante commence à nettoyer la tache qui lui a échappé. Il se tient si près d'elle qu'elle sent son after-shave. Après toutes ces années, elle retrouve son parfum citronné, avec des arômes de cèdre.

— Si j'osais, je dirais que la situation déraille complètement, dit-il. On en est déjà à deux morts, et tout ça par ma faute.

Anna se fige.

— Qu'est-ce que tu veux dire ?

Des soupçons déferlent dans son esprit. C'est bien normal ; ils sont dans la voiture même où Judd Dodge est mort, tout près du bar où il a accepté le verre qui l'a tué. Un verre que Dante avait préparé. Anna se revoit avec lui dans la cuisine. Et si Dante était monté avant le début du voyage, et s'il avait trouvé le poison sous l'évier ? Et s'il avait décidé de l'utiliser pour tuer Judd ?

Bon, et Edith ? Dans le quart d'heure à peu près où Anna a quitté la voiture panoramique, Dante aurait eu le temps de s'y glisser, de tuer Edith et de regagner sa chambre juste avant qu'Anna ne frappe à sa porte. Anna n'a aucun moyen de savoir ce qui s'est passé, mais c'est tout à fait plausible.

— Ce n'est pas toi qui…

— Qui les ai tués ? Bien sûr que non. Je suis la raison pour laquelle tu es ici.

— Je suis ici à cause de ton père, rectifie Anna en s'écartant de lui.

Dante laisse tomber la serviette sur le bar.

— Sauf que tu ne le saurais pas sans les preuves que ta tante a réunies. D'ailleurs, tu sais comment elle les a obtenues ?

— Elle est morte avant de me le dire.

— Tu aurais peut-être dû me poser la question à moi, fait Dante avant de marquer une pause. Parce que c'est moi qui les lui ai envoyées.

Anna met un moment à réaliser vraiment ce qu'il raconte. Quand elle a enfin assimilé l'information, elle éprouve un sentiment complexe fait de respect, de confusion et de gratitude.

— C'est toi qui lui as donné tous ces documents ? Et pourquoi ?

— Tu veux la version longue ou la version courte ?

— Les deux.

— La version courte, c'est parce que mon père se fiche complètement de moi. Je n'ai jamais compté pour lui. J'ai passé toute mon enfance à essayer de m'en faire aimer. Ce qu'aucun enfant ne devrait avoir à faire, je n'ai pas besoin de le dire. Les parents devraient avoir un amour inconditionnel pour leur enfant. C'était le cas de ma mère, même si elle n'était pas toujours très douée pour le montrer. Au moins, elle essayait. Je ne peux pas en dire autant de mon père. (Dante contourne le bar et se met à faire les cent pas dans la voiture.) D'aussi loin que remontent mes souvenirs, il m'a traité comme si je le décevais. Rien de ce que je faisais ne trouvait grâce à ses yeux. Alors je me suis donné pour mission de lui prouver qu'il avait tort. Je suis entré dans l'affaire de famille. J'ai travaillé dur. J'ai tout fait pour l'impressionner. Et comme ça ne marchait pas, je me suis rabattu sur la tactique que j'avais adoptée au temps de mon adolescence.

— La rébellion.

Dante acquiesce vigoureusement.

— Ce qui voulait dire : fouiller dans sa merde.

— Mais pourquoi as-tu feint l'étonnement quand je t'ai parlé des preuves ?

— Je ne voulais pas que les autres soupçonnent que j'avais un quelconque rapport avec cette histoire. À juste titre, apparemment. Tu as vu ce qui est arrivé à Judd. Il avait quasiment avoué, dans la voiture-salon, et ça lui a valu de se faire assassiner. Si on apprend que c'est moi qui ai fourni ces preuves, celui qui a tué Judd, puis Edith, pourrait s'en prendre à moi.

— Quand même, quand on s'est retrouvés seuls, tu as continué à faire comme si tu n'étais pas au courant.

— Je ne voulais pas que tu saches que j'étais impliqué. C'est pour ça que j'ai commencé par envoyer anonymement à ta tante les pièces que j'avais rassemblées. Je ne voulais pas que tu découvres que je t'aidais à prouver l'innocence de ton père tout en impliquant le mien.

Anna se rapproche, comblant l'espace entre eux.

— Et pourquoi ?

— Parce que tu me détestes.

— Te détestais, rectifie Anna, la première surprise par son emploi de l'imparfait.

Dante lui décoche son fameux sourire en coin.

— Je ne le savais pas à ce moment-là, mais je ne t'ai jamais oubliée, Annie. Je sais que ça peut paraître bizarre, ça fait si longtemps, mais c'est la vérité.

Anna ne trouve pas ça bizarre du tout. Elle non plus, elle n'a jamais oublié Dante. À bien des égards, il a été le premier dans sa vie. Son premier petit ami. Son premier amour. Le premier homme qui lui a brisé le cœur.

— Enfin, maintenant la version longue, continue Dante. Je ne t'ai jamais oubliée et je m'étais toujours demandé pourquoi mon père m'interdisait de te voir. Tout comme j'avais toujours eu des doutes quant à la culpabilité de ton père. Je sais que tout le monde disait que c'était un sympathisant allemand, mais moi j'avais toujours trouvé insensé qu'il puisse sacrifier son propre fils à ce qui était clairement une cause perdue. Et puis, il y avait la façon dont mon père avait acheté sa boîte si vite – et pour une somme si dérisoire. Tout ça me paraissait suspect, alors j'ai commencé à enquêter.

Anna s'accoude sur le comptoir du bar.

— Pour innocenter mon père, ou pour perdre le tien ?

— Mon père n'a pas besoin de moi pour se passer la corde au cou. Par exemple, j'ai découvert qu'il avait fraudé le fisc. Qu'il enchaînait les liaisons depuis des années. Ça, ce n'était pas une surprise. Il a toujours témoigné à ma mère le même mépris qu'à moi. Et j'ai appris que sa puissante compagnie ferroviaire était déficitaire depuis des années. Les voyages en train ne sont plus ce qu'ils étaient. De nos jours, les gens préfèrent la voiture et bientôt, ce sera l'avion. Les trains appartiennent au passé, l'avenir est dans le ciel. Tu n'avais pas besoin d'acheter toutes les places de ce train, Annie, tu aurais eu ton content de sièges vides.

— Alors comme ça, la boîte de ton père bat de l'aile, l'interrompt Anna, impatiente de l'entendre arriver au fait.

— Elle aurait déjà coulé s'il n'avait pas racheté la compagnie de ton père pour des queues de cerise.

— Tu avais découvert sa motivation.

— Crois-moi, sa motivation n'était pas du tout là, réplique Dante, les mâchoires serrées. J'ai fini par découvrir ce que c'était. Après des années de recherches. Mon père avait le don de dissimuler les choses, il faut lui reconnaître ça : un dossier ici, un document là. Et dans le coffre-fort de son bureau, dont j'ai mis des mois à découvrir la combinaison. C'est là qu'était dissimulé l'essentiel des preuves qui l'incriminaient.

Anna sait ce que Dante a trouvé. Les mémos, les fausses lettres, les relevés de banque. Autant d'éléments qui suffiront à faire arrêter, juger et condamner tous les responsables.

— Qu'est-ce que ça t'a fait de découvrir toutes les horreurs que ton père a commises ?

— Ça m'a mis en rage, répond Dante. Profondément attristé. Je me suis senti trahi. Mais surtout, je voulais comprendre pourquoi il avait fait tout ça.

— Par appât du gain.

— Non, Annie. C'est… pire.

Ce mot produit chez Anna une sensation de froid, de menace, comme si une dague s'enfonçait entre ses côtes. D'un côté, elle ne veut pas savoir ce que Dante a découvert ; de l'autre, elle a besoin de le savoir. Elle est sûre qu'elle le regrettera d'ici une minute, mais elle ne peut s'empêcher de l'interroger :

— Alors, pourquoi… ?

— Je crois qu'il a fait tout cela à la suite d'une déception amoureuse.

— Ça n'a pas de sens.

— Tu comprendras quand je t'aurai dit que c'est ta mère qui lui avait brisé le cœur.

Le coup de poignard dans la poitrine d'Anna se transforme en douleur plus poignante.

— Ma mère et ton père étaient…

— Amoureux, oui. (Dante lui jette un regard las, comme s'il avait du mal à le croire lui-même.) Il y a longtemps. Avant notre naissance, à toi et moi. Ils ont même été officiellement fiancés, bien que ça n'ait pas duré très longtemps.

— Et comment l'as-tu découvert ?

— Dans le coffre-fort du bureau de mon père, il y avait aussi des lettres. De ta mère à mon père.

— Des lettres d'amour ?

Il hoche la tête, et Anna sent ses joues s'enflammer au souvenir des lettres brûlantes qu'elle a elle-même envoyées à Dante.

Toute sa vie, on lui a dit – et elle l'avait cru – qu'elle tenait de son père. Que Tommy avait hérité de la beauté de leur mère, de sa vivacité. Anna sait maintenant que c'est faux. Elle ressemble davantage à sa mère qu'elle ne l'avait jamais pensé.

— Sauf la dernière, reprend Dante. C'était une lettre de rupture. Ta mère avait écrit à mon père qu'elle était désolée, mais qu'elle devait mettre fin à leur relation. Elle avait rencontré un autre homme et elle en était passionnément amoureuse.

— Elle donnait son nom ? demande Anna, mais elle connaît déjà la réponse.

Son cœur bat à se rompre et elle se sent prise de vertige. Son corps la prépare pour la nouvelle à la fois bouleversante et tellement évidente. Rétrospectivement, elle n'en revient pas de n'y avoir jamais pensé avant.

— Arthur Matheson, répond Dante.

Anna pousse un soupir. Maintenant, tout prend sens. Le mariage si rapide de ses parents qui se connaissaient depuis deux semaines à peine. Pour Kenneth Wentworth, cela avait dû être un séisme émotionnel. Aimer quelqu'un, penser en être aimé en retour, et se voir plaqué parce que l'autre a trouvé un nouvel amour, et un amour durable.

Anna comprend à présent la réaction violente de sa mère quand Dante et son père avaient fait irruption à la dernière fête de Noël. Elle craignait que Kenneth Wentworth ne soit venu faire un scandale. Anna comprend aussi pourquoi Mr Wentworth avait interdit à Dante de sortir avec elle. Il voulait qu'une fille Matheson connaisse le même drame que lui. Finalement, ça expliquait pourquoi Kenneth Wentworth avait pris son père pour cible.

— Je n'avais pas compris, dit Anna. Toute cette histoire.

Ce n'était pas une question de gros sous. Peut-être que ça l'était pour Lapsford, Herb Pulaski et les autres. Mais pour le père de Dante, c'était une affaire personnelle. Ce qu'il avait fait, ce n'était pas seulement un acte de sabotage.

C'était une vengeance.

29

ANNA PENSAIT ÊTRE ARRIVÉE au summum de la surprise quand Dante lui avait révélé que c'était lui qui avait envoyé les preuves à tante Retta. Elle se trompait. Ses jambes se dérobent sous son poids et elle est obligée de s'appuyer sur le bar pour se stabiliser.

— Ça va ? s'inquiète Dante.

Anna répond d'un faible hochement de tête.

Elle aurait dû se douter que ce n'était pas qu'une affaire d'argent. Kenneth Wentworth avait tramé un complot impensable, qui avait détruit des dizaines de familles. Pour oser faire une chose pareille, il fallait avoir été soi-même détruit. Et maintenant qu'Anna sait ce qui s'est passé, il reste encore une question en suspens.

Qui d'autre était au courant ?

— Il faut que je te laisse, dit Anna.

Dante la retient par le bras.

— Il faudrait vraiment qu'on parle de tout ça.

— Non, proteste Anna en se dégageant. Pas maintenant. S'il te plaît.

Elle quitte la voiture-restaurant et repart vivement vers l'arrière du train. Dans la voiture 12, elle s'arrête devant la suite A et frappe à la porte. Sal lui ouvre, visiblement ennuyée, et plus encore à la vue d'Anna.

— Tu étais au courant, pour ma mère et Kenneth Wentworth ? lance Anna.

Sal répond d'un haussement d'épaules évasif.

— J'avais entendu des ragots, par-ci, par-là.

— Et tu savais que c'était pour ça que Wentworth s'était juré de détruire mon père ?

Sal recule dans sa cabine, laissant à Anna le choix d'entrer ou non. Elle avance d'un pas prudent et referme la porte derrière elle. La suite, plutôt vaste pour une cabine de chemin de fer, paraît trop petite pour les deux femmes, encombrée qu'elle est par les nombreux bagages de Sal. Auxquels s'ajoute maintenant le passé commun des deux femmes. Anna a l'impression de le sentir peser sur ses épaules et forcer sur les murs. Une histoire trop pénible pour être contenue dans un espace aussi restreint.

— Je n'en étais pas sûre, reprend Sal. Ken Wentworth ne m'a jamais révélé ses motifs. Il m'a juste dit ce qui allait arriver, et qu'il avait besoin de moi pour ça.

— Mais pourquoi as-tu fait son jeu, Sal ? s'exclama Anna. (Et elle s'en vcut aussitôt de l'image qu'elle doit donner. Si jeune, si vulnérable, comme la petite fille qu'elle était. Et qui n'existe plus. Elle a disparu. Elle est morte. Un fantôme.) Je comprends que les autres aient accepté. Même Edith. Mais toi ? Pendant toutes ces années, je me suis interrogée sur tes raisons. Pourquoi as-tu trahi mon père ? Pourquoi nous as-tu tous trahis, toute la famille ?

Sal se laisse tomber dans le fauteuil près de la fenêtre, ses vêtements élégants, ses cheveux décolorés ne peuvent cacher son air vieilli, fatigué. Un changement surprenant par rapport à l'époque où Anna l'a connue. Sal ne paraissait alors pas beaucoup plus âgée qu'elle. Il n'y a plus trace de cette jeune femme-là. Cette jeune femme dynamique, qui avait du chien et qui épatait la jeune Anna a disparu. La Sal d'aujourd'hui lui fait l'impression d'une femme amère, vidée.

— C'est compliqué, répond-elle en prenant son sac. De bien des façons que tu ne comprendrais pas.

Mais Anna croit avoir déjà compris. Elle se souvient combien Sal était avide de plaire, toujours à côté de son père, veillant à satisfaire ses moindres désirs, même en dehors du travail. C'est l'une des raisons pour lesquelles Anna en était arrivée à la considérer comme une sœur aînée. Sal n'était jamais loin, se joignant à la famille d'une façon qui allait au-delà des devoirs d'une employée dévouée.

— Tu étais secrètement amoureuse de mon père ! lance Anna, stupéfaite de n'avoir jamais envisagé cette possibilité. Et tu savais qu'il ne te rendrait jamais ton amour.

Avec un petit ricanement, Sal prend son rouge à lèvres et son vernis à ongles dans son sac.

— C'est insultant. Pas à mon égard, mais à l'égard de la gent féminine dans son ensemble. Une femme peut être motivée par bien d'autres choses qu'un amour sans retour.

— C'était quoi, ton motif, alors ? L'argent ?

— Ce n'était pas ma priorité, contrairement à certains autres.

— Alors quoi ? insiste Anna, se rendant compte qu'elle doit à nouveau donner l'impression de réagir d'une façon puérile, comme une enfant blessée. Qu'est-ce qui t'a poussée à faire ça ?

Sal débouche le flacon de vernis à ongles, écarte les doigts de sa main gauche et entreprend de vernir ses ongles du même rouge écarlate que ses lèvres.

— La honte, lâche-t-elle. La honte, et la peur.

— Je ne te crois pas, Sal. Des gens sont morts. Tommy est mort. Tout ça à cause de ce Kenneth Wentworth que tu as contribué à couvrir. Qu'est-ce qui aurait pu être plus honteux que ça ? De quoi avais-tu peur ?

Anna attend une réponse qui n'arrive pas. Sal continue à se faire les ongles, dans un silence obstiné. Anna comprend qu'elle est sur la bonne piste. Il est clair qu'une autre personne était impliquée dans sa décision. Et si ce n'est pas son père, qui était-ce ?

— C'était Kenneth Wentworth ? demande-t-elle. Il se mourait toujours d'amour pour ma mère, et tu étais amoureuse de lui ?

— Je t'ai dit que je n'ai pas fait ça à cause d'un homme. (Sal fait pivoter le fauteuil et regarde Anna droit dans les yeux.) Je l'ai fait à cause d'une femme.

30

SALLY N'AURAIT JAMAIS CRU qu'une nuit pourrait suffire à détruire sa vie et celle de tant de gens. Et pourtant, c'est ce qui s'était passé. Une nuit qu'elle n'oublierait jamais, et qu'elle regretterait éternellement. Tout avait commencé on ne peut plus normalement. C'était ça le plus bizarre. Rien n'annonçait le cataclysme qui allait s'abattre sur sa vie.

C'était un mardi, et elle se sentait particulièrement esseulée après un énième rendez-vous désastreux avec un salopard, une face de rat qui avait essayé de la peloter au bout de deux minutes.

— Tu as tout faux, mon pote, avait-elle dit avant de le planter là.

Mais elle n'avait pas envie de rentrer chez elle. Ce rendez-vous avait été une mauvaise idée, et elle pensait en avoir une bien meilleure. Une idée qui l'avait menée à l'autre bout de la ville, dans un bar en sous-sol, situé sous une boutique de lingerie. Les mannequins dans la vitrine, en combinaisons de soie et robes à plumes, semblaient indiquer ce qu'on pouvait trouver en dessous.

À l'intérieur, Sally était allée droit vers le bar et avait commandé un verre. Le barman, le seul homme de l'endroit, s'était empressé de lui servir un verre bien tassé. En quelques minutes, le tabouret à côté du sien avait été occupé par une jeune rousse en robe bleue qui ressemblait tellement à Rita Hayworth que Sally avait pensé qu'elle s'était trompée d'endroit.

En pianotant sur le dessus du bar, elle avait engagé la conversation.

— Je ne sais jamais quoi demander. Vous buvez quoi, vous ?

— Un manhattan, avait répondu Sally.

Rita Hayworth avait ouvert de grands yeux.

— Un manhattan à Philadelphie ? C'est légal, ça ?

— Dans cette ville, probablement pas.

— Je ne dirai rien à personne. Avec moi, votre secret est bien gardé, avait répondu la rouquine avec un clin d'œil, faisant comprendre à Sally qu'elle savait très bien dans quel genre d'endroit elle s'était aventurée.

Le manhattan était devenu deux, qui avaient fini par faire trois. Quand elle avait vidé le troisième, Sally avait la main sur l'une des cuisses souples de la rouquine et remontait doucement vers le haut de sa jupe.

— Emmène-moi chez toi, avait dit Rita Hayworth d'une voix rauque, lubrique.

Sally n'emmenait jamais de femmes chez elle. Leçon apprise de son père, un coureur de jupons de classe internationale, qui s'était envoyé en l'air dans la moitié des hôtels de la ville. Sauf une fois. Le jour où la mère de Sally les avait emmenées, sa sœur et elle, à Cape May pour le week-end. En rentrant à la maison, elles avaient trouvé leur père endormi et une petite brune en train de boire un café, les seins à l'air, dans la cuisine.

— Je n'habite pas toute seule, avait menti Sally.

— Alors, on va à mon hôtel.

Sans attendre sa réponse, elle avait pris Sally par la main, l'avait fait sortir du bar, monter dans un taxi, et conduite dans son lit. Où Sally avait passé le restant de la nuit à s'émerveiller de la chance qu'elle avait de tenir dans ses bras cette jeune créature magnifique.

Sauf que la chance n'avait rien à voir dans l'histoire. Sally devait le découvrir deux jours plus tard. Rita Hayworth l'avait appelée au bureau en lui proposant de venir prendre un verre à son hôtel. Tout excitée à la perspective de passer encore un bon moment avec sa rouquine volcanique, Sally ne s'était même pas demandé comment celle-ci avait su où elle travaillait. Elle n'avait compris qu'il se passait quelque chose de louche qu'en arrivant au bar et en voyant Rita dans un box discret avec un homme.

Parce que l'homme qui se trouvait en compagnie de la fille avec qui elle avait couché n'était pas n'importe qui. C'était Kenneth Wentworth, le principal concurrent de son patron.

— Miss Lawrence ! Ravi que vous ayez pu vous joindre à nous, avait-il dit, avant d'ajouter, avec un clin d'œil : je crois que vous vous connaissez déjà, les filles.

Rita avait évité le regard de Sally lorsque Wentworth avait fait glisser vers elle, sur la table, une grande enveloppe kraft.

— Qu'est-ce que c'est ?

— Ouvrez-la, vous verrez bien, avait répondu Wentworth avec un sourire onctueux.

Sally avait ouvert l'enveloppe et failli se trouver mal. Elle contenait une dizaine de photos prises depuis l'intérieur du placard de la chambre de Rita, montrant leurs ébats de cette nuit-là. Les deux femmes s'embrassant, se déshabillant, tombant sur le lit. Le temps qu'elle arrive à la photo de Rita, le visage enfoui entre ses cuisses, Sally se demandait comment elle avait fait pour ne pas être déjà morte de honte, de colère et de peur.

— Je peux partir, maintenant ? avait demandé Rita.

— Bon boulot, petite, avait répondu Wentworth en lui tendant une enveloppe bien remplie.

La fille s'était éclipsée sans avoir une seule fois croisé le regard de Sally, en murmurant précipitamment un « je suis désolée ».

C'est à peine si Sally l'avait entendue, trop choquée par ce qu'elle avait vu sur ces photos. Glacée, comme si son sang s'était figé dans ses veines.

— Vous avez le choix, Miss Lawrence, avait dit Wentworth. Je peux envoyer des tirages à votre mère, votre sœur, votre employeur, tous les gens que vous connaissez. Ou je peux vous les remettre, ainsi que les négatifs, en vous laissant le soin de les détruire. Je peux les faire disparaître en échange d'une faveur.

Sally était prête à accepter le marché avant même d'en connaître les termes.

— Tout ce que vous voudrez.

Elle n'avait su de quoi il retournait que le lendemain de l'enterrement de Tommy Matheson. On lui demandait de créer un ensemble de documents susceptibles de relier son patron à l'acte de sabotage dans lequel son fils et une bande de jeunes conscrits avaient trouvé la mort.

Si elle acceptait, les photos et les négatifs seraient à elle, ainsi qu'une somme astronomique.

Si elle refusait, toutes les photos seraient rendues publiques, et elle serait impliquée dans le complot, ainsi que son patron.

Sally avait fait son choix.

La tâche accomplie, photos et négatifs lui avaient été livrés dans un bel emballage cadeau. Elle les avait brûlés dans l'évier de la cuisine, en descendant une bouteille de whisky au goulot, les yeux vissés sur les flammes.

Et tout cela, elle le raconte maintenant à Anna. Son sale secret. Sa honte secrète. La seule chose qu'elle garde par-devers elle, c'est la culpabilité écrasante qu'elle éprouve depuis ce jour. Elle sait qu'Anna – qui a plus souffert qu'elle-même ne souffrirait jamais – s'en fiche pas mal. Elle ne lui dit pas non plus que la raison pour laquelle elle n'en a jamais soufflé mot à personne, c'est qu'après avoir ruiné tant de vies, Sally ne voyait pas l'intérêt de détruire la sienne. Et donc, elle a empoché l'argent, bien consciente que cela ne ferait que la rendre plus misérable.

— Je n'implorerai pas ton pardon, dit Sally, soudain prise de l'envie de s'envoyer le reste de whisky de sa flasque. Je sais que tu ne me l'accorderais pas, et d'ailleurs je ne le mérite pas.

— Tu as raison sur ces deux points, acquiesce Anna.

— Je te jure, Anna, que si j'avais su que la mort de Tommy faisait partie du plan, je n'aurais jamais marché dans la combine, quoi qu'il puisse m'en coûter. Mais quand ils m'ont attirée là-dedans les opérations étaient déjà lancées. Rien de ce que j'aurais pu faire n'y aurait changé quoi que ce soit.

Si un regard pouvait tuer, Sally aurait été foudroyée par celui qu'Anna lui lance en disant :

— Mon père aussi est mort. Ça, tu aurais pu l'éviter.

— Même pas, répond Sally. D'une façon ou d'une autre, Ken Wentworth serait allé jusqu'au bout de son plan. La seule différence, c'est que moi aussi je me serais retrouvée en prison, et que j'aurais eu toutes les chances de me faire tuer.

Anna la fusille du regard.

— Ça peut encore arriver.

Sally hoche la tête. C'est probablement le sort qui l'attend si elle ne descend pas du train avant Chicago. Ce qu'elle ne comprend pas, c'est pourquoi Anna tient absolument à tout régler elle-même. Si leurs rôles étaient inversés, Sally n'aurait pas attiré Anna dans un train sous un prétexte fallacieux pour la livrer aux fédéraux. Et cela pour la bonne raison qu'Anna serait déjà morte. Sally y aurait veillé.

— Maintenant que tu as eu mes aveux, dit-elle, tu vas encore prétendre que tu n'as pas l'intention de me tuer ?

— Je te l'ai dit, je ne suis pas une meurtrière.

Sally finit de se vernir les ongles. Sans relever les yeux, elle demande :

— Et ton ami irlandais ?

— Seamus ? Ce n'est pas son genre non plus.

— Je t'en prie, ne me dis pas que tu le crois.

— Que veux-tu dire ? fait Anna, sur le même ton tranchant.

Tout à coup, la pièce semble avoir encore rapetissé, se remplissant de méfiance de part et d'autre.

— Je veux dire que c'est lui qui a tué Judd, c'est évident. Et probablement Edith aussi.

Anna secoue la tête.

— Seamus ne ferait jamais ça.

— Tu en es sûre ? Réfléchis. Il n'a pas été fouillé, en tout cas pas complètement. Quand Mr Davis a vu son pistolet, il s'est arrêté. Si ton copain Seamus avait du poison dans la poche, aucun d'entre nous n'a pu le savoir.

Elle regarde Anna ouvrir la bouche, s'apprêter à lui dire qu'elle se trompe. Que Seamus a bien été fouillé, que tout le monde l'a vu. Mais quand elle referme les lèvres sans objecter, il est clair qu'elle a compris le bien-fondé de l'objection de Sally.

— Peu importe, il ne ferait jamais ça. On a échafaudé ce plan ensemble. On était d'accord pour ne faire de mal à aucun de vous. Et pourtant, ajoute-t-elle, en ménageant une pause pour s'assurer que Sal entendra bien ses paroles, c'est tout ce que tu mérites.

— C'était peut-être le plan, mais les choses changent en cours de route. Peut-être qu'en nous voyant tous ensemble ça l'a rendu fou furieux, et qu'il n'a pas pu se retenir. Dans certaines circonstances, les gens sont capables de tout. J'en suis la preuve vivante.

— Seamus vaut mieux que toi, répond Anna. Comme la plupart des gens.

Sally ne peut pas dire le contraire.

— Je ne le juge pas. J'ai fini par accepter que nous méritons tous ce qui nous attend. Ce que je dis, ajoute Sally en portant son regard vers le paysage enneigé qui défile derrière la fenêtre – un espace de liberté qu'elle ne connaîtra plus jamais –, ce que je dis, c'est qu'à ta place, je veillerais à ce que Seamus ne la joue pas en solo.

31

ANNA TRAVERSE LA VOITURE 12 dans une sorte de brouillard. Malgré tous ses efforts, les dernières paroles de Sal ont provoqué un séisme en elle. Elle se sent aussi ébranlée, déséquilibrée que le train qui avance en tanguant sur les rails, la ballottant d'un côté à l'autre du couloir.

Seamus n'est pas le tueur.

Anna le sait dans la moelle de ses os, tout comme elle sait que Sal ne l'a peut-être accusé que pour détourner les soupçons, car elle aurait pu tuer Judd et Edith tout aussi facilement que lui. Après tout, elle fait partie des trois personnes qui ont choisi leur martini avant Judd. Elle aurait pu mettre du poison dans son verre sans se faire remarquer. Et il lui était aussi facile qu'à Seamus de rejoindre Edith dans la voiture panoramique.

La seule différence, c'est que Sal n'avait aucune raison de tuer Judd ou Edith.

Contrairement à Seamus.

Et maintenant qu'un mince filet de doute s'est insinué dans ses pensées, Anna ne peut résister à l'envie de tirer un peu dessus pour en tester la résistance. Par exemple, Sal a raison de dire que Seamus n'a pas été vraiment fouillé. Seule sa veste d'uniforme a été examinée, avant que la découverte du pistolet mette fin à la palpation. Seamus aurait pu avoir du poison dans une poche de son pantalon, à l'insu de tous.

Quant à Edith, il est clair qu'elle a été tuée tout de suite après qu'elle-même a quitté la voiture d'observation. Pendant qu'elle arpentait le train à la recherche de l'homme qu'elle avait vu rôder dans les couloirs, Seamus aurait eu le temps d'étouffer Edith puis de regagner sa suite.

Anna sait qu'elle ne devrait pas penser à ça. Ils sont dans cette histoire ensemble, Seamus et elle. Il ne ferait jamais rien sans lui en parler avant.

Vraiment ?

Elle entre dans la voiture 13. La trouve anormalement silencieuse. Pourtant, le grondement des roues sur les rails n'a pas cessé. Ne manquent que les bruits qui l'accompagnent, les signes qui indiquent la présence de passagers à bord. Les bruits de voix, de toux, et de pas dans les couloirs. Sans eux, la voiture paraît aussi silencieuse qu'une tombe.

Dans ce silence étrange, Seamus monte toujours la garde devant la chambre d'Herb Pulaski. Il est adossé à la fenêtre en face de la porte, le regard perdu dans le vide, stoïque, à son habitude.

— Mr Pulaski est sage ? demande Anna.

— Pas un bruit depuis un quart d'heure. Et toi, qu'est-ce que tu fabriquais ?

— J'ai eu une conversation avec Sal que j'aurais dû avoir depuis longtemps.

— Comment ça s'est passé ?

— Ça a projeté un éclairage nouveau sur les événements, répond Anna. Elle croit que c'est toi le tueur, ajoute-t-elle après une pause.

Seamus lui jette un regard interrogateur.

— À ton avis ?

— C'était toi ? souffle Anna dans un soupir, comme pour atténuer ce que la question pourrait avoir de déloyal. C'est toi qui as fait ça, Seamus ?

Il est blessé par la question. Anna le voit dans ses grands yeux marron qui révèlent toutes ses émotions. Elle s'est souvent demandé si Seamus savait à quel point ses yeux étaient expressifs. Elle n'a qu'à croiser son regard pour savoir exactement ce qu'il ressent.

— Ça ne fait rien si c'est toi, reprend-elle. Enfin, si, évidemment. Mais je comprendrais. Si quelqu'un a le droit de se venger, c'est bien toi.

— Mais où es-tu allée chercher cette idée !? lance Seamus. Ça ne peut pas venir seulement d'une chose que Sally Lawrence a dite.

— Tu n'as pas répondu à ma question.

— Je n'ai pas tué Judd Dodge, ni Edith Gerhardt, répond Seamus, visiblement ennuyé de devoir se justifier. Je reconnais que ce n'est pas l'envie qui m'en a manqué. Je voudrais tous les tuer de mes propres mains. Mais ce n'est pas moi qui l'ai fait, et je ne le ferai pas. Parce que je sais que ce n'est pas ce que tu veux.

Anna cherche un indice, même infime, qu'il lui ment, mais elle ne reconnaît que l'expression chagrinée qu'elle lit sur son propre visage chaque fois qu'elle se regarde dans un miroir.

— Tu me crois, hein ? demande Seamus.

— Oui, répond Anna.

Parce que c'est vrai, elle le croit. Et même plus que cela, elle a confiance en lui. Elle n'a pas le choix. Ils sont dans un train vide, à part un groupe d'ennemis implacables, dont l'un est un tueur. Seamus est la seule personne à qui elle peut se fier.

— Alors, à ton avis, qui les a tués ? demande-t-elle.

— Je continue à parier sur Dante Wentworth.

— Ce n'est pas lui, je te l'ai déjà dit.

— Tu as quelque chose pour étayer ta conviction ? Ou c'est juste parce que tu es amoureuse de lui ?

— Étais. J'étais amoureuse de lui.

Seamus écarte ce commentaire d'un « Si tu le dis » empreint de scepticisme.

— Je ne le crois pas capable de faire quelque chose comme ça, c'est tout. D'autant qu'il n'a aucune raison pour cela. Il n'a rien fait de mal.

— Il t'a brisé le cœur.

Anna regarde par la fenêtre. Derrière la neige blanche, le ciel noir est à peine visible.

— En effet. Mais il est en train de se rattraper. C'est lui qui a réuni les preuves et qui les a fait parvenir à tante Retta. Il vient de me le dire. Apparemment, il hait son père autant que nous.

— Ça, j'en doute fortement.

Anna envisage de lui raconter ce que Dante vient de lui révéler à propos de sa mère et de Kenneth Wentworth – qu'ils avaient été fiancés, dans le temps. Que la principale raison de toute cette tragédie, c'est la rancune. Une rancune qui a fermenté pendant des années chez un homme amer, au cœur brisé. Finalement, elle décide de ne pas le lui dire. Personnellement, cette nouvelle n'a fait que la rendre encore plus malheureuse, et elle imagine l'effet que pourrait avoir sur Seamus d'apprendre que son frère n'a été qu'une innocente victime collatérale de ce drame.

— Dante est de notre côté, dit-elle. Sans lui, nous ne serions pas là.

Seamus lève les yeux au ciel.

— Je ne manquerai pas de le remercier la prochaine fois que je le verrai. Si on arrive vivants à Chicago.

— Tu as peur qu'on n'y arrive pas ?

— Oui. Et si on y arrive, je m'inquiète de ce qui se passera après.

Anna comprend ce qu'il veut dire. Elle éprouve la même chose. Ils ont passé des années à pleurer, fulminer, bouillir intérieurement et comploter. Tout cela pour aboutir à cette nuit, ce train, ce moment précis. Et d'ici quelques heures – cinq heures, d'après le programme d'Anna – tout sera fini. Justice sera rendue, les coupables paieront et ils n'auront plus besoin d'entretenir la rage, le bouillonnement, le complot.

Cette vie, Anna ignore comment elle la vivra. Son existence entière tourne autour de la vengeance depuis si longtemps qu'elle n'arrive pas à imaginer un avenir d'où la vengeance serait absente. Elle réalise à quel point c'est triste, absolument pathétique, que ç'ait été son seul but dans la vie.

— Qu'est-ce que tu feras quand tout ça sera fini ? demande-t-elle à Seamus, dans l'espoir qu'il ne soit pas comme elle, qu'il ait autre chose autour de quoi bâtir une vie.

— Aucune idée, répond Seamus. Quand je pense à l'avenir, je ne vois que le néant. J'ai beau essayer d'imaginer quelque chose, c'est tout ce que je me représente. Rien. Que le vide.

— Tu trouveras bien. On trouvera, tous les deux.

Pour Anna, cela implique de trouver un travail. Ce voyage lui a coûté toute sa fortune. Il ne lui reste rien de l'héritage de sa tante. Et elle a beau aimer l'idée de travailler, elle sait aussi qu'elle n'a aucune compétence monnayable. À moins de tomber sur quelqu'un qui recherche une planificatrice spécialisée dans les voyages de vengeance, elle devra repartir de zéro.

— Toi, tu trouveras, reprend Seamus. Mais moi ? Aucune chance. Est-ce qu'on se reverra seulement après tout ça ?

— Mais bien sûr, répond Anna, bien qu'elle en doute.

Elle n'arrive pas à mettre le doigt sur une seule raison pour laquelle ils continueraient à agir de concert, Seamus et elle, une fois arrivés au bout de cette nuit. Ils n'ont rien en commun en dehors de *ça*. Et si *ça* a suffi pour leur faire passer l'année dernière ensemble, elle n'est pas sûre que ce soit suffisant pour une forme d'amitié au-delà.

— Bon, répond Seamus, feignant de la croire.

Un silence s'établit entre eux, mais pas le silence complice auquel Anna s'est habituée. Celui de ces soirées où, après une longue journée passée à organiser leur complot, ils partageaient un dîner silencieux, ou une heure de lecture dans la vaste bibliothèque de tante Retta. Ce silence-là est chargé d'une tension née d'émotions inexprimées, et de paroles non dites.

— Anna, fait Seamus, brisant le silence.

Il indique le sol où un mince filet rouge suinte de sous la porte de la suite A.

Du sang.

Un ruisselet qui progresse sur la moquette du couloir.

Anna se précipite sur la porte et frappe, éveillant des échos dans la voiture.

— Mr Pulaski ? Tout va bien ?

Ne recevant aucune réponse, elle essaie à nouveau.

— Herb ?

Elle tente de tourner la poignée. En vain. La porte est verrouillée.

— Je vais chercher l'agent Davis, dit Seamus, et il s'élance dans la voiture.

Anna reste devant la porte, à cogner, à appeler Herb et à l'implorer de répondre, tout en sachant déjà, au fond d'elle-même, que c'est inutile. Comme les coups frappés sur la porte demeurent sans effet, elle tente à nouveau de tourner la poignée, affolée, imaginant que cette fois le battant va s'ouvrir, qu'elle s'y est juste mal prise lors de sa précédente tentative.

Seamus est déjà de retour avec Reggie. Il a enlevé sa cravate depuis la dernière fois où Anna l'a vu, et le col de sa chemise blanche est déboutonné.

— Il est enfermé à l'intérieur, lui lance-t-elle, paniquée. Je pense qu'il lui est arrivé malheur.

Reggie l'écarte et se jette de tout son poids sur la porte, essayant de l'enfoncer d'un coup d'épaule. La porte tremble mais ne s'ouvre pas. Il réitère sa tentative. Nouvel échec. Seamus vient joindre ses efforts aux siens. Ensemble, ils se précipitent sur le panneau, sans plus de succès. La seule porte qui s'ouvre est celle qui mène à la voiture de devant. Dante, Sally et Lapsford apparaissent, attirés par le tumulte.

— Retournez dans vos chambres ! leur crie Anna.

— Bon sang, mais qu'est-ce qui se passe ? demande Lapsford.

Derrière lui, Sally blêmit.

— Il est arrivé quelque chose à Herb ?

Anna n'a encore aucune idée de ce qui s'est passé, mais ce n'est sûrement rien de bon. Si tout allait bien, ils seraient déjà dans la cabine et il n'y aurait pas de sang sur la moquette. Sang maintenant étalé par les chaussures de Seamus et de Reggie, qui reculent devant la porte.

Avec des grognements, ils se précipitent encore une fois sur le panneau. Qui finit par céder dans un craquement sonore, arrachant des éclats de bois à l'encadrement de la porte. Anna les bouscule pour passer entre eux et jeter un coup d'œil dans la pièce.

La première chose qu'elle voit, c'est une mare de sang.

Sombre. Juste derrière la porte. D'où s'écoulent d'autres ruisselets qui menacent de rejoindre celui du couloir. Le balancement du train imprime à la surface des frémissements répugnants. Une mare dans un tremblement de terre.

Anna s'oblige à regarder plus loin, dans les profondeurs de la suite.

Au-delà de la mare de sang.

En direction du flot qui coule du fauteuil près de la fenêtre.

Puis du fauteuil proprement dit, où Herb Pulaski est assis, mort, visiblement. Mais resté bien droit, comme s'il les attendait. Il y a une sorte de patience calme dans la façon dont sa tête est appuyée au dossier du fauteuil, et dont ses mains sont posées sur les accoudoirs.

L'aspect détendu du corps d'Herb offre un violent contraste avec l'expression d'horreur qu'affiche son visage. Une terreur qui se communique à Anna. Elle savait qu'Herb était mort avant qu'ils n'enfoncent la porte. Mais le spectacle est pire que tout ce qu'elle aurait pu imaginer. Parce qu'Herb n'a pas été tué, comme Judd, sans l'intervention d'une arme. Sa mort n'a pas été aussi propre que celle d'Edith. Il a connu une autre sorte de fin. Très violente.

Sous son menton, une entaille traverse son cou. Légèrement incurvée, comme une deuxième bouche qui cracherait du sang. Herb a les yeux écarquillés par la peur, et sa bouche est restée ouverte comme sur un cri silencieux.

Prise de vertige devant l'horreur de la scène, Anna ne peut s'empêcher de hurler avec lui.

03 H 00

À CINQ HEURES DE CHICAGO

32

LE BRUIT ENVAHIT le crâne d'Anna alors qu'elle contemple le cadavre d'Herb Pulaski. Pas son cri, qui prend fin aussi soudainement qu'il a commencé, mais un énorme tintamarre métallique qui lui rappelle celui qu'elle entendait dans son enfance, quand elle se rendait dans l'usine de son père. Tous ces martèlements, ce bruit de tonnerre alors que les hommes donnaient à l'acier la forme qui en ferait un train. Elle se bouche les oreilles comme quand elle était petite, mais ça ne fait pas taire le hurlement infernal qui retentit dans son crâne.

Piégée dans cet enfer sonore, Anna ne peut détacher son regard d'Herb et de tout ce sang, de l'entaille qui traverse sa gorge, ce sourire atroce. Enfin, le soulagement arrive sous la forme de Reggie qui entre dans la cabine, enjambe prudemment la mare de sang et prend le drap du lit pour en recouvrir le corps.

Ne plus voir Herb atténue suffisamment le vacarme qu'Anna a dans la tête pour qu'une pensée terrible émerge.

Il avait raison.

Quelqu'un remonte vraiment tout le long du train et les tue, une suite après l'autre.

Herb le savait, et il l'avait avertie, mais Anna n'avait pas voulu l'écouter. Elle avait cru qu'il suffirait de lui promettre de veiller à sa sécurité. Et maintenant il est mort, assassiné d'une façon épouvantable.

Et tout comme les deux fois précédentes, Anna est ulcérée par ce genre de justice particulière. Ils ont fini de souffrir, c'est allé trop vite – ce qui pourrait être la raison des trois meurtres.

Le meurtrier n'a pas fait ça pour réduire Herb, Judd et Edith au silence. Il l'a fait pour priver Anna de la satisfaction de les livrer à la justice.

Elle regarde Sally et Lapsford s'approcher avec Dante de la porte de la suite A pour jeter un coup d'œil à l'intérieur, et le regretter aussitôt. Sally et Lapsford ont l'air particulièrement choqués. Il est clair qu'ils se rendent compte que leur nombre diminue. Normalement, Anna s'en serait réjouie. Elle aurait adoré qu'ils aient peur, adoré sentir l'angoisse monter en eux alors qu'ils s'approchaient inexorablement de Chicago.

Mais pas comme ça.

Elle voulait qu'ils soient terrifiés par ce qu'elle leur faisait, par ce qu'elle leur imposait. Mais ça… ça n'a rien à voir, et elle éprouve elle-même un frisson de crainte à la pensée que l'un d'eux est plus que vraisemblablement responsable de la tournure des événements.

Le lieutenant-colonel Jack Lapsford.

— Espèce de monstre ! s'écrie Anna en le regardant reculer devant la porte. Je sais que c'est vous qui avez fait ça !

Lapsford ouvre de grands yeux.

— Moi ? On sait tous que c'était vous. Vous êtes la seule qui avait un couteau.

Anna chancelle. Un demi-pas tremblant qui l'amène sur le seuil de la chambre, la moquette trempée de sang giclant sous ses chaussures.

— Non, je…

— Où étiez-vous pendant cette dernière demi-heure ? lance Lapsford.

— Avec moi, la plupart du temps, intervient Reggie, qui se trouve encore auprès du cadavre d'Herb.

— Et avec moi, ajoute Seamus. Jusqu'à ce qu'on voie le sang suinter sous la porte.

— Et entre les deux, j'étais dans la chambre de Sally.

Sal ne confirme pas immédiatement sa déclaration. Son silence, allié à son expression hésitante, fait comprendre à Anna que rien n'a changé entre elles depuis leur conversation. Elle déteste toujours Sal pour ce qu'elle a fait, et Sal la soupçonne encore d'être une meurtrière. Anna ne voit donc pas pourquoi Sal prendrait sa défense. C'est pourquoi c'est une surprise complète quand elle dit, lentement et à contrecœur :

— Avant ça, elle était avec moi. Elle ne ment pas, Jack.

— Eh bien, ce n'est pas moi qui l'ai tué, affirme Lapsford.

— Je ne vois pas comment l'un de vous aurait pu faire ça, dit Reggie en tournant lentement sur lui-même, parcourant la cabine du regard. La porte était verrouillée, et le verrou mis. Or il ne peut être tourné que de l'intérieur de la chambre, ajoute-t-il en indiquant le gros bouton de métal sur la porte esquintée.

Anna regarde l'encadrement de la porte, où un morceau, correspondant à l'emplacement du verrou, a été arraché, probablement quand Seamus et Reggie ont enfoncé la porte. On peut comprendre que quelqu'un ait pu entrer dans la suite parce qu'Herb lui aurait ouvert, bien qu'Anna lui ait dit de ne pas le faire, mais la présence du verrou complique l'affaire.

— Comment le tueur est-il ressorti ? demande Dante.

— C'est peut-être Herb qui s'est fait ça lui-même, suggère Sal avec un haussement d'épaules. Il s'est enfermé et il s'est suicidé.

— Alors où est le couteau ? Il n'est pas ici, ajoute Reggie en indiquant d'un geste circulaire la cabine éclaboussée de sang. Si Herb s'était tranché la gorge lui-même, le couteau serait encore là, entre ses mains ou pas loin.

Anna reporte son regard sur le corps recouvert d'un drap, et son estomac se révulse au souvenir de ce qu'il cache. Les yeux d'Herb, écarquillés, sans vie. Sa gorge tranchée. Le sang luisant.

Et elle se dit que ce n'est pas le corps d'un homme qui s'est tranché la gorge et a réussi à se débarrasser du couteau avant de se rasseoir dans un fauteuil. C'est le cadavre de quelqu'un qui a été tué par surprise.

Vraisemblablement par quelqu'un qu'il connaissait.

Quelqu'un en qui il avait confiance, et qu'il a laissé entrer volontairement, verrouillant peut-être la porte derrière lui. À moins que le tueur n'ait tourné le verrou après avoir tranché la gorge d'Herb. Quoi qu'il en soit, la porte verrouillée ne laissait aucun moyen de fuir.

Anna fait un pas hésitant dans la pièce et regarde autour d'elle. Elle ne peut chasser l'impression que quelque chose lui échappe. Un détail crucial qui pourrait non seulement donner une idée de l'identité du tueur, mais aussi de la façon dont il est ressorti.

Et puis elle comprend.

— Il est passé par la fenêtre, dit-elle.

Reggie se retourne vers elle, surpris et impressionné.

— Comment le savez-vous ?

— Le sang.

Le cadavre d'Herb est assis dans le coin entre le mur et la fenêtre. À gauche du corps, le mur a été aspergé par le jet artériel au moment où sa gorge a été tranchée. De même que le rideau à sa droite.

Mais la vitre n'est pas éclaboussée. Il n'y a pas une tache dessus. Ce qui veut dire que la fenêtre était ouverte quand Herb a été égorgé. Et si le tueur a pu entrer par la porte, cette fenêtre était le seul moyen de sortir.

Reggie lui fait signe et ils s'approchent sans un mot de la fenêtre.

— Qu'en pensez-vous ? demande Anna.

Il effleure la vitre, les doigts écartés.

— Je dirais que personne n'aurait pu faire ça – si ce n'était pas le seul moyen de quitter la pièce. La fenêtre est-elle seulement assez grande ?

Anna incline la tête, estime la taille de la fenêtre. Un mètre de haut et autant de largeur. Assez grande pour laisser passer Sally, Dante, Reggie et même Seamus. La seule personne qui semble exclue est Lapsford. Elle ne l'imagine pas s'insinuer avec sa panse rebondic dans un cspacc aussi exigu.

— Quand il a quitté la pièce, il a vraisemblablement grimpé sur le toit pour accéder à une autre partie du train, dit Reggie.

En d'autres circonstances, Anna penserait que c'est impossible. Le *Phoenix* semble aller trop vite pour un tel exploit. Le mouvement rendrait très difficile de garder son équilibre sur le haut de la voiture. Et encore, en supposant qu'on ne soit pas immédiatement soufflé hors du train.

Un problème encore plus insoluble réside dans la manipulation de la vitre. Celles du *Phoenix* s'ouvrent en coulissant verticalement. Comme la fenêtre d'Herb était déjà en partie ouverte, entrer à l'intérieur aurait été, sinon simple, au moins relativement faisable. En s'y prenant bien, en s'abaissant rapidement, puis en passant les jambes d'abord, on pourrait prendre quelqu'un par surprise.

Mais sortir par la fenêtre et la refermer derrière soi ? C'est un autre genre d'exploit. Ça exigerait que le tueur s'insinue par la vitre ouverte et la referme tout en se cramponnant à la paroi du train. Et dans le blizzard, par-dessus le marché.

Pour voir si c'est possible, Anna s'approche de la fenêtre près du lit et l'ouvre d'un seul mouvement fluide. Le vent et la neige s'engouffrent aussitôt dans la pièce, accompagnés par le bruit des roues du train, une agression de tous les sens qui oblige Anna à arrimer fermement ses pieds sur le sol pour éviter d'être projetée sur le lit.

En s'appuyant au bord de la fenêtre, elle se glisse dans l'ouverture jusqu'à ce que tout le haut de son corps se retrouve à l'extérieur. Elle ressent immédiatement l'étrangeté d'être en dehors d'un train qui se déplace. Ça paraît rigoureusement irréel. Surtout un train qui va aussi vite que le *Phoenix*. Sa vitesse génère un tandem vent et froid qui la glace jusqu'à la moelle des os. Et la situation est encore aggravée par le torrent de neige. Chaque flocon qui heurte sa peau lui fait l'impression d'une piqûre d'épingle, tandis que le vent presse sur elle comme une énorme main invisible.

Ainsi penchée hors de la fenêtre, Anna remarque comment tout ce qui est isolé, amorti à l'intérieur d'une voiture de chemin de fer devient dangereusement bruyant et réel de l'extérieur. Les roues tournent à quelques mètres en dessous d'elle, le ramdam métallique paraît avide de la réduire en purée si elle tombait.

Et elle pourrait si facilement tomber.

Quelqu'un n'aurait qu'à se glisser derrière elle et la pousser. Cela amène Anna à resserrer sa prise sur le bas de la fenêtre alors qu'elle se penche hors du train et regarde les autres fenêtres. Celle à côté du corps d'Herb par laquelle le tueur s'est introduit.

Un profil métallique plat de quelques centimètres d'épaisseur court sur le haut de la vitre. Il y a une sorte de corniche similaire à l'intérieur du train, pour permettre aux passagers d'ouvrir et de fermer facilement la fenêtre. Il suffit de passer les doigts sous la barre de métal pour la remonter ou l'abaisser, à l'intérieur comme à l'extérieur de la cabine.

Mais est-ce qu'on pourrait faire ça en se cramponnant à la paroi du train ? Ça paraît difficile.

Encore penchée hors du train, fouettée par le vent, la neige et le froid, Anna réussit à s'asseoir sur l'appui de fenêtre et à regarder à l'intérieur. Cramponnée à l'encadrement de la fenêtre, elle se penche aussi loin que possible pour examiner le dessus du train.

Elle réalise aussitôt que c'est une erreur. Le froid lui donne l'impression de plonger dans l'eau glacée, et le vent est si fort qu'elle prend peur qu'il ne l'arrache hors du train. La neige passe sur son visage, l'aveuglant. Anna regarde à travers le rideau de neige, remarque au bord du toit une corniche de métal qui court sur toute la longueur de la voiture. Bien qu'elle soit assez épaisse pour qu'on puisse s'y agripper, Anna doute que quelqu'un puisse refermer la fenêtre tout en étant seulement suspendu à cela. Il faudrait aussi pouvoir poser les pieds quelque part.

Elle se tortille pour reprendre sa position originale, scrutant le côté du train à la recherche d'un tel endroit. Dans les deux directions, l'extérieur du *Phoenix* semble être une étendue plane d'acier inoxydable maintenant criblée par la glace et la neige. Puis Anna baisse les yeux et remarque un élément sur lequel une personne qui se trouverait hors du train pourrait avoir une prise.

La bande orange qui court le long de la voiture.

Située juste sous la fenêtre, la bande colorée n'est pas peinte, c'est une plaque fixée à la paroi du train. Au-dessus et en dessous, elle forme une étroite bande de métal sur laquelle il serait possible d'appuyer le bout de son pied. On ne pourrait y rester indéfiniment, accroché comme une araignée à la paroi du train, mais Anna suppose que cela offrirait à quelqu'un qui serait agrippé d'une main à la corniche le long du toit suffisamment de soutien pour lui permettre de refermer rapidement la vitre de l'autre.

Satisfaite, Anna se glisse à nouveau par la fenêtre et referme la vitre. Le vent, la neige et le bruit cessent aussitôt, pourtant leur effet sur Anna s'attarde. Des flocons de neige sont restés dans ses cheveux battus par le vent, et elle ne peut s'empêcher de trembler de froid. Elle se frotte les bras pour se réchauffer et se retourne.

Reggie n'est plus dans la pièce.

Il est juste devant la porte. Il a rejoint les autres dans le couloir étroit.

— C'est sûr, le tueur s'est échappé par la fenêtre, dit Anna. Il a vraisemblablement utilisé le toit pour regagner sa propre suite.

Elle s'interrompt, remarquant la façon étrange dont tout le monde l'observe. Même Seamus, qui la regarde comme si elle était une étrangère.

— Qu'est-ce qui se passe ? demande-t-elle.

— Combien de temps es-tu restée avec Sal avant de venir me voir ? demande Seamus.

Il est debout, les bras sur les côtés, la main droite nouée en un poing. Anna se sent soudain mal à l'aise. Elle n'aime pas la façon dont il se comporte, sa posture, le ton sur lequel il lui parle, l'éclair de suspicion qui passe maintenant dans ses yeux.

— Une quinzaine de minutes, répond-elle.

Debout à côté de Seamus, Reggie lui lance un regard curieux.

— Vous en êtes sûre ?

— Bien sûr.

— Alors comment cette chose est-elle arrivée dans la chambre d'Herb ?

Seamus ouvre le poing. Et révèle ce qu'il contient. Le cœur d'Anna cesse de battre. Il ne loupe pas un battement, il n'a pas un frémissement, il s'arrête pour de bon.

Parce que, nichée dans sa paume, se trouve une petite locomotive argentée, étincelante.

L'insigne de son père.

Anna regarde sa robe, l'endroit où la petite broche se trouvait au début de la soirée – et devrait encore être à présent. Le fait qu'elle n'y soit plus lui procure un sentiment de perte. Un trou dans son cœur qui laisse rapidement place à la confusion. Quand, comment et pourquoi l'a-t-elle perdue ?

— J'ai trouvé ça par terre, dit Seamus qui ne fait pas mine de vouloir lui rendre l'insigne. Pendant que tu étais à la fenêtre.

— Il a dû tomber pendant que j'y allais. Ou plus tôt, quand on a interrogé Herb.

— Vous l'aviez encore, à ce moment-là, dit Reggie. Vous ne vous rappelez pas la dernière fois que vous l'avez remarqué épinglé à votre robe ?

Anna s'en souvient. Elle était juste à côté, dans la voiture panoramique, pendant qu'elle discutait avec Edith.

— Il y a quelques heures, répond-elle. Il a pu tomber n'importe quand, entre ce moment-là et maintenant.

— Ça n'explique pas comment il s'est retrouvé par terre, dans une cabine où un homme vient de se faire assassiner, dit Seamus, avec une douce méfiance.

Son ton est plus déçu qu'accusateur, mais Anna sait que c'est ce qu'il fait. Il l'accuse. Ou du moins, il envisage la possibilité qu'elle soit une meurtrière. Chose ironique, quand on pense qu'une demi-heure plus tôt, Anna en avait autant à son service. Voilà qu'à présent ils doutent tous les deux l'un de l'autre. Cela montre à quel point leur plan est en train de foirer.

— Il a pu se retrouver là d'une centaine de façons, dit-elle alors qu'elle a le plus grand mal à en imaginer une seule, son esprit tournant en rond, cherchant des explications logiques. Herb aurait pu marcher dessus, et il se serait enfoncé dans sa semelle. Ou dans l'une de nos chaussures à nous.

Elle s'interrompt, se rendant compte à quel point elle a l'air au désespoir. Et Lapsford comble le silence :

— Plus vraisemblablement, il est tombé alors que vous vous glissiez hors de la chambre.

— Si c'était moi qui avais tué Herb, vous pensez franchement que je vous aurais expliqué comment je m'y serais prise ?

— Oui, répond Lapsford. Pour donner le change. Alors qu'on sait tous que vous aviez un couteau sous votre robe.

Le couloir paraît se refermer sur Anna. Son cœur se remet à battre, cognant contre ses côtes.

— J'ai passé la dernière heure à parler avec vous tous, avec seulement quelques minutes entre chacun. Si j'avais tué Mr Pulaski, grimpé hors du train et rampé sur le toit pour regagner ma propre chambre, j'aurais dû faire si vite que je n'aurais pas eu le temps de refermer ma propre fenêtre, et encore moins celle de sa cabine.

Ses paroles déclenchent une idée dans la tête de Lapsford. Anna le voit venir – son regard s'éclaire –, et elle regrette aussitôt d'en avoir trop dit. Elle n'a aucune idée de ce qu'il pense, mais ça ne peut pas être bon.

— Alors, on n'a qu'à aller voir dans votre suite, on verra bien, déclare-t-il en se retournant pour quitter la voiture.

— Je vous en prie, dit Anna. En fait, je vais même vous y emmener.

Elle passe devant lui et prend la tête d'un défilé qui se dirige vers sa cabine. L'un après l'autre, ils passent dans la voiture 12, puis la voiture 11.

Comme ils avancent, ils croisent un train qui passe en sens inverse dans un grondement de tonnerre. À cause de l'heure tardive, la plupart des fenêtres sont éteintes. Une longue rangée de miroirs d'un noir d'encre qui reflètent le *Phoenix* lui-même. Derrière se trouvent des passagers normaux dans un voyage normal, depuis longtemps bercés et endormis par le doux balancement du train.

C'est ce qu'est ce train. Un rêve sur roues.

Ça pourrait être vrai de la plupart des trains, mais Anna sait que ce n'est pas le cas du *Philadelphia Phoenix*. Ce voyage n'est pas un rêve, ce n'est qu'une succession de cauchemars. C'est très précisément ce qu'éprouve Anna – l'impression de vivre un cauchemar – lorsqu'elle ouvre la porte de sa cabine.

À l'intérieur, l'une des fenêtres est grande ouverte.

Une fenêtre qui était bien fermée la dernière fois qu'Anna s'est trouvée là.

Elle est à présent ouverte, et laisse entrer des bourrasques de neige et de vent glacé qui agitent les rideaux. L'un d'eux, en particulier, flotte furieusement. Anna tend la main et réalise aussitôt pourquoi il s'agite si librement.

L'embrasse par laquelle il était naguère retenu a disparu.

Le même type de cordon qui était enroulé autour du cou d'Edith.

Anna ignore qui a ouvert la fenêtre et ôté l'embrasse. Elle ne sait pas non plus quand c'est arrivé. Tout ce qu'elle comprend, alors que le vent souffle et que le rideau claque, c'est qu'elle se trompait quant au motif qui dictait les meurtres. Ce n'était pas pour empêcher les autres de parler. Ce n'était pas non plus un moyen de ruiner son projet de les traîner tous en justice.

Non, les meurtres ont une raison complètement différente. Et Anna sait exactement laquelle.

33

— IL ESSAIE de me faire porter le chapeau, dit Anna en refermant la fenêtre avec un claquement rageur. (À présent, elle est seule dans sa suite avec Reggie, Seamus étant allé reconduire les autres dans leurs propres cabines.) Exactement comme il l'a fait avec mon père.

Elle ne pense plus maintenant à ceux qui ont été assassinés, ni quand, mais comment. Judd, empoisonné pour avoir été le premier à admettre son rôle dans le complot qui a détruit la famille d'Anna, et à suggérer qu'elle les avait tous réunis ici en vue de les tuer. Edith, étouffée, mais de telle sorte qu'on aurait pu croire qu'elle avait été étranglée, parce que c'est ce qu'Anna avait failli faire quand elle avait perdu le contrôle dans la voiture-salon. Herb, la gorge tranchée après que tout le monde à bord eut appris qu'elle avait un couteau sur elle – et après avoir prédit qu'il serait la prochaine victime.

Ajoutez l'embrasse de rideau de sa propre cabine trouvée autour du cou d'Edith, sa fenêtre ouverte, l'insigne de son père découvert dans la suite d'Herb, et le fait qu'elle avait une bonne raison de vouloir leur mort à tous, Anna est la coupable toute désignée.

— Admettons que vous ayez raison, dit Reggie. À votre avis, qui fait ça ?

— Lapsford, répond Anna. Parce qu'il fait d'une pierre deux coups. Il élimine ceux qui pourraient l'impliquer, et en même temps il me fait paraître coupable, en jetant le doute sur ma santé mentale et sur l'idée que mon père était innocent.

— Vous pensez vraiment qu'il serait capable de faire ça ?

— Il a déjà comploté bien pire. Il n'y a pas de raison de penser qu'il ne recommencerait pas.

Reggie secoue la tête.

— Je veux dire, physiquement capable. Tuer Judd et Edith, d'accord. Jack Lapsford aurait même pu trancher la gorge d'Herb. Mais grimper par la fenêtre sur le toit du train ? Vous pensez qu'un homme de son âge et dans son état physique en serait capable ?

Non, Anna ne le pense pas. Quand elle a examiné la fenêtre, elle n'était même pas sûre qu'il aurait pu se glisser par l'ouverture.

— Peut-être qu'il y a une autre façon de sortir de la suite. Quelque chose qui nous a échappé. Ou peut-être qu'il est possible de tourner le verrou du dehors. On va ouvrir ma porte et vérifier.

Reggie, qui a refermé la porte après le départ de Seamus, ne bouge pas.

— Peut-être que vous pourriez vous contenter de rester dans cette cabine et de ne pas en ressortir avant notre arrivée à Chicago.

Anna se laisse tomber dans le fauteuil à côté de la fenêtre.

Reggie la croit coupable.

Il ne le dit pas ouvertement. Ce n'est pas la peine. Elle le lit dans son regard, sur son visage, dans la raideur de son corps. Il pense qu'elle ne s'est pas contentée de tuer Herb, mais également Judd et Edith.

— Vous ne me croyez pas, hein ? Vous pensez que c'est moi qui les ai tués.

— Non, répond Reggie.

— Alors pourquoi me traitez-vous comme si j'étais coupable ?

— Parce que c'est ce que les autres pensent. Et j'ai peur que nous n'ayons une mutinerie sur les bras si je ne désamorce pas la situation.

— En m'obligeant à rester dans cette cabine ?

En d'autres circonstances, Anna s'en moquerait. Elle a l'habitude d'être seule, ayant passé des années dans l'isolement auprès de sa tante. Un confinement à domicile, subi moins par choix que par nécessité, car elles étaient devenues toutes les deux des parias dans un monde convaincu que son père était un homme au cœur assez froid pour provoquer la mort de son propre fils. FILLE D'ASSASSIN, voilà ce qui était écrit sur la feuille entourant les pierres qui venaient parfois fracasser leurs vitres. Tante Retta brûlait le papier et utilisait les pierres comme bordures de ses plates-bandes.

Même depuis l'arrivée de Seamus dans sa vie, Anna passait plus de temps seule qu'accompagnée. Et donc, la solitude aurait dû lui paraître confortable. Mais ce n'est pas le cas. Parce que maintenant, elle sait que le tueur peut se déplacer de cabine en cabine par *l'extérieur* du train. Et que personne n'est en sécurité. Après tout, Judd Dodge a bien été tué en présence de plusieurs personnes. D'ailleurs, maintenant qu'elle y réfléchit, sa mort ressemble plus à un cas particulier que celles d'Herb et d'Edith.

— Il y a quelque chose qui ne colle pas, dit-elle. Judd est mort sous nos yeux. Alors qu'Edith et Herb ont été tués alors qu'ils étaient seuls, dans des endroits isolés où personne ne pouvait les voir se faire tuer. Pourquoi ?

— Si votre théorie est correcte, dit Reggie en s'installant confortablement sur le lit, c'est pour vous faire porter le chapeau.

— Mais ce n'était pas le cas avec Judd. Ce n'est pas moi qui ai préparé les verres. Je n'étais même pas auprès de lui.

— Vous pensez qu'il y a une raison à ça ? demande Reggie. Judd Dodge a été tué le premier. Est-ce qu'il était pire que les autres ? Est-ce qu'il a joué un rôle plus important dans les événements ?

— Oui, répond Anna. Même s'il est impossible de classer ces six personnes selon leur degré de responsabilité, en allant du plus coupable au moins terrible. Judd Dodge, qui a construit une locomotive faite pour exploser, figure en haut de la liste. Mais je ne pense pas qu'aucun des autres l'ait activement haï.

— Et vous ?

Anna se retourne, comme prise au dépourvu tant la question lui paraît superflue.

— Je les hais tous. Beaucoup trop pour les tuer.

— Et vous êtes sûre que Mr Dodge ne s'est pas tué lui-même ?

— Sûre ? Non. Mais j'ai des doutes. Encore une fois, je n'ai aucune idée de la façon dont c'est arrivé. Il se passait beaucoup de choses en même temps.

Elle passe les dix minutes suivantes à tout raconter à Reggie, son arrivée dans la voiture-salon, le moment où tout le monde s'est dirigé en file indienne vers l'avant du train et en est revenu, puis celui où Dante s'est retrouvé derrière le bar, à préparer les martinis.

— Vous pensez qu'il aurait empoisonné le verre de Judd ? demande Reggie.

Anna ne le croit pas – et pas seulement parce qu'elle est persuadée de son innocence.

— Il a mélangé les quatre cocktails dans le même shaker.

— Et après les avoir versés ?

Non, encore une fois. Anna se souvient très bien que Dante a rempli les quatre verres, écarté les bras et dit : « Venez vous servir. » Après quoi il a reculé tandis que les autres s'avançaient vers le bar pour y prendre le verre de leur choix. Sal, la première, ensuite Herb, puis Lapsford et enfin Judd.

— Et voilà, fait Reggie. L'un d'eux a dû glisser le poison dans son verre en prenant le sien.

— Mais je regardais, répond Anna. On regardait tous.

Elle ferme les yeux et se repasse la scène. Dans sa tête, la séquence défile comme dans un film. Des images vives, tremblotantes, qu'elle regarde comme un film qu'elle aurait déjà vu, sans se laisser prendre par l'intrigue. Elle scrute l'arrière-plan à la recherche de détails dont l'importance lui a échappé sur le coup. Elle voit Sal prendre son verre, Herb se servir. Puis Lapsford tend la main vers l'un des verres restants, se ravise et saisit l'autre, Judd s'emparant du dernier.

Anna se redresse. Un détail oublié lui revient en mémoire : Lapsford frôlant Judd alors qu'il s'éloigne du comptoir. Ce contact, bien que bref, aurait pu être l'instant où Lapsford a laissé tomber le poison dans le verre de Judd avant de s'écarter prestement.

Mais non, se dit aussitôt Anna. Le contact s'est produit alors que Judd s'avançait vers le bar. Il n'avait pas encore son verre en main au moment où Lapsford l'a frôlé. Et il n'y avait personne à côté de Judd quand il est reparti avec son verre vers le milieu de la voiture.

Anna n'arrête pas de se repasser mentalement la scène, en racontant à Reggie ce qu'elle voit dans ses souvenirs. Sal prend une gorgée de martini, son rouge à lèvres laissant une trace sur le bord du verre. Herb boit à petites gorgées nerveuses. Lapsford la fixe par-dessus le bord de son verre, peaufinant probablement à cet instant son idée de fausse crise cardiaque. Judd, seul dans son coin et bâillant, manifestement peu pressé d'ingurgiter son cocktail.

Après cela, tout devient flou. Il se passait beaucoup de choses en même temps dans la voiture-salon. D'abord, le train venant en sens inverse et passant à grand bruit, ensuite le faux malaise de Lapsford, et soudain le vrai malaise de Judd, mortel, celui-là. Bien des détails auraient pu échapper à Anna dans ces moments-là, mais elle avait bien repéré l'endroit où chacun se trouvait. Pendant que Judd tenait son verre en main, personne ne s'était suffisamment approché de lui pour verser le poison dedans.

Pourtant, son verre contenait bien du poison. Elle l'avait vu de ses propres yeux. Ce résidu granuleux, qui avait la même odeur que la mort-aux-rats trouvée dans la cuisine. On dirait que la seule personne susceptible de l'y avoir mis est Judd lui-même.

Anna étouffe un hoquet de surprise. Un détail lui revient. Un détail qu'elle n'avait que vaguement remarqué sur le coup, n'imaginant pas qu'il puisse se révéler important par la suite. Comme si elle avait pu le deviner. Après tout, comment un fait pourrait-il être considéré comme important s'il ne s'est jamais produit ?

— Son verre, il ne l'a pas bu ! s'exclame Anna. Pendant tout le temps que Judd a eu son martini à la main, il n'en a pas bu une goutte.

Reggie dresse l'oreille.

— Vous en êtes sûre ?

Au lieu de répondre, Anna se lève d'un bond. Elle en est certaine. Non seulement Judd n'a jamais trempé les lèvres dans son martini, mais il n'a pas été empoisonné du tout.

La pensée que Judd ait pu faire le mort pendant tout ce temps lui résonne dans la tête, plus fort que le bruit du train lui-même. Et alors qu'elle se précipite vers la porte, Anna ne voit qu'une seule et unique raison pour laquelle il aurait pu faire une chose pareille.

Elle jaillit de sa cabine, ne laissant pas d'autre possibilité à Reggie que de la suivre. Seamus les entend et passe la tête dans le couloir, troublé.

— Que se passe-t-il ? demande-t-il.

— Je t'expliquerai plus tard, répond-elle en s'engageant dans la voiture suivante. (Seamus emboîte le pas à Reggie. Par-dessus son épaule, Anna lui lance :) Quand tu as pris le pouls de Judd, tu es sûr que tu n'as rien senti ?

— Oui, répond Seamus. Sûr et certain. Son cœur ne battait plus.

Reggie se retourne brièvement vers lui.

— Vous connaissez la bonne façon de prendre le pouls ?

— Il y a une bonne façon ?

— Autrement dit, c'est non, marmonne Reggie.

Seamus se renfrogne.

— Qui êtes-vous pour juger ? Et où est-ce qu'on va ?

— Dans la suite de Judd, répond Anna, dans le soufflet entre deux voitures.

— Pourquoi ?

— Parce qu'il pourrait bien être le tueur.

Anna ralentit l'allure en entrant dans l'avant-dernière voiture du train. Reprenant son calme, inconsciemment. Comme si elle ne voulait pas réveiller les morts qui gisent dans leurs chambres. Et dont l'un d'eux, apparemment, pourrait ne pas être mort du tout. Autre raison de ne pas faire de bruit. Si Judd est encore vivant, elle ne veut pas qu'il soit prévenu de leur arrivée.

Devant la porte de la suite C, elle porte son index à ses lèvres, enjoignant à Reggie et Seamus de ne pas faire de bruit. Comme l'homme qui se trouve à l'intérieur est censé être mort, Anna sait que sa porte n'est pas verrouillée. Elle saisit lentement la poignée et, sans crier gare, ouvre la porte à la volée.

Reggie entre en premier, passant devant Anna, sans lui laisser une chance de bouger. Seamus se faufile à l'intérieur en second, juste derrière lui. Anna, repoussée sans cérémonie, pénètre à leur suite, les larges dos des hommes l'empêchant de voir ce qui se passe dans la cabine. Dans le maigre espace entre eux, elle aperçoit un petit bout de la fenêtre, du fauteuil à côté, et de la porte de la salle de bains.

Reggie et Seamus lui bloquent toujours le passage quand ils contournent le lit, qui occupe presque tout l'espace de cette partie de la suite. Là encore, Anna ne voit pas grand-chose entre eux. Un coin de drap. La tête du lit.

Ce qu'elle ne voit pas, c'est Judd Dodge.

Et pour cause…

Quand Seamus et Reggie s'écartent, permettant enfin à Anna de voir ce qui se passe dans la pièce, elle ne voit qu'un lit vide et un drap chiffonné qui recouvrait précédemment Judd Dodge.

Quant au cadavre, il a disparu.

34

JUDD DODGE est assis dans le noir, soulagé de ne plus avoir à faire semblant d'être le mort. Ce qu'il a fait, au sens propre du terme, pendant près de six heures. D'abord, dans la voiture-salon pendant une durée interminable, durant laquelle il était persuadé qu'on allait s'apercevoir de sa ruse, puis pendant plusieurs heures encore dans la dernière suite de l'avant-dernière voiture du train.

En dehors de quelques brèves escapades, il est resté exactement où on l'avait déposé, sur le lit de la suite C. Il craignait, en allant trop loin, trop longtemps, de se faire repérer. Alors il est resté complètement immobile sous le drap pendant que son cerveau tournait à plein régime. Et si quelqu'un venait le voir et s'apercevait que sa poitrine montait et redescendait ? Et si quelqu'un reprenait son pouls ? Correctement, cette fois, pas comme Seamus qui avait sans le vouloir – et par chance, pour Judd – loupé l'endroit de plusieurs centimètres.

Il avait fini par avoir marre de ces contraintes, et il ne tenait plus en place. Le besoin de bouger était devenu incontrôlable quand il avait entendu du bruit, à deux cabines de la sienne. C'était une chose de faire le mort quand il était tout seul dans la voiture, ce qui était le cas la plupart du temps. C'en était une autre quand tout le monde arpentait les couloirs.

Alors il avait pris ses jambes à son cou, ce qui n'était pas prévu au départ. Mais tant pis ! Une seule question, vitale, lui tournait dans la tête : et si le reste du plan foirait ?

Il n'avait aucune raison de le penser. D'autant qu'il avait très bien joué son rôle, grâce à la petite distraction imprévue fournie par la crise cardiaque passagère de Jack Lapsford, et grâce à ses compétences en tours de main à l'ancienne.

Lorsqu'il avait réalisé que le train quittait Philadelphie à vide, il avait soupçonné la fille d'Art Matheson d'être l'instigatrice du voyage. Et motivée par la vengeance. Son intuition s'était trouvée confirmée quand il avait découvert les autres invités. À ce moment-là, un dessein avait pris forme dans sa tête.

Et Judd était paré.

Pendant que tout le monde discutait dans le salon, il était resté concentré sur la petite quantité de poudre blanche cachée dans sa montre de gousset. De la mort-aux-rats. Trouvée sous l'évier de la cuisine, quand il était passé par cette voiture, après avoir découvert que le reste du train était désert.

Lorsqu'il avait ouvert sa montre pour regarder l'heure, Judd avait versé la poudre dans son verre de martini, en laissant la majeure partie – mais pas tout – se dissoudre dans le cocktail. Il fallait que les autres trouvent comment il avait été « empoisonné ».

Pour parachever l'illusion, il avait fait apparaître une écume tachée de rouge sur ses lèvres. Petite tricherie improvisée dont il était extrêmement fier. Ce tour pourrait bien être le plus réussi de sa carrière d'illusionniste. En effet, tout le monde avait cru pendant un moment qu'il était mort. À présent, ils doivent savoir qu'il ne l'est pas. Tout comme ils savent maintenant ce qu'il a fait.

Judd baisse les yeux sur ses mains, soulagé que l'obscurité les cache à sa vue, l'empêchant de penser à la mort qu'elles ont provoquée.

Jusqu'à ces douze dernières années, il n'aurait jamais pensé être un tueur. Même quand on aurait pu le considérer comme tel, il se sentait plus ou moins étranger aux faits. Ce qui avait porté la mort, c'était une machine dont il avait tracé les plans, ce n'était pas lui. Pas directement. En tout cas, c'est ce qu'il s'était répété pendant ces longues nuits sans sommeil au cours desquelles la culpabilité avait été sa seule émotion.

Maintenant, il ne peut plus se mentir.

Il est bel et bien un meurtrier.

Et il recommencera s'il y est obligé.

Si c'est ce qu'il doit faire pour échapper à son destin, il tuera tous ceux qui se trouvent à bord de ce train.

04 H 00

À QUATRE HEURES DE CHICAGO

35

PENDANT QUE L'UN DES SEPT PASSAGERS encore vivants à bord du *Philadelphia Phoenix* attend dans le noir, les six autres se sont réunis dans la voiture-salon des première classe à la demande pressante de l'agent Reggie Davis. Consciemment ou non, personne n'occupe de place près des fenêtres. Tout le monde est regroupé au milieu de la voiture, les yeux rivés sur Reggie, debout à côté du quart-de-queue.

— Comme vous le savez tous à présent, Judd Dodge est bel et bien vivant, et il se cache quelque part à bord de ce train, dit-il. Il est probable aussi que ce soit lui le meurtrier.

— Vous pensez que c'est lui qui a tué Edith et Herb ? demande Lapsford d'une voix d'où a disparu son esbroufe habituelle.

Il a peur, pense Anna. Du moins, il devrait. En tout cas, elle, elle a peur.

Oui, et elle avait déjà les nerfs à vif, à la limite de la rupture, avant même que le *Phoenix* quitte la gare de Philadelphie. Mais ça, c'était parce qu'elle craignait que le voyage ne se déroule pas conformément au scénario prévu. Maintenant que la situation a complètement dégénéré, son angoisse est devenue plus aiguë, s'est muée en quelque chose de plus primal.

Elle pourrait mourir d'une heure à l'autre.

Cette perspective a toujours été présente, brinquebalant à l'arrière-plan de ses pensées au rythme obsédant des roues du train. Mais à présent elle est trop forte, trop stridente pour qu'elle l'ignore, et Anna a du mal à se concentrer sur quoi que ce soit d'autre. Elle n'a que vaguement conscience de la réponse de Reggie à la question de Lapsford :

— En effet.

— Et pourquoi aurait-il fait ça ? intervient Sal.

Anna se posait la même question. Pourquoi quelqu'un comme Judd aurait-il feint sa propre mort, d'abord, et ensuite, pourquoi aurait-il profité de cette supercherie pour rôder dans le train et tuer des gens tout en s'efforçant de lui faire endosser ses meurtres ? Ce dernier point, Anna le comprend plus ou moins. En la faisant passer pour la meurtrière d'Edith et d'Herb, Judd espère l'entraîner dans la chute, avec tous les autres.

Anna est soulagée d'être au moins mise hors de cause, néanmoins elle ne peut que s'inquiéter des motivations de Judd. Quel est, au juste, son but ultime ? Même s'il avait réussi à faire le mort jusqu'à la fin du voyage, sa ruse aurait été éventée à l'instant où les autorités auraient mis les pieds dans le train, à Chicago. Il aurait été arrêté avec tous les autres.

Son instinct viscéral lui dit qu'il y a une autre raison aux actions de Judd. Une raison bien plus effrayante que d'essayer de lui faire porter le chapeau. Peut-être qu'il prévoit de les tuer tous et de tenter de s'enfuir à la dernière seconde. Ou peut-être qu'il a simplement vrillé – la seule motivation de ses actes étant la folie. Dans ce cas, ils ont tous une bonne raison de s'inquiéter.

— Comment a-t-il réussi ce coup-là ? demande Dante.

Anna en a une idée assez précise, qui implique l'habileté de Judd pour les tours de magie. Un type capable de faire apparaître des cannes en sucre du néant était bien placé pour faire croire qu'il était mort empoisonné. Surtout avec l'aide involontaire de Seamus, qui n'est pas un pro de la médecine et qui, de son propre aveu, ne sait pas très bien prendre le pouls d'une victime.

— Je n'étais pas là pour voir comment il s'y est pris et je n'en sais rien, répond Reggie. Mais si j'ai bien compris, vous avez transporté son corps dans sa cabine, Mr Callahan et vous-même. Et ma question est : comment avez-vous fait, tous les deux, pour ne pas voir qu'il était encore vivant ?

C'est une chose à laquelle Anna n'a pas pensé, même quand ils ont fait irruption dans la chambre vide de Judd et en ont conclu qu'il était toujours vivant. Mais la façon dont Seamus et Dante se raidissent l'amène à se demander si l'un des deux n'en sait pas plus qu'il ne veut bien le dire. Elle espère que non. Surtout, elle en doute. Dans la surprise et la confusion qui ont suivi la mort apparente de Judd, il était facile de ne pas remarquer qu'il jouait la comédie. Ça lui a échappé à elle-même alors qu'elle était accroupie par terre à côté de lui.

D'un autre côté, elle n'a pas eu avec lui un contact aussi prolongé que Seamus et Dante. Elle ne l'a pas soulevé du sol par les jambes et par les épaules, transporté à trois voitures de là jusqu'à sa cabine, et déposé sur son lit. Peut-on faire tout cela sans se rendre compte que l'homme qu'on transporte est encore en vie ? Surtout Seamus, qui tenait Judd par les épaules ?

La seule conclusion à laquelle elle arrive, c'est : allez savoir. Après tout, le corps de Judd était recouvert d'une nappe, empêchant Seamus de voir papilloter ses paupières, ou sa poitrine se gonfler et se vider légèrement quand Judd prenait une inspiration en douce.

Anna scrute le visage de Seamus alors qu'il dit :

— Qu'est-ce que vous auriez voulu que je fasse ? Que je l'autopsie ? Ce type avait l'air mort, et j'ai supposé qu'il l'était.

— Il a raison, approuve Dante, en un rare moment d'accord avec Seamus. On l'a tous cru. D'autant qu'on a tous supposé qu'on venait de le voir mourir sous nos yeux. Mais encore une fois, ce n'est pas moi qui ai pris son pouls.

Et voilà comment la trêve entre eux prend fin. Dante et Seamus se fusillent mutuellement du regard, Anna prise dans le tir croisé de leur mépris. Les sourcils froncés, l'air plus sévère qu'à aucun autre moment de la soirée, Seamus rétorque :

— Qu'est-ce que vous insinuez ? Que j'ai aidé Judd à faire croire à sa mort ?

— Peut-être, répond Dante.

Seamus se rapproche de lui.

— Et peut-être que je pourrais foutre un bon coup de poing dans votre sale gueule de gosse de riche ?

— Ça suffit, vous deux ! fait Anna en s'interposant pour empêcher l'altercation de dégénérer en pugilat. Pour l'instant, nous devons nous concentrer sur le fait qu'un tueur a rôdé dans ce train toute la nuit.

Car elle n'a plus de doute, c'est Judd Dodge qu'elle a vu plus tôt dans la soirée se faufiler dans les couloirs, et pas un produit de son imagination troublée. En tout cas, ce n'était pas son frère. Juste Judd, fantôme vivant, qui allait tuer Edith. Et si Anna ne l'a pas croisé à ce moment-là, c'est parce qu'il s'était faufilé dans sa chambre pour couper l'embrasse du rideau qu'ils avaient ensuite trouvée autour du cou d'Edith.

Restent deux questions : où est Judd, à présent ? Et qui prévoit-il de tuer ensuite ?

Parce qu'il a l'intention de tuer encore, Anna en est certaine. Il ne s'est pas donné tant de mal pour s'arrêter à ces deux victimes. Elle craint que ce soit tout ou rien.

— Quelles sont les chances pour que Judd ait tout simplement sauté du train ? demande Reggie. Il devait se douter qu'on finirait bien par le traquer.

— Quasi nulles, répond Anna en tournant la tête vers la fenêtre derrière laquelle la tempête fait encore rage. Il sait qu'entre la chute et le blizzard, il ne réussirait probablement qu'à se tuer. Je doute qu'il ait pris la peine de feindre sa propre mort pour courir le risque de se tuer pour de bon quelques heures plus tard.

— Alors, si on part du principe qu'il est encore à bord du train, quelqu'un a une idée de l'endroit où il pourrait être tout de suite ?

Anna secoue la tête.

— Judd Dodge a participé à la conception du *Phoenix*. Il le connaît comme sa poche. Il en connaît le moindre recoin. Le moindre interstice. Et comme nous le savons maintenant, il est capable de passer sur le toit pour aller d'un endroit à l'autre. Franchement, il pourrait être n'importe où.

— Alors, il va falloir qu'on fouille le train tout entier, décide Reggie.

— Ou on pourrait rester là, suggère Lapsford. Je doute que Judd tente de tuer l'un de nous si on reste tous ensemble.

— Le train n'arrivera pas à Chicago avant…

Reggie consulte Anna du regard.

— Quatre heures.

— C'est trop long pour rester ici dans l'espoir que Judd ne frappera pas à nouveau, déclare Reggie. Il faut qu'on le trouve avant que lui ne nous trouve. C'est notre seule chance de survivre jusqu'à la fin du voyage.

— Mais vous ne pensez pas que c'est exactement ce qu'il veut ? objecte Seamus. Qu'on se sépare afin qu'il puisse nous prendre un par un ?

— Probablement, reconnaît Anna. Mais Reggie a raison. On ne peut pas se contenter de supposer que Judd restera caché jusqu'à Chicago.

Reggie s'éloigne du piano et vient se planter au milieu du salon.

— Je propose qu'on fouille le train, deux par deux. Un binôme dans la moitié avant, l'autre dans la moitié arrière.

— Qui sera avec qui ? demande Seamus.

— Vous et moi, il faut qu'on soit dans des paires différentes, répond Reggie, évitant sagement de préciser pourquoi : inutile de rappeler aux autres qu'ils sont tous les deux armés. Anna, vous venez avec moi.

— J'en déduis que je suis avec Seamus, émet Dante.

Seamus fronce les sourcils.

— Je préfère faire ça tout seul, si ça ne vous ennuie pas.

— Vous n'avez pas confiance en moi ?

— Non, répond Seamus. Pour ce que j'en sais, vous faites partie de la conspiration. Je vous rappelle que tout ça, c'est la faute de votre père.

— Sauf que je ne suis pas mon père.

Anna fait à nouveau le tampon entre Seamus et Dante qui se regardent en chiens de faïence.

— Ce n'est vraiment pas le moment de vous disputer. Débrouillez-vous pour vous entendre jusqu'à ce qu'on ait retrouvé Judd. Vous pourrez recommencer à vous détester après.

Et de lancer à Seamus un regard signifiant : *Je me suis bien fait comprendre ?* Il hoche la tête, à contrecœur. Cela étant réglé, il est convenu qu'Anna et Reggie fouilleront l'avant du train, Seamus et Dante l'arrière.

— Vous pensez que Judd est armé ? s'enquiert Dante.

— Probablement, répond Reggie. Et, pour ce que nous en savons, il est dangereux. Restez ensemble. Regardez devant et derrière, en haut et en bas. Et ne baissez jamais la garde.

Seamus acquiesce.

— Qu'est-ce qu'on doit faire si on le trouve ?

— Tirez-lui dessus, répond Reggie. Une balle dans la jambe. Ça l'arrêtera net sans lui ôter la vie.

— Et nous ? demande Lapsford en se levant. Vous pensez qu'on va rester ici les bras croisés ?

— En effet, répond Reggie.

Sal se lève aussi, impatiente de quitter la voiture-salon, le corps inconsciemment tendu vers la porte.

— Moi, je ne vais pas traîner ici en attendant de me faire tuer par Judd.

— Moi non plus, renchérit Lapsford.

— Vous préférez vous enfermer dans vos cabines en espérant qu'il ne vous attaquera pas en passant par la fenêtre ? rétorque Anna.

— Non, fait Sal en se redressant et en revenant vers le centre du salon. Je préfère vous aider à trouver ce salaud.

Anna la regarde en se demandant si on peut vraiment lui faire confiance. Probablement pas. Jusque-là, elle a prouvé qu'elle était tout sauf fiable. D'un autre côté, Anna comprend qu'elle n'a guère le choix. Les circonstances exigent qu'ils acceptent toute l'aide qui se présente.

— Et si, moi, je ne veux pas participer aux recherches ? demande Lapsford.

Sal passe derrière le bar et empoigne deux magnums de champagne par le col.

— Rien à foutre, mon vieux, dit-elle en tendant l'une des bouteilles à Lapsford et en maniant l'autre comme une matraque. Il faut qu'on se serre les coudes et qu'on retrouve Judd avant qu'il ne nous trouve. Par où on commence ?

— Vous deux, vous pourriez explorer cette voiture et la voiture-restaurant, suggère Reggie.

Officialisant la chose.

Que ça leur plaise ou non, ils sont tous dans la même galère.

36

TANDIS QUE SEAMUS et Dante se dirigent vers l'arrière du train, Reggie et Anna commencent leurs recherches de l'avant, en repartant du fourgon à bagages. Un seul coup d'œil leur suffit pour constater qu'il est vide.

Ils remontent vers la première voiture de passagers, où il y a très peu d'endroits à inspecter. Uniquement le dessous des sièges et les porte-bagages ouverts qui courent au-dessus de leur tête sur toute la longueur de la voiture. Si Judd avait été là, ils l'auraient vu tout de suite.

La seule vraie cachette de cette voiture, ce sont les toilettes, reléguées dans un coin, tout au fond de la voiture, un réduit pas plus grand qu'un placard à balais. Reggie se poste au milieu de l'allée, son arme braquée sur la porte des toilettes, et il fait signe à Anna de l'ouvrir.

Elle s'avance lentement, sachant que Judd Dodge pourrait être de l'autre côté, cramponné au couteau qu'il a utilisé pour trancher la gorge d'Herb Pulaski. L'idée qu'il pourrait lui faire connaître le même sort fait tressauter la main d'Anna au moment où elle saisit la poignée de la porte.

Elle lève doucement le loquet en tremblant de tout son corps. En prenant bien soin de ne pas faire de bruit, pour ne pas avertir Judd de sa présence. Mais en même temps bien consciente qu'il pourrait en être déjà averti, l'arme brandie et prêt à frapper.

Le loquet libéré, Anna entrouvre un tout petit peu le battant, créant un filet d'obscurité à travers lequel elle ne distingue rien. Juste du noir, épais, menaçant. Elle tend l'oreille vers l'ouverture, à l'affût d'un son, d'un mouvement ou d'un souffle. Mais elle n'entend que sa propre respiration, plus lourde et plus haletante de seconde en seconde. Elle regarde Reggie. D'un mouvement de menton, il lui indique d'ouvrir complètement la porte.

Anna s'exécute, d'un seul coup, à fond, et recule d'un bond, pour ne pas laisser à Judd le temps de se jeter sur elle avec son couteau.

Judd n'est pas là.

Il n'y a personne dans les toilettes.

Mais Anna continue à trembler.

— Vous avez froid ? fait Reggie.

Elle acquiesce, sans trop savoir si c'est à cause de la température ambiante, ou de la peur qui vibre en elle.

Reggie enlève son veston et le tend à Anna, qui l'enfile avec gratitude.

— Vous vous en sortez très bien, dit-il.

Ils répètent le même processus de recherche dans la deuxième voiture, Anna essayant de retenir ses tremblements alors qu'elle s'approche des toilettes, soulève le loquet et ouvre la porte. Vides aussi.

— C'est là que vous vous étiez caché, au début ? demande Anna alors qu'ils passent dans la voiture-lits.

— Ouais, fait Reggie, visiblement impressionné.

— Alors, pourquoi n'avez-vous pas fait connaître votre présence à ce moment-là ?

— Parce que j'avais peur de me retrouver en zone de combat, grommelle Reggie tout en parcourant la voiture du regard. Et il faut croire que j'avais raison.

— En tant que créatrice involontaire de cette zone de combat, je vous présente mes excuses, dit Anna.

Après avoir regardé dans les toilettes à l'arrière de la voiture-lits – également vides –, ils se dirigent vers la voiture-salon des seconde classe. Encore moins de cachettes possibles. Que des fauteuils et des petites tables sous lesquelles seul un enfant pourrait se faufiler. Anna le sait, parce que c'est à cela qu'ils s'amusaient, Tommy et elle, quand ils étaient petits et que le *Philadelphia Phoenix* était pour eux comme une deuxième maison.

Ils ralentissent l'allure en entrant dans la voiture suivante, la voiture-bar, qui comporte de nombreuses cachettes possibles. Outre le comptoir où l'on sert les plateaux-repas, il y a le placard de service, à l'avant de la voiture. L'endroit où Anna avait pensé que le poison censé avoir tué Judd pouvait se trouver, et qui est maintenant l'endroit le plus probable où un Judd bien vivant pourrait se cacher.

Reggie et Anna prennent position. Lui, face à la porte, l'arme au poing, elle commençant à l'ouvrir lentement. Cette fois, quand un interstice apparaît entre le panneau et le cadre, il n'y a pas de pause angoissée permettant à Anna de jeter un coup d'œil à l'intérieur. La porte s'ouvre soudainement toute seule.

Anna recule d'un bond.

Reggie replie le doigt sur la détente de son arme.

Mais ce qui émerge de l'obscurité du placard n'est pas Judd Dodge, ce sont trois balais, dont un balai à franges, et un seau métallique, qui se déversent à grand bruit sur le sol.

— Eh bien, ricane Reggie, soulagé. Je peux dire sans mentir que c'est la première fois de ma vie que je suis attaqué par un balai à franges.

— Ça ne figure pas au nombre des risques habituels du métier ?

— Non. Généralement, le méchant est un peu plus animé.

— Quel effet cela fait-il d'en capturer un ?

Reggie se caresse le menton d'un air songeur.

— C'est satisfaisant. Savoir qu'on œuvre pour le bien public. Vous pensez vous lancer dans une activité de ce genre ?

— J'y pense tous les jours, depuis un an.

— Je veux dire, après ça ? Qu'est-ce que vous prévoyez de faire quand toute cette aventure sera terminée ?

Exactement la question qu'elle a posée à Seamus il y a un peu plus d'une heure. Et elle fait la même réponse que lui :

— Aucune idée.

— Eh bien, à mon humble avis, vous feriez un sacré agent du FBI.

— Il y a des enquêtrices au FBI ?

— Pas encore, répond finement Reggie.

— J'aime bien les défis, réplique Anna en se penchant pour récupérer le balai à franges. Permission de remettre ces sacripants dans le placard ?

— Permission accordée, fait Reggie avec un infime sourire. Je vais commencer à fouiner dans la cuisine.

Sur ce, il disparaît dans la voiture suivante en laissant Anna ramasser le matériel de nettoyage. Elle remet le tout dans le placard et referme la porte. En se dirigeant vers l'arrière de la voiture, elle jette un coup d'œil par la fenêtre. Dehors, le blizzard fait toujours rage. Tout est blanc. Elle reste un moment sur place, essayant d'évaluer si le *Phoenix* a ralenti dans la tourmente. Son pied entraîné lui dit que non. Il avance toujours à pleine vitesse.

Avec un soupir de soulagement, elle s'apprête à rejoindre Reggie dans la cuisine. La voiture est plongée dans une lumière crépusculaire, la seule source lumineuse venant d'au-dessus du plan de cuisson. Anna repère quelque chose en tas au milieu du sol. Le temps que sa vision s'accommode à la faible lueur, elle réalise de quoi il s'agit.

Ce n'est pas quelque chose.

C'est quelqu'un.

Anna se rapproche de Reggie, gisant par terre, dans une flaque de sang qui va en s'élargissant. Il la regarde, les pupilles dilatées par la douleur. Elle se laisse tomber à côté de lui.

Grâce au ciel, il est encore vivant.

Pour le moment.

La quantité de sang répandue autour de lui ne laisse rien présager de bon. Pas plus que le couteau abandonné à quelques pas de là, la lame encore ruisselante de sang.

— Ce salaud m'a planté, fait Reggie en inspirant l'air entre ses dents.

Anna ne lui demande pas qui. Redoutant de lui révéler en parlant à quel point elle a peur à présent. Elle est complètement terrorisée.

Ses pires craintes se sont réalisées.

Judd Dodge a encore frappé.

Et cette fois, il ne cible plus seulement les coupables.

37

ANNA PARCOURT LA CUISINE du regard, sachant qu'il y a forcément une trousse de premiers secours quelque part. Elle en repère une, au mur, et se précipite. La trousse s'ouvre entre ses mains et son contenu dégringole par terre. Elle se laisse tomber à genoux, fait le tri parmi les tubes de pommade anti-brûlures, le mercurochrome, les boîtes de cachets, et tombe enfin sur ce qu'elle cherche. Des tampons de gaze. Du sparadrap. Des ciseaux.

Avant toute chose, inspecter la plaie. Anna relève la chemise de Reggie, remarque sans s'attarder la déchirure de cinq bons centimètres dans le tissu. C'est la plaie de même dimension sur le flanc gauche de Reggie qui requiert son attention. Bien que pas particulièrement large à première vue, elle a l'air d'une profondeur inquiétante. Le sang continue à couler de la chair transpercée.

Anna déballe un tampon de gaze et le presse sur la blessure. Le sang le trempe aussitôt, et bouillonne de l'autre côté. Anna rajoute une couche de gaze et maintient le tout en place avec du sparadrap.

C'est du provisoire.

À l'évidence, la plaie doit être suturée. Si Anna ne trouve pas un moyen de la refermer, et très vite, Reggie va se vider de son sang dans l'heure, au mieux les deux heures à venir.

Elle se relève et farfouille dans les tiroirs, les vide de leur contenu, cherchant frénétiquement du fil et une aiguille. Il n'y a rien. Le temps pressant, Anna se dit qu'elle a plus de chances de trouver ce qu'il lui faut ailleurs, dans une autre partie du train. Mais elle ne peut pas laisser Reggie tout seul. Pas alors que Judd est peut-être encore dans le coin.

— Vous pouvez marcher ? demande-t-elle.

Reggie lui jette un regard las.

— J'ai le choix ?

— Non, malheureusement.

— Prenez ça, fait Reggie en lui tendant le pistolet qu'il tient encore à la main.

Elle ne l'avait pas remarqué, bouleversée qu'elle était à la vue du couteau et du sang. Elle saisit l'arme de ses mains pleines de sang et la fourre dans la poche du veston qu'il lui a prêté.

Il prend une profonde inspiration, hoche la tête et se lève au prix d'un effort colossal. Anna se penche pour le soutenir et lui permettre de passer son bras sur son épaule, afin de transférer son poids sur elle. C'est ainsi qu'ils s'avancent dans la cuisine, chaque pas arrachant à Reggie un sifflement de douleur.

— C'est arrivé tellement vite, dit-il. J'ai tourné le dos à peine une seconde, et la seconde d'après il m'enfonçait son couteau dans le corps.

— Judd ?

— Ouais.

L'idée que Judd pourrait encore être dans les parages – et prêt à frapper à nouveau – incite Anna à presser le pas. Ils entrent dans la voiture-restaurant au moment même où Lapsford et Sal y pénètrent aussi, par la porte opposée.

— Bon sang, qu'est-ce qui lui est arrivé ? s'exclame Lapsford en voyant Anna et Reggie traverser la voiture tant bien que mal.

— Judd l'a attaqué. Vous ne l'avez pas vu ?

— Non, répond Sal. On n'a vu personne ici, ni dans le salon.

— Mais il est forcément passé par ici ! insiste Anna. Où est-il allé ?

Un silence tendu tombe sur la voiture. Et tous les quatre lèvent les yeux vers le plafond.

— Le toit, marmonne Reggie. Il est sur ce putain de toit.

— Il faut qu'on y aille, déclare Anna. Tous ensemble. Tout de suite.

Se déplaçant en meute, ils traversent la voiture-salon, où Anna passe rapidement derrière le bar, juste le temps de prendre une bouteille de vodka ; elle aura besoin de quelque chose pour nettoyer la plaie. Puis ils passent dans la voiture 11 où Anna et Reggie s'arrêtent devant la porte de ce dernier.

— Tu n'aurais pas un nécessaire à couture ? demande-t-elle à Sal. Il faut que je le recouse.

Sal acquiesce.

— Je reviens tout de suite.

Anna entraîne Reggie dans sa chambre. À peine l'a-t-elle allongé sur le lit que le sang commence à couler sur les draps. Sal revient presque aussitôt et lui remet une petite trousse à couture. Anna l'ouvre, repère des aiguilles, une paire de ciseaux et plusieurs petites bobines de fil. Des aiguilles pas stérilisées, et le fil est loin d'être du fil de suture. Ce n'est pas l'idéal, mais il faudra bien que cela fasse l'affaire.

— Retourne dans ta cabine, ordonne-t-elle à Sal. Enferme-toi à double tour, et tiens-toi éloignée des fenêtres.

Anna s'impose les mêmes directives dans la suite de Reggie. Puis, dans la salle de bains, elle se lave les mains, enfile l'aiguille et verse de la vodka dessus pour la stériliser. Ensuite, munie d'un gant de toilette, elle retourne près de Reggie. Elle retire le tampon de gaze trempé de sang, arrose le gant de toilette de vodka et entreprend de nettoyer la plaie. Le premier contact arrache à Reggie un cri de douleur étouffé.

— Donnez-moi ça, fait-il en tendant la main vers la bouteille de vodka.

Anna s'exécute. Il descend plusieurs longues goulées. Quelque peu réconforté, il se retourne avec mille précautions sur son côté indemne, offrant son flanc blessé à Anna. Elle regarde la plaie, confondue. De toutes les façons dont elle avait imaginé que le voyage pouvait se dérouler – et elle en avait envisagé beaucoup –, elle n'avait pas pensé à celle-ci.

Reggie prend une autre gorgée de vodka.

— Vous avez déjà recousu des gens ?

— Oh, je fais ça tout le temps.

Reggie s'octroie encore une demi-gorgée.

— Alors vous savez déjà qu'il faut commencer par pincer les deux bords de la plaie ensemble à un bout, et passer deux fois le fil au même endroit avant de coudre sur la longueur pour refermer la plaie.

— Bien sûr, prétend Anna, continuant sur le même registre parce qu'il vaut mieux pour tous les deux faire abstraction de la vérité, qui est qu'elle ignore complètement dans quoi elle s'est lancée.

Malgré la vodka, Reggie se crispe quand elle pince l'extrémité de la plaie comme il le lui a conseillé, avant de piquer l'aiguille dans la peau.

De la tête, il lui fait signe d'y aller, et elle s'exécute. Elle perce les deux bords de la chair et les rapproche en tirant sur le fil.

Reggie fait la grimace, s'envoie encore une gorgée d'alcool.

— Et à part recoudre des inconnus, comment occupez-vous vos moments de loisir ?

— Mes moments de loisir ?

— Oui, vous savez. Pour passer le temps. Vous amuser.

Anna, qui a passé trois fois le fil à travers les bords de la blessure, fait un nœud bien serré.

— Je sais ce que c'est que s'amuser.

— Pourtant, votre réponse me dit que ça ne doit pas vous arriver souvent.

— Je vais parfois au cinéma, répond Anna qui en est à remonter lentement le long de la blessure, comme pour un raccommodage.

Et elle essaie de se raconter que c'est exactement ça : elle est en train de raccommoder une robe, et pas du tout de recoudre de la chair, les doigts baignant dans le sang.

— C'est tout ? demande Reggie entre ses dents serrées, faisant également semblant de mener une conversation ordinaire, et pas de se livrer à une procédure d'urgence qui lui sauvera peut-être la vie. Un film de temps en temps ? Vous aimez les comédies musicales ?

La question prend Anna tellement au dépourvu que sa main manque de déraper.

— Les comédies musicales ?

— Allons, vous en avez entendu parler. Vous savez, des gens, sur une scène, qui chantent et qui dansent. C'est un genre très populaire.

— J'en suis sûre, fait Anna, maintenant arrivée au milieu de la plaie, qui se referme davantage chaque fois qu'elle tire sur le fil. Je suppose que vous aimez ça ? poursuit-elle.

— J'adore ! répond Reggie, d'une voix devenue rêveuse, au point qu'Anna se demande si c'est dû à la vodka ou à la perte de sang – pourvu que ce soit la vodka… Donnez-moi une intrigue intéressante, des chansons qu'on peut fredonner, et je suis au paradis. Quand tout cela sera fini, il faudra que vous me permettiez de vous emmener en voir une.

Anna relève les yeux de la plaie à moitié refermée.

— Vous me proposez un rencard pendant que je vous fais des points de suture ?

— Pourquoi pas, fait Reggie en tétant à nouveau la bouteille. Ça n'a pas besoin d'être un rendez-vous galant. On pourrait y aller en copains.

— En copains ?

— J'imagine que vous n'en avez pas beaucoup non plus.

— J'ai été occupée, répond Anna tout bas.

— À comploter votre vengeance.

— Oui. L'année dernière, toutes mes pensées, tout ce que j'ai fait, chaque instant de ma vie ont été consacrés à préparer cette nuit. Et voilà que tout part à vau-l'eau.

— Je crois que j'ai touché une corde sensible, s'excuse Reggie.

— Et moi, je peux en atteindre plusieurs, dit Anna en mettant volontairement un peu trop de zèle à tirer sur l'aiguille, afin que Reggie sente bien le fil resserrer la plaie.

— Pardon, dit-il d'une voix lointaine et qui devient de plus en plus faible à chaque seconde. C'est une façon tellement triste de traverser la vie.

— Qu'aurais-je pu faire d'autre ?

— Je vous l'ai déjà dit : laisser les autorités s'en occuper.

— C'est ma famille que ces gens ont détruite, rétorque Anna. Pas la vôtre.

Reggie se réfugie dans le silence. Au point qu'Anna en vient à supposer qu'il a perdu connaissance sous l'effet de la douleur, ou de la vodka. C'est donc une surprise quand, après une minute de silence, elle l'entend dire, d'une voix réduite à un chuchotement rauque :

— Ma famille aussi a été détruite. Quand mon père est mort.

Une sorte de culpabilité s'empare d'Anna. Bien sûr que tout un chacun connaît des deuils plus ou moins pénibles.

— Qu'est-ce qui lui est arrivé ? demande-t-elle.

— Il a été assassiné.

Les mains d'Anna se figent.

— Je suis désolée. L'assassin a été arrêté ?

— Non.

— C'est pour ça que vous êtes entré au FBI ?

Reggie tourne la tête et la regarde de ses yeux vitreux.

— Oui. Je voulais que personne ne vive ce que j'ai vécu.

— Vous voulez la justice, fait Anna, comprenant enfin pourquoi, un peu plus tôt, elle a eu l'impression qu'il lui en voulait.

En essayant de régler elle-même son affaire, elle le privait – et beaucoup d'hommes comme lui – de la possibilité de réparer une terrible injustice.

— En effet, dit-il d'une voix si lointaine qu'elle pourrait presque provenir de l'espace.

Anna ne répond pas, concentrée sur la finalisation de son travail de suture. Elle effectue un triple nœud à l'autre extrémité de la plaie, coupe le fil et laisse échapper un soupir profond, haché.

— C'est fini, dit-elle, bien que Reggie ne puisse pas l'entendre, ayant sombré dans un sommeil provoqué par le mélange vodka/douleur.

Elle se dit que cela vaut mieux. Il a besoin de se reposer. Pourvu seulement qu'il ne se retourne pas dans son sommeil et ne rompe pas ses points de suture improvisés. Pour réduire ce risque, elle le fait doucement rouler sur le dos.

Dans la salle de bains, elle lave ses mains ensanglantées, en proie à un tremblement incontrôlable. Une réaction différée, non seulement au stress de la dernière heure, mais à toutes les heures qui l'ont précédée, et aux jours d'avant, et à toute l'année écoulée.

Toute cette tension se fait sentir, ainsi qu'en atteste l'image que lui renvoie le miroir au-dessus du lavabo. Anna se trouve positivement terrifiante. Elle a des taches de sang plein sa robe, les cheveux en bataille et le teint grisâtre sous l'effet de la tension et du manque de sommeil. Ses yeux cernés de noir par la fatigue lui donnent un aspect spectral, tout à la fois envoûtant et envoûté.

L'épuisement ne la lâche pas alors qu'elle sort de la cabine. Elle sait qu'elle ne devrait pas. Elle serait plus en sécurité à l'intérieur, avec Reggie. Mais elle sait aussi qu'elle va devenir folle si elle ne fuit pas le chaos au moins pendant une minute. Dans le couloir, elle retourne vers le milieu de la voiture et regarde par la fenêtre. Dehors, la neige tombe moins fort. Le ciel, à nouveau visible, commence à passer du noir de la nuit au gris brumeux de l'aube.

Plus que quelques heures, se dit-elle. Et tout sera terminé.

S'il reste des survivants parmi eux.

Les secousses du train, le claquement des roues, tout la persuade que Judd se tient juste derrière elle, le couteau haut levé, prêt à frapper. Et pour couronner le tout, les lumières recommencent à vaciller. Est-ce seulement dans cette voiture, ou dans le train tout entier, Anna l'ignore, mais ça ne lui plaît pas. Ces lumières clignotantes semblent annoncer de funestes nouvelles, et ce sentiment empire quand elles rendent l'âme et s'éteignent tout à fait.

Plongée dans le noir, elle s'apprête à regagner la suite de Reggie quand une silhouette s'encadre dans la porte arrière de la voiture. Le peu qu'Anna en voit provient de la maigre lueur qui tombe de la fenêtre et éclaire son visage de biais.

Alors qu'il se rapproche, elle distingue des traits épars. Un nez. Un œil. La moitié d'une bouche. Juste assez pour qu'en les additionnant, elle parvienne à deviner l'identité du nouveau venu. Elle est ébranlée par un choc qui la fait vibrer comme une cloche qu'on vient de frapper.

— Tommy ? fait-elle.

La suite lui donne raison. Son frère – son frère qu'elle croyait mort – entre dans une tache de lumière d'avant l'aube. Anna ne sait pas si elle doit rire, pleurer ou hurler. Surtout quand Tommy déclare :

— C'est vraiment moi, Annie. Seigneur, comme tu m'as manqué !

Il lui décoche ce sourire d'idole du cinéma qu'elle aimait tant. Sa bouche, largement ouverte, révèle deux rangées de dents pourries et du sang suinte entre ses mâchoires. Il avance d'un pas titubant, et Anna voit que son corps n'en est pas un du tout. Ce n'est qu'une masse ensanglantée d'os et de tendons.

Quand Tommy essaie de la prendre dans ses bras, elle sait enfin comment réagir.

Elle pousse un hurlement.

38

– ANNIE ?

Anna se réveille en sursaut, ne sachant plus où elle est, pourquoi elle est là, ce qui lui arrive. Une sorte de nuage d'orage brouille les limites de son champ de vision, rend tout brumeux et indistinct. Un souvenir qui remonte à plusieurs années lui revient subitement : elles allument, tante Retta et elle, la nouvelle télévision qu'elles viennent d'acheter et elles s'efforcent de distinguer des images dans le brouillard noir et blanc. C'est l'impression qu'elle a en ce moment.

Et puis, dans le bourdonnement et le clignotement, elle voit un homme agenouillé près d'elle.

Pas Tommy.

Dante.

— Que s'est-il passé ? demande Anna.

— À toi de me le dire. Je viens de te trouver ici, tu étais tombée.

Anna regarde autour d'elle, reconnaît le couloir de la voiture 11 bien éclairé.

— La lumière. Elle a commencé à clignoter, et puis elle s'est éteinte.

— Elle a toujours été allumée, répond Dante.

— Vraiment ?

— Je crois que tu as dû t'évanouir.

— Mais ce que j'ai vu… ça paraissait tellement réel.

— Tu as vu autre chose ?

— Rien, répond Anna, préférant mentir à Dante plutôt que de lui dire qu'elle aurait juré avoir vu son frère mutilé. Une fois de plus. Je crois que je suis juste fatiguée.

On le serait à moins. À part son cauchemar dans la voiture panoramique, elle n'a pas fermé l'œil depuis vingt-quatre heures. Ajoutez à cela la fatigue et la tension, c'est un miracle qu'elle ait encore conscience de ce qui l'entoure.

— À quand remonte ton dernier repas ? demande Dante.

Elle se rappelle s'être obligée à avaler un toast avec un café au petit déjeuner. Après ça, elle était bien trop tendue pour manger quoi que ce soit. À partir du moment où elle est montée à bord du *Phoenix* avec Seamus, c'était bien sa dernière préoccupation.

— Ça doit faire une vingtaine d'heures.

Dante laisse échapper un petit sifflement.

— Tu vois ? Je savais bien que tu aurais dû prendre un sandwich. Manger, c'est faire le plein de carburant. C'est pour ça que je suis retourné chercher le mien.

— Après qu'on s'est tous réunis dans la voiture d'observation ?

— Ouais. Je suis retourné dans la cuisine chercher ce qui restait de mon sandwich et je l'ai fini dans ma chambre.

Anna soupire. C'était Dante pendant tout ce temps. Ni Judd, ni un inconnu généré par son cerveau épuisé, ni Tommy revenu d'entre les morts. Elle aurait tellement voulu que ce soit Tommy. Elle le réalise maintenant.

Ce bon vieux Tommy.

Le frère qui l'aimait tant, et qu'elle adorait en retour.

Anna voulait tellement le voir, le serrer dans ses bras et entendre sa voix. Maintenant qu'il s'avère sans doute aucun que ce n'était pas lui, elle reste habitée par un sentiment frémissant qu'elle n'arrive pas tout à fait à identifier. Une douleur mal définie.

— Il me manque, dit-elle, les yeux brûlants de larmes. Tommy. Il me manque. Mes parents me manquent.

Et la personne qu'elle était autrefois lui manque aussi.

Quand sa famille est morte, le monde d'Anna s'est réduit à quasi plus rien. La vie avec tante Retta était aussi solitaire qu'il était possible de l'être. Elles n'allaient nulle part, ne voyaient personne. À la mort de sa tante, Anna a passé tout son temps à manigancer et planifier, non parce qu'elle en avait envie, mais parce qu'elle avait l'impression qu'il le fallait. Qu'elle serait une fille et une sœur épouvantable si elle n'essayait pas d'exercer une forme de vengeance.

Mais elle l'avait payé cher. Pas seulement sur le plan financier, mais sur le plan émotionnel aussi. Elle s'était refusé la plupart des choses que vivent les femmes de son âge. Les plaisirs. S'amuser. Et – oui – l'amour. Reggie avait raison. C'était une façon bien triste de traverser la vie.

Cette prise de conscience libère une larme, qui roule sur son visage. Dante l'essuie d'une douce caresse. Quand il l'attire contre sa poitrine, elle s'abandonne sans résistance, avide d'un petit moment de réconfort dans cette nuit tellement brutale.

Dante la regarde, abaisse ses lèvres vers les siennes pour l'embrasser. Anna se rappelle comme elle aimait ses baisers. Elle s'en souvient si bien qu'elle a l'impression d'être ramenée douze ans en arrière. Elle a seize ans, il en a dix-huit, sa famille est toujours en vie et ils s'embrassent sous le saule, en bordure du jardin de son enfance, parce qu'ils savent que, là, on ne les verra pas.

Incapable de résister plus longtemps à l'attraction du passé, Anna lève son visage à la rencontre du sien. Mais avant de l'atteindre et de succomber au charme de son baiser, elle prend conscience d'une présence dans le couloir.

Seamus.

Il les regarde comme s'il n'en croyait pas ses yeux. Ou comme s'il venait de voir un fantôme. La vision d'Anna et Dante collés l'un contre l'autre le fait sortir du brouillard.

— Qu'est-ce qui se passe ici ? demande-t-il.

Anna s'écarte de Dante.

— Je te cherchais.

— Et moi, je fouillais l'arrière du train, répond Seamus, remarquant enfin le désordre de la tenue d'Anna. Qu'est-ce qui s'est passé ?

— Elle s'est trouvée mal, répond Dante.

— Après avoir recousu l'agent Davis, ajoute Anna. Judd l'a poignardé.

— Hein ? s'exclame Seamus. Où ça ?

— Dans la cuisine.

Dante ouvre des yeux ronds.

— Quand ça ?

Anna ne sait plus trop. Au fur et à mesure que le voyage se poursuit, le temps devient de plus en plus flou. C'était peut-être il y a une heure, comme ça pourrait ne faire que quelques minutes. Elle décide de couper la poire en deux.

— Il y a une demi-heure.

— Ce n'est pas possible, déclare Seamus.

— Et pourquoi ça ?

Seamus la prend par la main et l'entraîne. Anna, à son tour, tend la main vers Dante. Il la saisit, sa paume toute chaude, sa prise ferme. Avançant de cette façon malcommode, Anna entre les deux hommes, entraînée par l'un, tirant l'autre, ils passent d'abord dans la voiture 12, puis la voiture 13. Arrivé au milieu du couloir, Seamus indique la porte ouverte de la suite B.

Celle d'Edith.

— Voilà pourquoi, lance Seamus.

Anna lâche les deux hommes, entre dans la cabine sur la pointe des pieds et s'avance jusqu'à ce qu'elle découvre ce à quoi il fait allusion.

Là, coincé dans la petite salle de bains, se trouve le cadavre de Judd Dodge.

05 H 00

À TROIS HEURES DE CHICAGO

39

— C'EST UNE MAUVAISE BLAGUE ? s'exclame Dante, incrédule, en contemplant le cadavre, les paupières papillotantes.

— En tout cas, je n'y suis pour rien, rétorque Seamus.

— Je ne vous accuse pas.

Seamus émet un reniflement dédaigneux.

— C'est l'impression que vous m'aviez donnée.

Anna coupe court à la prise de bec en entrant dans la salle de bains, et se dresse au-dessus de Judd Dodge. Il est affaissé en travers du siège des toilettes, un bras coincé sous la tête, la main pendant mollement, l'autre bras tombé devant lui, les doigts effleurant le sol. Les jambes repliées sous lui, il est penché comme un contorsionniste. Une posture sans dignité pour un homme qui a renoncé à toute dignité voilà douze ans.

— Il était peut-être mort depuis le début, et quelqu'un aura déplacé le corps ? suggère Dante.

— Ou bien il est encore en vie, fait Anna en s'accroupissant afin de porter son regard au niveau des yeux grands ouverts de Judd.

Elle scrute ses pupilles à la recherche d'une étincelle de vie. Néant. Ses pupilles sont deux mares vides.

Afin de s'en assurer, elle pose deux doigts sur son cou et réprime un mouvement de recul. Sa peau retient encore un peu de chaleur, mais aucune pulsation ne parcourt plus la veine.

— Rien du tout, annonce-t-elle à ses compagnons.

— Alors, il est vraiment mort ? demande Seamus.

— Oui, mais depuis combien de temps ? Le fait qu'il soit mort maintenant ne veut pas dire qu'il l'était tout à l'heure.

Anna continue à examiner le corps, convaincue que quelque chose lui échappe. Elle repasse encore une fois, mentalement, les derniers moments supposés de la vie de Judd. Il bâille, regarde l'heure à sa montre, ne boit pas. Le fait de revoir ces quelques secondes produit une sorte de déclic dans son esprit.

Elle met la main dans la poche du veston de Judd, en retire sa montre de gousset. Elle ouvre le couvercle, examine l'intérieur, longuement, attentivement. Là, sur le rebord du cadran, des petits cristaux de poudre. Elle se penche, les hume, détecte la même odeur âcre, chimique, qu'elle avait remarquée dans le verre de Judd, et la boîte de mort-aux-rats dans la cuisine.

— C'est du poison, dit-elle.

— Ça alors ! fait Seamus. Tu crois qu'il se serait tué ?

— Pas vraiment.

Anna penche la tête pour se retrouver au niveau du visage de Judd. Elle abaisse sa mâchoire inférieure et scrute l'intérieur de sa bouche.

— Bon sang, qu'est-ce que tu fabriques ? s'exclame Dante, outré.

L'ignorant, Anna introduit dans la bouche de Judd les doigts qu'elle avait posés sur son cou. Cette fois, elle ne peut retenir un mouvement de dégoût. Son estomac a un spasme alors qu'elle se force à tâter la cavité buccale du cadavre. Une bave chaude, visqueuse, recouvre ses dents, une glaire qui colle à ses doigts, et lorsqu'elle tâte ses gencives une odeur putride émane de ses lèvres.

L'odeur de la mort.

Des larmes embuent les yeux d'Anna. Elle ferme les paupières, prend quelques brèves inspirations par le nez et poursuit son inspection le long des dents de Judd. Ses doigts finissent par rencontrer un minuscule fragment indéterminé coincé entre ses molaires supérieures.

Pour l'extraire, Anna est obligée d'enfoncer sa main plus avant dans la bouche de Judd. Ce qu'elle fait, lentement, avec un frisson de répulsion quand les lèvres du mort glissent sur ses phalanges comme des chenilles. Pinçant à tâtons le fragment entre ses ongles, elle parvient à le détacher.

Anna le présente à la lumière afin de permettre à Seamus et à Dante de le voir aussi. C'est un petit bout de plastique transparent, dégoulinant de salive. Anna le tourne et le retourne, remarque qu'il est teinté de rose.

— Qu'est-ce que c'est ? demande Seamus.

— Je pense que c'est du film rétractable, répond Anna, qui se rappelle en avoir vu dans la cuisine, ainsi que d'autres ingrédients qui, réunis, auraient pu produire l'écume rosâtre ponctuée de sang qui moussait sur les lèvres de Judd : du colorant alimentaire rouge, du vinaigre, et de la levure.

Elle explique rapidement comment Judd aurait pu conserver de petites quantités des trois emballés individuellement dans du plastique, et se les fourrer dans la bouche. Il les aurait écrasés sous ses dents, rompant le film, et les ingrédients, en se mélangeant, auraient créé l'écume ensanglantée qui avait fait croire à un empoisonnement. Et pour parachever l'illusion, il aurait assaisonné son verre avec la mort-aux-rats dissimulée dans sa montre.

— Mais comment est-il mort pour de bon ? demande Dante.

— Et quand ? ajoute Anna, en pensant à Reggie, qui se remet à deux voitures de là d'un coup de poignard asséné par Judd.

Prenant en considération le moment de l'attaque et la chaleur résiduelle du cadavre de Judd, elle estime qu'il est mort au cours de la dernière demi-heure.

Massés sur le seuil du cabinet de toilette, Anna, Seamus et Dante cherchent du regard un indice susceptible de leur révéler comment il est mort. Oui, il y a encore un peu d'écume au coin de sa bouche, mais Anna sait que ce n'est que l'un des tours que Judd aimait tant jouer en public. Elle abaisse son regard de sa bouche à son cou.

— Là, dit-elle en indiquant un coin de peau écarlate, quelques centimètres en dessous de son oreille. Il a été étranglé.

Anna fait quelques pas en arrière, en proie à un tourbillon de pensées. La situation qu'elle croyait avoir comprise vient de se changer en quelque chose d'inconcevable. Pour tenter de donner un sens à l'ensemble, elle passe en revue les certitudes de la nuit, qui ne sont pas nombreuses.

Par exemple, elle est certaine que Judd a feint sa propre mort. Le bout de plastique trempé de salive qu'elle tient dans sa main le prouve.

Ce qui n'est pas clair, c'est pour quelle raison. Il y a encore une heure, elle était arrivée à la conviction que c'était dans le but d'assassiner l'un après l'autre les coauteurs du complot, afin d'éliminer ceux qui pouvaient l'impliquer, tout en la faisant accuser, elle, de leur mort.

Et s'il poursuivait un autre but ?

Si ce n'était pas ce qui s'était vraiment passé ?

Anna ne sait pas depuis combien de temps Judd avait quitté sa cabine alors qu'ils le croyaient tous mort. Personne n'avait songé à aller le voir jusqu'à ce qu'elle réalise qu'il n'avait pas bu son martini. Cela lui avait laissé l'occasion de rôder dans le train et de commencer à tuer les gens.

Il n'est pas difficile de l'imaginer en train de tuer Edith, mais pour le meurtre d'Herb, c'est plus compliqué. Les vêtements de Judd ont l'air propres et secs. Si c'était lui qui avait tranché la gorge d'Herb et s'était échappé par la fenêtre dans le blizzard, ses habits seraient vraisemblablement éclaboussés de sang et humides à cause de la neige.

Et puis il y a le fait qu'on ne sait pas très bien depuis combien de temps Judd est mort. Anna n'est pas médecin, elle se trompe peut-être à ce sujet. C'est vraisemblablement au cours de la dernière heure à peu près que son meurtrier a découvert sa cachette et l'a tué. Mais il est tout aussi possible que Judd ait été tué bien avant cela – alors qu'Herb Pulaski était encore en vie.

Dans ce cas, quelqu'un d'autre savait depuis le début que Judd était vivant.

Quelqu'un qui était dans le coup avec lui.

Anna bondit hors de la cabine, jaillit dans le couloir en titubant et va s'appuyer à la fenêtre de l'autre côté. Pendant tout ce temps, elle a supposé qu'il n'y avait qu'un tueur à l'œuvre à bord du train. Une unique entité silencieuse, déterminée à déjouer sa tentative de les traîner devant la justice, en éliminant les gens l'un après l'autre. Maintenant, elle comprend la vérité.

Il y a un deuxième tueur dans le train.

Et Anna croit savoir de qui il s'agit.

40

SEAMUS RESTE DANS LA SUITE B, où gisent à présent deux cadavres. Depuis la porte de la salle de bains, il voit Anna filer dans le couloir. Il s'élance après elle, la rattrape en trois longues enjambées et la force à s'arrêter.

— Tu vas où, comme ça ?

— Voir Sal et Lapsford. Parce que l'un des deux est le meurtrier.

Seamus retourne Anna vers lui.

— Réfléchissons une seconde à tout ça.

— On n'a pas le temps. Regarde qui a été ciblé jusque-là : Edith, Herb, et Judd lui-même. Judd agissait de concert avec quelqu'un pour éliminer les autres. Je soupçonne qu'il avait prévu de tuer son complice en dernier, mais il lui a réglé son compte avant.

— Ça expliquerait ce qui est arrivé à l'agent Davis, acquiesce Seamus. Tu as bien dit que Judd avait essayé de le tuer dans la cuisine ?

Anna reprend sa course dans le couloir, obligeant Seamus à la suivre.

— C'est ce que Davis pensait, mais ce n'était peut-être pas Judd. Et comme vous étiez ici, Dante et toi, ça ne laisse que deux personnes. Sal et Lapsford.

Seamus comprend qu'on ait pu vouloir éliminer Reggie Davis alors qu'il n'a rien à voir avec les événements qui se sont déroulés il y a douze ans. Il est du FBI. Normal que le meurtrier ait tenté de faire la peau du type qui projette de les arrêter dès qu'ils arriveront à Chicago.

— Sur lequel mises-tu ? demande Seamus.

— Lapsford.

C'est aussi ce que pense Seamus. Depuis leur départ, c'est lui qui braille le plus fort pour quitter le train. Il a même simulé une crise cardiaque pour arriver à ses fins. Et puis Lapsford était le seul à ne pas avoir l'air intéressé par la recherche de Judd. Seamus avait mis son désintérêt sur le compte de l'égoïsme, mais peut-être ne se sentait-il pas concerné parce qu'il savait déjà que Judd était mort.

— Admettons que tu aies raison, poursuit Seamus. Quel est ton plan ? Si le meurtrier sait que tu es après lui, il pourrait te faire connaître le même sort qu'à Reggie.

— Je vais faire semblant d'aller voir comment ils vont, et poser quelques questions, dans l'espoir de piéger le coupable.

— Je viens avec toi.

— Non, répond Anna. Ça éveillerait ses soupçons. Laisse-moi y aller toute seule. Je t'appellerai si j'ai besoin de toi.

— Et si tu ne peux pas ?

Anna tapote la poche du veston qu'elle a sur le dos. Celui de Reggie, réalise Seamus.

— Je suppose que tu as aussi son pistolet.

— Bien sûr.

Seamus n'ajoute rien. Anna saurait s'en servir. Il le sait, c'est lui qui lui a appris à tirer.

— Fais attention quand même, dit-il tandis qu'elle repart en direction de la voiture précédente.

Quand elle a disparu, il se tourne vers Dante, resté près de la suite.

— Remontez vos manches. On va porter le corps de Judd dans sa cabine. Pour la deuxième fois.

Cette seconde fois se révèle plus facile que la première, la distance à parcourir étant nettement moindre. Au lieu de traverser plusieurs voitures, ils n'ont besoin que de le transporter dans la suite voisine. Tout en s'y employant, Seamus se demande comment, la première fois, les signes qu'il était encore vivant ont pu lui échapper. Il aurait dû remarquer que Judd respirait, il aurait senti son pouls, ou noté un mouvement quelconque. Mais le Judd vraiment mort de maintenant lui paraît aussi inerte et lourd que celui qui faisait semblant de l'être.

Alors qu'ils déposent le corps sur le lit de la suite C, les mains de Seamus commencent à trembler. Le tremblement est si fort qu'il ne peut plus tenir le cadavre, et il le lâche d'un peu trop haut. Le corps atterrit avec un flop incongru.

— Ça va ? s'étonne Dante.

— Ouais, fait Seamus en prenant le drap pour recouvrir le corps. J'ai une crampe à la main.

Mais c'est plus sérieux que cela. Pour que Dante ne voie pas trembler ses mains, il les met dans ses poches et quitte la suite pour se réfugier dans la voiture panoramique. Après l'heure qui vient de passer, il n'aura pas volé un moment de tranquillité.

Dehors, le ciel qui s'est éclairci est d'un gris boueux. Plus tout à fait la nuit, pas encore le matin, mais la tempête continue. Entouré par les vitres de la voiture d'observation, Seamus a l'impression d'être piégé dans une boule à neige. Pensée désagréable qui réveille en lui le souvenir – enfoui depuis longtemps – d'un blizzard dans lequel il s'était perdu.

Il devait avoir six ans et rentrait de l'école. Tout était blanc, impossible de reconnaître quoi que ce soit. Les rues familières s'étaient transformées en un monde inconnu. Il s'était trompé en tournant à un coin de rue, puis à un autre, et bientôt il s'était retrouvé à crapahuter dans la neige qui lui arrivait aux genoux, sans savoir où il allait. Il avait de plus en plus froid et il s'était mis à paniquer dans la neige qui tombait de plus en plus fort. Il était sur le point d'abandonner et de se laisser emporter par la tourmente quand une silhouette avait surgi dans la tempête.

Son frère, Sean.

Affamé, grelottant, à la limite de l'hypothermie, Seamus avait couru vers lui.

— J'ai cru que j'étais perdu pour toujours ! s'était-il écrié.

— Tant que je serai là, tu ne seras jamais perdu, l'avait rassuré Sean.

Ce n'était pas un mensonge. Tant que son frère était vivant, Seamus avait confiance, il savait qu'on le retrouverait. Mais Sean a disparu, et Seamus se sent à jamais perdu.

Il sort les mains de ses poches. Le tremblement a empiré.

Seamus reprend la boîte de pilules qu'il a gardée sur lui toute la nuit. Elle tremble tellement au creux de sa main que les cinq pilules restantes s'entrechoquent à l'intérieur. Il soulève le couvercle et les regarde. Il n'a pas l'intention d'en prendre une tout de suite. C'est trop tôt. Mais ses mains se déplacent, comme mues par un esprit autonome, le poussant à le faire.

Seamus prend une pilule dans la boîte quand il entend Anna l'appeler. Loin, faiblement au début, et de plus en plus fort à chaque seconde.

Seamus laisse retomber la pilule dans la boîte et la remet dans sa poche. Puis il sort de la voiture panoramique et s'élance dans les couloirs.

Il retrouve Anna à l'entrée de la voiture 13. Elle l'attrape par le bras, l'air complètement affolée.

— C'est Lapsford, dit-elle. Il fait une crise cardiaque.

Seamus hésite.

— Pour de bon, cette fois ?

— Je crois.

Anna l'entraîne vers la voiture précédente. Dante, qui s'y trouve déjà, aide Sal à soutenir Lapsford et à le guider vers sa suite. Malgré la frénésie, Seamus suppose que Lapsford feint à nouveau un malaise. Une dernière tentative désespérée pour arrêter le train, Chicago étant maintenant à moins de trois heures.

Seamus les suit dans la cabine de Lapsford.

— Allongez-le sur le lit.

Ce qui se révèle plus facile à dire qu'à faire, Lapsford étant tout en membres agités et coudes rebondissants. Ce n'est pas un patient docile. Il se tortille alors qu'il devrait rester calmement allongé et les repousse au lieu de se laisser aider. Après l'avoir déposé sur le lit, ils se trouvent confrontés à une nouvelle tâche importante – imaginer ce qu'il faut faire ensuite.

Lapsford ouvre et referme la bouche, happant l'air comme un poisson sorti de l'eau, au prix d'un tel effort que son visage est rouge brique, et Seamus se prend à craindre qu'il ne soit à quelques minutes, sinon quelques secondes, de passer l'arme à gauche.

— Dites-moi ce qui ne va pas, demande-t-il.

Lapsford crispe ses mains sur sa poitrine.

— Mon cœur.

Entouré d'Anna, de Sal et de Dante, Seamus saisit le poignet de Lapsford et lui prend le pouls. Il bat une sorte de message en morse, irrégulier, inintelligible. Anna avait raison. Ce n'est pas de la frime.

— Qu'est-ce qu'on fait ? demande-t-elle, paniquée.

Seamus sort la boîte de pilules de sa poche, prend l'un des petits cachets blancs et le tend à Anna d'une main tremblante.

— Donne-lui ça.

Anna examine la pilule avec méfiance.

— C'est un relaxant musculaire, explique Seamus, lisant dans ses pensées. Ça pourrait ralentir son cœur suffisamment pour qu'il reste en vie jusqu'à Chicago.

Anna prend la pilule, et Seamus remarque la façon dont le regard de Lapsford va de ses doigts à ceux d'Anna. Il passe sa langue sur ses lèvres et déglutit, comme s'il répétait la façon de faire descendre la pilule dans sa gorge le plus vite possible.

Seamus comprend que Lapsford la veut à tout prix.

Anna le comprend aussi et présente la pilule devant la bouche grande ouverte de Lapsford.

— Vous pouvez parler ? demande-t-elle.

— Oui, fait Lapsford dans un râle désespéré.

— Dites-moi pourquoi vous avez fait ça. C'était seulement pour l'argent ?

Lapsford regarde la pilule, les yeux exorbités, implorants. Anna éloigne la pilule de sa bouche.

— Répondez-moi. C'est l'appât du gain qui vous a fait détruire ma famille ?

Seamus la regarde depuis l'autre côté du lit.

— Ça suffit, Anna. Donne-la-lui et c'est tout.

— Qu'il réponde d'abord !

— Oui, siffle Lapsford.

Anna continue à tenir la pilule loin de ses lèvres, le narguant.

— Vous avez pensé à ma famille ? Vous avez pensé au mal que vous nous faisiez ?

Lapsford n'est plus capable de parler. Il esquisse un hochement de tête presque imperceptible.

— Anna, dit Seamus. Ce type est mourant. Donne-lui la pilule !

— Juste une minute.

— Il n'a plus une minute devant lui.

Seamus trouve que Lapsford diminue très vite. Sa respiration est quasi réduite à néant et son regard devient flou, ultime vacillement d'une chandelle avant de s'éteindre.

— Et tous ces soldats qui sont morts ? demande très vite Anna. Ces hommes, comme le frère de Seamus. Vous avez pensé à eux ?

Cette fois, Seamus attend une réponse. Le souffle court, il fixe Lapsford, qui hoche presque imperceptiblement la tête. Ce faible mouvement déclenche chez Seamus une fureur qu'il s'efforce de dissimuler. Ce Lapsford a contribué à planifier le meurtre de son frère. Quant à Sally, qui se tord les mains dans un coin de la pièce, elle a couvert le méfait. En cet instant, Seamus les tuerait volontiers tous les deux s'il pensait pouvoir s'en sortir.

Mais comme ce n'est pas possible, le plan d'Anna est encore la meilleure option.

Les faire souffrir.

Jusqu'à la fin de leurs jours.

Sauf que la souffrance de Lapsford paraît être sur le point d'arriver à son terme. Il semble ne plus pouvoir remuer la tête. Sa respiration – s'il respire encore – est indécelable. Le seul indice qui montre à Seamus qu'il est toujours vivant est que ses pupilles demeurent fixées sur la pilule pincée entre les doigts d'Anna.

— Tous ces garçons que vous avez décidé de sacrifier, je parie que vous essayez de toutes vos forces de ne pas penser à eux, dit-elle. Mais ils s'imposent à vous. Je suis sûre qu'ils hantent vos cauchemars. Et que vous êtes hanté par la peur que tout le monde finisse par apprendre les horreurs dont vous vous êtes rendu coupable. Eh bien, vous pouvez me faire confiance, tout le monde sera au courant. Même si vous mourez dans une minute, je veillerai à ce qu'ils le sachent.

Il n'a peut-être plus une minute devant lui, pense Seamus. Sentant que le temps vient à manquer, il tend la main, arrache la pilule des doigts d'Anna et la fourre dans la bouche ouverte de Lapsford. Ses doigts glissent sur sa langue alors qu'ils la poussent vers le fond de son gosier. Il y a un verre d'eau près du lit. Seamus l'approche des lèvres de Lapsford et l'incline.

Une toux violente ébranle Lapsford qui étouffe. L'espace d'un moment, Seamus se dit qu'il a agi trop tard, que l'homme est dans les affres de la mort. Il se prépare à recueillir son dernier souffle, sinistre. Mais bientôt, la toux et les râles cessent. S'ensuit une pause alarmante au cours de laquelle Seamus est parcouru par des émotions contradictoires. Il veut que Lapsford survive, en même temps il veut qu'il meure, et il se déteste d'éprouver ces deux sentiments.

Lapsford reprend son souffle, mettant fin au silence éprouvant. Quand il regarde Seamus, celui-ci voit dans les yeux de Lapsford une lueur qui n'y était pas quelques secondes plus tôt. Seamus prend à nouveau le pouls de Lapsford, constate qu'il s'est bien calmé. La pilule semble agir. Pour le meilleur ou pour le pire, ce n'est pas clair.

Surtout quand Lapsford lâche dans un murmure :

— Vous auriez dû me laisser mourir.

41

QUAND IL APPARAÎT CLAIREMENT que Lapsford survivra au moins durant l'heure à venir, Anna s'écarte du lit. Elle sent peser sur elle le regard des autres – Sal, Dante et Seamus, le regard de ce dernier étant particulièrement indéchiffrable.

Arrivée dans la voiture 11, elle jette un rapide coup d'œil dans la chambre de Reggie. Il dort profondément, le petit veinard. Anna est debout depuis si longtemps qu'elle a mal partout, y compris à la tête.

Dans sa propre suite, elle s'effondre sur le lit, les yeux rivés au plafond. Quand bien même elle aurait voulu dormir, elle n'y serait pas parvenue. Elle est trop troublée par la succession des événements : les points de suture qu'elle a dû faire à Reggie, le meurtre de Judd et le malaise de Lapsford.

— Tu veux parler de ce qui vient de se passer ? demande Seamus en entrant dans la suite et en se laissant tomber dans le fauteuil près de la fenêtre.

— Je devais obtenir des réponses, répond Anna sans cesser de regarder le plafond.

— Non. Tu devais lui sauver la vie. Les réponses, tu pouvais les avoir plus tard.

— Pas s'il était mort.

— Je regrette que tu ne m'en aies pas parlé avant. On ne peut pas se cacher des choses comme ça.

Anna se redresse sur les coudes.

— Comme le fait que tu te promènes avec des doses de relaxant musculaire ?

— Ça n'a rien à voir.

— Vraiment ? Un homme a été empoisonné…

— A fait semblant d'avoir été empoisonné.

— On ne le savait pas sur le coup, rétorque Anna. Et pourtant, tu n'as dit à personne que tu te promenais avec une boîte de mystérieuses pilules.

— Parce que ça ne te regarde pas.

Anna se propulse vers le pied du lit jusqu'à ce qu'elle se retrouve assise au bout.

— Si, ça me regarde. Si ça se passe à bord de ce train, ça me regarde. Maintenant, dis-moi pourquoi tu as ces pilules sur toi.

— On me les a prescrites, répond Seamus – sa voix, d'ordinaire sonore, est remplacée par quelque chose de faible et de vulnérable.

— Pourquoi ?

— Parce que je suis souffrant, lâche Seamus avec un petit rire amer, comme s'il trouvait le mot ridicule.

— De quoi souffres-tu ?

— Des nerfs. Mon cerveau a du mal à les contrôler, ce qui m'occasionne des tremblements. Parfois des spasmes. Et il m'arrive de ne pas pouvoir me déplacer comme je voudrais. Comme si une force invisible s'emparait de moi et me secouait. Les pilules engourdissent mes nerfs juste assez pour me redonner le contrôle. Mais ça ne dure pas.

Anna pense à la façon dont ses mains tremblaient, tout à l'heure, quand il lui a tendu la pilule. Elle se dit, rétrospectivement, qu'elle a dû les voir trembler une centaine de fois, sans jamais se poser de questions.

— Ça fait longtemps ?

— Quelques années.

Seamus a répondu avec une nonchalance forcée qui fait penser à Anna que ça fait plus longtemps. Alors elle se rapproche de lui, une nouvelle source d'angoisse frémissant au creux de l'estomac.

— Donc, avant qu'on se rencontre ?

— Ouais.

— Quand tout ça sera fini, on te trouvera un médecin. Un bon médecin.

Seamus relève les yeux sur elle.

— Avec quel argent ?

— Aucune importance. On en trouvera. Et on te trouvera le meilleur docteur, et il te guérira.

— Il n'y a pas de remède.

— Il y en a forcément un.

— Tu crois que je ne me suis pas renseigné ? J'ai vu tous les médecins, Anna. J'ai essayé tous les traitements. Il y en a qui me soulagent, pendant un petit moment, et je me retrouve très vite au point de départ.

Seamus s'avance aussi vers le bord de son siège et tend la main à Anna. Elle la prend, alarmée par la façon dont elle tremble entre les siennes.

— C'est pour ça que j'ai répondu à ta tante quand elle m'a écrit. Et c'est pour ça qu'il était important qu'on fasse ça ensemble, maintenant.

Je vais manquer de temps pour voir déférer devant les tribunaux les gens qui ont tué mon frère.

— Bien sûr qu'on a le temps, répond Anna.

Seamus laisse échapper un long soupir de frustration.

— Tu ne comprends pas.

— Mais si, je comprends ! Tu es malade…

— Anna, je suis mourant.

Le reste de ce qu'Anna avait l'intention de dire s'évapore, la laissant momentanément sans voix.

— Le dernier médecin que j'ai vu m'a donné cinq ans, tout au plus, reprend Seamus. Probablement moins. Bientôt, les pilules ne suffiront plus à freiner le mal. J'aurai besoin d'aide pour me déplacer, puis je me retrouverai dans un fauteuil roulant. Et ce n'est qu'une question de temps avant que la maladie s'empare complètement de moi.

Seamus se tourne pour regarder par la fenêtre. Le soleil apparu au-dessus de l'horizon colore son visage de tons de rose et d'or.

— Je le pensais quand je t'ai dit que mon avenir n'était qu'une étendue de noir. C'est la vérité, Anna. Je n'ai pas d'avenir. Bien peu, en tout cas.

Les larmes montent aux yeux d'Anna. Elle les essuie très vite, essayant d'être forte, par égard pour Seamus. Mais c'est difficile de rester forte face à tant de pertes. Son frère. Ses parents. Tante Retta. Elle ne peut pas perdre Seamus aussi.

— Je ne renoncerai pas, dit-elle. Et je resterai à tes côtés.

Seamus secoue la tête.

— Tu dis ça maintenant…

— Parce que je le pense. Nous sommes liés par ce qui est arrivé à nos frères. Et ce lien demeurera longtemps après la fin de ce voyage.

Seamus se lève, soulève Anna du lit et l'attire contre lui. Quand il l'embrasse, c'est tellement soudain et inattendu qu'elle se crispe. Percevant sa tension, Seamus la lâche.

— Excuse-moi, dit-il en reculant.

— Non, tu n'as pas à t'excuser, répond Anna.

Et elle le pense. Elle voudrait arriver à répondre aux sentiments de Seamus. Mais il avait raison, après leur unique nuit ensemble, mal inspirée : tout cela est trop triste.

— Je voudrais…

Seamus l'interrompt en levant la main.

— N'en dis pas plus. Je t'en prie.

Anna hoche la tête et se rassied au bord du lit, laissant à Seamus l'espace nécessaire pour se ressaisir. Il prend une profonde inspiration et s'étire, le visage inexpressif.

— Je vais voir nos patients, dit-il.

Il met la main dans la poche de son uniforme.

Anna suit des yeux le mouvement de sa main dans sa poche, le tissu se gonflant puis se rétractant. Seamus fouille son autre poche, passe à la poche intérieure. Bientôt, il se palpe comme s'il était à la fois le flic et le criminel.

— Qu'est-ce qui se passe ? demande Anna.

— Mon pistolet, répond Seamus. Je ne l'ai plus.

Anna se lève d'un bond, tous les sens en alerte.

— Tu crois qu'il aurait pu tomber de ta poche ?

— Je ne sais pas.

— Quand est-ce que tu l'as senti pour la dernière fois ?

Il continue à tapoter ses poches, comme s'il avait pu se tromper et que son arme n'avait pas vraiment disparu.

— Il y a une heure. Quand on était tous dans le salon, après avoir découvert que Judd n'était pas vraiment mort.

— Alors il pourrait être n'importe où.

— Ou en possession de n'importe qui. Il faut qu'on aille voir dans le salon.

Ils foncent hors de la suite, dévalent le couloir de la voiture 11 et filent vers le salon des première. Là, Seamus entreprend de retourner les fauteuils et les tables à cocktail, cherchant désespérément son pistolet disparu. Anna se joint à lui, se mettant à quatre pattes par terre.

— Continue à chercher ici, dit Seamus en se dirigeant vers le piano. Je vais voir dans la voiture d'observation.

Il sort précipitamment, laissant Anna toute seule dans le salon. Encore trente secondes de fouille, et elle admet qu'il n'y a pas plus de pistolet ici que de beurre en broche. Le seul endroit restant à fouiller est le bar. Elle se relève pour s'en approcher quand son attention est attirée par des bruits étranges provenant de la voiture voisine.

Un bang.

Un bruit de verre fracassé.

Un autre bang.

Anna se fige comme une statue. Les étagères en miroir derrière le bar capturent son reflet immobile, image déformée, divisée en dizaines de morceaux, de son visage hébété : les yeux ronds, la bouche ouverte, les narines frémissantes. Anna regarde ces fragments épars de sa personne en même temps qu'elle identifie lentement les bruits qu'elle vient d'entendre.

Des déflagrations.

Deux coups de feu.

42

ANNA QUITTE LE SALON, jette un coup d'œil dans le couloir désert de la voiture 11, et s'étonne de le trouver aussi long. Il s'étend devant elle, comme infini, lui donnant l'impression d'être redevenue enfant. Si petite, et le *Philadelphia Phoenix* d'une immensité impossible.

Elle s'élance dans la voiture, mais sa course est une longue et lente reptation visqueuse vers l'autre bout de la voiture au cours de laquelle son environnement acquiert une présence de plus en plus marquée : le balancement du train, le raclement des roues, le monde flou qui défile derrière la fenêtre.

Arrivée à la dernière suite de la voiture, elle aperçoit Reggie par la porte ouverte, debout, les mains cramponnées à son côté. Leurs regards se croisent, Anna fait non de la tête, répondant en silence à la question lue dans ses yeux.

Non, je ne sais pas ce qui se passe.

Il amorce un pas chancelant vers la porte. Anna lui décoche un autre mouvement de tête. L'ordre est clair : *Restez là. Restez en sécurité.*

Elle reprend sa course vers la voiture 12, manquant d'entrer en collision avec un Seamus planté juste derrière la porte et qui lui crie :

— Arrête-toi !

Mais elle ne s'arrête pas.

Elle ne peut pas.

Pas alors qu'elle voit Dante à l'autre bout de la voiture. Bien sûr.

— Lapsford ? demande Anna.

Lentement, nerveusement, Dante se glisse par la porte ouverte de la suite de Lapsford. Il revient une seconde plus tard, visiblement ébranlé.

— Il est vivant.

Anna sent la peur lui nouer l'estomac, un nœud qui se resserre quand elle jette un coup d'œil vers la suite de Sal. La porte, entrouverte, grince au rythme du balancement du train.

Elle se précipite alors que Seamus lui hurle de s'arrêter.

— Anna, attends !

Elle l'ignore, pousse la porte. Le battant s'ouvre avec une lenteur torturante. L'interstice s'élargit, lui offrant une vision complète de la cabine. La première chose qu'elle remarque est le pistolet de Seamus. Par terre, au milieu de la pièce, éclairé par la lumière diffuse qui tombe de la fenêtre.

La deuxième chose, c'est la fenêtre, justement, et sa vitre fracassée, vraisemblablement par la première balle. Elle se rappelle qu'un bruit de verre brisé accompagnait le premier coup de feu. Maintenant, seuls quelques fragments de verre sont restés coincés dans l'encadrement de la vitre, tranchants, étincelants. Un vent de furie souffle dans l'espace vide, agitant les rideaux, et la neige s'engouffre dans la pièce.

Et devant la fenêtre explosée, Sal est assise dans le fauteuil pivotant. Se découpant en ombre chinoise sur la lumière grise de l'aube. Ombre elle-même, d'un corps abandonné par sa propriétaire, assise là, molle et immobile. Sa position dans le fauteuil – la tête renversée en arrière, les yeux clos levés vers le plafond – oblige Anna à entrer plus avant dans la cabine pour voir son visage.

Inexpressif. Le néant.

La dernière chose que voit Anna, c'est le trou rouge presque noir au centre de son front. Un mince filet écarlate roule le long de la racine de son nez.

Le regard baissé sur Sal, Anna n'éprouve rien. Que la surprise de ne pas ressentir un tumulte d'émotions. Elle est apparemment trop engourdie pour l'instant. Alors elle reste debout là, muette, vaguement consciente que Seamus se glisse dans la pièce derrière elle. Il ramasse son arme par terre, la met dans la poche de sa veste et prend le drap du lit.

— Non ! dit Anna d'une voix aussi tranchante que l'acier. Je vais le faire.

Seamus lui tend le drap et Anna, en silence, respectueusement, le dépose sur le corps de Sal. Elle quitte la pièce sans un mot, attendant que Seamus referme la porte derrière eux avant de se retourner vers Dante.

— Toi ! s'écrie-t-elle, ce mot lui râpant l'arrière-gorge. C'était toi !

— Moi ? Mais je n'ai rien fait !

Anna s'approche de lui, tremblante, submergée par la rage.

— Arrête de me mentir ! Il n'y a que toi ici qui aies pu faire ça. Reggie a reçu un coup de poignard dans le ventre, et c'est à peine si le cœur de Lapsford bat encore.

— Et lui ? demande Dante en indiquant Seamus, à l'autre bout du couloir.

— Il était avec moi.

— Je n'ai rien fait de mal, Annie. Je te le jure.

— Tu étais dans le coup avec Judd, lance Anna. Tu savais qu'il n'était pas mort. Vous avez tout planifié ensemble, tous les deux. J'aurais dû m'en douter à la seconde où tu lui as demandé de choisir son poison.

— J'ai dit ça comme ça. C'était une simple expression.

— En temps normal, d'accord. Mais dans le cas présent, c'était un signal que tu adressais à Judd de feindre sa propre mort. Et après ça, tu as commencé à tuer les autres, l'un après l'autre.

Dante recule d'un pas mal assuré. Sa maladresse contraste fortement avec la démarche souple qui est la sienne d'ordinaire, comme Anna a pu le constater plus tôt dans la nuit. Ce glissement rapide dans les couloirs qui lui avait fait penser que c'était Tommy. Une idée ridicule, rétrospectivement, mais Anna avait tellement envie d'y croire.

— Tu rôdais dans le train, insiste-t-elle, lui jetant l'accusation au visage. Juste avant la mort d'Edith. C'est toi qui l'as tuée. C'est toi qui t'es faufilé dans ma chambre et as coupé l'embrasse du rideau.

Anna effleure le haut de sa robe, cherchant machinalement le réconfort de la locomotive en argent qui lui vient de son père. Elle met une seconde à se rappeler qu'elle n'est plus là. Elle est désormais entre les mains de Seamus, depuis qu'on l'a retrouvée par terre, dans la chambre d'Herb Pulaski.

— Et c'est toi qui as pris mon insigne. Quand on était dans le salon, après qu'Herb m'a attaquée. Tu l'as pris et tu l'as mis dans la cabine d'Herb. Vous vouliez me piéger, Judd et toi. Mais ensuite, Judd a quitté sa cabine, révélant qu'il n'était pas mort. Alors tu as décidé de le tuer. Tu l'as fait avant ou après avoir poignardé Reggie ?

Dante, planté au milieu du couloir, chancelle sous l'assaut.

— Comment aurais-je pu faire ça ? Sal et Lapsford étaient dans les voitures du milieu. Ils m'auraient vu passer.

— Pas si tu es passé par une fenêtre ! rétorque Anna. Or on sait que tu en es capable. J'ai vu comment tu avais fui la chambre d'Herb, après lui avoir tranché la gorge.

— Annie, je n'ai pas la moindre idée de ce que tu racontes.

— Moi qui pensais que tu voulais m'aider. Que tu n'étais pas comme ton père.

— Mais je ne suis pas comme lui ! s'écrie Dante, rivant sur elle des yeux emplis de désespoir. Je ne sais pas ce qui se passe, mais je crois qu'on a tous besoin de se calmer et de parler de tout ça.

— Fini de discuter ! J'ai été vraiment trop bête de te faire confiance.

— Je t'en supplie, Annie. Écoute-moi !

Dante essaie de s'approcher d'elle, mais Seamus lui barre la route.

— Elle ne veut pas, dit-il en le repoussant vers sa cabine dont la porte est restée ouverte.

Dante résiste, mais ils ne sont pas de force égale. Dante ne fait pas le poids face à Seamus, et il ne réussit qu'à le faire reculer d'un pas.

— Je n'ai rien fait de mal ! crie Dante depuis l'autre bout de la voiture, avant de se précipiter à nouveau sur Seamus.

Mais il suffit à Seamus de quelques poussées pour le renvoyer vers la porte de sa suite.

— Vous allez entrer là-dedans et y rester jusqu'à Chicago.

— Et si je refuse ?

— Je vous tire dessus.

Dante lève les mains et se laisse pousser à l'intérieur par Seamus. Anna les suit à l'intérieur, visiblement furieuse.

— C'est ton père qui t'a envoyé ? C'est pour ça que tu es là ?

— Mais non ! Bien sûr que non ! (Dante recule encore dans la cabine, atteint le fauteuil près de la fenêtre, le heurte avec l'arrière de ses jambes et se laisse tomber sur le siège.) Je n'ai rien à voir avec toute cette histoire, et je n'ai rien à faire avec lui.

— Tu travailles toujours pour lui.

— Parce que je n'ai pas le choix, c'est tout. Crois-moi, si je pouvais cesser d'être à sa botte, je n'hésiterais pas.

Anna soupire.

— Je voudrais te croire. Ça rendrait moins pénible ta trahison.

— Qu'est-ce qu'on fait de lui ? demande Seamus.

— Attache-le au fauteuil. Et puis on va fermer la porte et monter la garde devant jusqu'à Chicago.

Les mains tremblantes, Seamus dénoue sa cravate, la glisse sous son col. Puis il se penche sur Dante, lui retire sa cravate en quelques secousses brutales et la tend à Anna.

— Aide-moi, s'il te plaît.

Anna attrape la cravate et s'avance vers le fauteuil où Seamus est déjà en train d'attacher le poignet gauche de Dante à l'accoudoir. Anna l'imite du côté droit, en évitant de croiser son regard.

— Annie, tu n'as pas besoin de faire ça, lui chuchote Dante à l'oreille. C'est un énorme malentendu. Tu me connais. Tu sais que je ne suis pas un tueur.

Anna repasse une dernière fois la cravate autour de son bras et termine en effectuant le nœud le plus serré dont elle est capable.

— C'est bien le problème, Dante, répond-elle. Je crois qu'en réalité je n'ai jamais vraiment su qui tu étais.

Elle se détourne et quitte la suite sans un regard en arrière, laissant Dante s'époumoner.

— Annie, je t'en supplie ! Ne me laisse pas comme ça !

Dans le couloir, elle observe par la fenêtre le paysage couvert de neige qui défile le long du train. Les champs, les forêts, les petites villes dans le lointain, tout semble si paisible dans la lumière de l'aube. Bien différent du chaos qui règne à bord du *Philadelphia Phoenix*.

Dans son dos, Seamus sort de la cabine de Dante, en referme la porte et vient la rejoindre près de la fenêtre.

— Tu vas me dire que tu me l'avais bien dit ? demande Anna.

— Non. Je viens te dire que je suis désolé. Je sais que ça doit être pénible pour toi.

— Tu n'en as pas idée.

— Je peux faire quelque chose pour toi ?

— Oui. Me laisser seule. Un petit moment.

Anna s'éloigne d'un pas vif vers l'arrière du train en jetant un dernier regard par-dessus son épaule pour s'assurer que Seamus ne la suit pas. Arrivée dans la voiture panoramique, elle se laisse tomber dans le siège le plus proche. Et toutes les émotions qu'elle a jugulées depuis une heure remontent à la surface. Le chagrin. La peur. La culpabilité. Tout se bouscule en elle dans un tourbillon. Alors, trop épuisée pour les affronter, elle se laisse sombrer.

43

ELLE PLEURE pendant exactement cinq minutes.

Pas plus. Elle n'a pas le temps.

Pas alors que le vrai tueur est encore en liberté à bord du train.

Anna ne croit pas que Dante ait quoi que ce soit à voir avec les meurtres. Ce n'était que du cinéma, depuis l'accusation emphatique qu'elle a portée contre lui, jusqu'à son saucissonnage dans le fauteuil. Et tout cela pour sa protection. Trop de gens ont été tués ou blessés au cours de ce voyage. En obligeant Dante à rester dans sa suite, Anna espère lui éviter de connaître un sort semblable.

Quant au vrai meurtrier, il va sûrement se manifester à nouveau d'ici peu. Alors elle sèche ses larmes et quitte la voiture panoramique, vibrante d'angoisse et d'arrière-pensées. Et si elle était en train de commettre une erreur ? Et si elle se trompait ?

Elle se persuade que non.

Ce n'est pas possible.

Elle traverse rapidement la voiture 13, les nerfs à vif. Le silence lui rappelle avec force que seuls des morts occupent cette partie du train. Judd, Edith et Herb. En passant devant leurs portes, elle essaie de ne pas se les représenter. Peine perdue. Leurs visages sans vie s'imposent à elle.

Le même silence règne dans la voiture 12. Pourtant, celle-ci héberge encore des vivants. Les portes des suites de Sal et de Dante sont fermées, et celle de Lapsford est sur le point de l'être à son tour. Anna s'arrête au bout de la voiture, et regarde la porte tout à l'heure ouverte se refermer lentement et sans bruit. Quelqu'un vient d'entrer subrepticement dans sa cabine.

Elle n'aurait pu rêver plus parfait timing, pour le meilleur ou pour le pire.

À l'instant où la porte est complètement fermée, Anna se précipite, dans l'espoir d'entendre ce qui se passe dans la chambre. Mais elle résiste à l'envie de coller son oreille à la porte, de crainte qu'elle s'ouvre subitement, révélant sa présence. Elle a besoin d'écouter sans bruit, depuis un endroit où elle ne risquera pas d'être découverte.

Et l'endroit le plus proche pour cela est le dernier où elle a envie d'entrer.

La cabine de Sal.

Anna entrouvre la porte et se glisse à l'intérieur en se jurant de ne pas regarder la forme recouverte d'un drap parce qu'elle ne sait pas comment elle réagira si son regard tombe sur elle ne serait-ce qu'une seconde. Elle est pourtant tout près d'y jeter un coup d'œil. Un demi-regard. Un quasi-regard. Anna se fige en voyant le bord du drap étendu sur Sal.

Elle pivote sur elle-même et va coller son oreille à la cloison qui sépare la suite de la cabine voisine. Elle entend la voix gueularde, familière, de Lapsford.

— Qu'est-ce que vous foutez ici ?

Anna se fige, écoute, attendant une réponse qui ne vient pas.

— Répondez-moi, bon sang ! reprend Lapsford.

Cette fois, Anna ne cherche pas à entendre la réponse. Elle sait qu'il n'y en aura pas. Parce que l'autre personne qui est dans la suite de Lapsford n'est pas là pour discuter.

Elle est là pour le tuer.

Exactement comme elle s'y attendait.

Prendre l'assassin la main dans le sac. C'est ce que Reggie lui a conseillé.

Eh bien, c'est exactement ce qu'elle va faire.

Sans réfléchir au danger, Anna jaillit de la suite de Sal et se précipite dans celle de Lapsford. Mue par une seule pensée : amener devant la justice au moins une des personnes qui lui ont enlevé Tommy et ses parents. Si elle y arrive, même si elle y laisse la vie, elle n'aura pas fait tout ça pour rien.

Il fait noir dans la chambre de Lapsford. Les rideaux ont été tirés devant la fenêtre et la lumière est éteinte. En entrant dans la pièce, Anna ne distingue que la forme obscure du corps de Lapsford sur le lit, et une silhouette tout aussi indistincte debout devant lui.

Un homme, réalise Anna. Un homme avec un oreiller dans les mains, qu'il appuie sur le visage de Lapsford.

Anna se jette sur lui et ils tombent tous les deux par terre.

Elle heurte le sol la première. Un choc féroce, qui lui envoie une douleur fulgurante dans le bras et l'épaule gauches. Et la douleur redouble quand l'homme atterrit sur elle. Momentanément écrasée sous son poids, Anna ne voit rien d'autre que la moquette du sol et l'obscurité sous le lit. Une obscurité insondable.

L'homme roule à bas de son corps et se relève, permettant à Anna de voir le visage qu'elle s'attendait le plus à voir, et qu'elle espérait le plus ne pas voir.

— Je suis désolé, dit Seamus en se penchant vers elle et en lui tendant la main. Tu n'étais pas censée le savoir. Jamais.

06 H 00

À DEUX HEURES DE CHICAGO

44

ANNA LE SAVAIT.

Elle ne l'a pas compris, au début.

Mais depuis peu, elle en était persuadée.

Quand elle a constaté que Judd avait été assassiné. C'est alors qu'elle a soupçonné Seamus d'avoir fait le coup. Contrairement à Dante, il avait eu non seulement les moyens et l'opportunité d'étrangler Judd, mais aussi le mobile. Et quand Seamus lui a avoué sa maladie, Anna a compris qu'il y avait une chose qu'il n'avait plus : du temps.

S'il voulait que justice soit faite, il fallait que ce soit maintenant.

Mais le fait qu'Anna ait bien supposé que Seamus était le meurtrier ne l'empêche pas d'avoir l'impression que ses jambes se dérobent sous son poids. À moins que ce ne soit le sol qui s'effondre. Ou le train lui-même.

— *Pourquoi ?*

Le mot jaillit, plus plaintif et désespéré qu'elle ne l'aurait voulu. Elle n'y peut rien. Certes, elle avait des soupçons, mais elle est vraiment désespérée. Consumée par le feu de la trahison. Une trahison si brûlante qu'elle n'en revient pas d'être encore en vie. Elle devrait être morte à présent. D'ailleurs, cette découverte va sûrement la tuer.

En même temps, d'une certaine façon, elle reste obstinément vivante. Elle chasse la main de Seamus et sort de la suite à reculons. Dans le couloir, elle pivote d'un bond et tente de fuir, mais Seamus la rattrape en deux pas, lui plaque une main sur la bouche et la traîne vers l'avant de la voiture.

L'aisance avec laquelle il agit n'étonne pas Anna. Il est costaud. Elle l'a toujours su. C'est aussi l'une des raisons qui lui ont fait comprendre que Seamus était la seule personne à bord de ce train assez forte pour tuer. Elle l'imagine facilement étouffant Edith Gerhardt et tranchant la gorge d'Herb Pulaski avant de se faufiler par la fenêtre et de regagner sa propre cabine par le toit.

Elle se rappelle avec intensité les paroles de Seamus quand ils avaient commencé à trier les documents contenus dans les cartons.

Ils méritent tous de mourir. Et je veux qu'ils meurent de ma main.

Et il a commencé à s'y employer.

Anna s'attend maintenant à ce qu'il lui réserve le même sort tandis qu'il l'entraîne sur toute la longueur de la voiture 11, en direction du salon. L'endroit idéal pour mourir, pense-t-elle. La voiture où ce voyage maudit a commencé.

Quand ils y arrivent, Seamus la conduit vers un fauteuil, s'agenouille devant elle et pose ses mains sur ses genoux. Il glisse les doigts sous sa robe, cette soudaine intrusion lui arrachant une profonde inspiration. La main de Seamus remonte vers le haut de sa cuisse, vers le couteau.

— Tu n'auras pas besoin de ça, dit-il en l'arrachant de son fourreau et en le lançant au bout du salon. Même sans ça, je sais que tu peux me mettre au tapis. Je t'assure que tu n'as pas besoin d'essayer. Je ne me débattrai pas. Je ne te ferai jamais de mal, Anna.

Trop tard, pense Anna. Le mal est fait. Un mal plus profond qu'elle n'aurait pu l'imaginer. Une plaie si profonde qu'elle doute de guérir un jour. Elle n'a pas l'énergie de combattre Seamus. Elle est dévastée par le chagrin et la déception.

— Tu savais que Judd n'était pas mort, dit-elle d'une voix plate.

— Oui.

— Quand l'as-tu compris ?

— En même temps que toi.

— Mais c'est toi qui as trouvé sa cachette.

Seamus se cale dans le fauteuil à côté du sien. Anna refuse de le regarder. Elle se concentre sur le paysage derrière la fenêtre. Le *Phoenix* est arrivé à une autre rivière et en suit le cours. La neige des berges brille d'un éclat aveuglant en ce début de matinée ensoleillée.

— Oui, répond Seamus.

Anna n'a pas besoin qu'il lui explique ce qui s'est passé ensuite. Comment il a étranglé Judd. Et comment, pour brouiller les pistes, il les a ensuite conduits, Dante et elle, vers la scène de crime.

— Ce n'est pas ce sur quoi nous nous étions mis d'accord, déclare Anna. On les voulait tous vivants.

— Non, Anna. C'est toi qui voulais ça. Moi, je voulais la vengeance, sous quelque forme que ce soit. J'ai fait semblant d'être d'accord pour qu'on les envoie tous pourrir en prison, parce que c'était mieux que rien. Mais en réalité, j'ai toujours pensé qu'ils méritaient de mourir. Jusqu'au dernier.

— Alors pourquoi as-tu marché dans mon plan ?

— Parce que je t'aime, répond Seamus avec tant de lassitude que la déclaration en devient une confession, un secret sombre et profond qu'il est maintenant obligé de révéler. Je sais que tu n'éprouves pas les mêmes sentiments, et je l'accepte. Mais ce que je n'accepte pas, et n'accepterai jamais, c'est ce qu'ils nous ont fait. Ce qu'ils nous ont enlevé. J'avais besoin de faire payer au moins l'un d'eux.

— Tout en sachant que ce n'est pas bien ?

Seamus a un mouvement de tête en direction des voitures, derrière eux.

— C'est ce qu'ils ont fait qui n'était pas bien, Anna. Ils ont tué nos frères, et des dizaines d'autres gens. Et ils ont fait accuser ton père. Ta mère en est devenue folle. Ne reste pas assise ici, à faire comme s'ils ne méritaient pas exactement le même sort.

— Ils méritent bien pire, répond Anna. Mais pas de nos mains. Nous valons mieux que ça.

— Toi, peut-être, mais pas moi. Quand j'ai eu l'occasion de tuer l'un de ces salauds, je n'ai pas hésité.

Encore incapable de le regarder, Anna suit des yeux la rivière de l'autre côté de la fenêtre. Ils vont dans la même direction, mais le train et l'eau se séparent peu à peu. Alors que la rivière plonge vers le bas et coule maintenant dans une vallée complètement enneigée sculptée par l'érosion au fil de millions d'années, le train entame une ascension en suivant la pente douce du flanc de la vallée.

— Tu en avais l'occasion, sans avoir besoin de commettre le meurtre toi-même, dit-elle. Tu pensais que Lapsford allait mourir. Tu m'as même implorée de lui donner la pilule avant qu'il ne soit trop tard.

— Je ne voulais pas seulement qu'il meure. Je voulais qu'il meure de ma main.

Sauf que Lapsford est encore en vie, grâce à elle. C'est d'autant plus paradoxal que c'est celui qu'elle déteste le plus, Kenneth Wentworth mis à part.

— Maintenant que je le sais, tu vas encore essayer ?

— Non, répond Seamus. J'en ai assez tué.

Anna regrette de ne plus avoir son couteau parce qu'elle le lui aurait volontiers planté dans le cœur. Pas pour se battre avec lui, et sûrement pas pour le tuer. Uniquement pour que Seamus éprouve une douleur égale à la sienne. Privée de son couteau, elle ne peut que dire :

— Je ne te pardonnerai jamais.

Seamus hoche la tête.

— Je ne m'attendais pas à autre chose.

— Ils vont t'arrêter, tu sais. Quand on arrivera à Chicago, ils t'embarqueront avec tous les autres.

— Tu n'as pas besoin de le leur dire, réplique Seamus.

Mais ses yeux, ces fenêtres sur son âme, disent clairement qu'il sait qu'elle le fera.

Les yeux d'Anna s'emplissent de larmes. Elle ne l'aime peut-être pas d'amour, mais elle l'aime à sa façon meurtrie. Même à présent. Leur lien est plus intime que l'amour, qui amène les gens à arrondir les angles entre eux. Chez eux, ces angles se sont effilés au point de devenir des pointes friables.

Elle a toujours su que l'un d'eux verserait le sang. Mais elle pensait que ce serait elle.

— Je regrette que tu ne m'aies pas fait confiance, soupire Anna en secouant la tête, et ce mouvement fait rouler une larme sur sa joue. Je regrette que tu ne t'en sois pas tenu au plan.

— Je ne pouvais pas.

Dévorée de curiosité, Anna finit par le regarder.

— Qu'est-ce que tu as ressenti ?

— C'était… (Il s'interrompt, cherchant le terme exact.) Magnifique. La plus douce des libérations que j'aie jamais éprouvée.

— Même alors que ça voulait dire que tu te condamnais ?

— Tu oublies que je suis déjà condamné.

Seamus sort de sa poche la locomotive en argent. Avec une extrême gentillesse, il se penche et la fixe sur la robe d'Anna.

— Ça t'appartient, dit-il.

Ensuite, il dépose un baiser sur sa joue, se lève et, sans un mot de plus, sort par l'avant de la voiture. Anna reste assise quelques secondes encore. Juste le temps de comprendre ce qu'il s'apprête à faire. Alors, elle bondit de son fauteuil et s'élance à sa suite dans la voiture-restaurant. Il est déjà arrivé à l'autre bout et passe dans la cuisine. La porte se referme sur lui.

Et ainsi de suite dans les voitures suivantes. La voiture-bar, le salon des secondes, la voiture-lits. Anna a beau presser le pas, elle ne le rattrape que dans le fourgon à bagages. À ce moment-là, Seamus est déjà parvenu aux doubles portes latérales et entreprend d'en faire coulisser une.

— Seamus, arrête ! hurle Anna, et sa voix résonne en écho sur les parois.

Il l'ignore. S'attaque à la deuxième porte et l'ouvre de force, livrant le fourgon au chaos du monde extérieur. Tourbillons de neige. Vent furieux. Claquement des roues. L'ensemble arrache une grimace à Anna tandis qu'elle s'avance vers les portes ouvertes.

— Qu'est-ce que tu fais ? s'écrie-t-elle, mais elle le sait déjà.

Seamus se rapproche de l'ouverture béante, ne s'arrêtant que tout au bord du précipice. L'air soulève ses cheveux et fait claquer sa veste au vent. Tel un oiseau prenant son envol. Derrière Seamus, le paysage enneigé défile à toute allure dans un brouillard de blancs et de gris. La voie ferrée domine maintenant la rivière, et approche d'un pont en chevalet.

— Je m'en vais.

Une autre larme roule sur la joue d'Anna. Malgré ce qu'il a fait, elle n'est pas prête à lui dire au revoir. Pendant l'année passée, il a été une présence constante dans sa vie. Son absence va laisser un vide qu'elle ne pourra jamais combler.

— Tu n'as pas besoin de faire ça, dit-elle, résistant à l'instinct de l'attraper et de l'écarter de la porte.

Mais il se tient si près du bord qu'elle a peur qu'un faux mouvement ne le précipite dans le vide.

Anna sait ce qui lui arrivera après ça.

— Je te l'ai déjà dit, je n'ai pas d'avenir.

— Ça n'a pas besoin de finir comme ça. Tu vas bien trouver une solution.

— C'est fait, répond Seamus.

Il se tourne vers la porte alors que le train aborde le pont. Seamus reste un moment à considérer le tourbillon gris du ciel au-dessus, la rivière recouverte de glace en contrebas et la ligne blanche de l'horizon au loin. Anna retient son souffle. Seamus demeure dans le cadre de la porte, perché au bord. Il se retourne et la regarde. Le cœur d'Anna loupe un battement. Elle sait ce que cela signifie : il a changé d'avis.

Et de fait, Seamus s'éloigne de la porte et se précipite vers elle, l'enserre dans ses grands bras. Elle lui rend son étreinte, soulagée qu'il ait choisi la vie.

Mais il lui met son revolver dans la main, et Anna comprend que ce n'est pas fini.

— Prends-le, exige Seamus.

Anna secoue la tête, libérant d'autres larmes.

— Je t'en prie, ne fais pas ça.

— Tu sais ce que tu as à faire, lui murmure Seamus en refermant les doigts d'Anna sur l'arme. Tu peux mettre fin à tout ça.

Il s'écarte d'elle, la laissant le pistolet dans une main et tenter de l'agripper de l'autre. Mais Seamus est déjà hors de portée. Quand il parvient à la porte, il ne s'arrête pas, ne se retourne pas, ne lui dit même pas adieu.

Il fait seulement un pas à l'extérieur et disparaît à sa vue.

45

ANNA HURLE.

Bien inutilement.

Seamus a disparu. Elle le sait. Elle a vu ses bras s'agiter comme ceux d'une poupée de chiffon quand il tombait, elle a vu son corps s'incurver d'une horrible façon quand il a heurté l'eau glacée tout en bas. Mais elle n'a pas pu voir s'il remontait à la surface, le train avait traversé le pont et la rivière avait disparu à sa vue.

Alors elle crie. La bourrasque d'air enneigé qui fait irruption par les portes ouvertes arrache le son qui jaillit de ses poumons et c'est à peine si elle l'entend. Elle continue quand même à crier. Elle en a besoin.

Contrc Seamus.

Pour Seamus.

Elle souffre pour lui, elle le déteste et il lui manque déjà alors que ça ne fait que quelques secondes.

Le seul fait de hurler libère quelque chose en elle. Une douleur surprenante, mordante, qu'elle a retenue pendant une douzaine d'années. Qui ressort maintenant, et qu'elle ne sait pas museler.

Elle ne sait pas non plus ce qu'elle doit faire, en dépit de ce que Seamus lui a dit.

Tu sais ce que tu as à faire. Tu peux mettre fin à tout ça.

Au souvenir de ces paroles, Anna cesse enfin de crier. Quand Seamus les a prononcées, elle était trop blessée par sa trahison et par son propre désespoir pour en enregistrer le sens. C'était comme des pépites d'ambre jetées dans un feu rugissant, perdues dans le brasier. Mais maintenant que Seamus n'est plus et que le cri meurt dans ses poumons, Anna ne pense plus qu'à ses derniers mots.

Il les a prononcés pour une raison précise, celle-là même pour laquelle il l'a obligée à prendre le pistolet dans sa main. Au début, Anna pense qu'il voulait qu'elle achève ce qu'il avait commencé. Tuer Lapsford. Connaître la beauté et le suave soulagement de la vengeance accomplie.

Mais il a dit une autre chose, qui s'impose à présent à son esprit.

Quand j'ai eu l'occasion de tuer l'un de ces salauds, je n'ai pas hésité.

Un mot ressort du reste de la phrase.

Un.

Anna referme les portes coulissantes avec un claquement et s'écroule à côté. La souffrance déchire sa gorge maintenant silencieuse, à vif, palpitante. Elle avale plusieurs fois sa salive, fait la grimace, pleure, tout cela en essayant de démêler ses pensées.

De tous les meurtres qui ont eu lieu à bord de ce train, Seamus n'en a reconnu qu'un.

Anna étouffe un cri de surprise, la soudaine inhalation d'air lui arrachant une nouvelle grimace. Seamus n'a avoué que le meurtre de Judd, et aucun des autres. Il n'y a qu'une raison à cela.

Ils ont été commis par quelqu'un d'autre.

46

LES CRIS D'ANNA ont été entendus jusque dans la voiture 12, au dernier tiers du *Philadelphia Phoenix*. Des cris funèbres plus que de souffrance. Et les survivants ont su qu'il s'était passé quelque chose de terrible.

Pas pour Anna, mais pour Seamus.

Ces cris les ont poussés à réagir, chacun à sa façon.

Dans la suite C, Dante Wentworth tire sur les liens qui retiennent ses bras au fauteuil. Il tente de s'en défaire depuis qu'Anna et Seamus l'ont laissé seul, et maintenant qu'il suspecte que Seamus a disparu, il se démène encore plus. Le corps cambré, les muscles bandés, les dents serrées, il fait une dernière tentative, ne cédant que lorsqu'il sent que l'un des liens a cédé d'un millimètre.

Cela suffit à lui permettre de glisser sa main gauche hors de son entrave, puis à détacher rapidement sa main droite en tiraillant sur le nœud de tissu jusqu'à ce qu'il tombe.

Une sensation de triomphe l'envahit. Ils ont eu beau faire, il a réussi à se libérer.

Dans la suite voisine, la B, Jack Lapsford fait les cent pas, le cœur battant toujours la chamade. Son rythme cardiaque ne s'est pas apaisé depuis qu'il a été pris en embuscade par Seamus Callahan. Il ne peut s'empêcher de penser à quel point ce type lui paraissait grand, penché au-dessus de lui, cramponné à cet oreiller.

Si Anna n'était pas intervenue à ce moment-là, Lapsford serait mort, à l'heure qu'il est. Cette pensée accélère encore un peu les battements de son cœur.

Pourvu qu'il ne fasse pas une vraie crise cardiaque. Il ne manquerait plus que ça, alors qu'il a feint d'en faire deux en moins de douze heures. Contrairement à sa première tentative, qui avait foiré, la deuxième a remporté un succès stupéfiant.

L'épuisement physique.

C'était la clé.

Pour accélérer son rythme cardiaque et faire s'empourprer son visage, Lapsford avait effectué une série d'exercices physiques comme il n'en avait pas pratiqué depuis sa période militaire. Si bien qu'il avait cru lui-même qu'il allait mourir.

Mais ça avait marché. Seamus avait été convaincu qu'il faisait une crise cardiaque.

À présent livré à lui-même, il va et vient de la porte au lit et retour. Ça l'aide à réfléchir. Et pour l'heure, il faut qu'il trouve un autre moyen de descendre de ce train.

Dans la suite A, le corps de Sally Lawrence demeure exactement comme Anna l'a laissé – assis dans le fauteuil près de la fenêtre, recouvert d'un drap.

Le seul changement qui s'est produit depuis qu'il a été découvert, il y a une heure à peu près, concerne le drap proprement dit. Pendant que Dante Wentworth luttait contre ses liens, deux chambres plus loin, les rafales de vent qui s'engouffrent par la fenêtre ouverte ont déplacé le drap, millimètre par millimètre, jusqu'à ce qu'il finisse par tomber par terre.

Et c'est alors qu'un autre changement se produit.

Sally ouvre les yeux.

47

LE TUEUR A ATTENDU jusqu'à près de sept heures du matin pour passer à l'action. Il se faufile dans la voiture 12 en veillant à ne pas faire de bruit. Le silence n'est probablement plus nécessaire, mais il pense que c'est préférable. Faire savoir aux gens qu'on a l'intention de tuer qu'ils sont sur le point d'y passer rendrait les choses… plus compliquées.

Surtout avec la prochaine victime, qui est du genre à vendre chèrement sa peau. Or son exécution doit se passer vite, en silence. Passer inaperçue. Parce qu'à l'instant où Anna s'en apercevra, elle passera en mode de combat.

Au milieu de la voiture, le tueur s'arrête et tend l'oreille. Aucun signe de présence. Avec un peu de chance, il ne sera pas dérangé. Ne voulant pas prendre de risque, il s'approche de la porte de la prochaine personne qui doit mourir.

Jack Lapsford.

Le dernier conspirateur restant.

Celui-ci une fois éliminé, il ne restera que Kenneth Wentworth. Il aimerait bien lui régler son compte, à lui aussi, mais ce sera à la justice de décider de son sort. Ça devrait faire plaisir à Anna. Elle mérite au moins une victoire.

Le tueur est maintenant juste devant la porte de Lapsford et tourne la poignée. Le panneau s'écarte un tout petit peu. Du pied, il élargit l'interstice. Un léger grincement de gonds. Le tueur regarde à l'intérieur, voit quelqu'un assis dans le fauteuil à côté de la fenêtre.

Mais pas Jack Lapsford.

Anna.

Elle sourit, comme si elle l'attendait depuis des heures. Comme si elle avait toujours su ce qu'il mijotait.

— Salut, agent Davis, dit-elle. Je vois que ça va mieux.

07 H 00

À UNE HEURE DE CHICAGO

48

L'AGENT DAVIS s'appuie à l'encadrement de la porte, honnêtement soulagé d'avoir été démasqué. C'était épuisant de faire semblant d'aider Anna alors qu'en réalité il faisait le contraire. Depuis le début, il n'avait qu'une idée en tête : exécuter ceux qui avaient tué son père.

À sa mort, Reggie avait quinze ans. Un âge terrible pour perdre son papa.

Le père de Reggie n'était pas, comme le frère d'Anna, un soldat envoyé suivre un entraînement militaire. À quarante-cinq ans, il y avait longtemps qu'on ne l'envoyait plus au combat. Non, son père était un employé du rail. Il était ingénieur. Et il avait eu la malchance de se porter volontaire pour conduire un nouveau convoi militaire censé transporter des recrues vers un camp de l'armée des États-Unis situé en Géorgie.

— Je prends ma part à l'effort de guerre, avait-il dit à Reggie en partant, ce matin-là. Et j'espère que tu feras pareil quand tu seras grand.

Lorsque Reggie a eu l'âge de s'enrôler, la guerre était quasi terminée, alors il a fait ce qu'il était possible de faire à ce moment-là, il est entré au FBI. Pendant un moment, il a eu l'impression de suivre les traces de son père. Il était du côté du bien, il attrapait des méchants et faisait en sorte que les plateaux de la balance de la justice penchent du bon côté.

Il n'aurait jamais, jamais imaginé avoir un jour la chance de venger son père. L'homme que tout le monde croyait responsable de la catastrophe était mort depuis une douzaine d'années. Mais si Arthur Matheson avait été encore de ce monde, Reggie l'aurait bien tué de ses propres mains, pour peu que l'occasion se présente à lui.

Et voilà que, miracle des miracles, l'occasion lui en avait été donnée.

En apprenant non seulement qui avait vraiment causé la mort de son père, mais aussi que tous les coupables avaient été réunis par la fille d'Art Matheson, il s'était dit que c'était son jour de chance. Il ne savait pas ce qu'il allait faire. Il ne le savait même pas encore en montant dans le train. Mais quand il avait vu que tous ceux qui se trouvaient à bord – les porteurs, les contrôleurs, et même les autres passagers – descendaient précipitamment, il avait compris qu'il se tramait quelque chose.

— Je pensais que vous aviez fait ça dans le but de les tuer, dit-il à Anna.

— Vous avez dû être étonné quand vous avez compris que ce n'était pas le cas, répond-elle. C'est là que vous avez décidé de vous en charger vous-même ?

Oui. Reggie n'était pas dans la voiture-salon quand tout le monde avait cru que Judd Dodge était mort, mais il savait qu'il n'était pas mort empoisonné. Contrairement à ce qu'on voit au cinéma, empoisonner quelqu'un est un sale boulot. Selon la dose, la victime vomit, convulse, crache du sang. Reggie n'avait rien décelé de tout cela sous la nappe qui recouvrait le prétendu cadavre de Judd. Et donc, à la première occasion, il s'était faufilé dans la suite C de la voiture 13 pour voir de quoi il retournait.

— Vous allez vendre la mèche ? lui avait demandé Judd, paniqué, en se voyant démasqué.

— Pas si vous faites ce que je vous demanderai, avait répondu Reggie.

Ce qui consistait à éliminer les autres l'un après l'autre. Edith et Herb, Jack Lapsford et Sally Lawrence. Peu importait dans quel ordre tant qu'ils y passaient tous.

— Comment avez-vous reconstitué le puzzle ? demande-t-il maintenant à Anna.

— Pièce par pièce. D'abord, votre chemise. (Elle la regarde tout en parlant, la partie qui n'est pas tachée de sang est d'un blanc éclatant.) Lorsque vous êtes tombé sur nous dans le salon, celle que vous portiez était bleu ciel.

Reggie avait espéré que personne ne s'en rendrait compte. Tout cela parce qu'il n'avait pas apporté deux chemises de la même couleur. Mais il n'avait pas eu le temps de repasser chez lui pour en prendre une autre. La blanche qu'il gardait dans un tiroir de son bureau pour les missions d'urgence comme celle-là devrait faire l'affaire.

— Elle avait été éclaboussée de sang quand vous avez égorgé Herb ? demande Anna. Ou seulement mouillée par la neige quand vous êtes ressorti par la fenêtre ?

— Les deux, répond Reggie en repensant à la chemise trempée et tachée de sang qui se trouve maintenant au fond de sa valise. Quand vous êtes-vous rendu compte que j'en avais changé ?

— Quand j'ai suturé votre blessure. Comment ça va, au fait ?

Reggie se tapote le flanc. Encore douloureux. Très douloureux. Mais au moins, grâce à Anna, il peut se déplacer.

— Les points de suture tiennent bien. Vous avez fait du bon boulot.

— Plus ou moins inutile, répond-elle. Quand vous vous êtes poignardé vous-même, vous avez fait en sorte que la plaie ait l'air pire qu'elle ne l'était en réalité.

— Qu'est-ce qui vous a fait penser que c'est moi qui me l'étais infligée ?

— L'endroit de la plaie. Sur le côté gauche de votre abdomen. Judd Dodge, l'homme que vous accusiez de vous avoir poignardé, était droitier. S'il s'était vraiment jeté sur vous par-derrière, comme vous nous l'avez raconté, la plaie se serait trouvée du côté droit.

Reggie ne peut s'empêcher d'être impressionné. Jusque-là, il n'a pas réussi à lui faire gober un seul de ses mensonges.

— Je ne pouvais pas prendre le risque de me frapper du côté droit. Trop d'organes vitaux.

Anna incline la tête, intriguée.

— C'est quelque chose qu'on apprend au FBI ? Les endroits où se poignarder soi-même afin de provoquer un saignement important mais sans conséquence vitale ?

— Vous n'imaginez pas tout ce qu'on peut apprendre dans ce boulot.

— Comme se blesser soi-même pour faire croire qu'on n'est pas un meurtrier ? Et Edith ? C'est vous qui l'avez tuée aussi ? Ou c'était Judd ?

— C'est lui qui a commis le meurtre, mais à mon instigation. L'embrasse de votre rideau était aussi mon idée.

— Pour faire croire que c'était moi qui avais fait le coup. Et pareil avec la fenêtre ouverte de ma chambre, et l'insigne de mon père. Quand me l'avez-vous pris ?

— Dans la voiture panoramique, répond Reggie en se rappelant combien il lui avait été facile de l'ôter de sa robe, en profitant du moment où il lui avait fait remarquer que le rouge à lèvres d'Edith avait bavé.

— Je ne comprenais pas pourquoi on essayait de me faire porter le chapeau, même quand j'ai compris que vous étiez l'assassin, fait Anna, le doigt posé sur son menton, comme si elle considérait l'assemblage des pièces du puzzle. Mais je commence à me l'expliquer. En faisant peser les soupçons sur moi, c'est Judd Dodge que vous accusiez en réalité.

— Je trouvais que ça aurait l'air plus plausible. Judd faisait semblant d'être mort, il tuait ceux qui étaient susceptibles de l'impliquer, et il vous faisait accuser de ses crimes. Il avait trouvé que c'était une bonne idée.

— Alors qu'en réalité, une fois tous les autres éliminés, vous projetiez de l'éliminer lui-même, en invoquant la légitime défense. Vous teniez un lampiste, on n'y aurait vu que du feu, et vous seriez passé pour un héros.

Un plan parfait, se dit Reggie. Pratiquement infaillible. Et qui aurait marché, à un détail près.

— Seulement je me suis rendu compte que Judd n'était pas mort, laisse tomber Anna d'une voix plus calme, distante. Évidemment, ça n'a pas aidé qu'il sorte de sa chambre. Et puis Seamus l'a tué.

— Ça, ce n'était pas prévu. À aucun moment il n'a compris ce que je faisais.

C'est par pure sympathie que Reggie déclare cela. Il ne veut pas qu'Anna ait de Seamus une plus mauvaise opinion que celle qu'elle a déjà. En dépit de tout, il continue de l'admirer. Elle a du cran, elle est déterminée. Il n'a pas beaucoup de collègues qui auraient su démêler certaines des choses qu'elle a comprises au cours de la nuit.

— N'empêche que jusque-là, votre plan s'était déroulé comme prévu, dit-elle.

Reggie avance davantage dans la pièce.

— Rien n'est encore joué. Ça pourrait encore marcher – si vous ne dites rien à personne. Réfléchissez-y, Anna. Pendant toutes ces années, vous avez rêvé de vengeance. Moi aussi. Nous tenons notre chance de l'obtenir.

— Nous ne voyons pas du tout les choses de la même façon, rétorque Anna.

— Ce n'est pas une fatalité. Ces gens sont mauvais, Anna. Ils vous ont tout pris. Vous méritez de leur rendre la pareille.

— Pas tous, fait Anna en changeant un peu de position sur son fauteuil, mal à l'aise. Kenneth Wentworth n'est même pas à bord de ce train.

— C'est la beauté de la chose. Il souffrira exactement comme vous vouliez qu'il souffre. L'humiliation. La prison. L'homme le plus haï d'Amérique. Et ceux qui ont prêté la main à son plan sont morts, comme je le souhaite. Ainsi, nous aurons tous les deux ce que nous voulions.

Une expression étrange s'imprime sur les traits d'Anna. Une sorte de doute, d'hésitation. Presque comme si elle avait envie de dire oui, mais ne pouvait s'y résoudre.

— Et si je refuse de vous suivre ? Vous allez me tuer ?

— Oui, répond Reggie. C'est le plan, malheureusement.

— Et si je vous tue avant ?

Anna décroise les bras, révélant à Reggie le pistolet qu'elle tient dans sa main droite – son pistolet à lui. Pendant tout le temps où elle a porté son veston, il a été là, dans une poche. Reggie ne sait pas combien de temps elle a mis à se rappeler sa présence. Et peu importe, maintenant qu'elle le tient à la main et le braque sur sa poitrine.

Il ne peut retenir un sourire.

— Avant que vous ne tiriez, dites-moi : franchement, vous croyez que je vous aurais donné un pistolet chargé ?

Le regard d'Anna devient vitreux. Quand elle presse la détente, elle n'obtient qu'un déclic.

— Non, je ne le croyais pas, répond-elle, et son regard se porte sur le couloir, derrière lui. Et vous, franchement, vous croyez que je suis seule à savoir que vous êtes le tueur ?

À cet instant, Reggie sent une présence dans son dos, suivie par le souffle d'un objet lourd propulsé vers sa tête. Quand l'objet atterrit à la base de son crâne, la douleur explose dans tout son corps, le paralysant instantanément.

Il s'écroule à terre. Son cerveau lui propose une vision déformée, comme s'il regardait à travers une vitre en verre dépoli, de Sally Lawrence qui entre dans la cabine, tenant à la main l'objet contondant avec lequel elle l'a estourbi.

La bouteille de champagne qu'elle avait récupérée dans la voiture-salon. Qu'elle tient à présent par le col, et dont elle frappe le cul avec sa paume ouverte.

C'est la dernière chose que Reggie voit avant de sombrer dans les ténèbres.

49

SAL LÂCHE LA BOUTEILLE et entreprend d'effacer la marque écarlate sur son front, supprimant l'illusion d'un impact de balle ensanglanté. Illusion étonnamment efficace, en attendant ! Anna a été vraiment saisie quand elle l'a découverte. Elle savait, pourtant, qu'elle avait été créée à l'aide de deux choses qui se trouvaient dans le sac à main de Sal.

Du rouge à lèvres et du vernis à ongles.

Ce n'était pas la façon la plus sophistiquée de simuler un décès par balle, mais les options étaient limitées. Anna savait que ce n'était pas gagné, mais elle comptait sur le fait que Sal ait brisé la vitre derrière pour que l'on ne remarque pas l'absence d'effusion de sang, et elle espérait qu'en tenant Seamus à distance il ne s'apercevrait pas que Sal n'était pas morte. Grâce au ciel, la ruse avait fonctionné.

Cette mystification était l'idée d'Anna. Elle lui était venue à l'esprit quand elle avait commencé à soupçonner Seamus d'avoir étranglé Judd. Elle se doutait qu'il viserait ensuite Sal et Lapsford, et elle avait décidé de faire comme si l'un des deux avait été éliminé. L'autre serait ensuite utilisé comme appât pour attirer Seamus afin de le prendre la main dans le sac.

Ce qu'Anna n'avait pas prévu, c'est qu'il y avait un troisième tueur dans le train.

— Qu'est-ce que tu feras pour nous si on marche dans ta combine ? lui avait demandé Sal quand elle lui avait exposé son stratagème, pendant que Dante et Seamus déplaçaient le corps de Judd pour la deuxième fois.

— Rien du tout, avait répondu Anna en secouant la tête.

— Alors pourquoi on devrait vous aider ? avait demandé Lapsford.

— Parce que sinon, dans moins de trois heures, vous serez morts tous les deux. C'est à vous qu'il en veut, pas à moi.

Sa réponse avait suffi à les convaincre.

Il avait été décidé que Sal ferait semblant d'avoir été tuée après que Lapsford aurait prétendu faire une seconde crise cardiaque plus convaincante que la première. Le but était de le faire paraître plus vulnérable aux yeux de son candidat tueur, et de l'encourager à l'attaquer. Et pour renforcer l'illusion de crise, Anna avait furieusement mitraillé Lapsford de vraies questions. Le fait que ses réponses n'aient pas été forcément sincères était sans importance. La séance avait suffisamment distrait Seamus pour qu'il ne se rende pas compte que Sal subtilisait son pistolet dans la poche de sa veste.

— Je peux te faire confiance ? lui avait demandé Anna avant de passer à la mise en œuvre de son plan.

— Non, avait répondu Sal. Mais tout comme moi, tu n'as pas le choix.

Non, Anna n'avait pas le choix. Et Sal avait fini par faire ce qu'il fallait. Maintenant, elles passent toutes les deux dans le couloir en enjambant un Reggie inconscient.

— Beau boulot, dit Anna.

Sal reçoit le compliment avec un hochement de tête.

— Pas de quoi.

— Mais ça ne règle pas la question entre nous, poursuit Anna. Et de loin.

— Je sais, acquiesce à nouveau Sal.

Elles entrent dans la suite de Sal où s'était caché Lapsford. Une décision de dernière minute, prise après son échauffourée avec Seamus. Enfermée dans la cabine avec eux deux, Anna a encore du mal à croire qu'ils puissent être temporairement alliés. Sally Lawrence et Jack Lapsford sont les dernières personnes avec qui elle aurait imaginé s'entendre un jour.

Une trêve qui pourrait ne pas durer beaucoup plus longtemps.

Anna n'a en eux qu'une confiance limitée.

C'est dans cet état d'esprit qu'elle retourne dans le couloir, vers la suite de Dante, autre allié improbable du voyage. Elle arrive devant sa porte juste au moment où il l'ouvre et jette un coup d'œil au-dehors.

— Tu reviens m'accuser de meurtre ?

— Désolée. Je sais que tu n'as rien fait de mal. Ça faisait partie de mon plan pour attraper le vrai tueur.

— Tu aurais pu me prévenir, au moins, lâche Dante, vexé.

— Je t'expliquerai plus tard. Pour l'instant, j'ai terriblement besoin de ton aide.

— Qu'est-ce qui se passe ?

— Rien de bon.

Dante sort de la cabine et la suit dans le couloir. Devant la porte de la suite de Lapsford, il repère le corps de Reggie par terre, inconscient.

— Tu aurais dû le ligoter.

— C'est la prochaine chose que je vais faire.

— Où est Seamus ?

— Disparu.

Anna n'en dit pas plus. D'abord, ils n'ont pas le temps, ensuite, dire les choses à haute voix leur conférera une réalité qu'elle n'est pas prête à affronter. Dans l'immédiat, en tout cas. Et vraisemblablement jamais. Alors elle poursuit son chemin, entraînant Dante dans la suite où se trouvent Lapsford et Sal.

— Vous trois, restez ici, quoi qu'il arrive. Fermez la porte derrière moi et tournez le verrou. N'ouvrez que quand ce train s'arrêtera à Chicago. Je peux te faire confiance ?

Dante ne cille même pas.

— Oui.

Anna lui met le pistolet de Seamus dans les mains.

— Je compte sur toi pour les garder au péril de ta vie.

Elle ressort de la chambre et s'arrête dans le couloir, juste le temps de voir Dante refermer la porte derrière elle et la verrouiller. Elle repart et se précipite vers la suite de Reggie dans l'autre voiture. À l'intérieur, elle repère sa valise et la renverse sur le lit, répandant son contenu. Une cravate. La chemise tachée par le sang d'Herb. Une liste de noms, dont trois sont rayés.

Et des balles.

Toute une boîte de balles.

Anna la prend et, les mains tremblantes, charge le pistolet de Reggie de six balles. Seamus avait raison. Elle peut mettre fin à tout ça.

Elle ressort une seconde plus tard et file dans la voiture voisine. Au milieu du couloir, elle pile net et jette un coup d'œil dans la chambre de Lapsford.

Sur la moquette, à l'endroit où Reggie était étalé il n'y a même pas deux minutes, il n'y a plus personne.

Et la fenêtre, de l'autre côté de la pièce, est grande ouverte.

L'agent Reggie Davis a disparu.

50

APRÈS UNE SECONDE DE RÉFLEXION, Anna décide de suivre Reggie par la fenêtre. Si elle restait à l'intérieur du train, elle ne saurait jamais où il va sur le toit. Il pourrait réapparaître n'importe où, à n'importe quel moment. Et même rentrer par une fenêtre de la suite où Dante, Sal et Lapsford sont barricadés. Alors qu'en montant sur le toit, se dit Anna, elle pourra voir où Reggie se dirige.

Elle prend une profonde inspiration, enlève ses chaussures et monte sur le fauteuil. Puis elle s'introduit dans l'espace libéré par la vitre coulissante et s'assied sur le rebord, les jambes à l'intérieur, la moitié du corps hors du train, en proie aux assauts du vent.

La force du blizzard lui donne l'impression de subir une agression physique. Le froid est brutal, les flocons de neige piquants criblent son visage. Au bout de quelques secondes à peine, elle est déjà frigorifiée alors qu'elle porte le veston de Reggie. Cela suffit à lui donner envie de retourner dans la cabine. Elle est à deux doigts de le faire, puis se ravise. Ce qui l'en empêche est l'idée, certes scabreuse, que ce qu'elle s'apprête à faire, quelqu'un l'a fait. Maintenant, en sera-t-elle capable…

Les vibrations que l'on ressent à l'intérieur du train sont formidablement amplifiées à l'extérieur. La carcasse de la voiture bourdonne de mouvements. C'est une vibration ininterrompue qui la préoccuperait encore davantage si elle n'était distraite par tout ce qui défile le long de la voie – les arbres, les poteaux télégraphiques, qui lui paraissent énormes et dangereusement proches. Le vent, la neige, les objets le long des rails, tout lui donne l'impression de vouloir l'attraper et l'arracher du train.

Les bras largement écartés, cramponnée aux côtés de la fenêtre, elle commence lentement à se lever, en assurant d'abord un pied puis l'autre. Elle a bien fait d'ôter ses hauts talons, mais elle regrette de se retrouver pieds nus. Le bord glacé de la fenêtre s'enfonce comme une lame de rasoir dans la plante de ses pieds. Elle redoute la sensation qu'elle éprouvera sur le dessus du train.

Dessus du train qui lui arrive au niveau des yeux maintenant qu'elle se tient debout. À travers un rideau de flocons de neige, elle en mesure l'étendue, prenant note de ses aspects positifs et négatifs. Côté plus, le toit est large – un peu plus de deux mètres cinquante –, et pas complètement lisse. Une série de crêtes placées à intervalles réguliers en rythment la longueur. Autant d'éléments auxquels elle pourra s'accrocher quand elle tentera de monter dessus.

Côté moins, le toit n'est pas plat, mais légèrement bombé, ce qui, combiné aux plaques de glace et aux paquets de neige épars, risque d'affaiblir sa prise et de rendre sa progression instable lorsqu'elle sera dessus.

À condition encore qu'elle arrive à s'y tenir debout.

Anna en doute quand elle pose ses mains à plat sur le dessus du toit. Il est d'un froid brûlant. Comme au contact d'une plaque de glace. La pulpe de ses doigts adhère au métal, et elle doit les détacher prudemment de la surface gelée de peur qu'ils n'y restent collés. Ce n'est assurément pas le genre de prise dont on a envie, ou besoin.

Non qu'elle ait le choix en la matière. C'est soit continuer à grimper, soit rentrer à l'intérieur. Elle ne peut pas rester indéfiniment hors du train. Plus longtemps elle restera dehors, plus intenses deviendront les sensations. L'air paraît déjà plus froid, la poussée du vent plus violente, les objets le long de la voie de plus en plus proches. Quand le train croise une route, le signal d'alarme – cacophonie fumante de lumières rouges et de sirène retentissante – se rapproche tellement qu'Anna jurerait sentir la barrière du passage à niveau lui frôler le dos alors qu'elle s'aplatit tout contre la paroi du train.

L'obstacle franchi, Anna prend une profonde inspiration – la dernière, peut-être ? – et entame l'ascension. En se poussant hors de l'encadrement de la fenêtre et se hissant sur la crête de métal qui longe le bord du toit, elle monte aussi vite que possible. La neige tombe maintenant si dru que c'est à peine si elle voit quelque chose. Ses pieds nus claquent sur l'acier glacé. Ses doigts se cramponnent au toit tout aussi glacé. Par une combinaison de force et de chance qui tient du miracle, elle parvient sur le haut du train en dix secondes.

Après avoir fait rouler son corps vers le centre du toit, elle tente de se relever. Si les sensations qu'elle a éprouvées quand elle était accrochée à la paroi du train lui ont paru impressionnantes, ce n'était rien à côté de ce qu'elle ressent maintenant qu'elle se retrouve sur le toit. Et c'est infiniment plus dangereux, aussi. Là-haut, elle est exposée de toutes parts, environnée de froid, martelée par le vent qui charrie la neige, immergée dans la sensation de pousser sur une porte close. Anna pourrait jurer que la seule chose qui la maintient debout est la plante de ses pieds, amalgamée au métal gelé du toit.

Et puis il y a ces cercles de glace qui en émaillent la surface, tels des cratères produits par des mines terrestres. Un faux pas, et elle pourrait dégringoler du train.

Et là, elle sait ce qui lui arriverait.

Lorsqu'elle est parvenue sur le dessus du train, Anna était trop occupée à s'y maintenir debout pour s'inquiéter de la direction dans laquelle elle était tournée. Il se trouve qu'elle est face aux deux dernières voitures, dont la voiture panoramique, avec son toit vitré. Décollant ses pieds du métal, elle se retourne lentement afin d'embrasser du regard toute la longueur du train.

À travers la neige, elle repère la forme sombre de Reggie, deux voitures plus loin, au-dessus du salon des première.

— Reggie ! Arrêtez ! hurle-t-elle en tirant le pistolet de la poche de son veston et en le brandissant devant elle.

Il se retourne, encore étourdi par le coup qu'il a pris sur la tête, l'escalade sur le toit, sa blessure à l'abdomen. Les mains crispées sur son côté, il crie pour se faire entendre par-dessus le hurlement du vent.

— Vous ne tirerez pas, Anna !

Sur ce point, il a raison. Une blessure même superficielle le ferait probablement chuter à bas du train, le projetant vers une mort certaine. Et ça, Anna s'y refuse. Il a maintenant rejoint les rangs de Sal, Lapsford et Kenneth Wentworth. Des gens qu'elle veut voir subir leur châtiment le plus longtemps possible, et de toutes les façons possibles. La mort de Reggie ne la satisferait pas.

Il le sait et, au lieu de s'éloigner en rampant, il revient vers elle.

Anna recule lentement. Reggie continue à avancer, se propulsant d'une grande enjambée sur le toit de la voiture 11. Anna recule toujours, prudemment, le regard passant constamment de Reggie, à ses pieds et à l'espace derrière elle. Le temps qu'il arrive à la voiture 12, elle est sur le point de passer sur le toit de la voiture 13.

— N'approchez pas ! l'avertit Anna tout en observant les alentours.

Ils abordent les environs de Chicago, à présent, et les champs en friche recouverts de neige laissent place à des usines aux façades de brique, des entrepôts, des rangées de maisons. Elle imagine qu'à l'intérieur, des gens regardent par leurs fenêtres et les voient sur le toit du *Philadelphia Phoenix*, Reggie tout au bout de la voiture 12, Anna au milieu de la voiture 13, et reculant encore prudemment sur le toit.

— Nous n'avons pas besoin de faire ça, vous savez, fait Reggie, assez près maintenant pour qu'Anna voie le sang suinter de son flanc blessé.

— En effet, répond-elle. Alors rendez-vous !

— Non, vous ! Lâchez ce pistolet.

— Pas question !

— Vous pouvez encore vous joindre à moi. Seamus vous a dit l'impression que ça faisait de tuer un de ces salauds ?

— En effet, répond Anna, et elle marque une pause, hésitant à partager sa confidence. Il a dit que c'était magnifique.

— Absolument. Vous pourriez ressentir cela, vous aussi.

— Je préfère vous voir pourrir en prison avec les autres.

— Vous savez aussi bien que moi qu'ils ne l'ont pas volé. Judd. Edith. Herb. Et Sally, et Lapsford.

— Et Dante ? lance Anna. Pour vous en sortir, vous seriez obligé de le tuer. Or il n'a rien fait.

Reggie passe sur le toit de la voiture 13, forçant Anna à reculer encore, un pas après l'autre.

— C'est un Wentworth. C'est son père qui est responsable de tout ça. Réfléchissez, Anna. Votre frère et mon père sont morts, mais du côté Wentworth, les hommes sont encore bien vivants. Vous trouvez ça juste ?

Anna est au bout de la voiture. Elle accélère son allure, car Reggie se rapproche. Mais à quoi bon ? Arrivée sur le toit de la voiture suivante, elle réalise ce que Reggie sait depuis le début.

C'est la voiture panoramique.

La dernière du train.

Elle ne peut pas aller plus loin.

— Arrêtez ! s'écrie-t-elle, le revolver pointé sur la poitrine de Reggie, et caressant la détente de l'index.

Reggie avance encore, la rejoint sur le toit de la voiture de queue, et ne s'arrête que lorsque le canon de l'arme est appuyé contre sa poitrine.

— Admettez enfin que vous ne me tuerez pas. Pas ici, en haut.

— Non, réplique Anna. En bas.

Un éclair de panique passe dans le regard de Reggie. Ses yeux vont du visage d'Anna au pistolet, et à la surface, sous leurs pieds. Anna l'imite, s'assure qu'ils se trouvent bien à l'endroit qu'elle a choisi.

Sur le toit de verre de la voiture panoramique.

Elle pointe le pistolet vers la vitre et tire sans hésiter.

51

LE TOIT PANORAMIQUE cède instantanément. Anna et Reggie dégringolent au milieu d'une pluie de verre brisé.

Ils atterrissent en même temps. L'impact laisse Anna le souffle coupé. Une douleur atroce remplace l'air de ses poumons, l'envahit tout entière. Et Reggie connaît visiblement le même sort, car il se tord de douleur tout contre elle, ses membres emmêlés aux siens.

Pourtant, ils sortent tous les deux à peu près indemnes de la chute. Pas de fractures, pour autant qu'Anna puisse en juger. Uniquement une douleur intense et des entailles ici et là, dues aux éclats de verre. Reggie a une coupure à la joue, qui saigne. Anna en a une au dos de la main, ainsi qu'une écharde de verre plantée dans le côté du cou. Elle la retire. La pointe du bout de verre est rouge vif.

Anna tente de s'asseoir, mais y renonce, empêchée par la douleur qui parcourt son épaule et sa hanche. Ce qui permet à Reggie de se relever en premier et de boitiller dans la voiture, en quête du pistolet égaré dans la chute.

Anna le repère tout près d'elle, au milieu d'une mare de bouts de verre. Elle se jette dessus. Reggie, qui la suit du coin de l'œil, en fait autant. Leurs corps se heurtent à nouveau, en un combat haletant pour le pistolet. Mais si Reggie a les bras plus longs, Anna est plus rapide. Elle saisit l'arme par la crosse.

Il se redresse sur ses pieds, lève les mains. Anna, restée à terre, se redresse juste assez pour prendre l'arme à deux mains et la pointer vers la poitrine de l'autre.

— Ne bougez plus un muscle, dit-elle.

— Vous ne tirerez pas sur moi, répète Reggie. Je vous connais, Anna Matheson. Vous faites la dure, mais tout au fond vous êtes la même petite fille terrifiée qu'à l'époque où votre famille a été détruite.

Oui, Anna est terrifiée.

C'est vrai qu'elle a peur. De mourir, bien sûr, mais aussi de flancher. De ça, plus que tout. Ne pas ramener au moins l'un de ceux qui ont participé à la destruction de sa famille, ne pas les traîner en justice, ce serait trahir son frère, ses parents, sa tante. Si cela devait se produire, autant que Reggie la tue maintenant, parce qu'elle ne pourrait plus vivre, tout simplement.

Cette terreur absolue, ou cet échec, palpite en elle, aussi rapide que les battements de son cœur. Maintenant l'arme pointée sur Reggie, elle se lève, les jambes tremblantes de peur, de douleur, de tout ce qu'elle a vécu cette nuit.

— Vraiment, agent Davis ? Vous en êtes bien sûr ?

— Positif.

Anna fixe sur lui un regard d'acier.

— Vous vous trompez.

Elle n'a pas l'intention de le tuer. Une balle dans la jambe suffira pour l'empêcher de fuir, il l'a dit lui-même. Anna baisse le canon de son arme, vise le haut de la cuisse de Reggie. Son index frémit sur la détente.

Elle le stabilise.

Commence à presser.

Se prépare à tirer.

Sous ses pieds, le train se met à tanguer. Anna suit le mouvement. Reggie aussi. Ils se penchent en avant tous les deux, déstabilisés par la décélération subite, tandis que tout leur environnement ralentit.

Anna verrouille son regard à celui de Reggie alors qu'ils réalisent tous les deux ce qui vient de se produire.

Après douze heures d'un mouvement incessant, le *Philadelphia Phoenix* s'est arrêté.

52

PENDANT UN MOMENT, plus rien ne bouge.

Ni Anna.

Ni Reggie.

Ni même le train, immobile sur la voie, bien que le moteur continue à vibrer.

Et puis Reggie s'élance en traînant la patte hors de la voiture panoramique. Anna le poursuit en tanguant, handicapée par la douleur, la panique et la morsure des fragments de verre sous ses pieds nus. Ses jambes entraînées au mouvement du train la trahissent maintenant que le *Phoenix* s'est arrêté. Le temps qu'elle entre dans la voiture 13, Reggie a disparu, poursuivant sa progression, lente mais sûre, vers la tête du train.

Anna se lance derrière lui, boitillant aussi vite que possible à travers les voitures de passagers de première classe, tenant toujours le pistolet. Elle ralentit en arrivant à la voiture-salon, où les cachettes sont plus nombreuses. Elle l'a appris à ses dépens avec Herb Pulaski. Elle scrute prudemment la voiture, s'attendant à ce que Reggie l'attaque d'un instant à l'autre.

Mais il n'est pas là, accroupi derrière le bar.

Il n'est pas non plus dans la voiture-restaurant.

C'est dans la cuisine qu'elle le trouve. Il reprend son souffle, appuyé contre le comptoir. Voyant Anna franchir la porte à l'arrière de la voiture, il plonge dans la porte située à l'avant, vers la voiture-bar.

Anna court après lui, évite d'un bond la tache de sang sur la moquette, consécutive à la blessure de Reggie, et fait irruption dans la voiture-bar.

Elle ne voit pas Reggie qui s'est tapi, le dos collé au mur, juste derrière la porte.

Elle ne prend conscience de sa présence que lorsqu'il l'attrape par le bras alors qu'elle franchit la porte. Il lui tord le bras derrière le dos et la repousse contre le bar.

La surprise la propulse en mode de combat tandis qu'il essaie de lui arracher le pistolet. Elle replie la jambe, lève le pied et vise son bas-ventre, s'apprêtant à lui faire subir le même sort qu'à Herb. Mais il fait un écart et le pied d'Anna rate sa cible. Elle effectue un nouvel essai. Il plonge sur elle et s'empare du pistolet.

Anna frappe à nouveau. Très fort. Cette fois, le coup a porté. Il projette Reggie, titubant, en arrière, contre la fenêtre, faisant trembler les stores et projetant des rais d'ombre et de lumière ondulants sur le mur opposé.

Il brandit l'arme devant lui, visant Anna. Le regard rivé au canon braqué sur elle, elle passe le bras derrière le comptoir, cherchant de quoi se défendre. La seule chose à portée de sa main est une pile de tasses à café vides.

Elle en prend une et la lance à la tête de Reggie. Le projectile frôle son oreille et s'écrase sur la fenêtre derrière lui, étoilant la vitre.

Anna continue à le viser. Une tasse. Deux, trois.

La première le rate complètement. La deuxième l'atteint en pleine poitrine.

La troisième le frappe au visage, lui écrasant le nez qui pisse le sang.

Poussant un hurlement de douleur, Reggie porte une main à son nez blessé, l'autre tenant toujours le pistolet.

Maintenant, c'est au tour d'Anna de foncer.

Elle file vers l'avant de la voiture et s'engouffre dans le salon de seconde classe, sans s'arrêter pour voir si Reggie est à ses trousses. Il l'est certainement. Et s'il n'y est pas tout de suite, ça ne va pas tarder. Alors elle poursuit sa course dans la voiture-lits et dans les voitures de voyageurs, chaque pouce de son corps hurlant de douleur.

Dans le fourgon à bagages, les pas d'Anna éveillent des échos dans le vide. C'est un cul-de-sac, sans aucune cachette possible. Son dernier espoir est de réussir à accéder à la locomotive. Il n'y a que là qu'elle sera en sécurité.

Anna court vers la porte blindée qui mène à la motrice. Elle donne des coups de poing dessus en faisant des vœux pour que Burt Chapman, l'unique conducteur du train pour tout le voyage, ignore les consignes qu'elle lui avait données.

— Ouvrez-moi ! hurle-t-elle. Je vous en supplie !

Derrière elle, Reggie entre dans le fourgon à bagages. Anna entend ses pas, lents mais réguliers. Il n'a aucune raison de se presser. Après tout, c'est lui qui tient le pistolet.

Elle fait volte-face, se plaque le dos contre la porte. Le centre du visage de Reggie est réduit à une pulpe sanglante. Son nez pend selon un angle bizarre et pisse le sang. Du sang imbibe aussi le côté de sa chemise, où ses points de suture ont sans doute lâché.

La peur se referme sur Anna comme un poing, la paralyse, l'étreint d'une poigne tellement ferme qu'elle prend à peine conscience du bruit qui se fait entendre de l'autre côté de la porte.

Un soupir.

Un bruit de torsion.

Un grincement.

Soudain, la porte s'éclipse. Ce qui soutenait Anna l'instant d'avant n'est plus qu'un vide dans lequel elle tomberait si quelqu'un n'était pas venu combler l'espace. Profondément soulagée, elle se tourne vers la porte ouverte.

Mais ce n'est pas Burt Chapman qui est debout sur le seuil, prêt à l'emmener dans la sécurité de la motrice. C'est quelqu'un de bien différent. Qui a été dans le train toute la nuit, à son insu.

Kenneth Wentworth.

53

À SA VUE, ANNA SE PÉTRIFIE. Il ne s'est pas passé une journée, au cours de l'année écoulée, où elle n'a pensé à tout ce dont Kenneth Wentworth l'a privée. Il a hanté ses cauchemars – et ses heures éveillées aussi. Et il est là, devant elle, l'homme qui est à l'instigation de tout. Rien de ce que les autres ont fait ne se serait produit sans lui, c'est le marionnettiste qui tirait toutes les ficelles.

Il est la cause première de la mort de son frère, ainsi que de trente-six autres personnes, dont le frère de Seamus et le père de Reggie.

Il est le principal initiateur de l'accusation portée contre son père.

Et celui qui, par ses actions maléfiques, a poussé sa mère au suicide.

Anna a rêvé de ce moment autant qu'elle l'a redouté, en se demandant quelle serait sa réaction face à lui. Est-ce qu'elle hurlerait ? Est-ce qu'elle pleurerait ? Ou est-ce qu'elle le tuerait tout simplement afin de lui infliger les souffrances les plus atroces ? En cet instant, Anna se sent capable de faire les trois. Ces sentiments la submergent, envahissent tout son être au point de la paralyser. Finalement, elle en est réduite à planter ses yeux dans ceux de Kenneth Wentworth afin qu'il voie à quel point il a détruit sa vie.

Il soutient son regard comme s'il s'attendait à ce qu'elle craque.

Mais elle n'en fait rien.

— Vous savez qui je suis, dit-elle.

Ce n'est pas une question.

— En effet, Miss Matheson, répond Wentworth avec un calme déconcertant. Je sais aussi pourquoi vous êtes là.

Anna regarde sa tenue, panachage surréaliste de chemise blanche et de cravate sous la combinaison grise de machiniste. Il a conduit un train toute la nuit, mais il conserve la distinction que procure la fortune. Ses cheveux d'argent impeccablement coiffés, son visage d'un bronzage enviable. Ses dents blanches étincellent dans son sourire à la Cary Grant.

— Où est Burt Chapman ? demande Anna. C'est lui qui devait conduire la locomotive.

— Je l'ai viré à Philadelphie, répond Wentworth en durcissant le ton, bien que son sourire demeure. Vous pensiez vraiment que je ne saurais pas ce qui se passait dans un train m'appartenant ? Que si quelqu'un payait mes employés pour ne pas travailler, cela ne me reviendrait pas aux oreilles ? Et surtout, que je ne découvrirais pas l'identité de la personne qui m'invite à bord de mon propre train ?

Ces questions, Anna se les était posées quand elle avait préparé le voyage avec Seamus. Elle avait décidé qu'il y avait un risque, certes, mais que le jeu en valait la chandelle.

— Mais pourquoi n'avez-vous pas arrêté le train plus tôt ? demande-t-elle. En fait, pourquoi l'avez-vous laissé partir ?

— Parce qu'il y avait longtemps que je n'avais pas conduit le *Phoenix*. C'est un de mes hobbies, vous savez. J'adore ça. Et puis j'étais curieux de voir où nous mènerait ce voyage. Vous pouvez m'éclairer ?

Anna décrypte le sous-entendu. Il veut savoir qui est mort parmi les passagers. Elle ne le lui dira pas.

— Vous pensiez que je voulais les tuer.

— Je pensais, en effet, que vous caressiez cette idée.

— En fait, vous vouliez que je les tue.

— Il est certain que cela m'aurait facilité la vie, répond Wentworth sans cesser de sourire.

— Elle va se compliquer pour vous. Parce qu'il existe des preuves de ce que vous avez fait. Des preuves qui montrent qui a fait quoi, et qui révèlent que vous êtes l'instigateur de tout le complot. Ne me demandez pas comment je les ai obtenues, je ne vous le dirai jamais. Tout ce que je peux vous dire c'est qu'elles sont maintenant entre les mains du FBI. On nous attend à Chicago. Et si ce train a seulement cinq minutes de retard, des recherches seront lancées, j'en suis sûre. Si elles n'ont pas déjà commencé.

Anna pensait que ça la soulagerait de vider son sac devant Kenneth Wentworth, mais ce qui devrait être un moment de victoire est mitigé par la rage, le chagrin, l'épuisement, et le fait de savoir que ceux qui lui ont tellement nui ne seront pas tous traduits en justice.

À moins que ce ne soit le sourire de Wentworth qui annihile chez elle tout sentiment de triomphe, car il n'a pas l'air défait. Au contraire, il semble s'amuser de la situation.

— Je m'étais toujours demandé ce que mon fils pouvait bien vous trouver quand il s'était faussement imaginé être amoureux de vous, voilà bien des années. Vous tenez de votre père, à cet égard. Vous êtes rigoureusement quelconque.

Anna effleure la locomotive épinglée sur sa robe. Wentworth se trompait sur son père. Tout comme il se trompe sur elle.

— Je sais pourquoi vous avez échafaudé ce traquenard, dit-elle. Je sais que c'était par haine de mon père.

— Je ne le haïssais pas. Je voulais juste ce qui était à moi de plein droit.

— Vous voulez parler de ma mère.

Anna effleure à nouveau son insigne en pensant à la vraie Margaret Matheson, la femme resplendissante, à l'éclat inextinguible qui illuminait toutes les pièces par sa simple présence.

— Vous étiez amoureux d'elle. Et je pense que vous n'avez jamais cessé de l'aimer. Même quand elle vous a quitté pour mon père.

Le sourire de façade de Wentworth s'efface, remplacé par un rictus triste et mesquin.

— Elle ne m'a pas quitté. C'est lui qui me l'a prise.

— Lui, il l'aimait ! rétorque Anna, se rappelant comment son père regardait sa mère, l'aura d'adoration qui émanait de lui. Et elle l'aimait en retour. Tellement plus qu'elle ne vous a jamais aimé, vous ! C'est pour ça qu'elle l'a choisi, lui, et pas vous.

— C'est faux, il me l'a volée ! bouillonne Wentworth. Il a volé la vie que j'aurais dû avoir avec elle. La famille que je devais avoir avec elle. Le fils qui aurait dû être le mien.

— Dante ? Mais il a toujours été à vous.

— Je parle de mon autre fils ! s'écrie Wentworth.

Anna se fige, choquée. Lui reviennent en mémoire la brève période pendant laquelle son père a courtisé sa mère, leur mariage célébré si rapidement, l'enfant de leur amour né prématurément – ce qui aurait dû faire scandale, mais ne l'avait pas fait parce que le père d'Anna était respecté, sa mère magnifique, et qu'ils étaient tellement heureux ensemble que tout le monde se fichait bien que leur enfant soit né avant terme ou non.

Une seule personne ne s'en fichait pas : le vrai père de l'enfant.

— Tommy ?

Malgré elle, elle recherche sur le visage de Wentworth des ressemblances avec son frère.

Ce n'est pas ce qui manque. Le sourire. Les yeux. L'élégance.

Dante possédait beaucoup de ces traits, et c'est pourquoi il lui semblait sans cesse voir son frère rôder dans les couloirs du *Phoenix*. Sauf que ce n'était pas Tommy qu'elle voyait. C'était son demi-frère.

— Il faut croire que vous ne saviez pas tout, poursuit Wentworth.

Anna le regarde, ébranlée. Par le choc ou la rage, elle ne saurait le dire.

— Depuis quand êtes-vous au courant ?

— J'avais des soupçons. Maggie m'avait caché qu'elle était enceinte, mais le timing m'avait toujours paru bizarre. Votre père faisait comme si Tommy était son fils, alors que tout le monde pouvait voir qu'il ne ressemblait en rien au très quelconque Arthur Matheson. J'ai pu m'en convaincre la seule et unique fois où j'ai eu l'occasion de rencontrer mon fils.

Anna sait exactement quand cela s'est produit : à la dernière fête de Noël donnée par sa famille. La soirée où elle a fait la connaissance de Dante. Pendant qu'ils badinaient tous les deux, animés par une attraction indéniable, Kenneth Wentworth parlait avec son autre fils pour la première fois.

Anna sent une douleur enserrer ses tempes. Un mal de tête provoqué par la surprise et la colère. Kenneth Wentworth lui a déjà enlevé son frère. Elle ne le laissera pas faire de même avec ses souvenirs.

— Tommy était le fils d'Arthur Matheson. Peut-être pas son fils biologique, mais sur tous les autres plans qui comptent. Et c'était mon frère. Je l'aimais, et vous me l'avez enlevé.

— Moi aussi, je l'aimais, rétorque Wentworth. Mais je ne pouvais pas le traiter comme mon fils. Je n'avais même pas le droit de lui parler. Et quand ce fils qui était le mien est mort, je n'ai même pas eu le droit de porter le deuil.

Anna a un mouvement de recul. Un mouvement instinctif, incontrôlable. De même qu'elle ne peut retenir les larmes qui lui montent aux yeux. Des larmes brûlantes de rage.

— Mais c'est vous qui avez causé sa mort ! Vous ne méritiez pas de porter son deuil !

— Comment pouvais-je savoir qu'il serait dans ce train ? s'exclame Wentworth, les yeux maintenant brillants. Il n'aurait jamais dû s'y trouver. Votre père aurait dû l'empêcher de partir. Il aurait dû le tenir à l'abri de la guerre. Mais il ne l'a pas fait, et mon fils est mort. C'est pour ça que je devais le tuer.

— Il a été tué en prison.

— Sur mes instructions. La famille du type qui a fait le coup a été joliment récompensée.

Anna a un nouveau mouvement de recul. Des larmes de fureur, plus brûlantes encore, lui piquent les yeux. Son père n'a jamais eu l'occasion de se défendre. Et qu'importe s'il ne s'était trouvé personne pour le croire, il avait déjà tante Retta et elle. S'il y avait eu un procès, il aurait eu la possibilité de faire valoir ses arguments, de prouver son innocence, d'être libéré. S'il y avait eu un procès, peut-être que sa mère aurait su contenir son chagrin. Assez, au moins, pour ne pas sombrer dans la folie, pour conserver la volonté de vivre.

Si tout cela était arrivé, Anna aurait peut-être encore ses parents, mais Kenneth Wentworth les lui a pris aussi, et maintenant tout ce qu'elle peut faire, c'est reculer, mettre la plus grande distance possible entre cet homme et elle. Car s'il se rapproche d'elle si peu que ce soit, elle ne pourra pas résister à l'envie de le déchiqueter à mains nues.

Mais après avoir fait encore deux pas en arrière, Anna entre en collision avec quelqu'un debout derrière elle.

Reggie.

Elle avait oublié sa présence, oublié qu'il écoutait, ne perdait pas une miette de la confession de Kenneth Wentworth.

— Vous croyez encore qu'ils méritent tous de vivre ? demande-t-il sans intention de la blesser.

Anna est dans l'incapacité de répondre à cette question. Sincèrement, elle n'en sait rien. Reggie poursuit :

— Pendant tout ce temps, vous avez débité de beaux discours sur la justice, l'honneur, et le refus de vous abaisser à leur niveau. Mais je vous connais, Anna Matheson. Au fond, vous êtes exactement comme moi. Vous voulez quelque chose de plus satisfaisant que la justice. La vengeance, voilà ce que vous voulez.

Oui, Anna veut la vengeance. Elle l'a toujours voulue. Mais plus que ça, elle veut reprendre le cours de sa vie d'avant. La vie d'il y a douze ans, l'existence qu'elle envisageait pour elle et qui lui a été arrachée. Elle a été comme un train qui déraille, propulsée hors de sa voie, fracassée.

Tuer Kenneth Wentworth serait une façon de se reconstruire, de suivre la trajectoire qu'elle s'était fixée. Mais la vie ne sera jamais complètement pareille. Sa famille ne reviendra pas, et rien ne pourrait y changer quoi que ce soit. Anna portera toujours en elle l'absence des siens.

— Réfléchissez à ce qu'ils ont fait, lui souffle Reggie à l'oreille. Ce qu'ils ont fait à votre famille. À vous. Pensez à Seamus. À son frère. Et à tous ces innocents qui sont morts. S'ils étaient à votre place tout de suite, je vous garantis qu'aucun d'eux n'hésiterait. Pas une seconde. Même pas Seamus. Parce que d'eux tous, c'est vous qui avez le plus souffert. Vous méritez ça plus qu'aucun d'eux.

Il lui tend le pistolet. Anna le prend, tellement engourdie que c'est à peine si elle le sent peser entre ses mains.

— Vous voulez le tuer, n'est-ce pas ? insiste Reggie. Toute la nuit, vous avez eu envie de les tuer. Et vous avez absolument le droit d'éprouver ce sentiment.

Anna fait un pas chancelant en direction de Kenneth Wentworth, qui fixe l'arme qu'elle tient maintenant à la main. Son air effrayé excite Anna. Enfin, un fragment de triomphe.

— Je vous en prie, ne tirez pas ! S'il vous plaît, Anna.

Elle braque le pistolet sur sa poitrine haletante. Son index frémit sur la détente.

— Reconnaissez ce que vous avez fait, dit-elle. Avouez que vous avez détruit ma famille.

Wentworth ouvre la bouche, mais il n'en sort aucun son. Dans ce silence tendu, Anna se rapproche, sans flancher.

— Avouez-le !

— Je l'ai fait, articule Wentworth.

Anna fait encore un pas en avant. Le visant toujours.

— Vous avez fait quoi ?

— Détruit votre famille. (Wentworth avale la boule qu'il a dans la gorge, comme s'il espérait ainsi ravaler ses paroles. Mais il n'en reste pas là.) J'ai détruit tellement de familles. Et j'en ai forcé d'autres à le faire aussi.

— Quel effet ça vous fait ? demande Reggie à Anna.

Elle laisse échapper un long soupir.

— Je suis en rage.

— Vous n'en avez pas assez de refouler toute cette colère ?

— Si. Je suis tellement fatiguée.

Elle a passé l'année écoulée dans un état de rage perpétuelle. Et avant cela, il y avait eu des années de chagrin précédées d'années de douleur intense. Tranchante. Le genre de douleur qu'on ne peut jamais oublier, parce qu'elle ne cède jamais. L'âme en porte toujours la cicatrice.

— Je veux juste en finir, dit-elle d'une voix noyée de larmes.

Reggie hoche la tête avec un mélange de sympathie et de compréhension.

— Vous savez comment faire pour que ça cesse.

Anna consacre une pensée à Seamus, l'homme qui l'a embarquée dans ce voyage, en sachant qu'il n'en verrait vraisemblablement pas le terme. Ses dernières paroles retentissent maintenant dans ses pensées.

Tu sais ce que tu as à faire. Tu peux mettre fin à tout ça.

Oui, elle peut le faire.

Et d'une soudaine pression sur la détente, elle le fait.

ARRIVÉE

QUAND LE *PHILADELPHIA PHOENIX* entre dans la gare d'Union Station, à Chicago, plus d'une vingtaine d'agents du FBI attendent sur le quai. Bien qu'arrivé avec dix minutes de retard, le train s'arrête si normalement que les personnes présentes pourraient penser qu'il vient d'achever un de ses voyages de nuit habituellement prévus.

Sauf que la gare est déserte. Elle a été évacuée une heure plus tôt. Dans les salles d'attente et sur les quais, il ne se trouve que des policiers et des agents du FBI.

Sitôt le train immobilisé, ils forcent la porte de la voiture 13 et se ruent à l'intérieur. L'arme au poing et le cœur battant d'anticipation, ils envahissent le *Phoenix* en passant d'une voiture à l'autre, de suite en suite.

Ils découvrent d'abord, dans la voiture 13, les cadavres de Judd Dodge, Edith Gerhardt et Herb Pulaski, chacun dans sa cabine personnelle.

Ensuite, ils trouvent trois autres personnes dans une même cabine de la voiture 12. Sally Lawrence, le lieutenant-colonel Jack Lapsford et Dante Wentworth. Tous trois sont bien en vie, au détail près que l'un des trois, armé d'un pistolet, tient les deux autres en joue. Ce qui ne manque pas de créer un petit micmac initial.

Dante lâche le pistolet et lève les mains.

— Ils sont à vous, les gars.

Les agents fédéraux poursuivent leur progression vers l'avant du train sans rencontrer âme qui vive, jusqu'au fourgon à bagages, la dernière voiture avant la locomotive. Là, ils trouvent l'un des leurs, l'agent Reggie Davis.

Il est assis par terre, une main crispée sur une plaie par balle récente. Un coup dans la jambe qui l'a mis hors d'état de nuire.

— Ils sont là-dedans, dit-il, accompagnant l'information d'un mouvement de tête vers la porte ouverte donnant sur la locomotive.

De fait, les agents trouvent Anna Matheson et Kenneth Wentworth à l'avant du train. Wentworth est aux commandes. Anna, debout dans son dos, lui appuie au creux des reins le canon d'un pistolet du FBI.

Quand les agents envahissent l'avant du train, elle lève les mains et dit :

— Je m'appelle Anna Matheson. Voici Kenneth Wentworth. C'est lui le responsable direct de la mort de trente-huit personnes, dont mon père et mon frère, et le responsable indirect de la mort d'une autre personne – ma mère.

L'agent responsable de l'équipe d'intervention récupère délicatement le pistolet d'Anna et, avec une égale délicatesse, pose une main sur son épaule.

— Miss Matheson, nous avons étudié les preuves que vous nous avez fournies, et nous avons connaissance de ses méfaits. Nous compatissons grandement au deuil cruel qui vous a frappée.

Seamus mis à part, personne ne lui a jamais présenté de condoléances. Cette attention, cette gentillesse, manque la faire fondre en larmes. Compte tenu des circonstances, même tante Retta n'aurait rien trouvé à y redire. Mais le temps des larmes n'est pas encore venu.

Anna a une chose à faire avant.

Après avoir fait rapidement panser ses diverses plaies et bosses, elle assiste devant Union Station au départ des coupables. Le lieutenant-colonel Jack Lapsford est emmené le premier. Menotté, traînant la jambe, protestant qu'il n'a rien fait, qu'Anna Matheson n'est qu'une menteuse et une meurtrière comme son père, il monte dans un van noir, cornaqué par deux agents fédéraux qui ignorent ses déclarations. Ses récriminations cessent lorsqu'il est poussé à l'arrière du fourgon.

Là, il se met à brailler, parce qu'un photographe du *Chicago Tribune* veut l'immortaliser.

Sally Lawrence se comporte beaucoup plus dignement. Ni larmes ni reniflements de déni. Au contraire, elle marche d'un pas vif, la tête haute. Passant devant Anna, elle demande à s'arrêter.

— Anna, dit-elle.

Elle ne peut en dire davantage. Les mots semblent s'être évaporés. Anna comprend. Elle aussi est à court de paroles, alors qu'elle aurait tant de choses à dire. Mais face à Anna, la femme qu'elle a toujours connue sous le nom de Sal se tait. Ce n'est pas une excuse, et sûrement pas une demande de pardon, mais c'en est assez proche. En tout cas, cela suffit à Anna pour tourner la page. À l'évidence, elle n'en recevra pas davantage de sa part. Et elle l'accepte.

Kenneth Wentworth ne lui offre pas semblable satisfaction. L'homme qui lui a fait tant de mal est incapable de la regarder alors qu'on l'emmène. Pourtant, elle l'a épargné. Mais il est trop occupé à harceler les agents du FBI qui l'escortent.

— Quelles sont ces preuves dont vous ne cessez de parler ? Les avez-vous seulement examinées ?

— En effet, répond l'un des agents.

— Et qu'est-ce qu'elles montrent ?

— Que vous allez mourir en prison.

Cette réplique suffit à Anna. Elle n'a pas besoin que Kenneth Wentworth la regarde dans les yeux. Il aura tout le temps de le faire par la suite, au tribunal.

Dante se glisse à côté d'elle alors qu'on emmène son père. Il regarde la voiture s'éloigner dans la rue et dit :

— Je ne savais pas qu'il était dans le train, Annie. Je le jure devant Dieu. Si je l'avais su, je te l'aurais dit.

— Je te crois.

— Et je ne savais pas pour Tommy non plus. Mon père ne me l'a dit qu'au moment où on l'a arrêté.

Anna le croit aussi. Elle sait maintenant que Dante Wentworth n'est pas le crétin sans-cœur pour lequel elle le prenait. Le sans-cœur de la famille, c'est l'homme qui est maintenant entre les mains du FBI.

— Je regrette que les choses se soient passées ainsi. On aurait été bien ensemble.

Ces mots disent à Anna que Dante comprend maintenant ce qu'elle a compris en parlant à son père. Qu'il avait jadis une bonne raison de vouloir les séparer, et que cette raison demeure aujourd'hui. Ils ne peuvent être qu'amis, Dante et elle, et Anna l'accepte. Elle n'a aucun ami, au sens propre du terme, et Dante aura bientôt besoin d'en avoir. De dures années l'attendent.

— Vous allez devoir vous serrer les coudes, ta mère et toi, face à la haine qui vous attend. On racontera toutes sortes de choses à votre sujet. Des choses horribles, que vous ne méritez pas. Tout ce que vous pourrez faire, c'est vous raccrocher à ce que vous savez être vrai. Et si c'est trop dur à supporter, écris-moi. Je te répondrai, promis.

— Je pourrai aussi t'écrire à propos de mon frère ? demande Dante, le frémissement de sa voix lui rappelant que le souvenir de Tommy ne lui appartient plus seulement à elle – il appartient aussi à Dante.

— Évidemment.

Dante hoche la tête avec gratitude.

— Tant mieux. Parce que j'ai plein de questions.

— J'ai déjà la réponse à l'une d'elles, réplique Anna. Tu l'aurais adoré.

Satisfait, Dante s'incline devant elle et lui décoche un dernier sourire en coin.

— J'attends nos échanges avec impatience, Annie.

Dante parti, Anna ferme les yeux et laisse échapper de ses poumons un soupir frémissant. Un soupir chargé d'un chagrin qui remonte enfin à la surface. Elle est sur le point de le laisser s'enfuir quand elle repère Reggie Davis, poussé dans un fauteuil roulant par un collègue du FBI. Il n'est pas menotté. Il a un pansement sur le nez, et la peau de son visage tuméfié porte des marques de contusions. À la demande de Reggie, ils s'arrêtent devant Anna.

— Vous nous laissez une minute, d'accord ? demande-t-il à l'agent qui, compréhensif, s'éloigne hors de portée de voix.

Anna prend une profonde inspiration, ne sachant guère si elle a envie de se retrouver face à un meurtrier. Surtout un meurtrier qui a failli la convaincre de devenir une tueuse, elle aussi. Elle était à une milliseconde de tuer Kenneth Wentworth d'une balle en plein cœur. La seule chose qui l'en a empêchée a été une mince lueur de clémence.

— Sachez que j'ai avoué, dit Reggie. Je leur ai raconté exactement tout ce qui s'est passé. Que Judd Dodge a tué Edith Gerhardt, que c'est moi qui ai tué Herb Pulaski… et étranglé Judd.

Anna relâche le souffle qu'elle retenait.

— Ça, ce n'était pas nécessaire.

— Personne n'a besoin de savoir ce que Seamus a fait.

— Moi, je le sais quand même.

— Essayez d'oublier. Et de lui pardonner. Avec un peu de chance, le fait que j'en assume la culpabilité vous y aidera. C'était le moins que je puisse faire, vu que je vais me retrouver sous les verrous pour je ne sais combien de temps.

Anna détourne le regard, la gorge nouée.

— Merci. J'apprécie.

Reggie évacue ses remerciements d'un haussement d'épaules.

— Vous auriez vraiment voulu qu'ils restent tous en vie, pas vrai ?

— Terriblement !

— Pourquoi ? Et ne me dites pas que c'est parce que vous valez mieux qu'eux. Ça serait resté vrai même si vous les aviez tous éliminés.

— Je ne sais pas pourquoi, soupire Anna.

Et c'est la vérité. Parce qu'en même temps, elle voudrait qu'ils soient tous morts. Et morts de sa propre main, comme Seamus le voulait. Elle peut bien se l'avouer, maintenant que tout est fini. Si elle ne pouvait pas tuer ces gens dans le train, c'est qu'en laissant libre cours à ces sentiments, elle aurait perdu sa propre humanité.

— Au revoir, Anna Matheson, dit Reggie alors que l'agent revient pousser son fauteuil. (Et en passant devant elle il ajoute :) J'aperçois mon patron. Je crois qu'il voudrait vous parler.

Anna se retourne. Une sorte de bulldog en costume noir et chapeau assorti s'avance vers elle.

— Miss Matheson ? dit-il en lui tendant la main. Ed Vesper. Chef du Bureau de Philadelphie. Je tenais à vous féliciter. Vous les avez eus.

— Pas tous, répond Anna.

— Suffisamment pour être fière de vous.

Anna éprouve bien des choses en ce moment, mais la fierté n'en fait pas partie. D'un côté, elle ressent comme une sorte d'échec le fait de ne pas avoir réussi à maintenir tout le monde en vie. Et d'un autre côté, elle a l'impression d'avoir fait preuve de couardise en permettant que certains restent en vie. Elle soupçonne que ce combat acharné entre les deux ne l'abandonnera jamais.

— Qu'allez-vous faire maintenant ? s'enquiert Vesper.

Anna a posé la même question à Seamus, à bord du *Phoenix*. Maintenant, elle ne peut s'empêcher de se demander s'il a survécu à la chute du pont en chevalet. Elle espère que oui. Elle préfère penser qu'il a réussi à nager dans l'eau glacée, à ramper sur la rive et à marcher vers un brillant avenir dans lequel il trouvera un remède à son mal, quelqu'un qui l'aimera, et le pardon pour ses mauvaises actions. Anna ne saura probablement jamais si cet espoir s'est réalisé ou non, mais elle s'y cramponne de toutes ses forces.

Sa seule certitude à propos de Seamus, c'est que, contrairement à ce qu'elle lui a dit dans le *Phoenix*, elle lui a déjà accordé le pardon. Il mérite au moins ça, et le souvenir qu'elle garde de lui aussi.

Quant à l'avenir d'Anna, il s'étend devant elle comme des rails qui s'étirent vers une destination incertaine et se perdent dans un horizon lointain.

— Je ne sais pas, répond-elle en pensant à la demeure de tante Retta, un endroit qu'elle n'a jamais considéré comme chez elle, bien qu'elle y ait habité pendant longtemps.

Une chance, apparemment, parce qu'elle va être obligée de la vendre. C'est le seul bien dont elle dispose, ayant investi la totalité de son héritage dans cet unique voyage en train.

— Je suppose qu'il va falloir que je trouve du travail.

Vesper hoche la tête.

— Me permettez-vous de vous faire une proposition ? Venez donc travailler pour moi au Bureau de Philadelphie.

— Je n'ai pas les compétences nécessaires pour être secrétaire.

— Qui parle de secrétariat ? Je vous parle de devenir agent.

— Agent du FBI ? pouffe Anna.

— Absolument. L'agent Davis m'a beaucoup parlé de vous. Il dit que vous êtes intelligente, que vous avez de l'instinct, et que vous savez vous défendre en cas de bagarre. Et il est clair que vous ne reculeriez pas devant la nécessité de tirer si le besoin s'en faisait sentir.

— Et vous l'avez cru ? Après ce qu'il a fait ?

Vesper incline la tête.

— M'aurait-il menti ?

— Non. Tout est vrai.

— Alors je vous encourage à faire bon usage de ces dons dans un poste plus officiel.

Anna ne répond pas, songeant à cette possibilité. Elle a déjà amené devant la justice trois des personnes qui ont détruit sa famille – plus un tueur inattendu. Rien ne l'oblige à en rester là. Des tas d'autres criminels sont encore en liberté. Des gens qui ont fait du mal, détruit d'autres familles. Eux aussi, ils méritent de rendre des comptes, d'être châtiés. Anna pourrait y contribuer.

— Vous pensez que cela pourrait vous intéresser ? demande Vesper.

— Je pense que oui.

— Si vous me permettez de vous ramener chez vous, je pourrai vous en dire davantage sur le métier.

Anna se prépare à retourner vers Union Square, mais Ed Vesper l'arrête.

— Vous avez sûrement eu votre dose de train. Si ça ne vous ennuie pas, nous allons rentrer à Philadelphie en avion.

Non, ça n'ennuie pas du tout Anna. Les trains appartiennent au passé. C'est ce que Dante lui a dit. L'avenir est dans le ciel. Et donc, elle ne se fait pas prier pour suivre Ed Vesper vers la voiture qui les conduira à l'aéroport.

L'avenir s'ouvre devant elle.

Remerciements

Tout livre est un effort collectif, et celui-ci n'aurait pas vu le jour sans le travail et le dévouement de nombreuses personnes. D'abord et avant tout, que soient ici remerciées mon extraordinaire éditrice, Maya Ziv, et ma tout aussi stupéfiante agente, Michelle Brower. Leurs suggestions, leurs conseils m'ont aidé à faire de *Vengeance Express* le livre que j'avais toujours pensé qu'il devait être.

Merci à toutes les équipes de Dutton et Penguin Random House, et plus particulièrement à Ivan Held, John Parsley, Emily Canders, Caroline Payne, Stephanie Cooper, Ella Kurki, Amanda Walker et Ben Lee.

Je tiens à remercier Allison Malecha, Tori Clayton et Elizabeth Pratt, de Trellis Literary Management.

Merci à Sarah Dutton, qui n'est pas seulement la meilleure lectrice du monde, mais qui m'a aussi suggéré le titre *Trainemies*, qui me fait encore rire même un an après.

À ma famille et mes amis, merci de toujours croire en moi et de me comprendre quand je dois disparaître pendant des mois pour travailler dans ma *grotte d'écriture*.

Enfin, tous les remerciements du monde à Michael Livio. Sans ta patience et ta compréhension, aucun de mes livres n'aurait vu le jour.

RÉALISATION : NORD COMPO À VILLENEUVE-D'ASCQ
IMPRESSION : NORMANDIE ROTO IMPRESSION S.A.S. À LONRAI
DÉPÔT LÉGAL : JUILLET 2025. N° 160444 (2502441)
IMPRIMÉ EN FRANCE